D1920379

Franz Anker

Wo ist eigentlich oben?

KLECKS VERLAG

Dieses Buch ist mein Dank an meine Töchter.

Und mein Dank gilt der Berliner Lehrerin Monika B. für ihre meist geduldige und immer Hoffnung gebende, liebevolle Unterstützung beim Schreiben.

Gleiches gilt für Lilo E., Autorin aus Hamburg, die mir mit ihrer lebensbejahenden, freundschaftlichen Art und ihrem Wissen sehr geholfen hat.

Nicht vergessen will ich Ingrid Lorenz, der ich u. a. zu verdanken habe, dass ich beim Schreiben überhaupt einen Anfang fand.

Danke an alle Anderen, die sich bereit fanden, meine Textentwürfe zu lesen und mich zu unterstützen, vor allem auch an die Autorin, Alexa Rostoska, die ich zusammen mit meiner guten Freundin Angelika und meinem klugen Freund, ›Professor‹ Christoph Asmussen, nennen will.

Wo ist eigentlich oben?

Es war die nach morgendlichem Erwachen plötzlich einsetzende Erinnerung an meine alte mechanische Schreibmaschine, die dafür sorgen sollte, dass sich das beginnende Geschehen dieses Tages völlig anders als an allen vorangegangenen entwickeln würde. Auch wenn es mir nach langem Suchen endlich gelungen war, die Maschine zu finden und aus ihrem verstaubten Altenteil herauszurumpeln, fand meine einsetzende Freude darüber ihr jähes Ende, als die von mir versuchten Anschläge sie urplötzlich in laut scheppernde Schieflage brachten, um sie gleich anschließend in ihre Einzelteile zerfallen zu lassen. Am liebsten hätte ich ihren unerwarteten Exitus jetzt als ein Zeichen gewertet, um meinen über mich gekommenen Gedanken, meine Biografie zu schreiben, genauso schnell wieder vergessen zu können und der vom Tag erdachten Entwicklung gleich ein Ende zu bereiten. Unversehens fand ich mich stattdessen vor dem Bildschirm meines PC wieder, starrte wie hypnotisiert in sein schimmerndes leeres Feld, das mich jetzt aufforderte, es mit Wörtern oder Worten zu füllen. In meiner eilig aufkeimenden Suche nach ihnen kam mir die sich bildhaft als wahr entwickelnde Vorstellung zu Hilfe, etwas wie ein ›DU‹ könnte bereits neben mir sein und schon längst darauf warten, dass ich mit ihm ein Zwiegespräch beginnen würde. Und auch, weil ich dich gar nicht kenne, nicht weiß, ob ich dir vertrauen kann, wir uns wahrscheinlich niemals berühren werden, fällt es mir sehr schwer, mit dem Schreiben zu beginnen. Es erscheint beinahe unmöglich, das alles herzugeben; es könnte zum Aderlass und lebensgefährlich werden. Vielleicht würde es schon bald seinen eigenen Weg gehen, mich damit zwingen, mich ganz und gar zu offenbaren und wäre nicht mehr aufzuhalten. So lange schon war es doch so gut verschlossen und wie eingemauert. Auch sogar aus Trotz will ich jetzt weitermachen, bald so wie ein Kind, das Bewegung will, und endlich ans Licht. Das zu öffnen, wird viel länger dauern, als ich mir je vorstellen konnte, wird mir Schmerzen und Ahnungen aus dunkelster, längst vergangener Nachkriegs- und Lebenszeit zurückbringen. Und es wird weiterhin in einsamer Langsamkeit mahlen. So wie ein Mühlstein, der weiß, dass er von Anfang an dazu bestimmt ist, für immer zu bleiben, was und wo er ist, der sich deshalb immer nur um die eigene Achse drehen und am Ende zerbrechen wird. Doch will ich nicht zerbrechen, und wäre ich auch am Ende, ich muss das verhindern, brauche dringend dich dazu. Ich schaffe das alleine nicht.

Plötzlich will sich Ungeduld in mir breit machen und aufkeimende, immer größer werdende Wut, weil sich noch immer gar nichts ändert. Selbst wenn meine von mir über die Jahre hinweg stets so liebevoll gehätschelten Schamgefühle und Zweifel mich jetzt ohne Unterlass argwöhnisch und misstrauisch kalt anstarren, als hätten sie gleich bemerkt, dass es ihnen an ihren schmutzigen Kragen gehen soll, glaube ich allein deshalb noch längst nicht an meinen Sieg über sie. Sie blähen sich jetzt ja noch mehr auf, wirken dadurch noch viel größer, und malten sie bisher immer nur schwarz oder weiß, so entwickeln sie plötzlich Farben auf ihrer Oberfläche, wollen mich damit verunsichern, mich dazu zwingen, meine Entscheidung, mich von ihnen zu trennen, zu überdenken, mir gleichzeitig mit ihrer Übermacht und Gewaltbereitschaft drohen, mich damit davor warnen, weiterhin daran zu denken, sie verlassen oder abgeben zu wollen. Jetzt mobilisieren sie all ihre Kräfte, tanzen mir schon auf der Nase herum, wollen mir damit meine ihnen so wohlbekannte Schwäche noch deutlicher machen. Das Grauen höchst persönlich in seiner mein allumfassendes Entsetzen auslösenden Urform steigt in mir auf, stellte ich mir vor, ich müsste sie für immer behalten. Nein, ich muss sie endlich entlarven, sie besiegen und wegschaffen, ihnen nachweisen, dass sie von Anfang an nichts anderes vorhatten, als ein Lügengebäude in mir zu errichten, das am Ende aus nichts anderem als ihren brüchigen, schiefen Lebensbildern zusammengesetzt war. Ums Verrecken will ich ihre Bilder nicht mehr in und vor mir haben, doch immer noch haben sie die Oberhand, ergreifen immer wieder aufs Neue von mir Besitz. Tun gerade so, als ob in Wirklichkeit ich ihnen gehörte, ihre Vorhaben mich somit überhaupt nichts angingen. Aber was ist wirklich mit mir, was ist noch übrig? Bin ich noch frei, wenigstens ein bisschen? Bin ich in dieser Notwehrsituation ihnen gegenüber nun auch sogar schon skrupellos? Jetzt zum Beispiel, während ich mir vorstelle, ich würde diese Gedanken und daraus entstandene

Schwarz-Weiß-Malereien, Wut und nicht enden wollende Scham ganz vorsätzlich an dich abgeben, sie dadurch endlich loswerden und vielleicht sogar für immer vergessen, oder sie wenigstens mit dir teilen. Und sind sie mittlerweile nicht längst mein Eigentum und gehören mir? Kann ich also deshalb zweifellos mit ihnen machen, was ich will? Eigentum verpflichtet ja, und Notwehr ist doch erlaubt – weiß ja jeder. Willst du sie haben, selbst dann, wenn du sie und mich, ihren bisherigen alleinigen Eigentümer, vielleicht erst einmal als irgendwie eigentümlich empfindest? Doch dies bestimmt nur deshalb, weil sie ja von jetzt an unvollständige, weil sie nun vielfach geteilte Gefühle sein würden. Und ob geteilt oder nicht, der Teufel möge sie holen, ich werde sie nicht mehr lieben. Und wenn ich mich wirklich verändern und tatsächlich frei von ihnen werden kann, könnten dann vielleicht auch Träume bald zu mir zurückfinden? Träume wie ganz früher, die mich seit Langem schon nicht mehr suchten? Die seit irgendwann einfach auf mich verzichtet hatten, als wüssten sie selbst am besten, dass es nicht mehr sinnvoll wäre, sich mit mir noch einzulassen. Und die wenigen Kontakte zu den Anderen, die ganz allein meinem Überleben dienen sollten, taugten auch zu nichts Weiterem und waren mir so wenig wert.

Ich brauchte unbedingt einen Schild! Diese Notwendigkeit entsteht ja zwangsläufig aus einer Schuld. Das muss ja so sein, weil nur der es nötig hat, einen Schild zu tragen, wenn er auch Schuld trägt, und der sich deshalb wohl so sehr schämt und dahinter verstecken und schützen will – vor und während seiner Tat und danach und deswegen, logisch! Einen Schild kann man abgeben, auch seine Schuld? Und wem? Und welche Art von Schuld hatten meine Schamgefühle mir denn eigentlich eingepflanzt? Wollte ich das wirklich wissen, oder wollte ich einfach nur nicht mehr grübeln, nie mehr? Vielleicht brauchte ich anstelle eines Schildes nur einen Iglu, der ja von außen immer so kalt war, der aber am besten gleich auf einer Insel wäre, um mich in ihm vor ihnen zu schützen und vor ihrer angeblich menschlichen Wärme, die sie wie einen verlogenen Dunstkreis ständig um sich herum trugen und mich damit nur krank machten.

Niemand durfte mich noch bemerken, und bald schon spürte ich für immer dunkle, verschlungene und sumpfige Wege. Gesäumt waren sie von so unscharfen und immer nur verwischten Bildern. So wie in einem Irrgarten, der ohne Licht und totenstill war. Bald einer Geisterbahn ähnelnd und dazu mit einem Gefühl, in Morast versinken zu müssen. Sich dagegen zu wehren, schien von vornherein völlig aussichtslos und regelrecht abwegig. Und immer gleichen sie, diese Bilder, der rasend schnellen und trotzdem nicht enden wollenden Fahrt in dieser einen Geisterbahn. Aufgehängt ist sie mit ihrer ganzen Last an gläsernen Eiswänden, die krachend und grell bersten, eiskalte Splitter bilden und mich damit bombardieren und immer wieder verletzen sollen. Besetzt ist sie mit unzähligen schrecklichen, widerwärtigen menschlichen Gestalten. Doch meine zwanghaft sie suchenden Blicke treffen nur noch auf vorüber jagende grelle Zerrspiegel, die nichts als mein eigenes entstelltes Gesicht mir zeigen sollen, mit ihm zu beweisen, dass ich tatsächlich mit diesen NAZIS verwandt war, für immer und ohne Zweifel sogar blutsverwandt. Mit denen, die mich und meine Seele immer nur frieren ließen, Angst, Wut, Hass und übermächtige Scham in mir hervorriefen und meinen Schädel jedes Mal beinahe platzen ließen. Ich wünschte mir so sehr, aus diesem Albtraum endlich zu erwachen. Aber nein: »Das Licht wird für dich unerreichbar sein«, flüsterte die Scham höhnisch ungefragt immer wieder, und wie mit den Armen eines Kraken unablässig um mich greifend, will sie mein Leben gleich im Ansatz ersticken.

Und übermächtig wurde mein Bild von mir, blieb ohne jedes Licht. Begab mich damit auf von mir gefundenen, scheinbar sicheren Weg. Ließ mir eine Hintertür. Auch die zeigte mir kein Licht, diente nur meiner immer ausweglosen Flucht. Ewiges Selbstmitleid also, und Feigheit. Das erschien mir fast schon clever. Doch schlug die Scham bei jedem Benutzen dieser Hintertür besonders hart und unerbittlich auf mich ein, und ihr Schlag wurde jedes Mal härter. Bald schämte ich mich auch noch wegen der von mir scheinbar nicht veränderbaren feigen Fluchtversuche. Hätte bald den *Scham-Haft e.V.* gründen können, doch wo würde ich weitere Mitglieder finden? Vielleicht in England, wäre ja mit meiner ganz bestimmt unübertroffenen Zahl von Scham-Punkten sehr schnell im Guinness-Buch der Rekorde gelandet und irgendwann durch die Queen zum Ritter geschlagen worden. Zum Ritter der Scham. Oder zum Ritter der unfreiwilligen Komik. Oder zum Ritter der Sinn-Suche. Oder doch lieber des Landes verwiesen worden? Hätte ich ohne meine Feigheit mit ihrer Hintertür nicht schon sehr viel früher erfahren, dass all die vielen schiefen Bilder, wären sie gleichrangig und nebeneinander aufgehängt worden, ein sich erhellendes, farbiges und gar nicht mehr schiefes Gesamtbild ergeben konnten? Ein Gesamtbild, das der übermächtigen Scham endlich ihre alles Leben erstickende Macht genommen hätte, auch, weil sie darin als die eigentlich Schamlose entlarvt worden wäre? Ja, ich werde weiterhin der Welt meine bleibende Traurigkeit über die Verbrechen der Nazis zeigen. Doch ich trage nicht ihre Schuld, und ich will nicht mehr ihre Scham für sie tragen. Und selbst dann, wenn meine trotzdem bleibende Traurigkeit mein Leben weiterhin erschweren wird, werde ich die und ihr Gefolge jetzt nicht mehr als allein Schuldige dafür benennen, dass in meiner Familie nach ihnen und ihrem Krieg so vieles schief ging.

Willst du mir folgen, zurück in die Zukunft? Die nach dem Nazi-Krieg so herbeigesehnt wurde?

Im Herbst 1944 war der Krieg noch nicht beendet, und inmitten all ihrer Lügen waren es nur die immer häufiger werdenden Hiobsbotschaften der Kriegspropagandisten, mit denen sie uns noch beeindrucken konnten, weil sie darin ausschließlich vor den blutigen Rachegelüsten der aus dem Osten anrückenden sowjetischen Soldaten warnten. Dazu bedienten sie sich oft eines ganz bestimmten Nachrichtensprechers, der über die ›Volksempfänger‹ mit seiner besonderen Art der Nachrichtenübermittlung in unserer kleinen Stadt bald für eine große Unruhe sorgte. Diese musste sich vor allem unter den

Frauen ausbreiten, weil die meisten der Männer als Soldaten im Krieg waren. Zur Verbreitung seiner Warnungen vor den Bestien unter den sowjetischen Soldaten bediente der sich seiner widerwärtig klingenden Stimme und schmierigster Sprechweise, die nicht nur wegen des Inhalts seiner Nachrichten trotzdem eine Art von Faszination hatte, und die es ihm möglich machte, in unnachahmlicher Weise und zusätzlich zu den vom Nazi-Staat verordneten auch noch seine eigenen ganz persönlichen Hassgefühle gegenüber den sowjetischen Soldaten und dabei so regelrecht geifernd über den Sender abzukotzen, dass so mancher ihm zuhörenden Frau schon übel werden konnte und ihr außerdem allergrößte Angst brachte.

Das verschaffte uns, die wir östlich von Berlin in einer kleinen Stadt in Brandenburg und nicht weit entfernt von der Oder lebten, überhaupt keine Klarheit hinsichtlich der Entwicklung unserer Zukunft, und es steigerte auch nicht unsere Wehrhaftigkeit gegenüber diesen Soldaten, doch brachte es uns wahrhaft große Angst und dazu, vor ihnen und ihren Rachegelüsten die Flucht ergreifen zu wollen. Bald wurden wir zu einer kleinen Gruppe von Menschen, die sich entschloss, gemeinsam vor jenen Bestien die Flucht zu ergreifen. Das wäre immer noch besser, als sich ihren Gelüsten auszuliefern, war bald die einhellige und alles bestimmende Meinung. Das Ziel unserer Flucht sollte Hamburg sein, und neben meiner Mutter, meinem dreijährigen Bruder und mir waren es noch unsere Großeltern sowie einige andere Verwandte, die aus jungen Frauen und deren Kindern bestanden, und die jetzt fest dazu entschlossen waren. Die Ehemänner, auch unser Vater, befanden sich als Soldaten im Kriegseinsatz. Das bedeutete, dass die Gruppe der Flüchtenden hauptsächlich von Frauen getragen werden würde, der einzig männliche Erwachsene würde unser Großvater sein.

Meine Mutter und meine Großeltern vor der Flucht.

Dieser männerlose Zustand brachte uns keine besonderen und zusätzlichen Befürchtungen. Noch nicht einmal über das, was aus uns werden sollte, nachdem wir Hamburg erreicht hätten, machten wir uns zu diesem Zeitpunkt große Gedanken. So nach und nach hatten sich nämlich Zeugen ihrer bereits erfolgten Rachefeldzüge in unserer kleinen Stadt eingefunden, die in ausführlicher Weise wahrhaft Grauenvolles über ihre Misshandlungen, Vergewaltigungen und Morde zu berichten wussten.

Bald war es nichts als nackte Angst, die uns nun endgültig packte, vor sich her und in diese Flucht hineintrieb.

Ich kann mich an sie natürlich nicht bewusst erinnern, ich war ja erst drei Monate alt. Doch, wie ich später erlebte, würden Berichte meiner Mutter, meiner Großmutter und anderer Flüchtender diese fehlende eigene Erinnerung dann nach und nach ersetzen. Und weil deren Berichte sich als grundsätzlich übereinstimmend herausstellten, sich in Teilen noch ergänzen konnten, sah ich irgendwann die bewegten Bilder in der ganzen wahren Geschichte: Wir hatten die Flucht mit Hilfe eines von uns mit Hausrat beladen Pferdewagens angetreten. Eines Tages unter Tränen und mit dem gegenseitigen Versprechen, das nicht bereuen zu wollen. Doch wollten einige von uns ihren Schritt bereits nach wenigen Tagen bereuen, weil es ihnen viel zu langsam voranging und schon jetzt zur Mühsal geworden war. Nachdem schließlich auf noch nicht halber Strecke das alte Zugpferd während des Angriffs eines feindlichen Jagdbombers auf den kleinen Flüchtlingstreck tödlich verletzt in sich zusammengebrochen war, wir es an den Straßenrand schleppen und dort liegenlassen mussten, wollten einige endgültig aufgeben und umkehren. Das führte zu verzweifelten Diskussionen, doch die Mutigen unter uns gewannen schließlich, sodass alle die Flucht weiter fortsetzten. Neben unserer Trauer um das Tier, waren wir außerdem völlig entsetzt, dass ein Kampfbomber uns angegriffen hatte. Wir waren keine Soldaten, was uns die Gründe für den Angriff verschleierte und somit das wohl auf ewig ein Geheimnis des Piloten und seines Auftraggebers bleiben würde. Mit seinem MG-Feuer und den vielen Kugeln, die vor allem am Boden einschlugen, hatte sich dort so etwas wie ein Querschläger selbständig gemacht und meinen Bruder im Gesicht getroffen und verletzt. Die Verletzung heilte bereits nach wenigen Tagen, hinterließ ihm später eine kleine Narbe, die vor allem ihn selbst für immer daran erinnern würde. Wir anderen waren unverletzt geblieben. Der Verlust des Pferdes zwang uns jetzt, auch den großen Wagen und die größeren Sachen unseres Hausstands zurückzulassen. Und mit ihnen noch weitere Erinnerungen. Nur zwei Handkarren, ein Kinderwagen und ein altes Fahrrad waren es noch, die uns halfen, die Flucht weiter fortzusetzen.

»Er wird Ihnen sterben!«, eröffnete ein Arzt meiner Mutter, gleich nachdem er mich untersucht hatte. Den hatte sie unterwegs irgendwo aufgetrieben, weil ich zu allem bereits im Überfluss vorhandenen Elend auch noch an Keuchhusten und Lungenentzündung erkrankt war und mich so nach und nach von der Welt zu verabschieden schien, wie sie später sagte. Eine geringe Hoffnung bestünde nur dann, wenn es ihr gelänge, mich wieder »anzulegen«. Das klappte, ich wurde wieder gesund. Als sei das eine für sie wichtige Wende gewesen, berichtete sie auch Jahre später noch immer mal wieder davon, dass sie nach jedem meiner so schweren Hustenanfälle eigentlich nichts anderes als meinen nachfolgenden Tod noch erwartet hatte. Ich hatte das aber doch jedes Mal wieder überlebt und sie anschließend »immer erleichtert angestrahlt und niemals geweint«, was sie sehr beeindruckt zu haben schien, weil sie nun selbst jedes Mal

»strahlte«, wenn sie diesen Satz wieder wörtlich unverändert von sich gab, so als hätte sie ihn der Wichtigkeit wegen gleich auswendig gelernt. Sollte ich mein »tapferes Verhalten« heute begründen, so würde ich sagen, dass ich wahrscheinlich deshalb niemals geweint hatte, weil ich nicht auch am Straßenrand zurückgelassen werden wollte. Oder anders: Ich wollte meiner Mutter nicht noch stärker zur Last fallen.

Irgendwann im Winter 1944 erreichten wir nach etwa zwei Monaten ohne Verluste an Menschenleben und in großer Erschöpfung Hamburg. Nicht viel mehr als ein trauriger Haufen Mensch war es, der da am Ende dieses langen Weges noch von uns geblieben war, der aber mit dem, was er noch war, jetzt unbedingt und endlich große Gefühle von Erleichterung, von Dankbarkeit und von Glück empfinden wollte. Das gelang uns aber ganz und gar nicht, weil wir stattdessen augenblicklich großes Entsetzen empfanden, als die zu diesem Zeitpunkt noch waltende Nazi-Behörde sich sofort weigerte, uns in Hamburg aufzunehmen. Hamburg hätte infolge der erlebten massiven Luftangriffe der Engländer schon jetzt akute Versorgungsprobleme, hieß es, und es sei daher unmöglich, zusätzlich auch noch Flüchtlinge aufzunehmen. Alles war umsonst gewesen, unser Traum war geplatzt! Das war von uns völlig unerwartet und führte bei manchen sofort zu Nervenzusammenbrüchen verschiedenster Art und dazu, dass sich unsere Mutter plötzlich den Vorwürfen und beinah auch körperlichen Angriffen der anderen ausgesetzt sah, weil es nämlich ihre Idee gewesen war, nach Hamburg zu flüchten, und von der sie die anderen schließlich überzeugt hatte. Das war deshalb, weil sie vor dem Krieg und in ihrer »wilden Zeit«, wie sie das später mal nennen würde, ein Jahr in Hamburg gelebt und sich auch in die Stadt verliebt hatte. So wie es nun war, hatte es für sie mit beiden Lieben nicht geklappt. Daran war jetzt natürlich auch von ihr nicht länger zu denken, weil wir dringend ein anderes Ziel unserer Flucht finden mussten. Die Hamburger Behörde wollte uns diese Suche nun jedoch abnehmen. Zu diesem Zweck stufte sie uns vom Bürger zu »Flüchtlingen« herab, weil wir dadurch in keiner Weise noch frei wären in der Entscheidung über unseren zukünftigen Wohnort. Dagegen konnten wir uns nicht wehren, hatten wahrscheinlich auch keine Kraft, das zu versuchen, und nachdem sie uns unseren neuen Status und seine Bedeutung außerordentlich entsprechend klargemacht hatten, veranlassten sie gleich darauf unsere umgehende Verfrachtung von Hamburg an den Rand eines kleinen, von Obstbauern und ihrer besonderen Art zu leben geprägten Dorfes in Niedersachsen, im sogenannten ›Alten Land‹, das bis dahin von Luftangriffen der Alliierten und anderen Kriegshandlungen verschont worden war.

»Das Alte Land grenzt an Hamburg, ist ein großes Obstanbaugebiet, und die dort lebenden Landwirte, denen Sie jetzt zugewiesen werden, haben Lebensmittel im Überfluss«, wurde uns vorher von ihnen noch erklärt.

Doch, wie wir bald erleben würden, war dieses Alte Land nicht allein wegen seiner vielen Obstfrüchte oft in aller Munde, sondern auch deshalb, weil es außer ihnen noch andere Früchte hervorgebracht hatte und mit ihnen von einer besonderen Spezies Mensch besiedelt wurde, die es bewirtschaftete, und die im Allgemeinen und landläufig schon damals unter dem Oberbegriff der ›Bauern‹ zusammengefasst wurde. Auf die würden wir nun treffen.

»Mit ihnen wird es ein trauriges Leben werden«, urteilten wir gleich und übereinstimmend in unserem Entsetzen über den Empfang, der uns da durch die Bauern zuteil wurde. Und manche von uns bedauerten sofort, dass sie nicht in Brandenburg geblieben waren, um sich der sowjetischen Soldaten zu erwehren, vielleicht auch im Kugelhagel ihrer vielen Geschütze wenigstens einen heldenhaften Tod zu sterben. Einige von uns dachten sogar ernsthaft daran, jetzt vor diesen Bauern die Flucht zu ergreifen und umzukehren, weil ein heldenhafter Tod immer noch besser wäre, als sich der Geldgier dieser Bauern auszuliefern. Gleich beim ersten Zusammentreffen mit ihnen hatten sie uns nämlich über ihr besonderes Verständnis, was unter einem menschlichen Zusammenleben zu verstehen sei, aufgeklärt, und darin war ausschließlich von ihrer Geldgier und von der Befriedigung dieser die Rede. Und davon, dass sie uns nicht gebeten hatten, dorthin zu kommen, und dass wir für sie »Schmarotzer« wären, wollten wir dort bleiben.

In unserer dadurch ausgelösten Fassungslosigkeit begannen manche von uns jetzt völlig aufgeregt, und als ob das etwas ändern würde, nach Erklärungen für deren Verhalten zu suchen: Vielleicht sähen sie in uns die Mitverantwortlichen daran, dass die russischen Soldaten im Osten auch deshalb so schnell vorrücken konnten, weil wir unser Vaterland nicht bis zum letzten Mann und Atemzug dort verteidigt hatten, sondern geflohen waren, in ihren Augen somit feige und für sie wahrscheinlich so etwas wie Deserteure wären. Bald jedoch mussten wir von ihnen erfahren, dass ihnen das Vorrücken der sowjetischen Soldaten im Osten in diesem Zusammenhang völlig gleichgültig war. Es ging um etwas anderes: Nachdem sie uns alles genommen hatten, würden wir für sie zukünftig nämlich nichts als eine Kosten verursachende und in jeder Hinsicht überflüssige Belastung sein, weil wir nach ihrer Schilderung für sie vergleichbar waren mit Vieh, das sie füttern mussten, aber nicht schlachten und sein Fleisch verkaufen konnten, weil die Nachfrage nach Menschenfleisch wohl selbst in Nazi-Zeiten noch nicht wieder en vogue geworden war. Jedenfalls nicht offiziell. Unsere Bauern mussten also nun nach anderen Lösungen für ihr Flüchtlingsproblem suchen.

Und wir mussten versuchen, uns auf ihr menschenverachtendes Verhalten einzustellen, um uns auf unsere Weise dauerhaft vor ihnen schützen zu können. Doch gab es zwischendurch auch einmal eine freudige Nachricht: Irgendeine Behörde teilte unserer Mutter per Briefpost mit, dass ihr Ehemann die Kriegshandlungen überlebt hatte, doch als Besatzungssoldat in Paris »unverletzt« in amerikanische Gefangenschaft geraten sei.

Die Nachricht, dass er noch am Leben war, führte unmittelbar zu einem Freudentanz unserer Mutter, und sie packte ihre beiden Kinder und presste sie immer wieder fest an sich, um sie mit ihren Küssen zu überhäufen, die meinen Bruder, der ebenso davon profitierte wie ich, trotzdem eifersüchtig machten und ihn den dringenden Wunsch äußern ließ, mich bald in die Este zu schmeißen, damit ich in ihr ertrinken sollte. Davon berichtete unsere Mutter mir in späterer Kinderzeit.

Die Este, das ist der Fluss, der sich durch das unsägliche Dorf, in dem wir bald landen würden, scheinbar zögerlich hindurch windet und zwingt, weil es keinen anderen Weg für ihn gab. Küsse konnte unsere Mutter uns bald nicht mehr geben. Und mein Bruder würde später selber in die Este stürzen.

Unser Vater war also in Gefangenschaft geraten. Wie er viele Jahre später nach seiner Entlassung berichten würde, hatten sich die Amerikaner bereits wenige Tage danach der deutschen Gefangenen wieder entledigt und sie an die Engländer abgegeben, was sie mit ihrem davon begeisterten Gejohle begleiteten. Deren Gejohle habe noch unterstützt, dass er darüber »heilfroh« gewesen sei, denn die englischen Soldaten hätten sich ihnen gegenüber sofort anschließend »sehr fair und ganz anders verhalten« als die amerikanischen, die auch schon mal »heftig und nicht zu knapp« auf sie eingeschlagen und sie bei jeder Gelegenheit als »Nazis« beschimpft hätten. Zu ihrem weiteren »großen Glück« wurden sie wenige Tage darauf nach England verschifft und anschließend in der Nähe von Nottingham in Gebäuden und großen Zelten auf Grundstücken von Bauern untergebracht. Die hießen dort Farmer, vielleicht machte das ja den Unterschied zum Verhalten der deutschen Bauern, denn er habe dort weder frieren noch jemals hungern müssen, wie er erzählte, obwohl sie deren Feinde waren.

Wir dagegen wurden von den dortigen Nazi-Behörden unter Mitwirkung der Bauern zunächst in eine am Rande und außerhalb des Dorfes gelegene ehemalige Ziegelei ausgegliedert, die von ihren Besitzern ganz offensichtlich schon längst dem Abbruch zugedacht worden war. Das war also ein sehr altes, halb verfallenes Gemäuer aus roten Ziegelsteinen und schon lange nicht mehr in Betrieb. Deshalb gab es in ihm weder einen Ofen noch eine zumutbare Toilette. Ich weiß nicht, ob es überhaupt fließendes Wasser gab, darüber war nichts berichtet worden. Die meisten der Fenster in den Räumen waren jedenfalls entweder ohne Glas, oder mit Sprüngen und Löchern versehen. Türen zwischen den Räumen gab es nicht. In diesem Gebäude eingepfercht, verbrachten wir den ersten Winter unserer Zukunft.

1944/45 wurde ein extrem kalter Winter. Weil wir aber nicht erfrieren wollten, bauten wir uns unter Verwendung von Abbruchsteinen so eine Art Ofen. Inwieweit dieser Bau hilfreich war, weiß ich nicht. Wir erfroren jedenfalls nicht.

Eine Verwandte, meine Mutter und ich vor der Ziegelei.

Das Ende des Krieges rückte im darauf folgenden Frühjahr näher. Nun wurde auch den Bauern klar, dass das Ende der Nazi-Zeit vor der Tür stand, was zu einem der Gründe führte, warum wir Flüchtlinge jetzt in Häusern der Bauern untergebracht wurden, die innerhalb des Dorfes lagen. Wie ich sie später kennenlernte, war der wahre Grund dafür ein anderer: Wenn sie uns schon nicht schlachten und unser Fleisch verkaufen konnten, und eine Trennung von uns sich auch nicht auf andere Weise herbeiführen ließe, die auch außerhalb dieses

Dorfes noch als legitim beurteilt worden wäre, dann würden sie uns eben erst mal dulden, weil wir durch Mietzahlungen für ihre Löcher, die sie »Wohnung« nannten, und für die kein Schwein jemals Miete gezahlt hätte, für wahrscheinlich längere Zeit doch noch zu ihrem Geldgewinn beitragen würden. Die Lösung ihres Flüchtlingsproblems war gefunden.

Dieses Dorf mit seinen großen Bauernhäusern und Gehöften war im Laufe der Jahrhunderte so nach und nach entlang des Ufers der Este entstanden. Als wollte er Schlangenlinien folgen, ließ ihn sein Flusslauf von seiner Quelle bis zu seiner Mündung bei Cranz schließlich in die Elbe fließen. Ein ziemlich hoher Deich war es, der diesen Fluss an seinen Ufern begleitete, und der musste natürlich auch diesen Schlangenlinien folgen, wenn er seinen Sinn erfüllen wollte. Dafür hatten früher unter anderem auch holländische Siedler gesorgt, die an dem Bau des Deiches beteiligt waren, wie ich später in der Volksschule im Nachbarort lernen würde. Oben auf diesem Deich stand niedrig, in einer Reihe mit zwei weiteren, ähnlich gebauten Häusern, ein altes, mir später schon wackelig erscheinendes Haus, dessen gemauerte Wände sich an einigen Stellen zwischen dem Fachwerk von außen nach innen hin und her bewegen ließen, wenn ich mich nur ordentlich und ruckartig dagegen stemmte, wie ich später herausfand. Das war hochinteressant für mich, und nur zu gern zog ich das immer mal wieder durch, wenn sich gerade niemand im Haus befand. Vielleicht würde es ja dadurch bald so wie ein Kartenhaus in sich zusammen fallen. Wo es ja jetzt schon immer nur wie geduckt da auf diesem Deich hockte, als warte es nur darauf, endlich einzustürzen.

Die anderen beiden Häuser standen dort ungeduckt, waren sehr gepflegt, und ihre Wände waren durch mich nicht zum Wackeln zu bringen, wie ich einmal feststellen musste. Außerdem hatte ich in meinem Davonrennen dabei lernen müssen, dass manche der dortigen Hausbewohner es nicht begrüßten, wenn ich mich ruckartig gegen ihre Wände stemmte. Und dass sie mich für ein sehr dummes Kind hielten, wie mir ihre Schimpfwörter sagen sollten, als sie mir hinterher und in meine Ohren hinein flogen.

In diesem Haus sollten wir nun wohnen, meine Mutter, mein Bruder und ich, und gemeinsam mit einer weiteren Familie, bestehend aus Vater, Mutter, zwei Söhnen und einer Tochter. Sie waren keine Flüchtlinge, sie waren einfache und arme Leute, die schon immer dort wohnten. Und die jetzt wegen uns zwei kleine Räume des Hauses hergeben mussten.

Nach späteren Erzählungen meiner Mutter führte dies nur anfänglich bei ihnen zu Unmut und Ablehnung. Sie waren keine Bauern. Meine Großeltern bekamen im Haus eines Kleinbauern zwei Löcher zugeteilt, die von dem Bauern auch »Wohnung« genannt worden waren, und waren etwa einen Kilometer von uns entfernt. Die anderen Verwandten wurden auf andere Häuser in der Nähe verteilt.

In unserem Haus hatten wir ein Zimmer, eine Küche und auf dem Hof, der Este zugewandt, ein Klo. Es war mit einem löchrigen und inzwischen grau gewordenen

Reetdach und zwischen den blass roten Ziegelsteinen mit von Holzwürmern befallenem Holzfachwerk versehen, und die Glasscheiben in den beiden kleinen Fenstern waren zersprungen, und nach einmal erfolgter Beschreibung der Nachbarn schon seit langer Zeit. Und wie ich später sah, würde sich daran auch nichts ändern. Diesem alten Reetdach konnte es bei heftigem und dabei lang anhaltendem Regen anscheinend nicht mehr gelingen, völlig zu verhindern, dass es in die sowieso schon immer feuchten Räume nun auch noch hinein regnete. Deshalb warteten drei sehr alte und schon verbeulte Blecheimer zum Auffangen der dann immer entstehenden Rinnsale, manchmal auch schon Sturzbäche, stets in irgendeiner Ecke unserer Küche auf ihren unvermeidlichen Einsatz. Unsere Mutter hatte diese hierzu notwendigen Eimer irgendwann und irgendwoher beschafft und versuchte sie dort aus Sorge vor dem von ihr immer befürchteten Zugriff durch unsere Nachbarn zu verstecken. Ihre Angst hierzu war wahrscheinlich unbegründet, auch deshalb, weil die Nachbarn eigene Blecheimer hatten, doch erlebte ich im Laufe meiner Zeit mit ihr, dass sie immer mal wieder eine ihrer Befürchtungen hatte, die sie dann »Ahnung« nannte.

Das waren jedes Mal Ahnungen, die andere gar nicht hatten, und die manchmal für davon betroffene Menschen sehr bedeutungsvoll werden konnten. Das war oft genug schon unglaublich, ja unheimlich, schien uns fast etwas wie Hellseherei zu sein. In späterer Zeit erfüllte sich eine ihrer Ahnungen mit wahrhaft dramatischen und todbringenden Folgen. Sie betraf auch mich, doch sie bewahrte nur mich erst einmal vor großem Unglück, weil meine Mutter sie in ihrer Angst um mich sehr ernst genommen und mich deshalb vorher zu einer Veränderung gezwungen hatte.

Von unseren Nachbarn wurden wir getrennt durch einen rechtwinkligen und mir damals ziemlich groß erscheinenden, und vor allem deshalb immer sehr dunklen Flur, weil er ohne Beleuchtung oder Lichteinfall von außen war. Seine niedrige, löchrige Holzdecke war schwarz angestrichen und konnte trotz ihrer vielen Löcher auch kein Licht von außen bringen. Über ihr befand sich ja der ebenso dunkle Dachboden. Von diesem düsteren, mir immer Angst machenden, grässlichen und moderigen Flur gingen verschiedene nicht mehr vollständig verschließbare Türen und zum Dachboden eine sehr schiefe Holztreppe ohne Geländer ab, die laut knarrte und quietschte, sobald jemand sie benutzte. Vor allem in den Abendstunden durchquerte ich diesen dunklen, von früher einmal starken Holzbalken, aber jetzt von richtig schweren Spinnennetzen scheinbar zusammengehaltenen Flur immer sehr schnell und mit zusammengekniffenen Augen. Natürlich kollidierte ich dabei viel zu oft mit irgendeiner Wand oder mit dort herumliegenden Gegenständen, knallte wieder auf den Boden, holte mir wieder Beulen und Schrammen. Und wieder heulte ich trotz der dies stets ablehnenden Reaktion der Mutter, nannte sie dann schnell lieber »Mutti«. Jedes Mal wieder vermutete ich hinter jeder Ecke und in jedem der zahlreichen dunklen Winkel eine mir unbekannte noch viel dunklere Gestalt, und die dort überall wohnende und scheinbar immer größer werdende

Zahl großer Spinnen entwickelte sich in meiner Vorstellung schon wieder zu Kinder fressenden Monstern. Außerdem konnten sie alle viel schneller laufen als ich.

Die verpassten mir regelmäßig Gänsehaut und Panikattacken, wenn mich mal wieder eine von ihnen erwischte und ich mich in einem ihrer klebrigen Netze verfing, weil die nämlich keine Produkte meiner Fantasie waren.

Ich erinnere mich an Situationen, in denen es mir sofort unmöglich wurde, irgendeinen Auftrag meiner Mutter auszuführen, wenn ich dazu diesen dunklen Flur zu durchqueren hatte. Das wurde zu einer mich ständig bedrohenden Zwickmühle: Ich musste diesen Weg vermeiden, wollte dennoch ihrem Auftrag nachkommen, hüpfte also lieber durch das kleine Fenster im Wohnzimmer, um außen um das Haus herumzugehen und erlebte dann, dass dies meiner Mutter auch nicht gefiel.

Sie nannte mich dann wieder – und als sei das ihre verdammte Pflicht, dabei dieses Wort verstohlen und leise in sich hinein zischelnd, es fast verschluckend – einen »Angsthasen«. Ich hörte es trotzdem, empfand mich selbst schon oft wie einen Angsthasen, weiß aber bis heute nicht, wie so einer eigentlich aussieht, vielleicht ja so wie ich früher. Ich überprüfte deshalb manchmal argwöhnisch und genau vor unserem kleinen grauen Spiegel den Wuchs meiner Ohren und ihre Form. Vor allem tat ich das auch immer dann, und unverzüglich, wenn irgendein Erwachsener mal wieder unbedingt daran hatte ziehen wollen. Das gehörte früher noch zu den Erziehungsmaßnahmen. Ziehen gleich Erziehen und gleich

Großziehen. »Erziehung« ist also in seinem Ursprung vermutlich durch die immer lockenden Ohren von Kindern entstanden, ich meine den Begriff. Und die Kinder in diesem Dorf hatten vielleicht noch viel längere Ohren als andere. Das war in späterer Kinderzeit das Ergebnis meines darüber Nachdenkens, denn so ziemlich alle der dort erlebten Erwachsenen waren von ihrer Fähigkeit, das zu beherrschen, restlos überzeugt.

Und als seien sie völlig in ihrem Bann dazu gefangen, schienen sie ständig in ihren Startlöchern zu hocken, weil sie ihre nächste Chance nicht verpassen durften, mit der sie der Welt jedes Mal wieder ihre Eignung und verdammte Pflichterfüllung nachweisen würden. Und als wäre das nun ein endgültiger Nachweis dessen, wollten sie das jeweils betroffene Kind dabei am Ende und am liebsten an seinen Ohren in die Luft erheben. Das schien mir jedenfalls manchmal so.

Unser Klo war ein sogenanntes Plumpsklo. Eine kleine schief stehende und vor allem im Sommer immer stinkende, mit grauer Farbe vor langer Zeit angestrichene Holzhütte mit schmalen und breiten Ritzen zwischen den verbauten Brettern, und mit Astlöchern darin, die besonders gut zum Durchgucken geeignet waren, ob von außen oder von innen.

Die schief hängende Holztür mit einem ausgeschnittenen Herz in ihrer oberen Hälfte, schloss nicht mehr richtig; sozusagen alles Scheiße.

Ich erinnere mich sehr gut daran, dass ich mir oft lieber einen versteckten Platz hinter irgendeinem Busch suchen wollte, damit ich dabei wenigstens nicht von allen Seiten gleichzeitig beobachtet werden könnte.

Sein vor allem an warmen Tagen besonders stinkender und manchmal auch noch dampfender Inhalt wurde in entsprechend notwendigen Abständen und nur nach Einbruch der Dunkelheit in die Este befördert.

Oft mussten auch wir Kinder das erledigen, wahrscheinlich deshalb, weil wir uns nicht dagegen wehren konnten. Es interessierte aber auch niemanden, wie wir damit klar kamen. Half uns aber vielleicht dabei, ein allumfassendes und funktionierendes Immunsystem zu entwickeln. In warmer Sommerzeit, wenn Leute von an der Flussoberfläche schwimmenden Scheiße-Resten manchmal beim Baden in ihrem Gesicht getroffen wurden, ich schon befürchtete, oder darauf wartete, dass die von den immer nach Luft schnappenden Schwimmern verschluckt werden würden, weil ich außerdem nicht begreifen konnte, dass die in diesem Dreckswasser badeten und meiner Ansicht nach also dafür bestraft werden müssten, erledigten wir die Entsorgung des Plumpsklos erst nach Einbruch der Dunkelheit. Schwierig war es für uns Kinder, sich die Nase wegen des Gestanks zuzuhalten, wenigstens aber die Luft anzuhalten und gleichzeitig den schweren mit Scheiße & Co gefüllten Blecheimer so zu balancieren, dass er nicht auskippte. Einmal wäre ich fast mitsamt Eimer in die Este gestürzt. Am Ufer war ich auf einem nassen, dort versteckt im Gras liegenden Holzbrett ausgerutscht, was dann dafür sorgte, dass der Eimerinhalt nicht nur in der Este landete. Dusche oder Badewanne waren ja nicht vorhanden, aber eine Mutter, die in ihrer eigenen ständigen

Verzweiflung über dieses Leben selten mal in der Lage war, uns Kindern ihr Missempfinden darüber anders als mit unserem eigenen ständigen Versagen dann Anlass bezogen auszudrücken.

Zu meinem großen Glück würde es jedoch bald meine Tante Marianne für mich geben. Gleich als sie uns das erste Mal in dem Haus auf dem Deich besuchte, wurde sie zu einer Lichtgestalt für mich, die Hoffnung auf Veränderung in diese Welt ohne von mir bis dahin jemals erlebte geringste Anzeichen von Sinn und Trost brachte. Das war deshalb so, weil sie zu mir sprach, mir zuhörte, und weil sie mir Antwort gab. Und weil sie gerne mit einem Kind sprach, und weil sie außerdem das Sprechen erlernt zu haben schien. Sie war die Schwester meines Vaters und nach uns ganz allein vor den Russen aus Brandenburg geflüchtet und in Buxtehude gelandet. Mein Vater war ja noch in englischer Gefangenschaft und lebte nun in der Nähe von Nottingham, wie wir durch irgendeine Behörde noch ergänzend zu dem bereits genannten Brief erfahren hatten. Wenn sie uns manchmal besuchte, erzählte sie mir deshalb, und bald auf meinen dringlichen Wunsch hin immer wieder, mit viel Freude über den Nottingham Forest, in dem ja all diese Helden wie Robin Hood und so lebten. Das waren echte Kerle, nämlich solche, die in ihrem Kampf um die Rechte der Schwachen nicht aufzuhalten waren, und die dafür Tag und Nacht ihren Kopf und ihren Kragen riskierten. Allein deshalb fanden sie niemals Schlaf, wie mir schien, und das erzeugte fast schon Mitleid in mir, aber auch noch größere Bewunderung. Ich versuchte deshalb manchmal nachts, meine Augen auch offen zu halten.

Jedenfalls gab es für sie scheinbar nur dann ausreichend Schlaf, wenn sie mal für ne Zeit in einem Kerker ihrer Feinde gelandet waren, aus dem sie ihre Kampfgenossen aber ganz bald wieder befreien würden, damit ihr schlafloser Kampf weiter ginge. Das war das, was ich hören wollte, und es war jedes Mal aufs Neue großartig und faszinierend, ihr wieder zuzuhören.

Ich weiß noch sehr genau, dass ich manchmal gleichzeitig versuchte, und dann krampfhaft die Fäuste ballte, den erhofften Erfolg nicht nur herbei zu sehnen, sondern ihn gleich herbei zu zwingen, weil ich mir so wünschte, dass es in meiner Welt eben auch solche Menschen gäbe.

Ich hielt jetzt die Luft an, und weil ich nun sehr schnell einen roten Kopf bekam, schmunzelte meine Tante jedes Mal, freute sich aber über diesen zusätzlichen Nachweis meiner Begeisterung, sagte: »Du musst weiter atmen«, und klopfte mir mit ihrer Hand mehrmals fest auf den Rücken. Ich öffnete erst nach ihrer Aufforderung meine Fäuste und atmete weiter, malte mir aus, wie es wäre, wenn die um mich herum einander wirklich wahrnehmen, in ganzen Sätzen sprechen und sich respektieren würden. Stellte mir vor, wie es wäre, wenn das, was sie taten, einen erkennbaren Sinn hätte, auch schon für ein Kind. Nach all den Geschichten, die sie mir vorlas, musste es irgendwo da draußen und nicht nur im Nottingham Forest noch eine ganz andere Welt geben. Ja, es waren in dieser Zeit fast ausschließlich meine Tante und ihre

Geschichten und Bücher mit ihren so lebendigen Gestalten, Darstellungen und darin gelebten Gefühlen, die mir Hoffnung gaben, dass ich eines Tages ganz bestimmt in diese andere Welt kommen würde. Wann das sein würde und wie ich dorthin finden könnte, fragte ich meine Tante des Öfteren, aber sie wich diesen Fragen jedes Mal aus. Sie sprach dann von etwas ganz anderem, sah hilflos oder sogar traurig aus. Aus der fehlenden Antwort sollte ich wohl lernen, dass es meine eigene Aufgabe wäre, dieses herauszufinden.

Vielleicht hatte sie auf meine Frage auch gar keine Antwort. Sie war ja auch da, wo ich war. So ungefähr erklärte ich mir das irgendwann, und ich hörte deshalb auf, sie weiter mit diesen Fragen zu löchern. Unbedingt verhindern wollte ich schon bald, auch einmal so zu werden wie die meisten der mich umgebenden Erwachsenen. Die schienen in sich ja nichts zu haben, und bis auf die in ihren Köpfen ihr ständiges Unwesen treibenden Verbote, die für uns Kinder galten, gar nichts. Weil da also scheinbar nichts anderes war, konnten sie deshalb nur diese Verbote aus ihrem in ihnen fest verankerten Geistesmüll-Endlager herausschleimen, um sie gleich anschließend immer wieder aufs Neue in uns Kinder hineinzuwürgen, weil sie damit begründen wollten, dass es schließlich die Verbote ihrer Eltern gewesen seien, die etwas aus ihnen hatte werden lassen, und daher seien sie natürlich auch auf uns anzuwenden, weil sie deshalb ganz in unserem Interesse seien, und weil sie uns so gern hatten. Ich konnte sie eigentlich von Anbeginn an nicht begreifen, sie konnten das, was sie da immer als richtig behaupteten, nie beweisen. Mir fehlte jedenfalls gleich der Beweis dafür, dass das, was aus ihnen geworden war, zum Nacheifern anfeuern konnte. Wenn mir mal wieder danach war, fragte ich manche von ihnen sogar, warum sie überhaupt sprachen, weil es ja viel zu deutlich erkennbar sei, dass sie einander überhaupt nicht zuhörten, wie ich ihnen erklärte. Wenn meine Frage auch nie zu einer Antwort von ihnen führte, so gab es ja immerhin schon mal eine Ohrfeige oder einen Rausschmiss. Meistens beides. Hinzu kam, dass es ihnen außerdem völlig gleichgültig zu sein schien, ob es mich gab oder nicht, und ob es mir gut oder schlecht ging. Vielleicht hätte ich mich dafür entschuldigen sollen, dass ich geboren wurde, aber bei wem denn, etwa bei ihnen, ausgerechnet? Schon viel zu früh war etwas wie meine Frage nach dem Sinn entstanden, hatte anderes damit manchmal ganz und gar überlagert. Hatte dann nichts mehr zu tun mit den Träumen eines Kindes, war schon zur Ausweg suchenden Notwehr geworden. Das kam manchmal schon meinem Abschied von der realen Welt am nächsten, jedenfalls der Flucht vor ihr.

Tante Marianne nannte sich selbstbewusst eine Schriftstellerin, und ich habe sie als einzige aus dieser Zeit in Erinnerung, die auch tatsächlich selbstbewusst war. Einmal war es ihr sogar gelungen, eine ihrer Geschichten bei einem norddeutschen Rundfunksender als kleines Hörspiel unterzubringen. Das hätte in dieser damaligen Zeit in diesem entlegenen Winkel der Welt eigentlich etwas Sensationelles sein sollen, änderte trotzdem überhaupt nichts am allumfassend gelebten

Stumpfsinn dort in diesem Dorf und führte deshalb auch nicht dazu, dass die Menschen nun sie und ihre Kunst ernst genommen hätten. Auch die Verwandten taten das nicht.

Stattdessen wurde sie von allen weiterhin immer nur als ›anders‹ belächelt, mit Misstrauen bedacht oder am besten völlig ignoriert.

Ja, sie war völlig anders als alle anderen, und darum liebte ich sie sehr. Manchmal, wenn ich sie stark zu vermissen begann, weil sie uns schon viel zu lange nicht mehr besucht hatte und ihre Geschichten mir so fehlten, machte ich mich allein auf den Weg, um sie in ihrer Unterkunft in Buxtehude aufzusuchen. Dort lebte sie nun, und seit einiger Zeit zusammen mit einem Franzosen namens Jean, der vorher ein feindlicher Soldat gewesen war, in einer damals sogenannten wilden Ehe und in einem alten Holzschuppen.

Wenn die beiden sich in dieser Zeit und jahrelang fast ausschließlich von Fallobst ernähren mussten, dann lag das auch daran, dass Tante Marianne noch keine Arbeit hatte und Jean nicht arbeiten durfte, weil er ein Ausländer war.

Diese »wilde Ehe« brachte ihr natürlich noch mehr Ignoranz und etwas wie die endgültige Ablehnung und sogar Verachtung durch die meisten anderen ein. Wahrscheinlich war sie dadurch automatisch auch noch zu einer Verräterin und deren Feind geworden, war ja kurz nach dem Krieg, doch das war ihr egal, glaube ich. Es konnte ihr aber überhaupt nicht egal sein, dass es den dortigen Behörden nicht gefiel, dass Jean nicht nach

Frankreich zurückgehen wollte, und die deshalb den beiden ihr sowieso schon schweres Leben noch schwerer machten. Den Jean hatten die anderen Franzosen nach Ende des Krieges dort scheinbar vergessen. Oder er war aus Liebe zum Deserteur geworden, dachte ich später mal; war ja ein Franzose. Wie sein Verbleib dort in Buxtehude tatsächlich entstanden war und aus welchen Gründen, habe ich nie erfahren. Das war etwas Geheimnisvolles, das diesem zugrunde lag. Auch Tante Marianne wollte nicht darüber sprechen.

Mein Weg nach Buxtehude führte mich etwa fünf Kilometer auf den Schlangenlinien des Deiches entlang und an einem Zigeunerlager vorbei, das nach dem Krieg von den Behörden kurz vor Buxtehude eingerichtet worden war, und an dem ich nun aber jedes Mal heil vorbeikommen musste. Von meiner Mutter und anderen Erwachsenen wusste ich ja nach ihren ausführlichen und unverändert ängstlichen Beschreibungen nur zu gut, dass Zigeuner »Kinder und Wäsche stehlen«. Also beobachtete ich dieses Lager anfangs erstmal aus sicherer Entfernung und rannte dann so schnell ich konnte unter oft lautestem Gejohle der Zigeuner und Bellen ihrer Hunde an diesem Lager vorbei, das zur Straße und ringsherum durch die veranlassende Behörde mit einem Drahtzaun begrenzt worden war.

Dieses Lager bestand aus drei oder vier Wohnwagen, vielen Erwachsenen, vielen Kindern, die tatsächlich in Lumpen gehüllt waren, und jeder Menge Hunde.

Irgendwann später schien es mir, dass die sich nur über mich und meine Angst zu amüsieren schienen, sie lachten ja immer, während sie nun johlten, und nachdem einer von ihnen einmal sogar applaudiert hatte, und ich hörte so nach und nach auf, da vorbei zu rennen, und sie waren wahrscheinlich enttäuscht davon. Trotzdem stahlen sie weder mich, noch gingen sie mir an meine Wäsche, waren sogar freundlich, wie ich manchmal erlebte. Eine der Frauen lud mich einmal sogar ein: »Komm, ich habe Kuchen!«, rief sie mir zu. Das war mir nun doch wieder zu gefährlich. Log sie lieber an, rief laut zurück: »Ich habe keinen Hunger!« und ging, wieder etwas schneller, weiter auf meinem Weg. Jedenfalls lernte ich außerdem, dass es eine Personengruppe gab, der es noch viel schlechter ging als uns Flüchtlingen, und die noch viel abschätziger und mit Angst behandelt und beurteilt wurde, sogar von uns Flüchtlingen. Zigeuner machen Angst.

Bei Tante Marianne gab es manchmal Spiegeleier mit Butterbrot. Das Brot, die Butter, und die Eier dazu hatte sie irgendwoher organisiert, und es gab sogar hin und wieder von ihr organisierten süßen Kakao. Wenn Jean mal wieder eingeschlafen war – er schlief gerne –, las sie mir auch wieder etwas vor. Franzosen schlafen gern. Wenn er mal nicht schlief, erlebte ich ihn mir gegenüber als einen stets geduldigen und freundlichen Mann, der sich mir zuwandte und der mich mit seinem deutsch/französischen Kauderwelsch anfangs ständig aus der Fassung brachte, weil ich ihn vor allem infolge seines extremen französischen Akzents, mit dem er sein Kauderwelsch noch weiter bis hin zu einer mir völlig unbekannten Sprache und wie einen Singsang auf und ab verbog, eigentlich nie verstehen konnte.

Da mir aber sein Stolz auf seine Deutschkenntnisse schon bekannt war, tat ich anders, wurde ein rücksichtsvoller Feigling, und meine Tante rettete mich, wenn sie sah, dass ich mich jetzt mit mir selbst verfranst hatte und nicht mehr weiter wusste, weil ich mich mit meiner Rücksichtnahme wieder in eine sprachenlose Sackgasse hineinmanövriert hatte, und übersetzte das für mich. Sie verstand ihn immer, sie sprach außerdem sehr gut Französisch.

Irgendwann gelang es mir, ihn meistens doch zu verstehen. Übung macht den Meister. Und noch irgendwann war es den dortigen Behörden doch noch gelungen, ihn nach Frankreich zurückzuschaffen. Da war ich sehr traurig, vor allem deshalb, weil meine Tante ankündigte, dass sie nach Hannover umziehen würde, weil sie dort Arbeit gefunden hatte, da sie eine »examinierte« Kindergärtnerin war. So hieß das damals.

Ihr hatte ich in der Zeit davor eines Tages und ohne Zweifel auf eine noch andere Weise mein kleines Leben zu verdanken. Ich erinnere mich daran, als wäre es gestern gewesen, wie sie mich mit ihren kleinen Händen am Rücken packte und mit heftigem Ruck und lautem Schrei von den Bahngleisen im Bahnhof Buxtehude vor einem einfahrenden Zug hoch- und zurückriss, den ich überhaupt nicht bemerkt hatte, weil ich in meinen Träumen wieder irgendwo anders war. Als dieser Zug mit einer Dampflok vorne dran den Bruchteil einer Sekunde später mit lautem und dabei schnaufendem und zischendem Lärm an mir vorüber und nicht über mich hinweg donnerte, war ich sechs Jahre alt. Ich kann noch seinen

Fahrtwind spüren, das entsetzte Gesicht meiner Tante und anderer Anwesender sehen.

Unser kurvenreicher Deich sollte das davor liegende feuchte Marschland, seine Obstplantagen sowie Mensch und Tier vor allem vor den Sturmfluten, die im Herbst und Frühjahr alle Jahre wieder auftraten, schützen. Ganz anders als wir, wollten die Erwachsenen diese Sturmfluten nie als willkommene Abwechslung begrüßen, sondern stets als Bedrohung unserer Existenz betrachten. Ihr so ängstliches Verhalten, das hastige Zusammenklauben von persönlichen Dingen und Papieren konnte für uns ja gar nichts anderes bedeuten. Jedes Mal wieder waren sie sehr aufgeregt, denn oft schrien sie sogar laut, versuchten, das auf den Körper und die Ohren drückende Auf und Ab des heulenden Sturms zu überschreien, wollten scheinbar unbedingt erreichen, dass wir sie hören und verstehen würden.

Wenn es ihnen auch nie gelingen wollte, uns das Bedrohliche daran bereits vor dem Einsetzen des Sturmes oder nach seinem Abflauen mit den dazu geeigneten Worten zu erklären, was vielleicht auch in uns Angst erzeugt hätte, war uns das egal, weil wir ja nicht auf den Kopf gefallen waren und uns eine eigene Meinung bilden konnten. Immerzu aufs Neue schrien sie uns zu – das war uns dann schon wirklich lästig –, unbedingt in ihrer Nähe zu bleiben, und sie reagierten mit großer Angst und Wut, wenn wir mal nicht sofort gehorchten. Dann packten und schüttelten sie uns, und es gab auch schon mal eine Ohrfeige oder zwei. (Jedenfalls schien es dann, als ob man nun doch wichtig sei für die.) Wir Kinder empfanden die Sturmfluten weiterhin vor allem als willkommene Abwechslung, und die uns wieder angedrohte Prügel änderte nichts daran. Wir wollten uns jedes Mal wieder lieber auf die nächste freuen, die sich dann prompt im Frühjahr oder Herbst mit sehr starkem Sturm und mit seinen noch stärkeren Sturmböen ankündigte. Oft fegten diese uns mit viel Schwung und Kraft vom Deich hinunter, erzeugte dann wiederum Entsetzen bei den Erwachsenen und albernes Gekicher und Gekreische bei uns Kindern.

Trotz deren Entsetzen bauten wir uns wieder schnell oben auf dem Deich auf, damit eine nächste Sturmböe uns gleich wieder hinunter fegen konnte, noch bevor uns ein Erwachsener wieder packen und schütteln würde, was ja längst nicht so spaßig war. Die wirkliche Gefahr eines Deichbruchs konnten wir trotz oder wegen unseres eigenen Bildes noch nicht einschätzen.

Und wenn das Hochwasser fast schon drohte, über den Deich hinweg zu steigen, wenn nur noch eine Handbreit daran fehlte und das Wasser an einigen Stellen schon hinüber schwappen wollte, dann wünschte ich mir zunehmend mehr, der Deich möge doch nun endlich brechen. Ich ließ diesen Pegel überhaupt nicht mehr aus den Augen, legte mich manchmal sogar platt oben auf den Deich, wurde jedes Mal sehr nass dabei, wusste das vorher schon, kriegte wahrhaft großen Ärger mit der Mutter, das wusste ich auch, das war mir egal, ich wollte unbedingt in Augenhöhe mit dem Hochwasser kommen, es am liebsten laut anfeuern, den Deich nun endlich und möglichst mit lautem Krachen zum Brechen zu bringen.

Vielleicht hätte ein Deichbruch ja sogar zu einem Dammbruch werden können, der gleich alles weggerissen hätte, und wir wären wirklich in einen anderen Ort gekommen. In dem wir einen Platz gefunden hätten, wo wir leben konnten, weil er ohne diese wie mir immer schien völlig gefühllosen, fast stumm zu nennenden Bauern gewesen wäre, die sich in und hinter ihren protzigen Häusern, die mit langen Zäunen aus Metall zur Straße begrenzt waren, verbargen und jeden Kontakt zu uns, den ihnen durch die Behörden aufgezwungenen Flüchtlingen, dadurch scheinbar zu vermeiden suchten.

Der Deich brach nie. Immerhin gab es ja stattdessen diese vor allem für uns Kinder so sensationellen, spannenden Bauernhausbrände. Leider gab es die nur in der Sommerzeit, weil sie nur bei schweren Gewittern und durch Blitzschlag entstehen würden, wie uns bald und immer wieder aufs Neue von irgendwelchen Erwachsenen ungefragt erklärt wurde, als müssten sie sich das auch selbst immer wieder einreden, um dadurch in sich ein gutes Gewissen zu erzeugen und uns Kindern gegenüber ihre weiße Weste darzustellen, weil ein Blitzschlag als Ursache eigentlich nie glaubhaft war, von den meisten der Einwohner übrigens jedes Mal grundsätzlich angezweifelt wurde, und diese Zweifler nannten die Brände dann lieber gleich »warmer Abriss«. Damit war Versicherungsbetrug gemeint, wie mir ein Erwachsener irgendwann einmal auf meine bohrenden Fragen mühsam zu erklären versuchte, und den ein jeder den Bauern zutraute.

Jedenfalls versuchten die meisten der Flüchtlingskinder, allerdings waren es nur die Jungens, jedes Mal, ihren Eltern, oder dem noch vorhandenen Elternteil, zu entkommen und rannten sofort dorthin, um sich das Schauspiel anzusehen. Einmal gelang uns das sogar des Nachts, führte allerdings anschließend zu allergrößtem Ärger mit der Mutter. Das haben wir dann nie wieder getan, weil sie uns diesen Ärger anschließend mit ihrer großen Sorge um uns begründet hatte.

Einmal wurde ich sogar Zeuge, wie zwei der Bauern sich das mit dem warmen Abriss gegenseitig erklärten, und sie lachten sogar laut darüber. Dass ich Zeuge war, schien ihnen egal zu sein. Da wusste ich, dass sogar Bauern lachen und worüber sie lachen konnten, wusste ich dann auch. Ein jedes dieser einsetzenden Gewitter löste bei den Dorfbewohnern sofort Spekulationen aus: »Welcher Bauer wird denn diesmal zündeln, ha, ha?«, rief man einander laut und höhnisch zu.

Ich weiß nicht, ob sie untereinander damals deshalb sogar schon Wetten abschlossen. Jedenfalls entstanden immer lange Diskussionen, manchmal lautes und hämisches Lachen, weil einer den zukünftigen Brandstifter schon namentlich zu benennen wusste, auch wütende Abwehr, wenn andere nicht dieser Meinung waren. Das war jedes Mal aufregend, so wie in einem Krimi, oder sogar wie in einem ›Fortsetzung-folgt-Krimi‹; etwa so würde ich heute beschreiben, wie ich das immer empfand, es machte mir komischerweise keine Angst, erweckte nur meine allergrößte Neugier, wer wohl recht behalten sollte.

Als ich das erste Mal mit dem Tod eines Angehörigen konfrontiert wurde, war ich noch nicht fünf Jahre alt. Mein Großvater mütterlicherseits starb mit etwa 70 Jahren. Er war ein sehr großer, sehr dünner und, wie mir immer schien, sehr finsterer Mann. Ein Beamter, damals eine sogenannte Respektsperson. Wie ich ihn erlebt habe, war er nach seiner immer gleichen Eigendarstellung ein überzeugter Befürworter der Nazis, und er war vor und während des Krieges bei der Deutschen Reichsbahn als Stationsvorsteher beschäftigt, war im sogenannten Gehobenen Dienst. Viel lieber wäre er Soldat geworden, er war nicht Kriegsdienst tauglich, wie meine Großmutter mir irgendwann später eines dunklen Abends mal eröffnete, und während sie »von früher« erzählt hatte. Und als wäre das ein bis dahin streng gehütetes Geheimnis gewesen, begann sie plötzlich zu flüstern und ließ ihre Augen schnell hin und her und nach allen Seiten gehen, als sie ihren Oberkörper noch schnell herabduckte. Doch so, wie er manchmal über den Krieg sprach, konnte er ja zumindest stolz darauf sein, dass immerhin fünf seiner Söhne im Krieg und damit ja im Dienst des Vaterlandes gefallen waren. Als Nazi und als Mann, oder als Nazimann, durfte oder wollte er wahrscheinlich nicht zugeben, dass er vor allem sehr traurig war. Jedenfalls hoffte ich das immer, wenn ich mal wieder Zeuge seiner Berichte werden musste, denn ich konnte nicht einfach davonlaufen. In seinem zeitweiligen scheinbaren Bemühen, meinem Bruder und mir unseren abwesenden Vater zu ersetzen, erreichte er schon seine Grenzen; er konnte das nicht. Jedenfalls ich empfand das so. Mein Bruder war da nicht so anspruchsvoll. Ich hatte anfangs viele Fragen an ihn. Die befand er wahrscheinlich als zu dumm oder er hatte keine Antwort parat, und entsprechend gab er keine. Lieber stieß er mich beiseite: »Sei still, halt den Mund, geh weg, geh nach draußen.« Gefielen ihm vielleicht meine dunklen Haare nicht, und die braunen Augen mit den langen Wimpern daran, passten die nach den Nazis nicht mehr in sein Gedankengut, weil er jetzt erblindet war? Dabei schwärmten doch sogar meine »dicken Tanten«, von denen ich noch berichten werde, wie auch andere Frauen ständig von meinen ach so schönen Augen. Meine Patentante wollte sogar, dass ich wegen ihnen später unbedingt ein »Filmschauspieler« werden müsste. Und eine junge hübsche Frau, sie war die Schwester eines Freundes, sagte eines Tages, da war ich 11 Jahre alt: »Wenn du mal groß bist, kannst du jede Frau haben!« Sie meinte wegen meiner Augen. Als ich das hörte, fand ich das toll, wusste aber wahrscheinlich nicht wirklich, warum das toll war. Außerdem konnten die mich damals noch umgebenden Frauen mir mit ihrem von ihnen gelebten Verhalten keinen Anreiz bieten, sie »haben« zu wollen.

Mein Bruder hatte jedenfalls blonde Haare und blaue Augen, den mochte Großvater lieber. Vielleicht auch deshalb, weil der ihn nicht ständig irgendetwas fragte. Der war außerdem auch ohne meine schönen Augen viel hübscher als ich, fand ich. Unser Großvater war aber auch mein Großvater.

Meine Mutter sprach zu mir über ihren Vater eigentlich nur zweimal. Einmal berichtete sie fast amüsiert und zischelfrei davon, dass ihr Vater zu Beginn des Zweiten Weltkrieges den Angriffskrieg der Nazis gegen Europa an jedem Abend im Wohnzimmer mittels einer Weltkarte, die er sich eigens zu diesem Zweck beschafft und mit Hilfe eines Nagels, den er in die Wand geschlagen und einem Band an den Nagel in dieser Wand gehängt hatte, durch sorgfältiges Abstecken der siegreichen Front mit kleinen Wimpeln verfolgte.

Dieses habe er immer sehr selbstbewusst unterlegt mit seinen soldatisch fachmännischen Erklärungen, die er dann auch dazu nutzte, seinen Töchtern allabendlich seinen unverrückbaren Glauben an den Sieg der Nazis zu vermitteln. Diese Veranstaltungen waren für die Töchter Pflicht, die Söhne befanden sich ja als Soldaten im Krieg. Mutters zweite Berichterstattung hatte mit der Pflicht zu tun, dass sie und ihre Geschwister meinen Großvater an seinem Geburtstag immer auf den Mund zu küssen hatten.

Ihren Geschwistern schien das nichts auszumachen, sie mochte das überhaupt nicht und schüttelte sich danach immer, alleine schon wegen des vorhandenen Schnurrbartes und auch überhaupt.

Und während Mutter dies alles rückblickend erzählte, schüttelte sie sich ein letztes Mal sehr heftig und verschluckte etwas wie »Brrr« in sich hinein.

Ein endgültiger Abschied mit gleichzeitiger Abrechnung war das.

Eines Tages nun erhielten wir von der Großmutter die Nachricht, dass der Großvater gestorben sei. Als ich erfuhr, dass ihn sein letzter Weg zum Friedhof im Nachbarort mit einem Leichenwagen an unserem Haus auf dem Deich vorbeiführen würde, setzte ich mich an den Deichhang und wartete, das musste ich unbedingt erleben. Während ich also da am mit Gras und Blumen dicht bewachsenen Deichhang und zu der dort unten dran verlaufenden Kopfstein gepflasterten Straße gewandt so saß und wartete, nahmen mich meine Träume wieder völlig gefangen.

Die schon genannten Helden und auch Prinzen und Prinzessinnen umgaben mich jetzt, und ich sehnte mich schon wieder nach Heldentaten. Ich hatte überhaupt niemals andere Vorstellungen, mit denen ich mich von dieser ständigen, alles lähmenden Stille, von meinem dauerhaften Hunger und von den anderen Unzulänglichkeiten in meiner leblosen Umgebung hätte ablenken können, als mit Veränderungen durch eigene Heldentaten. Ohne sie ginge das niemals, davon war ich seit Langem fest überzeugt.

Plötzlich bewegte sich etwas und riss mich aus meinen Träumen. Unten auf der Straße, aus Richtung Buxtehude kommend, fuhr eine schwarze, glänzend lackierte Pferdekutsche holpernd um die Deichkrümmung herum auf mich zu. Sie erschien mir riesengroß, wurde von vier schwarzen Pferden gezogen, die in pechschwarze, wallende Tücher gehüllt waren, und deren unruhig wechselnder Hufschlag ihrer vielen Hufe das Düstere an diesem Bild noch untermalen wollte. Die Pferde trugen große schwarze Scheuklappen. Hinten auf der Kutsche stand ein schwarzer Sarg, der zu einem Teil auch mit einem schwarzen Tuch bedeckt war, das aber verrutscht zu sein schien. In diesem Sarg also befand sich nun mein toter Großvater. Vorne auf dem Kutschbock aber saß ein kleiner alter Mann in ebenso schwarzer Kleidung und mit einem dunklen Zylinder auf seinem alten verknöcherten Kopf, der kahl und mit sehr blasser Haut überzogen zu sein schien. Er verzog keine Miene, und als wäre sein Körper schon vor langer Zeit zu einem Teil des schwarzen Kutschbocks geworden, war er ebenso ohne Regung, als würde auch er sich dort nur noch befinden. Vielleicht war er ja in endlos langer Zeit in ihm angewachsen, dachte ich dabei. (Glaube ich.) Beweglich waren aber noch seine Hände, und er schwang mit seiner linken stoisch die schwarze Lederpeitsche auf und ab, während seine rechte fest die Zügel hielt, um die vier trotz ihrer Scheuklappen nervösen Pferde entsprechend den Anforderungen des Kopfsteinpflaster in Schach zu halten, während der hoch und schlank gebaute Leichenwagen mitsamt seinem oben auf ihm befindlichen Kutscher dabei immerzu Gefahr lief, umzukippen, denn er schwankte hin und her und sein Gewerk knarrte und quietschte laut. Plötzlich bemerkte ich ›Schiet-Hannes‹ hinter mir und oben auf dem Deich. Der war so etwa 40 Jahre alt, trug, wenn ich ihn manchmal sah, stets eine schwarze Schiffermütze und andere schwarze Kleidungsstücke.

In Folge seiner schweren Kriegsverletzung musste er seither einen Rollstuhl nutzen, konnte nicht mehr laufen, weil er ein Bein verloren hatte. Manchmal hatte ich erlebt, wie er mit diesem Rollstuhl immer so hin und her ohne scheinbares Ziel den Deich entlang rollte.

Das erschien mir dann jedes Mal irgendwie sinnlos. Doch schienen mir die Unternehmungen derer, die da noch laufen konnten, umso mehr nur ganz selten einmal sinnvoll zu sein. Denn wenn die von irgendwoher zurückkehrten, dann meist genau so und mit leeren Händen, wie sie vorher losgegangen waren. Und meistens entsprach das nicht dem, was sie vorher wieder angekündigt hatten. Heute hatte Schiet-Hannes ein auch für mich erkennbares Ziel, war schon dort angekommen und saß nun wie plötzlich zu einer Statue erstarrt da oben auf dem Deich in seinem Rollstuhl, wollte die unten auf der Straße vorbeiziehende düstere Prozession erstarrt erleben. Vielleicht ja sogar gemeinsam mit mir. Er sagte aber überhaupt nichts, was das nun hätte bestätigen können, und rollte plötzlich unter wieder einsetzendem Quietschen und Krächzen seines Rollstuhls und mit einem Ruck in entgegengesetzter Richtung als der Leichenwagen sehr schnell wieder davon, und irgendwo hin. Das war wie eine Flucht. Seinen ›neuen Namen‹ hatten ihm die Dorfbewohner übrigens gegeben. Weil ›Schiet-Hannes‹ zur Körperpflege nicht mehr ausreichend in der Lage war, wusch er sich folglich nur sehr unvollständig und roch daher oft nach ›Schiet‹. Wohl in bald jeder Hinsicht war er in den Augen der anderen nach seiner Verletzung wie automatisch zum Verlierer geworden. Kriegsdienst tauglich war er ja nicht mehr, konnte außerdem nicht mehr arbeiten, war also völlig nutzlos, stellte nur noch eine Belastung für andere dar. Dass er eines seiner Beine im Kriegseinsatz für sein Vaterland verloren hatte, änderte offenbar nichts an deren Meinung. Da war noch nicht einmal Mitgefühl. Das erschien mir jedenfalls so. Über diese Mängel wurde von einigen Erwachsenen in manchmal verächtlicher Weise und auch nicht heimlich gesprochen, und manche nannten ihn dann Krüppel. Uns Kindern wurde außerdem mehr als einmal von der Mutter auferlegt, uns von »Schiet-Hannes« fernzuhalten, wegen der Gefahr und so. Die landläufige Meinung war ja, dass körperbehinderte Menschen auch gleichzeitig geistig abnorm, also gerade auch für Kinder gefährlich wären. Das wurde uns Kindern auch mehr oder weniger deutlich so erklärt.

Ich kann mich nicht daran erinnern, dass irgendjemand in diesem Dorf ihm je geholfen hätte, auch niemand von uns Flüchtlingen. Zumindest hatte ich das nie miterlebt. Mir tat er sehr oft leid, aber geholfen habe ich ihm auch nicht. Niemals. Er selbst litt ganz bestimmt unter der Ignoranz seiner Mitmenschen, aber er hat es nicht gezeigt. Eher war seine Mimik immer gleich, war ganz ohne Gefühlsregungen, so still, als wäre er jetzt eine nach ihm geformte, große schwarze Puppe, die mit ihren Gedanken und Gefühlen immerzu ganz woanders war. Vielleicht half ich ihm deshalb nicht, weil ich mich nicht auf Dauer hatte dagegen wehren können, die Beurteilung der Erwachsenen zu übernehmen. Die waren ja aus meiner Kindersicht erwachsen, trotz all ihres Unvermögens. Und irgendetwas musste doch in ihnen sein. Vielleicht aber wussten die auch nicht von ihrem Unvermögen, hätten ja sonst bestimmt was verändert. Er fragte auch nie nach Hilfe.

Ich blieb da sitzen, bis die Kutsche mit meinem toten Großvater auf dem Weg zum Friedhof vorüber gefahren und hinter der Deichbiegung verschwunden war. Nur meine Augen wollten dieser düsteren Erscheinung folgen, weil ich es immer noch nicht wagte, meinen Kopf zu drehen, auch wenn das Rumpeln der Räder und das Klappern der Hufe so langsam nachließ, immer leiser wurde. Es war Sommer, 1949.

Unzählige Stunden verbrachte ich immer wieder an diesem Deichhang. Oft war ich mit meinen Gedanken bei meinem Vater, den ich ja noch nie gesehen hatte. Ich malte ihn mir aus, immer und immer wieder. Und weil er ja nun in der Nähe von Nottingham lebte, war ich infolgedessen im Nottingham Forest bald mehr und fast schon dauerhafter zu Hause als in diesem alles erstickenden Dorf, in dem es für mich überhaupt nichts Vergleichbares unter den dort sichtbaren Menschen gab.

In diese Malerei ertönte wieder, noch in der Ferne, dieses unruhig wechselnde und trotzdem so eintönige Geräusch vieler Hufe.

Es kam näher und näher, und das Geräusch verwandelte sich immer mehr in ein lautes und wüstes Stampfen. Das waren keine Hufe, das waren Männerstiefel, die zu Soldaten in Uniform gehörten, wie ich jetzt sah, weil sie da unten in Zweierreihen nacheinander hinter dieser Deichkrümmung auftauchten, so ungefähr 20 bewaffnete englische Besatzungssoldaten.

Sie kamen, wie davor der Leichenwagen, aus Richtung Buxtehude. Dort befanden sich damals ihre Kasernen.

Nun sahen sie mich da am Deichhang sitzen, so wie ein Überbleibsel, alle anderen waren längst und rechtzeitig in den Häusern verschwunden, der Krieg war ja noch nicht so lange her.

Sie machten mir überhaupt keine Angst, weil sie sogar trotz ihres schweren Gepäcks, das sie da tragen mussten, alle guter Laune zu sein schienen. Davon abgesehen, war ich überhaupt nicht bereit, vor ihnen Angst zu entwickeln, auch deshalb, weil ich gerade wieder überhaupt keine gute Laune hatte, sondern, anders als wahrscheinlich sie, besonders großen Hunger verspürte. Bestimmt haben sie das gleich vermutet, weil ich ja ein sehr dünnes Kind war. Vielleicht waren sie deshalb besonders freundlich, und einer von ihnen, ich sehe noch heute sein schmales, mir freundlich ernst zugewandtes Gesicht, er hatte mittelblondes, kurz geschnittenes Haar, brach plötzlich aus ihrer Reihe aus, kam schnell den Deich hoch gestampft, rückte die vielen Waffen, die er an seinem Körper tragen musste, noch schnell etwas zurecht und hielt mir jetzt eine Tafel Schokolade hin. Nun verkrampfte ich mich total, erstarrte fast, senkte zusätzlich noch meinen Kopf, und ich weigerte mich, diese Schokolade anzunehmen.

Er war doch ein feindlicher Soldat. Zudem verstand ich keines seiner Worte, die er zu mir sprach. Jetzt wurde er nervös, schien hilflos, seine Kameraden marschierten nämlich weiter, als ob es egal sei, ob er dabei wäre, und manche von ihnen lachten, als sie ihre Köpfe zu uns drehten, und einer stolperte dabei und fiel fast auf die Straße. Jetzt lachten alle. Doch mein Soldat lachte nicht, vielleicht, weil ich ihm mit meinem Verhalten vorher den Ernst meines Lebens überzeugend dargestellt hatte, und er daher eine von ihm in kürzester Zeit zu lösende Aufgabe vor sich sah. Wohl deshalb drehte er nur ruckartig seinen Kopf dahin und ruckartig wieder zurück und redete weiter und noch schneller auf mich ein. Das bewirkte jetzt, dass ich endgültig versteinerte und überhaupt nicht mehr fähig war, das zu ändern.

Als hätte sie es geahnt, tauchte in diesem Moment meine Mutter hinter mir oben auf dem Deich auf. Sie wagte sich, anders als alle anderen, aus der Deckung, sprang den Deichhang in Richtung des Soldaten hinab, ihr von ihr selbst genähter Rock wehte dabei empor, sie erreichte ihn schnell und riss ihm die Schokolade fast aus den Händen, rief laut »sänk ju« und lächelte.

Gleich darauf zischte sie mir auf ihrem Rückzug in das Haus, der sie an mir vorbeiführte, wohl wieder enttäuscht von mir und wutentbrannt, sich dabei zu mir herab beugend, ziemlich leise, und als sei auch das ihre verdammte Pflicht, »Dusseltier« in mein rechtes Ohr und verschwand dann mit der Schokolade ganz schnell wieder in unserem dunklen kleinen Haus.

Meine Starre wollte sich nur langsam lösen, doch konnte ich immerhin noch das Winken des Soldaten erwidern, der seinen davon marschierenden Kameraden eiligst hinterher lief und mir noch erleichtert zulächelte.

Wohl deshalb, weil er die ihm gestellte Aufgabe mit Hilfe seiner Schokolade und meiner Mutter noch so einigermaßen erfolgreich hatte lösen können. Die Schokolade verzehrten wir später und gemeinsam mit meinem

Bruder. Später, sehr viel später, musste ich über Engländer erfahren, dass es unter ihnen auch »ganz andere« gab. Dass sogar einer von ihnen fast mit Erfolg versuchen würde, mich zu töten. Er hatte sogar einen Grund, dies zu tun, wie er wohl dachte, und wenn man so will. Einen dieser Gründe, die in ihrem Entstehen auch heute noch zu unglaublichen, meist sogar blutigen Dramen zwischen Mann und Frau führen.

Mein drei Jahre älterer Bruder schien mich damals meistens zu hassen. Viel zu viel Zeit, so empfinde ich das auch jetzt noch, musste ich deshalb regelrecht vergeuden, weil ich mich vor ihm dann jedes Mal mit großem Zeitaufwand in Sicherheit bringen musste. Da war dann keine Zeit für Träume. Eine seiner Lieblingsmaßnahmen war es, mir die von ihm eigens zu diesem Zweck von den am Este-Ufer zahlreich wachsenden Weidenbäumen abgeschnittenen, sehr feuchten und dadurch sehr biegsamen Weidenzweige um die nackten Beine zu schlagen. Das tat höllisch weh, ließ die Haut aufplatzen, ich ließ es mir dennoch manchmal gefallen, fing nicht an zu heulen, rannte nur davon. Hörte er überhaupt nicht wieder auf, verprügelte ich ihn. Das war dann Notwehr und gelang mir immer, ich war stärker und dann noch wütender als er. Aber es machte mir keinen Spaß, nicht deshalb, weil es mir immer gelang. Ich war stark und weich zugleich, hatte manchmal, und ohne damals eigentlich zu wissen warum, sogar Mitleid mit ihm und gleichzeitig beneidete ich ihn. Er war hübscher als ich, fand ich, wie gesagt, und er konnte sich bei unseren Eltern immer so gut in den Vordergrund spielen, und so als sei ihm das sehr wichtig.

Wenn ich viel später dann manchmal über ihn und auch über seine Ablehnung mir gegenüber nachdachte, stellte ich mir vor, dass er neben seiner unbegründeten Eifersucht auf mich im Kindesalter wahrscheinlich noch viel stärker als ich unter den Folgen der uns umgebenden Gesamtumstände gelitten hatte, und vor allem unter dem unveränderbaren Misstrauen und der gnadenlos feindseligen, uns Flüchtlinge ständig beobachtenden Ablehnung durch die Bauern. Als hätten die sonst gar nichts anderes zu tun. Als wären wir Flüchtlinge nun sogar ihre Hauptdarsteller. Auf jeden Fall so, als wären wir vor allem die erklärten Feinde der Erfüllung ihrer

Geldgier, weil wir nichts mehr dazu beitragen konnten, das auch nicht hätten wollen würden, hätten wir es gekonnt. Mit meinem Bruder schien es mir manchmal so, als ob er regelrecht verzweifelt war darüber, dass unsere Mutter, wie auch später unser Vater, es zu keiner Zeit noch schafften, ihrem und unserem Leben so etwas wie eine als sinnvoll erkennbare Richtung zu geben. Sie schienen immerzu nur wie bestürzt, drehten sich wie halbseitig gelähmt immer nur im Kreis, traten auf der Stelle, als wollten sie lieber im Boden versinken.

Mit den Nazis und in diesem Krieg war ihnen bestimmt noch viel mehr als nur ihre eigene Richtung verloren gegangen, irgendwann, irgendwo und unterwegs. Spätestens in dieser Nachkriegszeit hatten sie bestimmt aufgegeben, nach ihr und dem anderen zu suchen. Hatten keine Visionen mehr, keine Träume. Hatten nur Sorgen, die ihnen keinen Platz für anderes ließen. Wie meine Mutter nach Jahren mal erzählte, und sie zischelte nun überhaupt nicht mehr, und ihre Stimme klang mit einmal, als wäre sie aus allergrößter Euphorie und allertiefster Traurigkeit in Einheit zusammengefügt, war es ihr Traum vor dem Krieg, im Anschluss an ihre Lehre zur Schneiderin eine weitere Ausbildung zu machen.

Sie wollte nämlich eigentlich Modezeichnerin werden, und die Kenntnisse aus der Schneiderei hätten ihr dabei helfen können, sagte sie. Sie war eine sehr gute Schülerin und konnte, wie ich damals noch nicht wusste, außerdem sehr gut zeichnen. Ich wurde jetzt völlig überrascht von ihrem Talent, hätte das überhaupt nicht erwartet. In dieser langen Zeit nach dem Krieg hatte ich nie erlebt, dass sie mal gezeichnet hätte, vielleicht wollte sie ihre Fähigkeit geheim halten, weil die anderen sie sowieso nicht verstehen würden, oder weil es die falsche Zeit dafür war. Oder weil ihr einfach nur die Kraft fehlte, die Lebenskraft. Wenn sie später manchmal ein Kleid für irgendeine Frau entwarf, die sie damit beauftragt hatte, dann befand ich das immer als sehr kreativ und körperhaft. Hätte gut in diese später wieder entstehende Welt der Mode gepasst; aus dem und aus ihr hätte etwas werden können.

Das hatten schon vorher sogar die Nazis festgestellt, die hätten ihr sogar deshalb ein Stipendium zugesagt, wie sie später mal stolz berichtete, und wie mein Vater dann noch bestätigte, und als wäre er deshalb jetzt auch stolz auf sie. Vielleicht war das Zeichnen etwas, das sie verband. Sie ist diesen Weg leider auch später nie gegangen. Mein Vater hatte durch den Krieg sein Kunststudium an der Akademie in Berlin nach einigen Jahren abbrechen müssen, weil er Soldat werden musste. Er nannte sich später manchmal Akademiker, was ihm wichtig zu sein schien. Bald, und immer wieder, erfuhr ich, dass alle in der Familie meines Vaters strikte Gegner der Nazis waren, meine Mutter und ihre ganze Familie waren aber genauso strikte Befürworter. Das konnte in ihrer Beziehung zu nichts Gutem führen und nicht dazu, dass diese Familien einen guten Kontakt zueinander entwickeln konnten, es bewirkte nur das Gegenteil, woraus schon bald eine gegenseitige Verachtung für alle Zeit erwachsen war. Das war so, weil Nazis die Nichtnazis verachten, und weil es umgekehrt genauso ist. So wie »Fest gemauert in der Erden«. Meine Frage nach dem »Warum« begründete meine Mutter einmal damit, dass sie mit ihrer Wahl der Nazis ihrer Hoffnung auf einen starken Mann Ausdruck geben wollte. Sie schob keine anderen Erklärungen vor, behauptete auch nie, dass sie und andere Bürger nichts über die Gräueltaten der Nazis gewusst hätten. Trotzdem erschienen mir ihre Antworten auf meine ihr manchmal dazu gestellten Fragen insgesamt immer unklar, wahrscheinlich auch ihr selbst, oder es war von ihr so beabsichtigt. Ich hörte irgendwann auf, sie weiter zu befragen. Endgültig, nachdem sie mir erklärt hatte, dass sie stolz darauf gewesen sei, dass sie und ihre Familienmitglieder den ›Arier-Nachweis‹ hatten erbringen können. Auch wenn, oder weil das so klang, als ob sie dabei nach etwas aus der Nazi-Zeit suchte, das sie als richtig und wichtig in ihre Zukunft mitnehmen konnte. So, als ob sie sonst gar nichts mehr hätte, weil sie sich selbst verloren hatte. Mein Vater war jedenfalls nicht der von ihr erhoffte starke Mann, man hätte ihn vielleicht einen Pazifisten nennen können. Sie wird man wahrscheinlich niemals ›stark‹ nennen wollen. Jedenfalls wird die Mehrheit das nicht wollen oder können wollen. Passt ja nicht ins Raster. Wie er wirklich war, oder wie er hätte sein können, habe ich auch nach seiner Entlassung aus englischer Gefangenschaft infolge seines bald einsetzenden Alkoholismus' leider nie herausgefunden. Später beschrieb er manchmal – und jedes Mal wurde er aufs Neue wütend, fluchte, und die Adern an seinen Schläfen traten dann hervor und seine Gesichtshaut verfärbte sich, wurde knallrot, dann blass, dann wieder rot, und es schien mir manchmal so, als wollte er in seiner Verzweiflung darüber jetzt anfangen zu heulen –, dass es in der Familie seiner Eltern vor allem andern stets darauf angekommen war, auf einen hohen Bildungsstand zu achten. Seine Mutter hatte dies zu ihrer aller Pflicht erhoben, und sie selbst habe es in ausdrücklicher Weise vorgelebt und darauf bestanden, dass in allem, was innerhalb der Familie geschah, dieser hohe Bildungsstand der Familienmitglieder sich vor allem auch nach außen hin widerzuspiegeln hätte. Dieser Qualitätsanspruch seiner Mutter habe sie aber trotzdem nicht daran hindern können (oder war es vielleicht Teil dieses Anspruchs?), dass sie eines Tages mit einem dabei über ihren Kopf erhobenen Stuhl auf meine Mutter los gegangen sei, um sie damit aus ihrem Haus zu treiben, weil sie nach der Überzeugung seiner Mutter nicht zu ihrem Lieblingssohn passte. Und sie passe auch sonst nicht da hinein. Sie führten nämlich ein großes Haus. Umgaben sich dazu regelmäßig mit sogenannten Intellektuellen und verschiedenen Künstlern wie Schriftstellern und Musikern. Führten oft nächtelange Diskussionen, lauschten dem Klavierspiel des Bruders meines Vaters, der später Musik studierte, machten auch gemeinsam Hausmusik – seine Mutter beherrschte nämlich nicht nur die Familie, sondern auch verschiedene andere Instrumente – und folgten den Darbietungen der Schwester meines Vaters, der von mir später so geliebten Tante Marianne, die dann mit Begeisterung Textpassagen aus Werken großer Schriftsteller rezitierte. Leider ist es ihm mit seinen Darstellungen nie wirklich gelungen, mir einleuchtend zu begründen, was ihn daran so gestört hatte.

Hielt er dieses ganze Theater, wie er es manchmal nannte, für verlogen, wollte er sich nicht über andere erheben, wie es das Verlangen seiner Mutter war? Oder war er nur deshalb so erbost darüber, weil er, anders als seine Geschwister, mit seiner Zeichenkunst nicht zur Unterhaltung der illustren Gäste beitragen konnte und sich deshalb ihnen gegenüber stets benachteiligt fühlte? Irgendwann behauptete er sogar, wir seien verwandt mit dem Schriftsteller Gottfried Benn. »Auch das noch«, dachte ich später mal, weil ich davon erfahren hatte, dass Herr Benn eine Zeit lang ein begeisterter Anhänger der ›Nazi-Ideologie‹ gewesen war. Spätestens das hat mich dazu bewogen, mir eine ganz eigene Meinung zur ›Ideologie‹ der Nazis zu bilden: Ein jeder, der im Zusammenhang mit Nazis in ernsthafter Weise von deren ›Ideologie‹ sprechen will, ist in meinen Augen nichts anderes als ein absolut schwachsinniger Mensch, im ›besten Fall‹ noch ein in die Irre geleitetes Objekt. Oder er ist gleichzeitig auch nichts anderes als ein Nazi, zu deren allumfassenden Geistesverfall mit dieser endlosen Menge an widerwärtigen Inhalten und daraus entstandenen traurigen Folgen es erklärungstechnisch nur dann gelingen kann, einen Zugang zu finden, wenn man ihren IQ von vornherein für jeden von ihnen mit ›Null‹ annimmt.

Wenn also manche der sogenannten Intellektuellen, die von anderen auch noch so benannt werden, sich zum Anhänger der genannten ›Ideologie‹ erklären, sich gleichzeitig als Literaten beschreiben und von anderen auch so betitelt werden, dann überlasse ich es jetzt der Welt herauszufinden, ob Scheiße im Gehirn irgendwann die eigentlich vorgesehene Funktion des Hirns übernommen hatte oder übernehmen wird. Das gerade genannte ›Gefüge‹ innerhalb der Familie meines Vaters unterschied sich übrigens vor allem deshalb, weil es überhaupt kein Gefüge hatte, sondern eher eine Fügung zu sein schien, schon drastisch von dem, was innerhalb der Familie meiner Mutter wichtig war. Hier war der Tagesablauf von ganz anderen Dingen bestimmt. Ihr Vater hatte als Stationsvorsteher infolge seiner beruflichen Tätigkeit auf Geheiß der Reichsbahn innerhalb von 20 Jahren etwa 12-mal mitsamt seiner Familie den Wohnort wechseln müssen, sozusagen von einem Bahnhof zum anderen. Dieses bedeutete für die Kinder – es waren insgesamt irgendwann 13 – natürlich immer einen Schulwechsel. Generell waren diese Wohnungswechsel auch mit finanziellen Schwierigkeiten verbunden. Trotz aller Widrigkeiten gelang es diesen Eltern, ihren Kindern einen Berufsabschluss im Bereich des Handwerks zu ermöglichen. Sie hatten also ihren Kindern so etwas wie eine Richtung vorgegeben. Nach den weiteren Erzählungen meines Vaters konzentrierte sich das Richtung Gebende bei seinen Eltern, jedenfalls bei der Mutter, allein darauf, die künstlerischen Talente der Kinder zu fördern.

Das Denken an Sicherheit durch eine »ordentliche« Berufsausbildung war ihnen zumindest fremd, schien ihnen nach seiner Schilderung noch eher schon fast absurd zu sein. Ich habe meine Großeltern nie kennengelernt, wäre bestimmt interessant gewesen, oder zumindest für mich interessanter geworden, hätte vielleicht mit ihnen diskutieren können. Sie verstarben bereits sehr früh.

In unserem kleinen Zimmer in dem Haus auf dem Deich hatten mein Bruder und ich ein gemeinsames Bett. Das war aus alten verbogenen Holzbrettern zusammengenagelt, war niedrig und klapprig. Immer mal wieder brach es laut krachend in sich zusammen, was meine Mutter ein jedes Mal sofort an die Grenze ihrer Belastbarkeit bringen musste, weil sie im selben Raum schlief. Vor allem immer dann musste das passieren, wenn unsere allabendlichen Kämpfe um die Bettdecke zu extrem geworden waren.

Oder wenn es einem oder beiden nicht gefallen wollte, schon wieder die Füße des anderen im eigenen Gesicht vorzufinden, weil wir ja ›verkehrt herum‹ zueinander da in diesem Bett lagen. An einem dieser Kampf umwobenen späten Abende im Herbst des Jahres 1949, mein Bruder war diesmal während des Gerangels um die mit Gänsefedern gefüllte und zu jeder Jahreszeit feuchte und klamme Bettdecke eingeschlafen, klopfte es plötzlich eindringlich an die Fensterscheibe.

Eine mir unbekannte Männerstimme rief: »Wohnt hier Familie …?« Meine Mutter machte einen absolut unkontrollierten Satz aus dem Bett, schrie »Oswald!« und hastete zur Tür. Meine Eltern fielen sich in die Arme und küssten sich. Dies habe ich von den beiden später niemals wieder gesehen, leider wirklich nie. Sie wurden sehr bald schon unfähig, liebevolle Gefühle zu zeigen, oder sie liebten sich überhaupt nicht mehr. Unser Vater war also aus der ihn gut behütenden englischen Gefangenschaft nach mehr als vier Jahren entlassen worden und fand nun vor, was von seiner Familie und seinem Hausstand noch übrig war. Zwei knochige Kinder, eine unterernährte, oft erschöpfte Frau sowie diese schon beschriebene dürftige Unterkunft. Zu den wenigen Möbeln, die wir besaßen, gehörte ein großer runder Tisch, der immer zu wackeln begann, sobald man ihn mit irgendetwas belastete. Das machte meine Mutter »krank«, wie sie dann jedes Mal voller Wut aus sich heraus presste, sie konnte das nicht lassen, und mein Vater versuchte später immer mal wieder, die ungleich langen Beine dieses Tisches auf eine Länge zu bringen. Das tat er anfangs freiwillig.

Doch brauchte er dazu eine Säge, die wir nicht hatten, und die er, oft tagelang erfolglos, von einem Bauern auszuleihen versuchte. Sein dringendes Bemühen darum stellt sich in meiner Erinnerung so dar, dass er dabei stets auf deren massive Abwehr traf, die nach seiner dramatischen Schilderung jedes Mal dazu führte, dass es eigentlich nicht mehr um diese Säge, sondern um Alles oder Nichts, bald um Leben oder Tod ging, und er hat mich damit beim ersten Mal sehr erschreckt. Deshalb habe ich es auch nicht vergessen, dass er das in seinem diesbezüglichen, sehr lauten und dramatischen Resümee noch zusätzlich und wie abschließend zu würzen vermochte: »Verfluchte Nazi-Bande« – und, dies nun richtig zusammenfassend: »Deutschland ist ein verfluchtes Land, ein verfluchtes Land!« Wenn er schließlich irgendwann doch noch Erfolg hatte, unsere Mutter sorgte ja dafür, dass Erfolgszwang in ihm entstehen musste, und er eine Säge ins Haus brachte, war sie immer viel zu groß und eher zum Fällen großer Bäume geeignet. Also legte er sie erst einmal in irgendeine Ecke, bis sie bald vergessen schien. Nicht so von meiner Mutter, die weiterhin herumnörgelte und wollte, dass der Tisch nun endlich gerichtet würde. Also bemühte er erneut diese Säge, obwohl bald jeder wusste, dass sie für die erforderlichen Feinarbeiten nicht geeignet war und diese im wahrsten Sinne des Wortes wieder schief gehen würden.

Ich habe damals nicht verstanden, warum er sich immer wieder breitschlagen ließ. Vielleicht war es vor allem deshalb, weil er schon vorher jedes Mal heiß darauf war, seinen implizit* stets vorhandenen Wunsch, im Anschluss an seine schließlich doch erfolgreichen Kämpfe mit den Bauern seiner Familie in außerordentlicher Weise ganz explizit* deutlich machen zu können, was er von den Bauern und nach den Nazis ebenso von seinem Vaterland hielt.

---

* Ich muss ja zwischendurch auch mal ein Fremdwort verwenden.

Da aber das Ganze wiederholt stattfinden, sich in Abständen über mehrere Jahre hinziehen sollte, fand ich es irgendwann witzig, es war einfach zum Lachen. Jedenfalls wurden die Beine des Tisches im Laufe der Zeit immer kürzer, und er wackelte weiterhin und je nach Ergebnis der Sägearbeiten auch mal in eine andere Richtung und wahrscheinlich bis zum letzten seiner Tage.

Um unseren Tisch herum standen vier verschiedene Stühle, von denen der eine sehr klapprig war und immer dann wieder fast in sich zusammenbrach, sobald sich jemand darauf setzen wollte.

Der sollte da ja nur noch wegen der optischen Vervollständigung stehen, weil meine Mutter das schöner fand. Ebenfalls im Zimmer befand sich ein mächtiger Kachelofen, der viel zu groß für dieses kleine Zimmer schien, was aber egal war, weil er meistens kalt blieb, da das zum Heizen nötige Holz oder gar Kohle fehlten. Mit aufkommender Wut erinnere ich mich an Winter, die es uns fast unmöglich machten, überhaupt noch das Bett zu verlassen, weil wir sonst so langsam von außen nach innen einfroren. Es herrschten Minusgrade, die man nur mit sibirischer Kälte beschreiben möchte, und in den Herzen der Bauern, die sich ja alle in ihren gut beheizten Häusern in Sicherheit befanden, herrschte eine mindestens gleichgroße Kälte uns Flüchtlingen gegenüber.

Es war ihnen offenbar total egal, wie es uns erging, wahrscheinlich war es sogar ihr eigentliches Ziel, uns erfroren vorzufinden, wenn wir schon nicht endlich einfach verhungerten – bestimmt. Dieses Verhalten musste uns zwingen, auf Diebestour zu gehen, um irgendwie Heizmaterial zu beschaffen. Es ging ums Überleben, das war Notwehr pur.

Auch sammelten wir Fallobst, oder klauten Äpfel aus den Obstkisten der Bauern, die nach der Ernte prall gefüllt in deren Scheunen standen, uns Kinder mit ihrem Duft nach jeder Ernte schon magisch anzogen.

Auch wenn es oft schwierig war, den bäuerlichen Bewachern dieser Kisten zu entkommen, und leider mussten wir den einen oder anderen unserer Raubzüge auch schon mal abbrechen, hinderte uns das nicht daran, diese wieder aufzunehmen. Die erwischten uns nie, weil wir dünn und schnell waren, sie aber waren dick und langsam. Als sie sich eines Herbsttages und anschließend für längere Zeit der Hilfe eines ebenso dicken Schäferhundes bedienen wollten, mussten wir das erst einmal unterbrechen, weil der nämlich trotz seiner Dickleibigkeit viel schneller war als wir, wie wir schon wussten, weil er einen der Jungens einmal auf einen ihn noch rettenden Apfelbaum gejagt hatte. Der rettete ihn auch vor den Bauern, weil die ihm nicht hinterher klettern wollten und irgendwann abzogen. Mehr oder weniger waren diese Diebestouren ja irgendwann zum Tagesgeschäft für uns geworden. Jedenfalls zum Herbst, und zum Spaß. Eines Tages zu dieser Zeit begab es sich aber, dass uns der baldige Besuch des Bürgermeisters des Dorfes angekündigt wurde, also vom Chef einer Behörde, wie die Mutter uns bedeutsam eindringlich, und noch besser als sonst dabei zischelnd, zu erklären versuchte. Tagelang vorher war sie nun deshalb sehr aufgeregt, bewegte immer wieder einen feuchten Lappen nach dem anderen, schnitt uns Kindern ihrer Pflicht gemäß die Fingernägel, kämmte uns immer wieder die Haare, versuchte, ihnen einen Scheitel zu geben, wusch uns mit anderen Lappen den Hals und die Ohren, wir sollten nämlich dabei sein, und deckte schließlich am alles entscheidenden Nachmittag sogar den runden Kaffeetisch, dessen Wackeln sie vorher dadurch beendete, dass sie einen kleinen Holzkeil unter eines seiner Tischbeine schob. (Und grinste sie etwa?)

Wir Kinder übten auf ihren Wunsch oder Befehl hin jedenfalls mehrmals ein freundliches Gesicht, stellten uns neben der Mutter auf, während sie immerzu versuchte, ihrem Lächeln etwas anhaltend Freudiges zu geben.

Jedenfalls war dies das einzige Mal in dieser Zeit, in der ich sogar mit meinem Bruder, er war jetzt acht Jahre, gemeinsam über das Gleiche lachen konnte. Stellte dabei sogar fest, dass er sehr witzig sein konnte, nämlich als er damit begann, den Bürgermeister zu spielen: Nachdem er uns das angekündigt hatte, ging er hinaus in den dunklen Flur, schloss die Tür hinter sich. Dann klopfte er von außen recht kräftig und laut gegen die hölzerne Wohnzimmertür, öffnete diese nach dem »Herein« meiner Mutter. Er betrat unser Wohnzimmer und rief sehr laut: »Guten Tag, liebe Flüchtlinge.«

Er hatte den vorher schon mal irgendwo erlebt. Sogar meine Mutter lachte laut und ohne dabei zu zischeln, und ohne ihr Lachen schon vorher zu verschlucken. Das hysterisch Absurde an dieser Situation war wohl nicht nur ihr, sondern selbst uns Kindern schon klar, schien uns alle jetzt trotzdem zu entspannen. Auch wenn mein Bruder völlig aufgeregt gleich anschließend wieder aus dem kleinen Fenster zum Deich starrte und plötzlich laut flüsterte: »Er kommt!« Wir bauten uns schnell, wie vorher eingeübt, nebeneinander auf und machten das einstudierte freundliche Gesicht. Der Bürgermeister betrat nun polternd unser kleines Zimmer, gab sich sehr jovial, war dabei sehr laut und lärmend, ließ noch die Tür ordentlich knallen, wollte vielleicht seine Unsicherheit, wie er sich uns Flüchtlingen, den »Schmarotzern«, gegenüber nun zu verhalten hätte, überlärmen. Er war ja hauptberuflich auch ein Bauer. Er rief: »Guten Tach«, ohne »liebe Flüchtlinge«, nahm mit einem unverhofften Ruck und nachfolgenden Schwenk seines großen runden Körpers nun gleich ausgerechnet auf dem einen schon beschriebenen Stuhl Platz. Der zersprang sofort unter der Last des dicken, unförmigen Bürgermeisters, brach für immer unter ihm zusammen. Der diesem vorangegangene schrille Warnschrei meiner Mutter hatte das verhindern sollen, veränderte aber nur ihr aufgesetztes freundliches Lächeln ohne Übergang in echtes und allergrößtes Entsetzen: »Nicht, nein, nein ...!« und ließ nur uns Kinder zusammen zucken. Ansonsten verhallte er scheinbar ungehört, denn als der Bürgermeister inmitten der Trümmer am Boden lag, löste dies bei ihm nicht nur unglaubliches Erschrecken, sondern auch noch Empörung aus. Natürlich hielt er das sofort für einen Anschlag auf sein Leben, das konnte gar nicht anders sein, wir waren ja Flüchtlinge. Seine schwere Körpermasse rappelte er auf, und er verschwand, dabei fluchend, noch viel schneller als er gekommen war. Ich glaube, in seinem Fluchen steckte sogar eine Art von Drohung, als er in der Tür noch schnell seinen Kopf zu uns drehte, bevor er für immer verschwunden war: »Sie hören noch von mir!« Von seinem jovialen Gehabe war jedenfalls nichts mehr geblieben, und was er eigentlich bei uns gewollt hatte, erfuhren wir auch nie. Stattdessen sorgte er umgehend dafür, dass sein Erlebnis mit bald unterschiedlichsten Inhalten, so etwa wie bei ›Stille Post‹, durch das Dorf getragen wurde. Anschließend hörten wir tatsächlich von ihm, doch immer nur dann, wenn andere Flüchtlinge begeistert ihre Fassung seiner Geschichte bei uns loswerden wollten, die meine Mutter anschließend immer versuchte, wieder richtig zu stellen. Das war ihr wichtig. Die Meinung der anderen war ihr wichtig. Meinungsmache ist wichtig. Letztendlich hatte dieser Stuhl, der anschließend unwiederbringlich zu dem ja immer benötigten Feuerholz verarbeitet werden konnte, den Ur-Dorfbewohnern einen großen Gefallen getan; sie brauchten ihr Misstrauen und ihre Ablehnung uns gegenüber nun erst recht nicht mehr zu überdenken.

Die Freude über das unerwartete Erscheinen meines Vaters war riesengroß. Ich weiß noch sehr genau, dass ich sofort eine tiefe Zuneigung zu ihm empfand.

An diesem ersten Abend saß ich bis in die späte Nacht hinein auf seinem Schoß und erzählte ihm pausenlos aus meinem kleinen Leben. Genossen habe ich auch sehr, dass mein Bruder trotz des vielen Rufens und sogar Rüttelns meiner Mutter, nicht wach zu bekommen war. Vielleicht wollte er nicht wach werden, oder er stellte sich nur schlafend, war vielleicht von dieser Situation überfordert. Jedenfalls konnte er mich so nicht stören.

Mein Vater war ein gut aussehender und ziemlich kleiner Mann. Ganze 160 Zentimeter. Und er hatte sehr weiche Hände. Ich hatte ihn mir immer groß und stark ausgemalt, so wie manchmal in einem Malbuch, in dem ich dann immer die großen leeren Figuren ausgewählt hatte. Später erlebte ich ihn wie jemand, der sich von den Nazis nie erholt hat, nicht, weil sie den Krieg verloren hatten, sondern weil er mit und unter ihnen gelebt hatte und nicht der Mann war, der in den Untergrund gehen konnte, um gegen sie zu kämpfen.

Schon beinah mit Freude, oder sogar Dankbarkeit, erzählte er manchmal über seine Zeit in englischer Gefangenschaft. Äußerst fair seien sie mit ihnen, den Gefangenen, umgegangen, auch wenn sie sehr laut gewesen seien und oft geschrien hätten. Er lachte laut, wenn er sagte: »Niemand kann so laut schreien wie der englische Soldat.« Diesen Satz habe ich mir damals gemerkt, schien mir wohl deshalb interessant, weil die englischen Soldaten, die ich einmal erlebt hatte, nicht laut gewesen waren. Bevor er in Gefangenschaft geraten war, war es ihm während der Besatzungszeit in Paris gelungen, mit seinen zeichnerischen Fähigkeiten einige seiner Vorgesetzten für sich einzunehmen. Wenn er dann davon erzählte, dass unter ihnen auch schon mal ein »Herr Hauptmann« und auch ein »Herr General« gewesen sei, schien es mir später jedes Mal, als ob er darauf besonders stolz war und gleichzeitig so, als hätte er eine Art preußischer Hochachtung vor deren Stand. Und selbst wenn es ihm noch wichtig war zu erklären, dass es sich bei denen nicht um Nazis, sondern nur um Soldaten gehandelt habe, erschien mir das in seiner Gesamtdarstellung irgendwie unglaubwürdig, in fast jeder Hinsicht. Das war wie ein Reden um den heißen Brei, es fehlte ein klares Bekenntnis. Welches Bekenntnis ich da nun hören wollte, wusste ich aber nicht. Besonders wichtig war ihm aber festzustellen, dass er deren Sympathie allein deshalb erreicht hatte, weil er ihnen gelungene Porträts abliefern konnte, und nicht deshalb, weil er ein guter Nazi-Soldat gewesen wäre. Er hatte es bis zum Obergefreiten gebracht, wäre fast noch, und nur wegen seiner Zeichenkunst, Unteroffizier geworden, wie er sagte, und wie es dann für mich auch glaubhaft war. Insgesamt beschrieb er seine Soldatenrolle etwa so, wie es jemand gezwungenermaßen täte, während er lieber von etwas ganz anderem berichtet hätte. Wenn er dann auch von seiner Zeit der Gefangenschaft erzählte, dann schwärmte er vor allem vom Farmer Mr. Kirk und seiner »schönen« Frau, die ihn sehr oft mit »Oswoald« herbeigerufen hätte. Bei ihnen waren die Gefangenen manchmal als Erntehelfer im Einsatz. Mehr als einmal sei es ihm gelungen, durch Erstellen von Porträts der Familie Kirk oder durch Zeichnungen, die das Farmgebäude und die umgebende Landschaft darstellten, eine Sonderration Plumpudding oder anderes zu ergattern. Er hatte seine Zeichenkunst den Farmern gegenüber deshalb auch von Anfang an »offensiv« dargestellt, wie er sagte, war schlau da in England. Konnte sich dadurch seiner Schilderung nach bei der Familie Kirk, oder eher noch bei der schönen Farmersfrau, eine Sonderstellung gegenüber den anderen Gefangenen erarbeiten. Jedoch, seine Schwärmerei über diese so schöne Farmersfrau war mir manchmal schon irgendwie unangenehm, wahrscheinlich nur mir ›irgendwie‹. Hungern, eine bei uns ja tägliche Übung, musste er dort nie, sagte er. Das musste er nun nach seiner Rückkehr aber noch erlernen, und anderes auch. Ich erfuhr durch ihn viel über die Nazis, und in völlig gegensätzlicher, mir damals große Angst machender Beschreibung zu den vorher viel zu oft erlebten Darstellungen vieler meiner weiblichen Verwandten. Die hatten sie ja stets sehr ehrfürchtig, mit dabei erneut sehr ernst werdendem Blick und zurückgesetzten, zu Träumen beginnenden Augen, mit diesen »far away eyes« also, als hervorragende Männer beschrieben. So wie man schließlich – in Ehrfurcht erstarrt – von echten Helden spricht, und nach denen sie sich nun immer noch ständig und so sehr sehnten. Und jedes Mal schienen sie mir wieder einer Ohnmacht nahe. Die waren wohl nicht ersetzbar, die Nazi-Helden. Als ich nun von meinem Vater erfuhr, dass er nie ein Nazi war, zweifelte ich anfangs daran, dass er dennoch »hervorragend« sein könnte. Denn nach dem, was da immer so aneinander vorbeierzählt wurde, waren scheinbar nur Nazis hervorragend, über andere wurde fast nie gesprochen, oder wenn, dann in abfälliger Weise, so als sollte es sie gar nicht geben. Doch auch wenn oder weil ich ein Kind war, wäre es mir nicht schwer gefallen, glaube ich, zwischen Nazis und wirklich hervorragenden Männern zu unterscheiden, hätte ich sie kennengelernt. Irgendwann später fragte ich ihn einmal, ob er denn im Krieg auch mal geschossen hätte, es war mir so in den Sinn gekommen. »Ja«, rief er laut und fast hysterisch lachend, und seine Stimme überschlug sich, »einmal, aber nur in die Luft.« Das klang für mich fast so, als täte ihm das nun leid, oder als wäre ihm das peinlich, als wäre er nun deshalb verzweifelt und klein. Ich fand seine Antwort damals nicht hervorragend, sondern ziemlich schwach, denn es war die Zeit, in der ich ganz bewusst begann, nach Vorbildern zu suchen, nach Männern, die ich respektieren konnte. Dies schien mir wichtig.

Uns allen, auch uns Kindern, wurde sehr bald klar, dass mein Vater dieser für ihn neuen Situation im Haus auf dem Deich nicht gewachsen war, umgeben von diesen Nazi-Banausen, wie er die Bauern manchmal nannte.

Meine Mutter war immer noch unglücklich, mein Bruder scheinbar ebenso, und die Frauen um mich herum erschienen mir, außer bei ihren Nazibeschreibungen, noch hilfloser als die Männer, von denen die meisten und vielleicht zum Glück für andere auch fast sprachlos waren. Unseren Vater trieb diese für ihn unerträgliche Situation von einer Depression in die andere, und ich vermute mal, sie war auch der Auslöser für seinen späteren Alkoholismus. Wahrscheinlich habe ich das alles früher nicht entsprechend einordnen können, doch sehen, ahnen und fühlen Kinder viel mehr als man so üblicherweise annehmen will.

Wohl aber sah und empfand ich ganz bewusst, dass die Einheimischen uns Flüchtlinge noch misstrauischer beäugten, seitdem mein Vater bei uns war.

Als wäre er jetzt das Tüpfelchen auf dem i, als würde er zur Krönung ihrer Abneigung beitragen und ihr den letzten Schliff geben.

Er war für sie ja so gänzlich anders als sie, war ihnen so völlig fremd. Künstler, Maler – was konnte das in ihren Bauernaugen schon Ordentliches sein? Für sie wächst nichts, wenn ein Bild entsteht, und essen kann man das auch nicht. Und natürlich hatte diese Art zu leben auch nichts mit redlicher Arbeit zu tun. Sie hielten Künstler einfach nur für arbeitsscheu, und sie erzeugten Misstrauen aus allen ihnen gedanklich möglichen Gründen.

Eines denkwürdigen Tages aber geschah etwas geradezu Unglaubliches. Einer der Bauern kam da in unser Haus auf dem Deich, weil er meinen Vater mit dem Zeichnen eines Portraits von Stalin beauftragen wolle, wie er gleich erklärte. Ich war auch gerade anwesend, durfte es auch bleiben, und war sehr aufgeregt, was wohl jetzt passieren würde. »Können Sie das?«, fragte der Bauer nun meinen Vater mit seiner natürlich daran zweifelnden, misstrauischen Bauernmiene, während er gleichzeitig versuchte, Hochdeutsch zu sprechen. Wollte wohl sichergehen, dass der Vater ihn versteht. Es ging ja um Geld. Ich fand es sehr gut, dass Vater selbstbewusst, laut und unwirsch erwiderte: »Natürlich kann ich das!« Blitzschnell ließ der Bauer seine grobschlächtige rechte Hand in seiner Hosentasche verschwinden, um mit ihren Fingern vehement darin herumzugrabbeln, um schließlich ein zur Größe einer Briefmarke zusammengefaltetes Zeitungsfoto mit einem Porträt von Stalin herauszuholen, das er plötzlich fast behutsam und nun dicht vor seinen Augen haltend, und es dabei mit seinem Blick fixierend, vorsichtig entfaltete und meinem Vater übergab. Wahrscheinlich hatte er noch vor allem anderen befürchtet, für etwas bezahlen zu müssen, das seinem bäuerlichen Kosten-Nutzen-Denken nicht entsprechen könnte.

Seine plötzlich fast hysterisch dargestellte Angst, die Russen könnten möglicherweise doch noch sein Land besetzen, war noch größer, und er riskierte darum, meinen Vater mit dem Zeichnen des Stalin-Porträts zu beauftragen. Nach dessen Fertigstellung wollte er es dann in seinem Schlafzimmer über seinem Bett aufhängen, wegen der Russen, weil die das Schlafzimmer ja dann betreten würden, sagte er. Das schien ihm klar, sein bäuerliches Rüben-Gesicht verformte sich nämlich, während er dies sagte, zu einer völlig entstellten Fratze, die nicht einmal einer gerade geernteten Runkelrübe noch ähneln wollte. Wahrscheinlich hatte er jetzt die gefürchteten Russen vor Augen, wie sie mit seiner Frau unterm Arm auf dem Weg in sein Bett waren, und er hoffte wohl, dass Stalin sie daran hindern würde, mit ihr in sein Bett zu gehen. Russen gehen nicht allein ins Bett.

Das wusste schon damals jeder. War ja irgendwann zu einer Art Dauerthema geworden, dass russische Soldaten deutsche Frauen missbrauchten, das war im Zuge der bereits beschriebenen, vorher über die Volksempfänger verbreiteten diesbezüglichen Hiobsbotschaften der Nazi-Propaganda sogar vorgedrungen bis ins Alte Land. Und auch wir Kinder konnten uns diesen Berichten nicht entziehen, dazu waren diese Beschreibungen ja viel zu ausführlich und zu drastisch. Machte uns schon neugierig auf weitere Folgen. Wir konnten überhaupt nichts davon vermeiden. Die merkten ja nichts mehr, oder sie hatten auch noch nie etwas gemerkt.

Das dann entstandene Portrait im DIN-A3-Format war eine großartige Kohlezeichnung, so absolut ähnlich und voller Kraft und Leben, wie ich sie empfand. Als später feststand, dass die Russen doch nicht kommen würden, wurde sie an meinen Vater zurückgegeben. Der Bauer brachte damit vor allem zum Ausdruck, dass er den Wert dieser Zeichnung ganz allein zweckbestimmt wie einen Gebrauchsgegenstand beurteilte, mit dem er jetzt nichts mehr anzufangen wusste. Eines Tages hörte ich Vater sagen: »Wäre ich doch in England geblieben.« Offenbar zweifelte er nicht daran, dass man ihn dort hätte behalten wollen. Mich erschreckte das sehr, denn es schien ihm außerdem völlig egal zu sein, dass wir Kinder das hörten. Endlich aber war ich auch mal wütend auf ihn, weil er überhaupt nicht davon sprach, dass er dann seine Frau und seine Kinder hätte zu sich holen wollen. So als wären wir völlig unwichtig oder sogar nichts als eine Last für ihn. Dass dies seinem Unvermögen zuzurechnen war, sich seiner Frau und seinen Kindern als Mann und Vater in seiner für ihn hoffnungslosen beruflichen Situation zuzuwenden, konnte ich damals wohl noch nicht verstehen. Doch auch das hätte meine Wut nicht reduzieren können, wie ich mich kenne. Eine vertrauensbildende Maßnahme war das jedenfalls nicht.

Meiner Mutter schien das nicht wirklich nahe zu gehen, sie kommentierte es lediglich mit einer Art wütendem, gleichzeitig hoffnungslosem Seufzer, verdrehte die Augen und dachte wahrscheinlich, er solle aufhören zu jammern und endlich etwas anpacken.

Stattdessen begann er irgendwann zu trinken, lag oft tagelang im Bett, erklärte laut oder auch mal leise – dazu stellte er seine Stimme nun extra auf ›schwach‹ –, er könne nicht aufstehen, da er nichts zu rauchen habe.

Andere Flüchtlinge hatten auch nichts zu rauchen, doch irgendwann hatten sie im Rahmen ihrer fast einen jeden Tag ausfüllenden gemeinsamen Trauer darum eine Bahn brechende Idee entwickelt, wie dies auf Dauer zu verändern wäre. Sie wollten selbst Tabakpflanzen anbauen. Gesagt, getan.

Mein Vater wurde nun plötzlich aktiv, brachte sich hier tatsächlich ein und erreichte sogar, dass diese Pflanzen auf unserem Hof und wegen des dort erhofften besonderen Düngers in der Nähe des Plumpsklos eingepflanzt wurden. Nun begann eine lange Zeit großer Spannung und Hoffnung, auch in mir, denn vielleicht hörte bei Erfolg sein Gejammer auf.

Leider jedoch sollte sich für die Tabakpflanzer bald herausstellen, dass es ein äußerst mühseliges Geschäft war, aus diesen Blättern dann verwertbaren Tabak zu gewinnen. Irgendwann kümmerte sich also niemand mehr um diese Pflanzen, und sein Gejammer hörte nicht auf.

Schräg gegenüber von uns, unten auf der anderen Seite der Straße, wohnte der Bruder meiner Mutter mit seiner Frau und mit ihren beiden Kindern, die mit uns geflüchtet waren, während dieser Bruder noch im Kriegseinsatz gewesen war. Sie hatten eine viel schönere Wohnung als wir von den damaligen Nazi-Behörden erhalten. Er war während des Krieges Offizier auf einem U-Boot der Kriegsmarine. Natürlich war die bessere Wohnung damals eine direkte Folge dieser Nazi-Karriere.

Ich habe ihn so manches Mal bewundert, er schien mir so viel stärker und männlicher als mein Vater. Außerdem schien er nie einen Grund zum Jammern zu haben, sondern eher ständig Grund zur Freude zu finden. Vielleicht auch deshalb, weil seine Aufenthalte dort in diesem unsäglichen Dorf immer nur auf wenige Wochen begrenzt waren, weil er danach wieder zur See fuhr, aus diesem Dorf flüchten konnte.

Denn gleich nach seiner frühen Entlassung aus amerikanischer Gefangenschaft, hatte er wieder Arbeit auf einem Schiff der Handelsmarine gefunden. Dort arbeitete er als erster Ingenieur. Da, in diesem Dorf, wollte er sich selbst nun dennoch immer möglichst leuchtend darstellen, das schien ihm ein immer währendes Anliegen, und sich bei passenden Gelegenheiten in Kneipen ausgiebig zu prügeln, jedenfalls sei dies früher eine Art Hobby von ihm gewesen, wurde so erzählt. Er habe oft zusammen mit einem seiner Brüder »ganze Kneipen leer geschlagen«. Damals in Brandenburg.

Eine Folge dieser offensiven Selbstdarstellung war, dass die Bauern ihn akzeptierten, oder aber sie hatten einfach nur Angst, andernfalls etwas aufs Maul zu bekommen. Das war eine mir damals große Freude bereitende Vorstellung, denn eigentlich war er ein recht netter Mann, vielleicht wollte er mit seiner immer gleich bleibenden Selbstdarstellung nur seine Selbstzweifel überdecken, vielleicht auch bezüglich seiner Nazizeit.

An einem dieser schrecklichen, durch nichts scheinbar jemals veränderbaren Tage stürzte mein Bruder in die Este. Er konnte noch nicht schwimmen, war acht Jahre.

Ich schrie panikartig, immer und immer wieder. Auch Erwachsene rannten am Ufer hilflos hin und her, während mein Bruder inzwischen in der Mitte der Este um sein Leben kämpfte. Er tauchte auf und ging wieder unter, entfernte sich mit der Flut immer weiter von uns. Mein Vater befand sich im Haus, lag vielleicht im Bett, hatte meine Schreie und die lärmende Aufregung trotzdem gehört, kam wie ein Sprinter herbei gerannt und stürzte sich wie ein professioneller Schwimmer mit einem großen Satz in die Este. Ich hatte ihn davor noch nie schnell laufen sehen, und Schwimmen könne er nur in Rückenlage, hatte er früher mal erklärt. Doch jetzt war das Brustschwimmen mit Kraulen, was er da vollführte. Unglaublich schnell und im letzten Augenblick erreichte er meinen Bruder, denn dieser war zum dritten Male noch einmal wieder aufgetaucht, und brachte sich und ihn, jetzt in Rückenlage, zurück ans rettende Ufer. Damals hieß es immer: »Nach dem dritten Mal geht man endgültig unter.« Diese Tat machte meinen Vater für mich endlich doch noch zum Helden. Ich freute mich sogar darüber, dass mein Bruder noch lebte. Jedenfalls war Vater kein freundliches, manchmal um sich schlagendes Großmaul wie mein Onkel. Ich war sehr stolz auf ihn. Auch das Verhältnis der Bauern zu uns änderte sich etwas. Er hatte sich wohl dadurch für sie in einen Mann mit Sinn verwandelt. Bauern sind ja schlau, bauernschlau. Ich weiß gar nicht, ob diese Bauern überhaupt schwimmen konnten. Ich habe das nie gesehen. Später erlebte ich eines heißen Sommertages zu meinem allergrößten Entsetzen, wie ein auch achtjähriger Junge im Nachbarort auf der anderen

Seite in die Este gestürzt, von der an dieser Stelle besonders schnellen Flut mitgerissen und in ihr ertrunken war. An dieser Stelle war die Flut deshalb besonders schnell, weil die dortigen Einwohner den Flusslauf durch bauliche Veränderungen schon vor langer Zeit viel schmaler gemacht hatten. Und ich hörte seine Mutter, wie sie aus ihrer tiefsten Seele heraus ihr dumpfes, grauenvoll klingendes, verzweifeltes Stöhnen und an tierische Laute erinnerndes, dunkles Heulen hervorbrachte, und, als würde es niemals wieder aufhören können, ließ es mich in seiner Grauenhaftigkeit plötzlich davon rennen.

Es ließ mich rennen und rennen, bis ich durch meine Tränen nichts mehr sehen konnte und mich irgendwo am Deich in sein Gras fallen ließ. Dieses Erlebnis sollte mich eine sehr lange Zeit nicht mehr loslassen.

Das Nachbarhaus von uns oben auf dem Deich war das Eigentum einer schon immer dort lebenden Familie. Die verhielt sich uns Flüchtlingen gegenüber schon merklich anders als die Bauern. Jedenfalls lebten sie nicht in ständiger Feindschaft uns gegenüber. Hatten wohl einen anderen Horizont, war nämlich eine Seefahrerfamilie. Der Horizont der Bauern wurde ja durch den Deich gebildet, und gleich beendet, weil die den nie bestiegen, um über ihn hinweg zu sehen, sondern weil sie lieber schon unten auf der Straße Halt machten. Hatten vielleicht Angst davor. Der Seefahrerfamilie gehörte außer diesem Haus noch ein Frachtschiff, ein sogenanntes Küstenmotorschiff. Manche nannten es auch »Schlickrutscher«, weil es so klein war.

Dennoch beförderte es Fracht zwischen Hamburg und Dänemark, musste also dazu durch die Este, die Elbe und Nord- oder Ostsee fahren. Alle paar Monate verursachte dieses Schiff oben auf dem Deich einen Flüchtlingsauflauf. (Auch der Name eines bäuerlichen Gerichts?)

Wir wussten schon, das kleine Schiff steuerte den Liegeplatz direkt vor unserem Nachbarhaus an und machte da für einige Tage fest. Um das zu schaffen, musste es in ungefähr 100 Metern Entfernung von diesem angepeilten Liegeplatz in der Este wenden. Das dauerte immer ziemlich lange und funktionierte nur bei Flut. Dann war die Este noch etwas breiter, sodass das kleine Schiff unter lautem Tuckern seiner es antreibenden Maschine drehen konnte. Dem beizuwohnen war einfach großartig, noch viel interessanter als jede Sturmflut und jeder Bauernhausbrand. War mal kein Erwachsener in der Nähe, gingen mein Bruder und ich, hier waren wir uns jedes Mal einig, sofort an Bord des Frachters, um nun Seemann zu sein und in Richtung Dänemark zu fahren. Wenn wir auch nicht wussten, wo das war, half uns unsere Fantasie jedes Mal dabei, es trotzdem zu finden.

Diese Seefahrerfamilie hatte außerdem eine Tochter. Sie hieß Imke, und wir beide waren etwa gleich alt. Außerdem gab es da noch einen alten Großvater, der sehr dünn und klein war und viele weiße Haare auf seinem alten Kopf und einen ebenso weißen Spitzbart an seinem sowieso schon besonders spitzen Kinn trug. Als ich ihn im Laufe meines Heranwachsens endlich allumfassend zur Kenntnis nehmen konnte, war er damit zu einem großen Glücksfall für mich geworden, weil er mir Abwechslung brachte in die Zeiten, in denen meine Träumereien mich gerade nicht in eine ganz andere Welt entführt hatten. Wahrscheinlich konnten sein Anblick und sein Verhalten sogar einen Teil meiner Träumereien ersetzen, weil er mich von da an und auf Dauer so überaus faszinierte. Er war so völlig anders als all die Bauern und auch die Flüchtlinge. Früher war er Kapitän auf dem kleinen Schiff gewesen, und er war meiner festen Überzeugung nach außerdem ein Mensch gewordener Ziegenbock mit nur noch zwei dünnen Beinen. Und wenn er aus seinem Gehen manchmal ohne Vorwarnung ein Hüpfen machte, dann verstärkte das nur meine Überzeugung. Außerdem hatte er nämlich auch noch eine helle und wie ein Ziegenbock meckernde Stimme, die aber nur Plattdeutsch sprach. Später hätte ich ihn beschreiben wollen, als wäre er vor allem als Vorlage für eine dann absolut erfolgreiche Zeichentrickfigur geeignet gewesen, so absurd wie er aussah und sich in meinen Kinderaugen verhielt. Mein gedankliches Bemühen um ihn ließ mich manchmal sogar schon darauf warten, dass er irgendwann die Kontrolle über sein Hüpfen verlieren würde, um dann beim nächsten Hüpfer in der Este zu verschwinden und in ihr unterzugehen, da waren zwischen seinem Haus und dem Este Ufer nur etwa fünf Meter Platz.

Er durfte aber nicht untergehen, er hätte mir zu sehr gefehlt, deshalb hatte ich mir für diesen Fall besondere Rettungsmaßnahmen erdacht und würde ihm als Ergebnis meines Denkens sofort den alten Rettungsring hinterherwerfen, der da an einem alten Baum hing und der früher zu dem kleinen Schiff gehört hatte. Das würde auf jeden Fall funktionieren, da war ich mir auch sicher, ich war ja schon sechs Jahre, als ich dies erdachte und plante. Na ja, es war wohl glücklicherweise so, dass er nie in der Este versank. Wenn dieser hüpfende Großvater hin und wieder auf dem Hof des Nachbarhauses mittels eines Beils und dann immer begleitet von seinem lauten Gemecker, dessen Sinn ich nie verstand, einem sich stets mit aller Kraft und trotzdem erfolglos wehrenden Huhn den Kopf abschlug, dann wahrscheinlich für die von ihm gewünschte Hühnersuppe. Doch nicht immer gelang ihm dies auf Anhieb, so dass dieses Huhn manchmal, obwohl eigentlich schon tot, jedenfalls hirntot, noch über den Zaun flog. Das ein oder andere Mal war es ein völlig kopfloses Huhn, das da angeflattert kam. Eines davon erwischte mich mit seinem blutigen Hals am Rücken. Ich hatte es nicht kommen sehen. Ich schrie deshalb entsetzt und etwa in der Tonlage eines hysterischen Mädchens, weil ich ja noch vor dem Stimmbruch war, denn ich fand das sehr ekelig. Meine Mutter, die das sah und hörte, fand meine Reaktion darauf völlig übertrieben: »Stell dich doch nicht so an«, zischte sie daher. In welches meiner Ohren sie mir im Rahmen ihrer verdammten Pflicht diesmal hineinzischte, habe ich leider vergessen. Klar war, dass ihr das nicht »männlich« genug erschien. Hm.

Manchmal hatte ich großes Vergnügen daran, ihn und sein Hüpfen und Meckern aus sicherem Abstand heraus zu imitieren. Das konnte mir aber noch so gut gelingen, es schien ihn nie wütend werden zu lassen, weil er stets darüber lachte. Mein sicherer Abstand war mir trotzdem wichtig, man weiß ja nie. Weil ich mir aber ziemlich sicher war, dass er den uns trennenden Zaun weder hüpfend noch fliegend überwinden konnte, um mich zu fangen und vielleicht doch etwas zu verprügeln, war das jedes Mal ein mich sehr entspannendes Ereignis. Auch weil ich dabei sehr laut meckern konnte. Leider war er viel zu selten mal auf seinem Hof, und eines Tages hatte sein Hüpfen ein Ende, und sein Leben auch. Der hat mir später gefehlt, ich habe ihn eine lange Zeit sehr vermisst. Diesmal war es nicht die schwarze Kutsche, die nun ihn in einem Sarg abholen würde, sondern ein altes schwarzes Auto mit Ladefläche. Das war völlig unspektakulär und wurde ihm überhaupt nicht gerecht, fand ich. Ich empfand das sogar als äußerst ungerecht, wenn ich dabei an die riesengroße protzige Kutsche dachte, die meinen Großvater damals davongetragen hatte.

In Imke, die ja die Enkeltochter des hüpfenden Großvaters war, hatte ich mich gleich verliebt, sie hatte so schöne rote Haare und, was ich außerdem sehr anziehend fand, auch im Winter jede Menge Sommersprossen.

Wenn auch diese Sommersprossen eines Tages fast zu unserer endgültigen Trennung geführt hätten, so wurde daraus schließlich nur die Trennung für einen Tag, als ich sie einmal gefragt hatte, ob sie vielleicht wüsste, warum diese Sommersprossen auch im Winter in ihrem Gesicht waren. Das war nur Neugier. Aber unklug. Sie war sich trotzdem sehr bald mit mir darüber einig, dass wir heiraten würden und wir beiden wurden unzertrennlich.

Oft, und manche von ihnen wollten sich darin sogar wiederholen, riefen uns einige der Erwachsenen das »jüngste Liebespaar vom Dorf«, um gleichzeitig mit ihrem Zeigefinger auf uns zu zeigen. Und als handelte es sich bei unserer Liebe um etwas Sensationelles, von dem gleich jeder wissen müsse, waren einige von ihnen manchmal laut wie die Marktschreier.

Vielleicht war das ja wirklich sensationell, denn ich habe da in diesem Dorf in der ganzen folgenden Zeit auch nie ein weiteres Liebespaar entdecken können. Trotz der vielen Wiederholungen fühlte ich jedes Mal eine Mischung aus Stolz und Scham, senkte dann wieder meinen Kopf, fand das trotzdem schmeichelhaft, ließ meine dünne Brust anschwellen.

Besonders gut fand ich es, wenn Imke manchmal nicht an sich halten konnte, weil sie mich hemmungslos knuddeln wollte. Zeugen dabei waren ihr egal.

Diese Liaison verschaffte mir so etwas wie Respekt bei den Einwohnern, sogar ein bisschen auch bei den Bauern, nein, nur bei den Frauen der Bauern, die uns schon mal zulächelten, wenn wir Hand in Hand oben auf dem Deich spazieren gingen. Wurde ich dann zu ihrem Geburtstag eingeladen, so sah ich beim ersten Treffen und zum ersten Mal nicht nur eine gute Stube, die voll gestopft war mit viel zu vielen Plüschsesseln und Sofas, die kaum Platz zum Atmen ließen, sondern ich sah auch Torten und Gebäck, für die der dortige kleine Tisch mit seiner ebenso kleinen Platte kaum ausreichend Platz bieten konnte. Beim Zugreifen musste ich daher sehr achtsam sein, damit andere Stücke dabei nicht herunter fielen.

Leider ließ meine stets verkrampfte, fast alles immer abwehrende Grundhaltung nie zu, dass ich die Kuchen wirklich genießen konnte, ich stopfte sie immer nur möglichst wortlos nacheinander in mich hinein. Die anderen Gäste, viele kleine Mädchen, Töchter der Bauern, sahen mir dabei ständig fasziniert mit halb geöffnetem Mund zu, als hätten sie gar keine Lust auf Kuchen, und als wäre ich nicht nur ein sie neugierig machendes Flüchtlingskind, sondern als wäre ich noch irgendetwas anderes ihnen Unerklärliches.

Oft kicherten sie plötzlich und grundlos, wie ich fand, und das danach ohne Übergang stattfindende Getuschel konnte ich auch nie einordnen, die vielen Sofas dämmten die Lautstärke, und ihre Blicke ließen mich im Unklaren.

Auch wenn ich sie also scheinbar interessieren und damit unterhalten konnte, war das ja unfreiwillig so, und ich fühlte mich fast durchgehend unwohl, musste auch mit schlechtem Gewissen an meinen Bruder und meine Eltern denken, zu denen diese wunderbaren Torten nicht vordrangen.

Sah dann aber auch das so neidische Gesicht meines Bruders, fühlte dann jedes Mal auch etwas wie Schadenfreude ihm gegenüber – zugegeben. Er hatte außerdem keine Freundin.

Meine kleine Liebe endete abrupt, als sich Imke eines Tages wutentbrannt vor mir und oben auf dem Deich aufbaute, ihre kleinen Arme in ihre Taille stützte und mit vor Wut rot werdendem Gesicht brüllte: »Deine Mutter ist eine alte Hexe.« Ich weiß nicht mehr, was sie dazu bewogen hatte, ich denke mal, meine ewig total überforderte Mutter, die sich deshalb immer in einer Art außerordentlichem Gemütszustand befand, hatte hoffentlich unbeabsichtigt auch der kleinen Imke mal dessen Auswirkungen gezeigt.

Das hätte auch nichts geändert, mir mussten Imkes Gründe nämlich völlig egal sein, weil sie ja ganz offensichtlich meine Mutter beleidigt hatte, und so brüllte ich ihr das Ende unserer Liebe sofort genauso laut entgegen. Leider will mir der Wortlaut dazu nicht wieder einfallen. Bestimmt hätte das für andere ein sehr anrührendes Schauspiel sein können, was wir beide mit unseren fünf Jahren dort oben auf dem Deich, der dadurch nun zu einer großen Bühne wurde, aufführten, war ja fast schon ein Liebesdrama.

Hätte vielleicht sogar einen Bauern zum Grinsen bringen können. Ach nee!

Mir tat das jedenfalls überhaupt nicht weh, ich würde ja bald in die Schule kommen, und dort gäbe es sicher viele andere Mädchen.

Na ja, bis zur Einschulung sollte es noch ungefähr zwei Jahre dauern, also vertrugen wir uns doch irgendwann wieder. Konnten wohl nicht ohne einander leben. Wir taten einfach so, als wäre nichts geschehen. Oder habe ich ihr vielleicht doch einen selbst geklauten Blumenstrauß geschenkt?

Ich bekam jedenfalls weiterhin meine vielen Kuchenstücke, auch ohne vorangegangene Klärung. Dieses war vielleicht auch so etwas wie einer der vielen Kompromisse, die ich schon damals lernte einzugehen – weiß nicht genau. Irgendwann hieß es, meine Mutter und die Großmutter hätten beschlossen, dass ich nun hauptsächlich bei letzterer wohnen solle. Mein Vater wurde wahrscheinlich nicht dazu befragt. Ich weiß auch nicht mehr, ob ihn das überhaupt interessiert hat. Mein Bruder war jedenfalls glücklich darüber, das wollte er auch gar nicht verbergen, verschwand ich doch nun für alle Zeit aus dem bis dahin gemeinsamen Nachtlager und auch aus seinem Leben. Meine Gefühle waren anfangs widersprüchlich, auch weil ich Imke dann nicht mehr so oft sehen konnte; das war ihnen egal, wie ich dann erfuhr. Die Entscheidung wurde mit der Enge im Haus begründet.

Also zog ich um, vielleicht habe ich mich sogar darüber gefreut oder versucht mich zu freuen, war ja zumindest irgendwie eine Veränderung der Situation.

Außerdem wusste ich von früheren Besuchen bei meiner Großmutter, dass dieses Bauernhaus ein sehr altes, großes Fachwerkhaus mit einem dicken Reet-Dach war, das deshalb bei Regen keine Blecheimer benötigte, und den Angriffen meines Bruders würde ich dadurch zukünftig auch entkommen.

Dieses Bauernhaus hatte eine sehr große geräumige Diele mit einem riesigen Tor aus Holz. Von ihr gingen die Schweine- und Ziegenställe sowie die große Wohnung der Bauern Carstens und die Behausung meiner Großmutter und mir ab. Hinter diesem Haus stand ein sehr großer, schon alter Walnussbaum. Viele der Nüsse wurden jedes Jahr aufs Neue für den Bauern zum wertlosen Fallobst, weil sie nicht mehr verkauft werden konnten, wie ich bald lernte. Die durfte ich immer aufsammeln und, meistens mit einem großen Stein, knacken. Steine können Nüsse knacken. Manchmal machten diese vielen Nüsse mich auch ein bisschen satter, aber hin und wieder traf ich mit dem Stein nicht nur die Nuss, dann heulte ich meiner Großmutter heftig in ihre ziemlich großen, alten Ohren.

Außerdem hatten die Bauern eine Unmenge Apfel-, Birnen- und Kirschbäume auf ihrem angrenzenden Landbesitz, der an jeder seiner Seiten von tiefen Gräben begrenzt war. Über diese Gräben freuten sich vor allem die dort gehaltenen Enten, wenn sie oft im Gänsemarsch auf diese zusteuerten und ihre Küken-Kinder ihnen in für mich offensichtlicher Vorfreude auf das Wasser noch aufgeregter schnatternd folgten.

Zusätzlich gab es Stachelbeer- und Johannisbeerbüsche. An ihren Früchten durfte ich mich nur erfreuen, indem ich von ihnen träumte, oder noch mehr dann, wenn ich sie manchmal klaute. Ich musste sehr oft schnell davon rennen, hatte dies vorher und schon akribisch geplant, das war besser und bezüglich dieser Büsche auch notwendig, weil die sehr eng beieinander und nah an einem großen alten Schuppen standen, meinen Fluchtweg daher ziemlich eingrenzten. Einen sicheren Fluchtweg musste ich mir also vorher erdacht haben, das war nicht schlimm, machte mir schon Spaß, wenn ich an meinen Erfolg und das Nachsehen des ›Jägers‹ dachte, der dann scheinbar keine Lust oder Kraft hatte, mir längere Zeit zu folgen, wie ich gleich beim ersten Mal erlebt hatte, weil er auf diesem Weg den Deich erklimmen musste, der ja auch an dem alten Bauernhaus vorbeiführte.

Das bedeutete dann eine besondere Kraftanstrengung für den Jäger, außerdem konnte er dort oben von anderen bei seiner erfolglosen Jagd beobachtet werden. Das hatte ich im Rahmen meiner Planung natürlich auch gleich berücksichtigt – bestimmt. Unser Raum war etwa 12 Quadratmeter groß, hatte eine sehr niedrige und vor allem sehr dunkle Decke. Die Wände hatten weder Farbe noch Tapete. Zusätzlich zu diesem Raum gab es noch einen Waschraum, der gleichzeitig als Küche diente. Dort an einer Wand am Fußboden verlief so eine Art Pissrinne. Das war vorher ein von uns nun zweckentfremdeter Schweinestall. Wurde mir irgendwann erklärt.

Tag und Nacht wurden wir dort begleitet von Ratten und Mäusen, von viel zu oft in stillen Nächten Geräusche machenden kleinen Bächen an den Wänden, von Spinnen, Hornissen, Bienen und anderen Angst erzeugenden Viechern. Das sehr große alte Haus war natürlich auch von Geistern und Gespenstern bewohnt, die in so mancher Nacht dort auf seinem großen Dachboden und in anderem Gebälk ihre Feste veranstalteten und wahrscheinlich jede Menge Gäste hatten, die dort ihre so schaurigen Geräusche machten, und mir damit oft eine lang anhaltende Gänsehaut verursachten, weil die nicht nur für mich so wie ihre Schreie und ihr Gestöhne klangen. Der immer gleichen Erklärung meiner Großmutter: »Ja, ja, das ist doch nur der Wind«, wollte ich nicht immer glauben, wenn ich sie überhaupt noch hörte, weil ich längst wieder die Bettdecke über meinen Kopf gezogen hatte, um unter ihr den Atem anzuhalten und mich nicht mehr zu bewegen. Und eigentlich schien es mir jedes Mal, als ob sie das sich selbst auch nicht glauben würde. Das Bauernpaar war es jedenfalls nicht, das da so stöhnte und schrie. Das kam ja meistens von da ganz oben.

Meine Großmutter freute sich sehr, dass ich nun da einzog. Sie war eigentlich eine nette, und sie war außerdem eine ziemlich große Frau, die sich, wie ich bald sah, sehr gern mit anderen alten Frauen umgab, die ihr so nach und nach zugelaufen waren, um mit diesen erst über noch andere Frauen zu tratschen, um anschließend dann für die vorher Betratschten stundenlang unter mehrfacher Wiederholung ihrer jeweiligen Namen beten zu können. Wenn sie gerade mal nicht betete, redete sie in einfachsten und mir deshalb damals langweilig erscheinenden Worten. Ihnen wollte ich nicht zuhören. Als ich ihr später einmal doch zuhörte, weil ich sie vorher gefragt hatte, warum sie über die Judenmorde nicht entsetzt und traurig war, wie ich einem ihrer Sätze vorher entnommen hatte, antwortete sie: »Die Juden sind selbst Schuld, die haben doch den Herrn Jesus ermordet.« Ich wusste nun, dass ich sie nie wieder etwas fragen würde, war mir nämlich sicher, dass mein Held, Jesus, niemals aus Rache so gehandelt hätte, ich hätte sie beinah geschlagen.

Immer mal wieder berichtete sie so zwischendurch, dass sie sehr stolz sei auf ihren ›Mutterorden‹, den ihr die Nazis verpasst hatten, nachdem sie 13 Kinder geboren hatte. Auch wenn fünf ihrer Söhne im Krieg umgekommen waren. Und nur unter größter Anstrengung gelang es ihr manchmal, eine Träne aus ihren Augenwinkeln heraus zu pressen, wenn sie davon sprach.

Viel zu oft, wie ich dann jedes Mal fand, tauchten drei ihrer Töchter bei ihr auf, die, anders als meine Mutter, alle sehr dick waren, und die ich irgendwann immer nur »Dicke Tanten« nannte. Alle drei hatten einen immer gleichen stoischen Gesichtsausdruck, wie ich fand, und egal, wovon sie gerade sprachen. Dieser Ausdruck war so, wenn sie kamen, und wenn sie wieder gingen, war er auch nicht anders. Eins ihrer wenigen Lieblingsthemen schien ich zu sein beziehungsweise mein Dünnsein, das sie sogar veranlassen sollte, mir Fotos ihrer eigenen Kinder unter die Nase zu halten, die auch allesamt schon ziemlich fett waren.

So nach dem Motto: »Nun streng dich mal an, das kannst du auch schaffen.« Selten gelang es mir, diesen ›Dicken Tanten‹ schon vorher zu entkommen, und meine Großmutter zwang mich anschließend dann meistens, sogenannte »Zuckereier« roh in mich hinein zu würgen, damit ich auch endlich fett würde. Die Eier hatte sie beim Bauern Carstens von ihrer Witwen-Pension erstanden. Als jüngste der Töchter hatte meine Mutter diese Treffen immer mit Kuchen oder anderem auszustatten.

Diese Aufgabe wurde ihr, wie mir schien, auch deshalb von meiner Großmutter zugeteilt, weil sie mit meinem Vater verheiratet war, der kein Nazi gewesen war. Der war für sie allein deshalb nichts als ein Versager.

Zwar waren ihre Aussagen hierzu nicht unverschlüsselt, doch konnte sogar ich als Kind sie schon entsprechend entwirren. Das wurzelte in mir wie eine ständig wachsende Wut auf meine Großmutter und die anderen Nazi-Verwandten. Ich fand auch nicht gut, dass meine Mutter sich in Verteidigung meines Vaters ziemlich zurückhielt.

Woher sie diesen Kuchen damals bekam, weiß ich nicht. Vielleicht von dem rothaarigen, fetten und extrem weißhäutigen Bäcker aus dem Nachbarort.

Der besuchte mit seinem Brot in seinem alten klapprigen Auto, das einen kleinen Anhänger hinter sich her zog, auf dem sich die vielen Brote befanden, immer so gern allein stehende Flüchtlingsfrauen, deren Männer gefallen oder in Gefangenschaft geraten waren. Einmal besuchte er auch meine Mutter in dem Haus auf dem Deich. Ich weiß noch sehr genau, wie sie dabei kichernd und juchzend dem Bäcker zu entkommen versuchte. Das gelang ihr wahrscheinlich nur deshalb, weil meine davon entsetzte Anwesenheit, die ich, während ich dabei auf der Kante des runden Tisches saß und höchstens drei Jahre alt war, mit lautem und anhaltenden Schreien zum Ausdruck brachte, jedenfalls den Bäcker zu stören schien und zum Aufgeben brachte. Aus heutiger Sicht würde ich dazu sagen, es gab und gibt noch größere Arschlöcher als den. Und ich war eine Spaßbremse. Trotzdem schien es ihm in seiner Rolle als Brötchengeber gut zu gehen, er wusste ja, er hatte das Brot und würde es immer haben, und die Frauen daher auch. Ich hasste diesen Bäcker. Als dieser Hass dann irgendwann doch zu groß geworden war, das mit meiner Mutter konnte ich gar nicht vergessen, ließ ich ihm eines Tages die Luft aus einem der Reifen seines Autos. Ich hatte mir vorher von meinem viel älteren Cousin an einem Auto der Bauern zeigen lassen, wie das geht.

Der hatte schon Übung darin, war deshalb fast ununterbrochen auf der Flucht vor diesen Bauern. Ihn habe ich immer sehr bewundert. Kein anderes Flüchtlingskind wurde von den Bauern so sehr gehasst wie er.

Der fing sich in regelmäßigen Abständen Prügel durch irgendeinen der Bauern ein, weil er sein Tätigkeitsfeld so nach und nach auf das ganze Dorf und auf alle Bauern ausgeweitet hatte. Wahrscheinlich hatte er diesen Hass auf die Bauern schon damals so extrem entwickelt, weil er zum Zeitpunkt unserer Ankunft, da, in diesem Dorf, schon acht Jahre alt war und deren Verhalten ganz bewusst von Anfang an erlebt hatte.

Wenn er mal gerade kein ›Attentat‹ auf einen von ihnen ausüben wollte, verbrachte er viel Zeit mit mir, ersetzte mir damit auch irgendwie meinen Bruder. Ihm wollte ich eigentlich sehr gerne nacheifern, musste mich jedoch langsam steigern, war noch zu klein. Das war toll, aus sicherer Entfernung, die hatte ich mir im Rahmen meiner Planung zum möglicherweise notwendigen Fluchtweg vorher geschaffen, zu sehen, wie der Bäcker plötzlich wie angewurzelt und völlig hilflos vor seinem Auto stand, als er nach einer langen Weile von einer Flüchtlingsfrau zurück kam.

Sein Brot half ihm jetzt nicht, sondern irgendwann ein Bauer, der dabei sogar grinste. Ich glaube hämisch, war bestimmt stets neidisch auf den Bäcker, wegen der Frauen. Er selbst hatte ja wahrscheinlich nur eine. Damals war ich so etwa sieben Jahre alt.

Als gut versorgte Beamtenwitwe hatte meine Großmutter Pensionsanspruch, was damals so kurz nach dem Krieg, nach der sogenannten Währungsreform, sehr viel bedeutete. An jedem 1. eines Monats machte sie sich zu Fuß auf den recht weiten Weg zur Post im Nachbarort und holte dort das ihr zustehende Geld ab. Das war jedes Mal ein Festtag für mich, denn ich durfte und sollte sie immer begleiten, vor allem wohl deshalb, weil sie diesen Weg immer auch mit dem Besuch des Grabes auf dem Friedhof verband, und weil ich ihr bei den dortigen Arbeiten dann zur Hand gehen musste. Ich tat das ungern, hatte keine guten Erinnerungen an meinen Großvater. Wahrscheinlich half ich ihr nur deshalb, weil sie anschließend für uns beide Blutwurst und Würstchen beim dortigen Schlachter im Nachbarort kaufte und manchmal auch einen Prinz-Eisenherz-Comic mit den Rittern der Tafelrunde und König Artus darin.

Wir saßen anschließend dann oft irgendwo am Deich, aßen viele der Würstchen, das war toll, weil mein Bauch sich schon nach außen wölben wollte, war ja nur einmal im Monat, und sie las mir danach, für mich die Krönung des Tages und gleichzeitig auch die Entschädigung für den Friedhofbesuch, aus dem Comic vor. Ich versuchte dabei immer, die Texte zu diesen Bildern auswendig zu lernen. Weiß nicht mehr, ob mir das stets gelang. Doch bald würde ich ja endlich zur Schule kommen und Lesen lernen.

Maßlos erfreute mich ein Storchenpaar, das, wie ich bald erlebte, in jedem Frühjahr wieder auf seinem Nest im Hof des Bauernhauses landete, um dort seine Storchenkinder groß zu ziehen.

Leider gelang mir in all der Zeit nicht ein einziges Mal, deren Ankunft mitzuerleben, obwohl ich tagsüber fast pausenlos das leere Storchennetz beobachtete und den Himmel nach ihnen absuchte. Ihre Ankunft teilte mir dann immer meine Großmutter mit, indem sie mir eine von ihr aus irgendwelchen Stoffresten selbst gebastelte kleine Stoffpuppe am Morgen auf die sehr schmale Fensterbank legte. Sie wollte mir damit bedeuten, dass ich vielleicht im nächsten Jahr statt dieser Puppe eine kleine Schwester bekommen würde, denn dafür seien Störche ja schließlich da. Dadurch wollte sie meine wieder einsetzende Enttäuschung mildern, denn leider hat es nie geklappt mit der Schwester, wo doch mein Bruder so doof war, wie ich damals fand. Und eine kleine Schwester könnte ich dann immer beschützen und so. Jedenfalls war ich irgendwann fast wütend auf die Störche, doch hatten die wohl genug mit ihren eigenen Kindern zu tun. Aufklärung gab es damals nicht. Jedenfalls nicht da, in diesem Dorf und mit diesen Erwachsenen.

Jedes Mal aufs Neue hat es mich entzückt zu erleben, wie das Storchenpaar sich bemühte, seine Kinder regelmäßig zu füttern, sie zu säubern und ihnen schließlich und, wie ich fand, unter dabei besonders lautem Geklapper ihrer Schnäbel das Fliegen beizubringen beziehungsweise sie dazu zu ermuntern oder sogar zu zwingen. Manchmal schien mir das schief zu gehen. Dann rannte ich Hilfe suchend zu meiner Großmutter, einmal in meiner Angst sogar zum Bauern. Meine Sorge war auch diesmal wieder unbegründet, wie die mir erklärten und wie ich dann selber sah; all diese Kinder schafften es, unversehrt irgendwann davon zu fliegen. Vielleicht sollten Erwachsene, wenn es darum geht, Kinder ohne Verletzungen großzuziehen und selbstbewusst in ihr Leben zu entlassen, des Öfteren einem Storchenpaar zuschauen.

Am Dach der großen Diele waren zwei dicke Seile befestigt und an ihnen unten dran und diese verbindend ein Holzbrett. Eine Schaukel. Das war eine wahrhaftige Sensation, eine immer verfügbare Schaukel. Doch anders als ich es mir gleich erträumte, wurde diese so wunderbare Schaukel nur dann und nur vom Bauern höchst persönlich herabgelassen, wenn die kinderlosen Bauern mal Kinderbesuch von ihren Verwandten aus dem Nachbarort hatten.

Sie durften schaukeln, ich irgendwann auch, doch immer erst dann, wenn die anderen Kinder wieder weg waren, niemals mit ihnen zusammen. Von ihren Eltern hatten sie natürlich erfahren, dass ich ein Flüchtlingskind war, und dass von diesen ja immer Gefahr ausginge. Was denn sonst?

Bestimmt war dies der Grund dafür, dass diese Kinder mich beim Schaukeln nicht dabei haben wollten, vielleicht war es ihnen sogar von ihren Eltern verboten worden. Das machte mich maßlos traurig, später auch zornig. Und weil, wie wir wissen, die Zeit mit dem Zorn unweigerlich Helden hervorbringt, sann ich bald auf heldenhafte Rache. Das klappte überhaupt nicht, die Kinder waren ja anschließend immer wieder weg, wohnten auf der anderen Seite der Este, waren fast unerreichbar. Manches Mal schien es mir so, dass auch dem Bauern das nicht gefiel, geändert hat er nichts. Mein Wunsch zu schaukeln war so stark und immer gegenwärtig, dass ich keine Gelegenheit ausließ, die Schaukel selbst herunter zu lassen. Damit mir das gelingen konnte, musste ich natürlich sicher sein, dass der Bauer nicht im Haus war, denn er hatte es mir streng verboten. Hatte wohl tatsächlich Angst, ich könnte abstürzen, das war nämlich eine sehr hohe Decke, an der diese Schaukel hing, und man konnte mit ihr schon sehr hoch kommen und sehr schnell werden. Da zischte manchmal schon die Luft, was äußerst spannend war.

Außerdem musste ich noch abwarten, bis der in der Diele an einer langen Eisenkette sein Leben fristende große, zottelige Wachhund in den Tiefschlaf gefallen war. Nur mit einem großen Satz gelang es mir dann, und glücklicherweise auch immer mit Erfolg, die Schaukel von ihrer Befestigung an der Dielenwand zu befreien und gleichzeitig dem Biss des dadurch erwachenden Hundes um Haaresbreite zu entgehen.

Das war mir immerhin klar, und es war vor allem deshalb sehr aufregend. Mein Ehrgeiz, neben dem Bauern auch diesen Hund, der übrigens überhaupt nicht bissig war, wenn er mal vom Bauern freigelassen wurde, zu überwinden, war jedenfalls geweckt.

Ich trainierte hart, dies noch zu perfektionieren, übte dazu auf dem Hof blitzartige Sprünge und war später dann in der Schule wahrscheinlich auch dadurch ziemlich gut im Hoch- und Weitsprung. Dieses Training hat mir viel später wahrscheinlich sogar dabei geholfen, dass ich dem Überfall durch zwei Engländer auf dem Londoner Hafengelände mittels eines Blitzstarts entkommen konnte. Natürlich gelang es mir nie, die Spuren meines Schaukelns zu beseitigen, denn dazu hätte ich die Schaukel ja mühsam wieder an der Wand und im Bisskreis des Hundes befestigen müssen.

Ich musste mich also anschließend erst mal für eine Zeit vom Bauernhof entfernen, um der ansonsten nachfolgenden Prügelstrafe zu entgehen. Bis auf eine, einmal stattfindende, blieb es also immer bei wütenden Ermahnungen durch den Bauern, weil er sich in der Zeit meiner Abwesenheit wieder fast beruhigt hatte.

Im Vergleich zu uns lebten die Bauern in der Umgebung alle wie die Maden im Speck. Der Bauer und seine Frau waren keine der dortigen Großbauern. Der Bauer selbst arbeitete zusätzlich noch in einer Buxtehuder Fabrik, da ihr Obsthof allein ihren Lebensunterhalt nicht decken konnte. Sie bewirtschafteten nur diesen Obsthof, hatten zusätzlich viele Schweine, auch mal eine Kuh, einige Ziegen, hauptsächlich wegen ihrer Milch, immer wieder viele Enten, Gänse, Puten und Hühner.

Für schwere Zugarbeiten auf dem Feld liehen sie sich manchmal von einem anderen Bauern ein Pferd aus. Ich wollte dem dann immer bei der Arbeit zusehen, weil ich es wegen seiner gewaltigen Kraft, die es für die schwere Arbeit aufbringen konnte, immer sehr bewunderte. Das war eindrucksvoll.

Pferde sind stark und schön. Und gefährlich sind sie außerdem, wie mir ein Erlebnis aus der Zeit fast hautnah zeigte. Auf einem anderen Bauernhof hatte eines der Pferde eines Tages ein zweijähriges Mädchen mit seinem Hufschlag getötet. Das war nur etwa hundert Meter entfernt von dem Haus auf dem Deich. Ich erlebte dabei, dass Bauern auch Gefühle hatten. Vielleicht, weil es sich um eines ihrer Kinder gehandelt hatte. Wir waren alle eine lange Zeit sehr traurig.

Alles in allem jedoch war diese Natur belassene Umgebung mit ihren vielen Tieren nicht nur im Nachhinein schon fast paradiesisch zu nennen; denke oft daran, fällt mir dann einfach so ein.

Schon bald hatte ich mich entschlossen, später Förster zu werden, wollte mit Rehen auf Du und Du sein. Die ließen sich im Winter ja auch manchmal auf dem Hof sehen, hatten Hunger.

Ja, ich bin der Zeit, die ich dort zusammen mit den Tieren verbringen konnte, immer noch sehr dankbar, nicht den Nazis und nicht den Bauern.

Wenn auch Leben und Tod bei diesen Tieren immer sehr nah beieinander lagen, so war die Lebenskraft und die Lebensfreude, die diese Tiere in ihrem Heranwachsen und in ihrem Leben dazwischen zweifellos hatten, und die so stark war, als wüssten sie schon, dass sie nicht lange leben würden, etwas, das mich immer sehr erfreut und berührt hat.

Bis auf die Schweine waren ja alle anderen in besonders großzügiger Freilandhaltung untergebracht. Das waren noch andere Zeiten, und ich konnte mich mitten unter ihnen bewegen. Erschwert wurde mir dies in einem Jahr durch einen Gänserich, der mich bei Gelegenheit gern und dabei krächzend fauchend über den Hof jagte, da musste ich dann schon sehr schnell sein und sehr weit weg rennen, weil der ein sehr Besitz ergreifender Gänserich war und mich in der Nähe seiner Gänse nicht dulden wollte. Gott sei Dank wurde der aber bald geschlachtet.

Leider war es so etwas wie ein ständiges Kommen und Gehen, weil sie ja gehalten wurden, um auch irgendwann geschlachtet zu werden. Jedes Mal schrie ich hysterisch mit den Schweinen um die Wette, wenn es mal wieder so weit war. Das gellende, angst- und schmerzerfüllte Quieken der Schweine entstand vor allem dadurch, dass die sogenannte Haus-Schlachtung wahrscheinlich nicht fachmännisch ausgeführt wurde, sodass der Leidensweg der Schweine endlos verlängert wurde. Später wurden in der großen Diele auf langen Tischen die vielen Koteletts und Würste zum Verkauf und Eigenverzehr der Bauern verarbeitet und zum krönenden Abschluss die warme Blutsuppe für die Täter serviert. Die schmeckte süßsauer, sagte man. Blutsuppe ist süßsauer. Ich war dann im Laufe der Schlachtung schon immer irgendwohin weit weg geflüchtet. Meine Schreie hätten sie nie verhindern können.

Unser Bauer war ein sehr ruhiger, schon wortkarger Mann mit kantigen Gesichtszügen, braunem Haar und Händen so groß wie Schaufeln. Er und seine Frau sahen ganz anders aus als all die anderen Bauern, die eigentlich stets nur einer ständig missmutigen großen, runden Kartoffel oder roten Rübe glichen. Die beiden jedoch hatten ein richtiges Gesicht, mit einer als Nase erkennbaren

Nase darin und mit abwechslungsreicher Mimik, die Gefühle zum Ausdruck bringen konnte, obwohl ich auch sie nie lachen sah. Bauern lachen ungern. Höchstens mal aus Schadenfreude.

Es war nicht zu übersehen, dass sie mich bald in ihr bäuerliches Kosten-Nutzen-Herz geschlossen hatten, vielleicht auch deshalb, weil ihre Ehe kinderlos geblieben war. Auf jeden Fall wurde ich eines Abends von ihnen eingeladen, mit ihnen Abendbrot zu essen.

Das sollte in ihrer Küche stattfinden, die war sehr groß, sehr warm und von den Wänden lief kein Wasser, doch es hingen geräucherte Schinken- und Speckseiten an ihnen, und es roch nach Bratkartoffeln und Milchsuppe.

Diese Gerüche kannte ich ja, da meine Großmutter und ich sie allabendlich durch die vielen Ritzen der Zimmerwände rochen, und weil es bei ihnen jeden Abend das Gleiche zu essen gab. Was ich noch nicht wusste, war, dass die beiden ihre Bratkartoffeln direkt gemeinsam aus der auf dem Tisch stehenden Bratpfanne aßen. Sie drückten mir nun eine Gabel in die Hand, und ich sollte mich an dieser Art des Essens beteiligen.

Das gelang mir aber nicht, mir wurde übel. Ich saß mit gesenktem Kopf da, völlig verkrampft und steif wie ein Brett. Ich musste jetzt noch stärker an unsere Hungerzeiten denken und daran, dass es hier in dieser Küche jeden Abend so fetttriefend zuging. Die Bäuerin servierte mir ersatzweise einen Teller Milchsuppe. Als sie sagte: »Das lernt er schon noch«, sprach sie hochdeutsch. Ich habe es nie gelernt, jedenfalls nicht so. Ich bin nicht in jeder

Hinsicht lernfähig. Eines schönen Tages sollte ich Fünfjähriger, der ich eigentlich schon lange ein Kirschdieb geworden war, nun sogar im Auftrag des Bauern Kirschen pflücken. Er nahm mich zur Seite, erklärte mir, dass er die Kirschen dann anschließend verkaufen wollte, gab mir einen Korb, stellte mir an einen der vielen Kirschbäume eine Leiter und rüttelte so lange daran herum, bis er endlich sicher war, dass sie nicht mehr umfallen konnte.

Als der Korb gefüllt war mit den von mir gepflückten Kirschen, war ich stolz, doch der Bauer trotzdem sehr enttäuscht, da fast alle keinen Stängel mehr hatten und somit unverkäuflich wären, wie er mir dennoch ziemlich ruhig erklärte. Und es schien mir erstmals so, als ob er fast lächelte, wenn er sagte: »Die kannst Du alle behalten.« Vielleicht hatte er geglaubt, ich hätte das absichtlich und mit diesem Ziel so gemacht, war also nun ein bei ihm deshalb Anerkennung auslösendes Schlitzohr, das einem Bauern ähnlich sein konnte, wenn es nur wollte. Das hatte ich aber wirklich nicht mit Absicht so gemacht, wirklich nicht. Jedenfalls hatte ich nun einen ganzen Korb voll mit von mir so geliebten Kirschen.

Trotz meiner nun nachgewiesenen Nichteignung versuchten die Bauern in den folgenden Tagen weiterhin, mich in die Arbeitsabläufe auf dem Hof einzubeziehen, erklärten mir vieles, dem Fünfjährigen.

Was dieses mir unverständliche Verhalten bedeuten sollte, erfuhr ich eines besonders dunklen Abends von meiner Mutter:

»Ich muss Dir etwas sagen. Du weißt doch, dass Frau … keine Kinder haben kann. Sie und ihr Mann haben dich sehr, sehr gern, sie möchten dich adoptieren.« Keine Ahnung, woher ich wusste, was Adoptieren bedeutete.

Ich fühlte, dass es nicht passieren durfte. In allergrößter Verzweiflung und tiefem Entsetzen brach ich sofort in hysterisches Schreien aus, das nicht aufhören wollte und mich in meiner Angst fast ersticken ließ.

»Aber wir sind doch alle hier, und ich auch«, quälte sie nun aus sich heraus. Vielleicht dachte sie wirklich, sie könnte mit einer Art Kuhhandel die Bauern anschließend austricksen. Daran dachte ich aber nicht, ich schrie und schrie und gewann fast augenblicklich. Meine Mutter versicherte mir nämlich rasch, dass sie es rückgängig machen würde, und ich sah in ihrem erschrockenen Gesicht, dass sie überhaupt nicht mit einer solchen Gegenwehr gerechnet hatte. Wahrscheinlich machte ihre Not sie bereit, mich zu opfern wie ein Lamm. Ich war nur noch ein Lamm, und das wurde geschlachtet, hatte ich ja oft genug erlebt.

Diese Verlustängste, die sich mit dieser urplötzlichen Ankündigung damals in mich hineinfraßen, etwas zerstörten, wurde ich nie wieder los. Du kriegst das nie mehr raus aus dir. Vor allem immer dann stehen sie Gewehr bei Fuß, wenn es um Liebe geht. Das klingt nun einfach und scheint als Entschuldigung für alles geeignet, doch ich hatte mir das nicht ausgesucht. Und es passierte halt einem Kind, das etwas ganz anderes von seiner Mutter und den anderen erwartet hatte. Gleichzeitig entstand dadurch wahrscheinlich etwas wie ein ›ewiges

Schuldgefühl‹ in mir, denn mit meinem Einverständnis hätte ich ja den Hunger meiner Familie für alle Zeit besiegt. Stattdessen musste sich meine Mutter nun auch zukünftig nachts immer wieder auf den Weg machen, um irgendwo von Obstbäumen morsche Äste für ihren Herd abzubrechen, auch wenn in dem Wasser unseres großen verbeulten und von ihr blank gescheuerten Topfes fast immer nur Erbsen oder Linsen schwammen.

Natürlich würde sie dadurch weiterhin in Gefahr geraten, von den Bauern dabei erwischt zu werden, und natürlich war ich wieder der daran Schuldige, das war mir klar, wer sonst? Das bleibt mir auch klar. Ist auch wahr.

Ich habe später niemals mehr mit ihr darüber gesprochen, habe versucht, ihr das zu verzeihen.

Ich denke, dass mir das irgendwann auch gelungen war. Ein Gespräch mit ihr hätte ›das‹ auch nicht endgültig reparieren oder vergessen lassen können.

Ich vermute, sie wollte es auf ihre Art wieder gutmachen: Einige Wochen danach eröffnete sie mir, dass wir mit einem richtigen Bus verreisen würden.

Nach Hamburg, zu meiner Patentante, nur sie und ich. Als der Bus kam und mein Bruder sah, dass er nicht mitfahren durfte, warf er sich oben auf den Deich und begann damit, laut und hysterisch zu schreien und von Tränen überströmt mit seinen kleinen Fäusten auf das Gras des Deiches einzutrommeln, was aber nichts veränderte. Während wir nun auf diese ›Sonderfahrt‹ und den Bus warteten, gesellten sich so nach und nach einige andere Dorfbewohner zu uns. Sie drückten sich um meine Mutter herum, taten anfangs fast so, als würden sie auch mitfahren wollen, hatten stattdessen nur im Sinn herauszufinden, wohin wir denn wohl fahren wollten und ob wir sogar für immer wegbleiben würden. Außerdem zeigten sich plötzlich bewegende Gardinen hinter den Fenstern einiger Häuser noch, dass wir auch von dort aus beobachtet wurden. Ich erinnere mich sehr gut daran, dass diese Reaktionen mich fast zum Lachen bringen wollten. Vor allem die sich bewegenden Gardinen mit den Schatten hinter ihnen fand ich sehr komisch. Noch lustiger war es, dass die Schatten hinter den Gardinen sofort verschwanden, als ich ihnen zugewinkt hatte, und die Gardinen da wieder hingen wie vorher. Mein Winken brachte mir noch einen leichten Ellenbogencheck durch meine Mutter ein, auch wenn sie dabei selbst fast grinste. Viel mehr jedoch als die Gefühle meines Bruders und die Verlogenheit der Anderen interessierte mich dieser Bus. Ich hatte ja noch nie zuvor einen Bus gesehen, das war sehr aufregend, als er hinter der schon im Zusammenhang mit dem Leichenwagen und den englischen Soldaten beschriebenen Deichkrümmung auftauchte und wir in ihn einsteigen konnten. Da roch es nach Leder, weil die Sitze damit bezogen waren. Nun wusste ich auch, wie Leder roch.

Und während der Bus nun den vom Deich vorgegebenen engen Kurven folgte, was mir zeitweilig fast unmöglich schien, weil er sehr lang war, dachte ich so für mich, dass der ganze Bus sich eigentlich in seiner Längsrichtung nun krümmen müsste, um da heil herum zu kommen.

Unterwegs fragte ich meine Mutter nun immerzu, damit sie mir all das, was ich während der Fahrt nun an

Neuem sah, erklärte, bis sie irgendwann verzweifelt und leise in mein linkes Ohr hineinzischte, und weil ich in Fahrtrichtung rechts von ihr und am Fenster saß, war diesmal das linke Ohr dran: »Nun sei doch mal endlich still!« Wie ich sie schon kannte, war ihr meine laute Fragerei den wenigen anderen Fahrgästen gegenüber wahrscheinlich peinlich. Ich verstummte sofort, fand sie sehr dumm, war jedenfalls wütend auf sie.

Bei meiner Tante gab es Rindergulasch. Das hatte ich vorher noch nie gegessen. Es schmeckte mir sehr gut, und ich wurde erstmals richtig satt. Zusätzlich hatte sie von irgendwoher Süßigkeiten für mich organisiert. Ich ließ mir nicht anmerken, dass diese mir auch schmeckten, wollte verhindern, dass sie mich plötzlich auch »sehr, sehr gern« hat, wollte auch von ihr nicht adoptiert werden. Soweit ich weiß, war davon allerdings auch nie mehr die Rede.

Meine Mutter hatte vielleicht verstanden, dass einem Kind die Liebe der Eltern das Wichtigste ist und seien die Gesamtumstände auch noch so fehlerhaft. Vielleicht hatte dieser Besuch doch nur zum Ziel, meine schon damals in geordneten Verhältnissen lebende Tante an ihr Patenkind und an die ihr dadurch entstehenden Verpflichtungen zu erinnern, wenn aus der geplanten Adoption schon nichts geworden war. Ob das geklappt hat, weiß ich nicht. Vielleicht habe ich dieses Wissen lieber gleich verschüttet.

Zumindest besaß sie ein sehr großes Haus, und das war auch ihr Leben lang Objekt der Begierde irgendwelcher Verwandten. Das hat ihnen aber nichts gebracht. Mir war dieses Haus immer egal, obwohl ich doch ihr

Patenkind war, doch sie hat es auch mir nicht vererbt. In unserem Dorf gab es drei Gasthäuser, eines davon stand ganz abseits und beiderseits weit entfernt von anderen Häusern oben auf dem Deich, und es war von hohen alten Bäumen und deren Schatten umgeben, fast wie eingehüllt. Es hatte ein besonders hohes, spitz zulaufendes Dach, wie ich fand, und es machte auf mich in seiner dunklen Einsamkeit einen äußerst bedrohlichen Eindruck. Ich ging ungern an ihm vorüber, musste das aber jeden Tag auf meinem Weg zur Schule im Nachbarort. Das sah etwa so aus, wie das Haus in diesem Hitchcock Film, in dem dieser merkwürdige Sohn manchmal die Rolle seiner toten Mutter übernahm, wenn er morden wollte.

Als ich viel später diesen Film sah, musste ich daran denken und das ließ mich den Film besonders interessiert verfolgen. Bei diesem Haus schien es mir damals so, als würde es immer sagen wollen: »Komm mir nicht zu nahe, rühr mich nicht an, ich warne dich!«

Selten mal sah ich einen Menschen dieses Haus betreten, und wenn, dann schien es mir immer, als würde der da nie wieder heraus kommen.

Wahrscheinlich gab es da eine Fallgrube, in die sie sofort für immer hinab gestürzt waren, oder es gab in ihm noch viel größere Spinnen als in unserem Haus. Direkt hinter diesem Gasthaus ohne also meiner Überzeugung nach noch lebende Gäste befand sich ein Anlegeplatz für Barkassen, kleine motorenbetriebene Schiffe. Eine von diesen Barkassen schipperte manchmal von dort aus die Este entlang in die Elbe, überquerte diese und machte auf der anderen Seite der Elbe irgendwo in der Nähe der

Landungsbrücken in Hamburg fest. An Bord der Barkasse begaben sich dann immer viele der Flüchtlinge unseres und der umliegenden Dörfer. Auf diesen sogenannten Hamsterreisen zum Schwarzmarkt versuchten sie dann, irgendwelche kleinen Habseligkeiten, die ihnen noch verblieben waren, gegen Lebensmittel, Kaffee oder auch Zigaretten einzutauschen.

Dort gab es dann keine Bauern, und sie wurden nicht so extrem ausgebeutet. Mein Vater gab dieser Barkasse in seiner ihm immer eigenen dramatisierenden Neigung eines Tages, und dabei kräftig fluchend, den Namen »Das Schiff der Verdammten«. Doch trotz ihres nun erklärten gemeinsamen Verdammtseins war es keineswegs so, dass die Flüchtlinge sich untereinander einig waren in Beurteilung ihrer verdammten Situation. Und andere Gemeinsamkeiten, die sie den Bauern gegenüber stärker gemacht hätten, konnte jedenfalls ich nicht bei ihnen finden.

Da gab es schon des Öfteren bösartige Streitereien und vom Teilen war auch nie die Rede. Es ging in der Hauptsache um den eigenen Vorteil, um Neid oder einfach nur ums Überleben. Ihre Streitereien empfand ich immer als sehr störend und überflüssig, dennoch war es jedenfalls äußerst spannend, wenn ich dabei zusehen konnte, wie die kleine Barkasse unter dem Gewicht der vielen Flüchtlinge immer tiefer im Wasser versank und trotzdem (leider) niemals unterging. Nicht einmal ein bisschen, und wie sie am Abend dann wieder die Este herauf schipperte und uns Kindern auch mal ein paar Süßigkeiten brachte, oder anderes, wie zum Beispiel ein paar Strümpfe. Oder gebrauchte Schuhe, die unter Einlegen von Papierlagen erst passend gemacht werden mussten. Ich hasste diese Schuhe. Viel mehr, als dass ich mich darüber hätte freuen können.

Irgendwann hatte meine Mutter, nicht mein Vater, die Idee, seine zeichnerischen Fähigkeiten zum Broterwerb einzusetzen. Sie besorgte ihm in Buxtehude von einem kleinen Fachgeschäft für Kunstmaler, das es auch heute noch gibt, ein Reißbrett, Bleistift und Zeichenfeder sowie eine größere Anzahl von weißem, festem Papier, das er auf die jeweilige Größe von Postkarten zuschneiden sollte. So entstanden kleine Postkarten, die mein Vater dann Anlass bezogen mit Blumen zum Geburtstag und dem Schriftzug »Herzlichen Glückwunsch« oder mit einem Tannenzweig und dann mit »Frohes Fest« versah. Dem eigentlichen Tun ging sein schon übliches tagelanges Fluchen über die Sinnlosigkeit des Begehrens meiner Mutter voraus, bis er sich schließlich doch in diesen Auftrag ergab.

Zum Verkauf der Postkarten machte sich meine Mutter täglich auf den beschwerlichen Weg. Manchmal legte sie dazu bis zu 30 Kilometer zurück ohne Rücksicht auf vorherrschendes Wetter. Vielleicht war sie ja die erste Handlungsreisende nach dem Krieg.

Doch war der von meiner Mutter bei den Bauern geweckte Bedarf an diesen Karten bald gedeckt. Eines Tages entstand plötzlich eine große langsam näher kommende Unruhe auf dem Deich, weil meine Mutter irgendwoher eine alte Nähmaschine beschafft hatte, die jetzt unter großer Aufregung und Atemlosigkeit der an ihrem Transport beteiligten Flüchtlinge in das Haus auf dem Deich befördert und in unserem Wohnzimmer an geeignetem Platz untergebracht werden musste. Manchmal gelang es ihr später, mit dieser Maschine etwas Geld zu verdienen, indem sie Schneiderarbeiten ausführte. Das war eine Maschine aus Gusseisen gebaut, und sie war mit vielen schmiedeeisernen Schnörkeln versehen, die im Verbund mit unserer ansonsten äußerst spärlichen Wohnzimmereinrichtung aus ihr ein fast attraktives Möbelstück machten, und die einen Fußantrieb hatte. Auch jetzt noch kann ich das dadurch entstehende und manchmal stundenlang eintönig surrende Geräusch hören und ihr immer so erschöpftes Gesicht sehen. Einmal hatte sie sich beim Nähen die Nadel an der Maschine durch einen ihrer Daumen gejagt, weil sie bestimmt infolge ihrer Erschöpfung unaufmerksam geworden war. Das wollte nicht wieder aufhören zu bluten, sie hat sehr geweint, und ich habe versucht sie zu trösten.

Im Nachbarort auf der anderen Seite der Este entstand durch Herrn Marquard eines Tages ein kleines Einzelhandelsgeschäft. Für den erfolgreichen Start hatte er sich folgenden Werbetext erdacht: »Die Vöglein zwitscherns in den Ästen, bei Marquardt kauft man doch am besten.« Er wollte sich dadurch gleich von dem dort schon immer existierenden anderen kleinen Geschäft unbedingt abheben und frischen Wind entstehen lassen, wie er unserem Vater erklärte, als er ihm den Auftrag gab, diesen Text und viele Vöglein und Äste zeichnerisch und farbig auf ein großes Plakat in werbewirksamer Form zu übertragen. Dieses Plakat wurde sehr schön, und Herr

Marquardt hängte es erfreut und hoffnungsvoll in sein Schaufenster, doch auch dessen Schönheit konnte nicht verhindern, dass er mit seinem Laden bald pleite ging. Er war ebenso ein Flüchtling, war in seiner immer sehr redseligen und freundlichen Art auch in diesem Nachbardorf von vornherein ohne Chance auf Erfolg, unterschied sich in seinem Verhalten zu sehr von den Ureinwohnern. Die benötigten wohl doch keinen frischen Wind.

Außerdem hatte er ziemlich lange schwarze Haare, sah ein bisschen aus wie ein Rabbiner, so will ich ihn heute mal beschreiben, war vielleicht vorher den Nazis entkommen. Er verließ dann dieses Dorf mit unbekanntem Ziel.

Von dem dort tatsächlich ansässigen Karnevalsverein, der irgendwann nach Ende des Krieges seine Wiedergeburt beschlossen hatte, bekam mein Vater einmal jährlich den Auftrag, farbige Plakate voller Narren zu erstellen, die auf deren Veranstaltungen hinweisen sollten.

Die wurden immer ziemlich groß und sehr attraktiv, die Narren, waren sogenannte Hingucker. Ich habe es immer sehr bewundert, zu welchen zeichnerisch grafischen Großtaten er fähig war. Das hat mich wirklich begeistert. Es half mir sehr und zwang mich fast dazu, ihm sein sonstiges scheinbares Unvermögen zu verzeihen, flößte mir gar Ehrfurcht ein. Diese Aufträge kamen zwar regelmäßig, doch reichten sie natürlich trotzdem nicht aus, die Familie zu ernähren. Irgendwann musste er deshalb eine Arbeit als Bauarbeiter annehmen. Das förderte weder seine Lebenslust, noch stellte diese Arbeit irgendeine Hoffnung auf Veränderung für ihn dar. Zusätzlich zerstörte die schwere körperliche Arbeit immer mehr seine motorischen künstlerischen Fähigkeiten, und seine vormals weichen Künstlerhände glichen mit ihrer Hornhaut bald richtigen Pranken.

Doch für mich begann nun endlich der lang ersehnte neue Lebensabschnitt. Ich wurde eingeschult, bekam tatsächlich eine Schultüte. Leider begann dieser Tag nicht so, wie ich ihn mir immer erträumt hatte. Gerade ging ich mit meiner von mir fest umklammerten Schultüte, da waren nämlich Süßigkeiten drin, und gemeinsam mit anderen Kindern die Treppe zur Schuleingangstür hinauf, als mich von hinten ein mich zusätzlich mit »Scheißflüchtling« beschimpfendes dickes Bauernkind namens Heinz mit seinen kleinen Fäusten zu traktieren begann. Ich ließ die Schultüte fallen, packte Heinz, warf ihn zu Boden und mich auf ihn. Meine Mutter nahm mich von ihm weg, hob mich auf, sie schien jetzt völlig überrascht von meiner Wehrhaftigkeit, betrachtete mich mit fast ungläubigem Blick, dann sagte sie nach einer Weile nun zufrieden lächelnd und dabei nicht mehr zischelnd und mitten in mein Gesicht und in beide Ohren hinein: »Lass dir nichts gefallen.« Das war ein Auftrag, und die Schultüte war noch ganz. Dass ich ein Scheißflüchtling war, konnte er nur von seinen ihn begleitenden Eltern erfahren haben, wir beiden hatten uns noch nie zuvor gesehen. Eltern sind toll in ihrer Angst um ihr Kind. Später freundeten wir uns fast an, er hatte wahrscheinlich erkannt, dass ich ein Kind war wie er. Jedenfalls ließen mich die anderen Schüler in der Folgezeit in Ruhe. Etwa 10 Jahre später trafen wir uns mal zufällig in Hamburg, erkannten einander sofort, und wir freuten uns beide sehr, haben sogar beide gelacht, als wir uns über diese Zeit unterhielten.

Die Volksschule lag direkt neben einer kleinen Kirche, die einen grauen Schieferturm besaß und eine großartig klingende Orgel. Diese Kirche liebte ich bald und vor allem auch deshalb so sehr, weil immer am Heiligen Abend alle, Flüchtlinge und Bauern, scheinbar gleichrangig und nebeneinander, dieses Fest darin feierten, und weil die großartige Orgelmusik sogar die Bauern veranlasste, mitzusingen.

In dieser Kirche erlebte ich das erste Mal, dass sich meine stets vorhandenen Verkrampfungen lösten. Das konnte dann immerhin bis zum kommenden Tag anhalten, an dem mich die Wirklichkeit wieder einholte, weil es in ihm und in allen folgenden noch nicht einmal eine scheinbare Gleichrangigkeit gab. An diesem Heiligen Abend erfuhr ich auch, dass Jesus geboren worden war, und ich entwickelte eine große Liebe zu diesem meinem späteren Helden. Er war zwar anders als Robin Hood, aber er war auch ein Held, fand ich bald. Auch faszinierte mich das Krippenspiel jedes Jahr aufs Neue. Darin spielte ein alter, grauhaariger Volksschullehrer immer wieder sehr überzeugend den Josef. Ihn lernte ich allerdings im alltäglichen Schulleben auch noch anders kennen. Darin war er auch sehr überzeugend, auch wenn dieses Andere dann nicht zu dem passte, was er da im Krippenspiel so von sich gab, und während er sich in der Schule in seinem Amt als Lehrer manchmal und in ihm wahrscheinlich Hilfe suchend noch eines Rohrstocks bediente. Für das nicht so beliebte Nachsitzen war er außerdem zuständig. Ich hatte deshalb häufig Kontakt zu ihm, doch zum Glück nie zu seinem Rohrstock.

Es dauerte nicht sehr lange, und ich verliebte mich in meine Klassenlehrerin, eine sehr hübsche junge Frau ohne Rohrstock. Leider tat das auch ein anderer. Er war ein noch junger Lehrer, fummelte oft gern an ihr herum und versuchte sie zu küssen. Und als wäre ihm das wichtig, tat er dies, wenn wir Kinder dabei zusehen mussten. Jedenfalls waren meine Chancen gleich Null. Ich hasste ihn und zwar dauerhaft.

Endlich lernte ich Lesen und Schreiben, hatte dazu in der ersten Klasse eine Schiefertafel mit hellem Holzrahmen und die sogenannten Griffel, um auf ihr zu schreiben, und ich konnte mir so ein kleines Stück der von mir immer so erwünschten Freiheit selbst erschaffen. Ich hatte jetzt Glück, denn mir fiel das Lernen leicht. Sollte sogar eine Klasse überspringen, eine nannte mich »ein Genie«. Ich tat es aber nicht, weigerte mich schlicht. Wollte wohl lieber kein Genie bleiben. Ich weigerte mich aber überhaupt nicht, wenn ich im Unterricht oft vorlesen musste. Dazu brauchte ich meinen Kopf nicht anzuheben, konnte sozusagen in das Buch hineinreden und die anderen mussten mir trotzdem zuhören. Ich glaube, nein, ich weiß, die ersten drei Jahre meiner Volksschulzeit war ich überwiegend damit beschäftigt, meine Verkrampfungen zu besiegen. Auch heute noch ist es mir unklar, wie es mir gelingen konnte, trotzdem ein guter Schüler zu sein. Fast ständig fühlte ich mich durch die Mitschüler beobachtet, beargwöhnt, hätte oft gern um mich geschlagen.

Das hatte sicher auch damit zu tun, dass ich anders als die Bauernkinder immer in gebrauchten Kleidungsstücken da herumlaufen musste, mit Schuhen, die entweder zu groß, zu klein oder aber auch schon sehr abgenutzt waren, manchmal schon Löcher aufwiesen. Die wahrscheinlich von den Bauernkindern vorher deshalb abgelegt worden waren und die von denen vielleicht sogar wieder erkannt wurden.

Meine kleine Freundin Imke wurde erst ein ganzes Jahr später eingeschult. Auch wenn sie mir anfangs sehr fehlte, trennten sich unsere Wege so nach und nach, es war irgendwie vorbei. Verliebt war ich stattdessen jetzt in Helga, ich hatte mich dazu entschlossen, weil sie ein wunderschönes kleines Mädchen und in meiner Klasse war. Sie hatte blonde Haare, jede Menge Temperament, trug meistens einen Pferdeschwanz und hatte freche blaue Augen. Ein wenig sah sie so aus wie die von Prinz Eisenherz so geliebte Alete, fand ich.

Bei ihr konnte ich, wie mir schien, mit meinen schulischen Leistungen punkten, und meine gebrauchten Klamotten schienen sie nicht zu stören.

Gegenüber möglichen Mitbewerbern um ihre Gunst wollte ich diese Punktzahl nun unbedingt noch erhöhen, ließ darum kaum eine Gelegenheit aus, mal den einen oder anderen Jungen auf dem Schulhof umzuschubsen.

Dies nur dann und nur wegen der Punktzahl, wenn ich ganz sicher war, dass Helga mir gerade einen Blick schenkte. Ich hatte nämlich bereits gelernt, dass die meisten der Mädchen es toll fanden, wenn man andere Jungs umschubste, und ich hoffte sehr, dass sie zu den meisten dazugehören würde. Ansonsten brachte ich nur zustande, sie während des Unterrichts möglichst ständig anzuhimmeln, manchmal ihren Schulranzen zu tragen und bei passender Gelegenheit und meistens wortlos neben ihr auf dem Deich entlang zu gehen. Eines Tages ergriff sie die Initiative; sie wolle mich in unserem Haus auf dem Deich besuchen, sagte sie. Ich war entsetzt, fühle noch heute, wie ich blitzartig zu Stein wurde.

Meine übermächtige Scham ließ nichts anderes zu. Helga war nämlich die Tochter eines Großbauern, und ich kannte deren palastartiges Wohnhaus, es war das schönste und größte im Dorf – wirklich. Und nun sollte ich sie in unsere schäbige Ein-Zimmer-Wohnung herein lassen? Ich konnte dabei überhaupt nicht daran denken, dass sie gar keine Vorurteile hatte, weil selbst die gebrauchten Klamotten sie ja scheinbar nie gestört hatten. Ein Stein kann nicht denken. Ich verlor allen Mut und damit sie für immer. Sie hat nie wieder mit mir gesprochen, tatsächlich nie wieder. War sie beleidigt, oder hatte sie erkannt, dass ich ein Feigling war? Ich weiß nicht, ob sie darüber traurig war, ich war sehr traurig, sie zu verlieren, versuchte aber nicht, sie umzustimmen. Hätte sie dann doch noch in unsere Wohnung hereinlassen müssen. Ich war nun ohne Freundin, ganz und gar.

In unserem Nachbardorf, das nicht nur von Bauern besetzt war, sondern auch Gewerbe treibende andere Betriebe, Handwerker und Händler hatte, entstand irgendwann etwas Großartiges und war ein Wunder. Eine Gaststätte gab ihren Tanzsaal frei und hängte dort eine Leinwand auf. Das war jetzt ein Kino – sensationell. Die

Vorstellungen fanden immer am Sonntagnachmittag statt, der Eintritt kostete 50 Pfennig, die wir natürlich nicht hatten.

Es war mein älterer Cousin, der in detektivischer Kleinarbeit so nach und nach, und eigentlich ziemlich schnell, herausfand, dass die Frau an der Kinokasse die Eintrittskarten der zahlenden Zuschauer anschließend immer in einen Papierkorb warf und den gesamten Inhalt nach der Vorstellung in die Este kippte. Zerrissen wurden die Karten nicht, und ein Datum war auch nicht aufgedruckt. Oft war es so, dass die Este bei diesem Vorgang auflaufendes Wasser hatte und einige der unversehrten Karten eine kurze Zeit später an unserem Haus auf dem Deich vorüber schwammen, weil sie nicht vorher schon in der Este versunken waren. Wir Kinder mussten nun jedes Mal ein höllisches Tempo vorlegen, um die Karten mit von uns dazu zusammengebundenen langen Ästen, die am Haus auf dem Deich in einem Gebüsch versteckt auf ihren Einsatz warteten, aus dem schnell fließenden Wasser fischen zu können. Das war jedes Mal ein spannender Wettlauf mit der Flut, den wir unbedingt gewinnen mussten. Nicht immer gewannen wir dieses Rennen. Das ließ uns trotzdem nie aufgeben. Hatten wir einige von ihnen geangelt, so mussten wir sie nur noch trocknen und irgendwie glatt bügeln.

Am darauf folgenden Sonntag würde sich die nette Frau an der Kinokasse, die aus einem alten Stuhl und einem noch älter aussehenden kleinen Tisch mit Schubladen bestand, wahrscheinlich wieder sehr wundern, woher wir denn wohl diese Kinokarte hatten, selbst wenn sie niemals danach fragte.

Sie war eine nette Frau. Unseren Eltern blieb das jedenfalls nicht verborgen, sie billigten es sogar. Das ersparte ihnen nämlich unsere sonntäglich sich wiederholende Bettelei nach 50 Pfennigen, die sie auch nicht gerade übrig hatten. Diese Komplizenschaft erhöhte in uns noch erheblich die Gesamtspannung, und wir fühlten uns unglaublich stark, waren die Größten.

Dieses kribbelnde Gesamtvergnügen hielt ungefähr ein Jahr an, dann verpetzte uns kein Bauer, nein, eine Flüchtlingsfrau, deren Kinder nicht daran teilhaben konnten, da sie in entgegengesetzter Richtung zu uns wohnten und die Karten daher nicht an ihrer Behausung vorüber schwammen. Nachdem das nun offiziell, und allen, die das wissen wollten, bekannt war, konnte wahrscheinlich auch die Frau an der Kinokasse nicht länger so tun, als wüsste sie nichts davon. Sie zerriss von da an diese Karten, bevor sie diese in die Este kippte.

Wir Flüchtlingskinder aber hatten nun immer noch kein Geld für eine Kinokarte, wollten trotzdem nicht aufs Kino verzichten, also stellten ich und einige andere uns zu Beginn der Vorstellung da neben der Kinokasse auf. Wir senkten unsere Köpfe und warteten.

Der wirklich gutmütigen Frau an der Kasse wurde das dann meistens zu viel, sie gab irgendwann seufzend auf: »Nun geht schon rein.« Ich gab nie auf, einmal stand ich bis 10 Minuten vor Schluss da herum, die anderen beiden waren längst gegangen, als sie mich dann noch für diese 10 Minuten in den Saal ließ. Und einmal musste ich tatsächlich unverrichteter Dinge nach Ende der Vorstellung wieder nach Hause gehen. Sie ließ sich an diesem Sonntag auch durch mich nicht erweichen. Das änderte nichts an meinem Willen, ich musste da rein, diese Filme gaben mir immer Hoffnung, dass es wirklich noch ein anderes Leben gibt.

Ein Leben, das mich nicht zwingen würde, manchmal vor Dummheit und Hass die Flucht ergreifen zu wollen: Die vier dicken Bauernkinder tauchten da plötzlich hinter uns auf dem Deich auf. Sie hatten sich vorher einen bissigen Schäferhund beschafft, von dem sie wussten, dass er nur sie nicht biss. Mit diesem Hund wollten sie an diesem Tage reinen Tisch mit zwei von uns Flüchtlingskindern machen, wie wir beide ihren hasserfüllten Schreien schon von Weitem deutlich entnehmen konnten. Wir rannten davon, die mit dem Hund hinterher, der kläffte und geiferte, war noch an einer Leine. Als sie uns nicht einholen konnten, ließen sie ihn los, und der war schneller als wir. Im wahrhaft letzten Augenblick erreichten wir eine alte Holzhütte, die zu unserem großen Glück eine verschließbare Tür hatte. Wir knallten sie hinter uns zu, verriegelten sie, als die Zähne des Hundes aufeinander prallten.

Begleitet von ihren Hasstiraden und Fußtritten gegen die Schuppenwand und vom wüsten, hysterischen Gebell des Hundes, den sie immer weiter dazu anstachelten, belagerten sie uns eine scheinbar endlos lange Zeit.

Ein Bauer, der da zufällig vorbei gekommen war, befreite uns sehr unwillig und missmutig, hatte anschließend auch für uns noch einige Schimpfwörter übrig.

Doch irgendwann hatte ich dann auch einmal ein anderes, ein schönes Erlebnis: Ich wurde fast Kinderschützenkönig beim jährlichen Kinderschützenfest im Nachbarort, und das als Flüchtlingskind.

Ich brach also in eine Domäne der Bauern ein. Auch das war ihr Terrain, da durfte möglichst niemand anderer rein, jedenfalls kein Flüchtlingskind, das wusste ich damals schon sehr gut. Zum Schützenfest ging ich mit meiner Cousine Doris, sie war sieben Jahre alt. Im Laufe der Veranstaltung drückte mir ein mit Jägerhut bestückter Bauer ein Luftgewehr in die Hand, zeigte mir Kimme und Korn, die Zielscheibe und den Schießplatz und ging davon, als sei dies eine äußerst überflüssige und vor allem ihm auch sehr lästige Handlung gewesen, die er sehr widerwillig ausführte. Ich hatte bis dahin noch kein Gewehr in der Hand gehabt, doch hatte ich zwei Hände, die dieses halten konnten und zwei gute Augen, die nun wussten, was zu treffen war. Und ein »Ich werd's euch schon zeigen!« war auch in mir. Ich hatte drei Schuss; ich traf zweimal die 10 und einmal die 12. Das waren schier uneinholbare Treffer; das wusste ich damals nicht, und es wäre mir irgendwie auch egal gewesen, glaube ich. Meiner Cousine war das nun überhaupt nicht egal. Als meine Begleiterin wollte sie nämlich an der mir beziehungsweise uns zuteil werdenden ›Ehrung‹ teilhaben. Doch als es soweit war, konnte sie mich nicht finden. Irgendwann hatte sie mich aufgespürt und mich zusammen geschrien: »Du hast die Siegerehrung verpasst. Dir gehören drei silberne Löffel«, und sie weinte sehr ob der uns entgangenen Ehrung. Wahrscheinlich war sie mit

Recht sehr wütend auf mich, als sie mit ihren kleinen Fäusten und dabei weinend auf meine dünne Brust eintrommelte.

Es wäre schon bedeutsam für uns Flüchtlingskinder gewesen, an der Siegerehrung durch einen der Bauern teilgenommen zu haben, denke ich heute.

Ich begab mich dann doch noch nachträglich mit ihr zusammen auf das Siegerpodest. Ein tatsächlich freundlicher, überrascht und anerkennend lächelnder und noch sehr junger Bauer mit Jägerhut überreichte mir da oben die drei silbernen Löffel, beglückwünschte mich zu meinem 2. Platz und rief dabei laut meinen vorher von ihm erfragten Namen in die das nun schon nicht mehr interessierende Kindermenge. Später erfuhr ich von einem Bauernjungen, dass ich der beste Schütze gewesen sei, aber da ich ein Flüchtlingskind war, nicht Kinderschützenkönig hatte werden können. Aha.

Jedenfalls hatte ich drei silberne Löffel mit der Gravur »Es lebe der Gewinner« errungen. Das war so etwas, wie der krönende Abschluss einer von dauerhafter Traurigkeit besetzten Zeit, denn nun würden wir bald umziehen, hieß es, als ich neun Jahre alt war.

Ich würde diese Zeit nun bald hinter mir lassen, aber sie wollte sich nie von mir lösen. Es gelingt mir heute noch nicht – ich glaube, ich will es auch nicht –, den Bauern ihr damaliges Verhalten zu verzeihen. Dazu müsste ich in der Lage sein, sie zu verstehen, das müsste dem Verzeihen wahrscheinlich vorausgehen. Dieser dort von mir durchgehend erlebte Sumpf aus Ablehnung, Dummheit und vermutetem Hass hatte es mir als Kind unmöglich gemacht, dem darin Versinken zu entgehen, zumindest gelang mir das nie wirklich und schon gar nicht ohne Blessuren.

Das Erlebte empfand ich wie in einem Irrgarten, der ohne Ausweg war.

Kommt mir immer dann so vor, wenn ich auf andere ›Bauern‹ treffe, die mich durch ihr Verhalten jedes Mal wieder zu einem Stein werden lassen, der zu gar nichts mehr fähig ist. Manche Steine können aber rollen.

Viel später, im Alter von 19 Jahren, habe ich die nette Frau an der Kinokasse, die ja keine Bäuerin, sondern Gastwirtin war, mal in ihrer Gaststätte besucht, und sie hat sich dabei tatsächlich an all dies erinnert und sich mit mir ausgiebig unterhalten über diese Jahre: »Das waren ja auch fürchterliche Zeiten, und du warst ja immer der Hartnäckigste«, sagte sie und lachte.

Doch wollte sie nicht zugeben, dass sie damals schon wusste, dass wir die Karten aus der Este gefischt hatten, die wir ihr in die Hand gaben. Wahrscheinlich war ich dahin gefahren, weil mir diese beschissene Bettelei im Nachhinein sehr unangenehm war – ein sogenanntes schlechtes Gewissen also –, viel unangenehmer als damals bei der Durchführung.

Den Bauern gegenüber habe ich bis heute kein schlechtes Gewissen entwickeln können und auch nicht wollen, auch wenn ich mich damals bei so ziemlich jeder Gelegenheit an ihrem Obstbestand ›vergriffen‹ habe. Die haben mit Sicherheit bis heute keine Minute ihres Verhaltens bereut.

Diese absolute Gewissheit verschaffte mir die Bauersfrau, die mich zusammen mit ihrem Mann damals hatte adoptieren wollen, und die ich vor etwa jetzt 12 Jahren zusammen mit meiner damaligen Partnerin mal besuchen wollte. Das große alte Bauernhaus, in dem ich ja nun als Kind viele Jahre zusammen mit meiner Großmutter gelebt hatte, existierte nicht mehr, es war einfach weg. »Wahrscheinlich warmer Abriss«, dachte ich als erstes, als ich das sah. Doch der große Nussbaum, der mir jetzt, so wie das ganze Grundstück auch, viel kleiner erschien, stand da immer noch, und die Gräben und vielen Obstbäume gab es auch noch. Ich sah dort keine Tiere mehr, und dieses neue, viel kleinere und, wie ich fand, sehr hässliche Haus, hat den Charme des Ganzen eigentlich zunichte gemacht, das passt da auch heute noch überhaupt nicht hin, und es machte mich wahrhaft traurig, das nun so vorzufinden. Die Bäuerin hatte ich ja zuletzt gesehen, als ich neun Jahre alt war, also vor etwa 45 Jahren. Nun standen wir da vor der Tür ihres neu erbauten Hauses und ich drückte den Klingelknopf. Sie öffnete die Tür und schien geschrumpft, war höchstens noch 1,40 Meter groß, und sie fragte sehr missmutig, also so wie eine Bäuerin, was wir denn wohl wollten.

Ich nannte ihr meinen Familiennamen, und sie schrie sofort und sehr laut ohne überhaupt nachzudenken und lang anhaltend: »Uuuliiii!«, so wie ein Echo, richtete ihr Gesicht dabei nach oben, spitzte ihre Lippen so wie eine Wölfin, die den Mond anheult, war völlig aus dem Häuschen: »Kommt doch rein, wollt ihr 'nen Kaffee?« und sie hätte auch noch Kekse. 45 Jahre nach unserer letzten Begegnung. Sie sagte: »Dass du mal so ein großer Kerl werden würdest, und dann diese schöne Frau, die du da hast.« Und sie erzählte, dass ihr Mann schon lange gestorben sei.

Und dann begann sie von früher zu berichten, und es war ihr besonders wichtig herauszustellen, dass sie einmal meine Mutter und deren Cousine im Winter dabei erwischt hatte, wie diese Holz zum Heizen bei ihr versucht hatten zu klauen. Und sie war tatsächlich immer noch völlig empört darüber.

Vielleicht wollte sie mir damit erklären, dass sie eine viel bessere Mutter für mich gewesen wäre. Über die damals beabsichtigte Adoption habe ich sie nun nicht mehr befragt, ich dachte nur, welch großes Glück ich hatte, dass ich das verhindern konnte.

Völlig überrascht hat es mich, dass sie scheinbar fast alles über meinen bisherigen Lebensweg wusste, auch welchen Beruf ich einmal hatte. Obwohl ich 45 Jahre lang keinerlei Kontakt zu ihr hatte und in Hamburg wohnte!

Ich fragte sie, wie das denn sein könne, sie gab mir keine Antwort und zuckte nur mit den Schultern. Sie sah dabei traurig aus und richtete ihren Blick an die Zimmerdecke. Nachdem wir diesen Besuch beendet hatten, versuchte ich, mit meiner Partnerin darüber zu sprechen. Das gelang mir überhaupt nicht, und es gelang mir auch nicht, ihr meine Ansicht über das Gemeine an dieser Adoptionsidee zu schildern. Es schien sie nicht zu interessieren. Ich hörte dann auf damit, anscheinend hatte ich nun auch noch Mitleid mit der Bäuerin, die ja nun auch schon fast 90 Jahre alt war und nie ein Kind hatte. Trotz alledem bin ich heute froh, dass ich sie damals einfach so besucht habe. Ich hatte nicht lange überlegen müssen, hielt das nur für richtig. Möglich ist auch, dass ich sogar ihr gegenüber jahrelang schon ein schlechtes Gewissen hatte, weil ich mich damals ihrem Wunsch, mich zu adoptieren, so stark widersetzt hatte. Vielleicht wollte ich mich durch meinen Besuch bei ihr beruhigen. Ich bin inkonsequent.

In dem darauf folgenden Jahr ist sie dann gestorben. Ich hatte sie noch einmal besuchen wollen, sie war nicht mehr da.

Als ich also neun Jahre alt war, kam die Wende. Meine Mutter eröffnete uns, dass wir in wenigen Wochen umziehen würden. Wir sollten eine kleine Drei-Zimmer-Wohnung in einer Neubausiedlung am Rande der Fischbeker Heide beziehen. Endlich weg da, ich war begeistert, mein Bruder entsetzt, mein Vater lethargisch bis nervös, meine Mutter euphorisch.

Auch dort schlief ich wieder mit meiner Großmutter zusammen in einem Raum, mein Bruder in der Stube. Meine Eltern hatten endlich ein Zimmer für sich. Eine Dusche oder ein Bad gab es nicht, dafür wieder das schon bekannte Plumpsklo draußen auf dem Hof. Nachdem wir uns dort eingerichtet hatten, auch unter Nutzung des wackeligen runden Tisches, der auch dort weiterhin wackeln sollte, und so gut es mit diesen wenigen Möbeln gelingen konnte, musste ich nun bald meine neue Schule von innen kennenlernen.

Ich war ein bisschen aufgeregt. In der ersten Pause begab ich mich verkrampft wie immer und zögerlich auf den dortigen Schulhof. Kaum, dass ich draußen war, baute sich ein dicker Junge, größer als ich, vor mir auf und forderte von mir einen Kampf. Nicht schon wieder, dachte ich, doch änderte das nichts, denn er griff mich an. Das war ja nun schon fast zum Lachen, immer dasselbe Verhalten, scheinbar überall. Zum Lachen blieb mir erstmal keine Gelegenheit. Ich musste jetzt den dicken Jungen auf seinen Rücken knallen. Allein durch meine Bemühungen um Helga hatte ich ja jede Menge Übung im Umschubsen, wusste, wo ich meine Hände ansetzen musste, das hatte mit Hebelwirkung zu tun. Führte das durch wie ein unbesiegbarer Profi und saß auf ihm bis er aufgab, aufstand und davonging. Jedenfalls brachte dieser Sieg mir gleich darauf die Bekanntschaft und baldige Freundschaft mit einem Jungen meiner neuen Klasse. Der fand das toll, wie ich das gemacht hatte, und er machte auch kein Hehl daraus, schüttelte meine Hand. Er war später mal Mitglied in einem Boxverein. Er hatte dann, als ich ihn 30 Jahre später mal wieder traf, eine etwas schiefe Nase.

Wie ich erfuhr, war auch er ein Flüchtlingskind und wohnte bei mir in der noch neuen Nachbarschaft. Sie wohnten schon seit Jahren dort, hatten keine Bauern ertragen müssen. Wir wurden schon bald wie unzertrennlich, es gab wohl kaum etwas, das wir nicht zusammen machten. Jedenfalls hatte ich dort am Rande der Fischbeker Heide mit den noch wenigen Häusern jetzt die große

Chance, noch ein richtiges Kind zu werden. Die musste ich unbedingt nutzen, und das tat ich auch.

Wenn ich nicht auf dem dortigen Bolzplatz täglich stundenlang Fußball und in kalten Wintern stunden- und tagelang auf dem Eis des dortigen Teiches Eishockey spielte, dann gründete ich eine Bande, entweder aus gefährlichen Cowboys oder noch gefährlicheren Indianern oder aus beidem zusammengesetzt, und wir bestanden die gefährlichsten Abenteuer in dieser Heidelandschaft ohne Deich, der mich vorher immer nur gezwungen hatte, auf seinen Schlangenlinien entlang zu rennen.

Hier konnte ich rennen, wohin ich wollte. Musste noch nicht einmal Verkehrsregeln beachten, da war kein Verkehr, und der dortige Bäcker hatte kein klappriges Auto, sondern einen Handkarren, mit dem er sein Brot auslieferte. Der hielt sich auch nicht übermäßig lange bei irgendeiner alleinstehenden Frau auf, glaube ich. Er war auch schon ziemlich alt. Wäre also nicht zu bekämpfen. Jedenfalls sollte ich bei unseren Abenteuergeschichten meistens der Häuptling oder Sheriff sein, wünschten die anderen Jungs. Ich fand das auch logisch, ich hätte außerdem mehr Ideen als sie, sagten sie. Und Kommandos zu geben, fand ich spannender und viel einfacher, als sie auszuführen. Die von mir erdachten Abenteuergeschichten hatten immer ein Happyend, jedenfalls für mich. Das wurde auch Zeit.

Der erklärte Wunsch meiner Mutter, und sie war sich darin einig mit meinem dortigen Lehrer, war irgendwann, dass ich die Oberschule besuchen und das Abitur machen sollte. Dazu hatte sie mich zu einer sechstägigen Aufnahmeprüfung in Buxtehude an der Halepaghen-Schule angemeldet, die nur mit einem Bus zu erreichen war. Diese Schule war ein mehrstöckiges altes Backstein-Gebäude, spendete mir sofort Vertrauen, gleich als ich es das erste Mal sah. Und die Lehrer, die ich während der Prüfungsvorbereitung dort kennenlernte, waren so ganz anders als die, die ich bis dahin erlebt hatte. Diese gingen tatsächlich auf jeden Schüler ein, setzten sich mit uns auseinander, ich fühlte mich ernst genommen, war plötzlich wichtig.

Während dieser Woche war ich das erste Mal in meinem Leben durchgehend völlig entspannt; richtig beschrieben, war ich das erste Mal wirklich glücklich, als wäre ich endlich angekommen. Gerade fällt mir auf, dass ich dir das gar nicht richtig beschreiben kann. Das war ja schon etwas wie ein Wunder, das mich die bisherige Welt, damit ist vor allem die von mir noch nicht verdaute Welt der Bauern gemeint, zurücklassen ließ, mir echte Hoffnung gab. Wahrscheinlich auch deshalb bestand ich diese Prüfung: »Ich beglückwünsche Sie zu diesem ersten Erfolg Ihres Sohnes!«, schrieb die Schulleitung. Auch meine Mutter war hocherfreut, umarmte mich tatsächlich und presste mich sogar fest an sich, während mein Vater immerhin anerkennend mit seinem Kopf nickte und mein Bruder fahrig war.

Plötzlich war ich nun ein Gymnasiast. Was das bedeutete, musste ich jetzt lernen. Ich musste also wahrscheinlich wirklich arbeiten, würde völlig anders sein als in der Volksschule, wo mir alles nur so zuflog.

Es war anders, und es machte mir Spaß. Das hielt an bis zu meinem 14. Lebensjahr. Dann begann sich alles zu verändern. Die Pubertät kündigte sich an und ein beispielloser Abstieg begann, so als wäre dieser nun mein einziges Ziel. Ich veränderte mich in meinem Gesamtverhalten so sehr, dass ich selbst, rückblickend betrachtet, völlig die Orientierung verlor.

Wahrscheinlich wollte ich nicht erwachsen werden. Das schien mir, wie ich die Erwachsenenwelt erlebt hatte, nicht erstrebenswert zu sein. Hatte gerade erst mein Kindsein entdeckt, wollte da nicht schon wieder heraus. Verstärkt wurde dies vom ewigen häuslichen Ärger, den vor allem mein Bruder verursachte, indem er begann, die Schule zu schwänzen. Hinzu kam, dass ihn eine Kneipenwirtin im Alter von 16 Jahren verführte, was wiederum meine Mutter derart aus der Balance riss, dass ich manchmal dachte, sie würde diese Wirtin oder meinen Bruder oder noch lieber sich selbst umbringen. Nach ihren damals in äußerst hysterischer und anklagender Weise vorgebrachten Anschuldigungen der Wirtin gegenüber ging es ihr darum, dass Sexualität etwas ganz Entsetzliches und Schmutziges und ganz allein einem Ehepaar vorbehalten war. Und auch nur dann, wenn es um die Zeugung von Kindern ging. Mein Vater arbeitete inzwischen als Werftarbeiter bei *Blohm und Voss*. Hatte täglich etwa 50 Kilometer mit dem Fahrrad zur Arbeitsstelle zu fahren, und das sechs Tage in der Woche.

In seiner bald einsetzenden Verzweiflung darüber, dass mein Bruder sich durch kein Gespräch mit ihm davon abbringen lassen wollte, die Schule sofort und ohne

Abschluss abzubrechen, begann der Vater, ihn fast allabendlich zu verprügeln.

Mit 16 Jahren brach mein Bruder die Schule ab, um zur See zu fahren. Während dieses anhaltenden Dramas, ließen auch meine schulischen Leistungen nach. Mein Englischlehrer fragte eines Tages, frontal vor der ganzen Klasse, ob ich zu Hause Probleme hätte, denn ich sähe seit einiger Zeit immer traurig aus. Ich verneinte dies natürlich.

Zu Hause versuchte ich währenddessen meiner Mutter klarzumachen, dass mein Besuch des Gymnasiums auch verlangte, dass ich über mehr als ein Hemd und eine Hose verfügen müsste.

Ebenso brauchte ich passende Schuhe, auch Turnschuhe für den Sport, wenn ich nicht bald von den Lehrern und auch von meinen Mitschülern aussortiert werden wollte. Es gelang mir nicht, sie davon zu überzeugen und so entging ich auch dem Aussortiertwerden nicht, das sich so nach und nach anbahnte.

Zu Beginn eines jeden neuen Schuljahres hatte ich ausrangierte, zerfledderte, vollgekritzelte alte Schulbücher, die meine Mutter irgendwo billig ergattert hatte. Wenn zum Matheunterricht ein Rechenschieber mitzubringen war, war ich der einzige in der Klasse, der keinen vorweisen konnte. Im Sportunterricht am Reck zu turnen, war nur eingeschränkt möglich, denn ich hatte keine Unterhose. Wenn die Frage der Lehrer nach dem Beruf unserer Väter gestellt wurde, was immer häufiger stattfand, sagte ich: »Maler und Graphiker.« Werftarbeiter schien mir nicht angemessen, stellte nicht dar, was er wirklich konnte. Und was alle anderen gar nicht konnten. Auch der Lehrer nicht, der für Kunstunterricht zuständig war. Meine Klassenlehrerin fragte dann in einer Mischung aus Sorge und Spott und in immer häufiger werdender Regelmäßigkeit und stets frontal vor der ganzen Klasse nach, ob wir denn davon wirklich leben könnten. Was sollte ich darauf antworten? Also begann ich mich unglücklich an dieser von mir weiterhin doch sehr geliebten Schule zu fühlen. Im Nachhinein fällt mir dazu auch ein, dass lange vor mir die beiden anderen Flüchtlingskinder meiner Klasse bereits von der Schule geekelt worden waren. Jedenfalls kamen sie eines Tages nicht mehr. Das war vielleicht so etwas wie der Beginn einer neuen Zeit, die Gleichheit an Schulen nicht mehr zulassen sollte.

Und ich erinnere mich, dass ich in der Zeit in keines der vielen Mädchen dort jemals verliebt gewesen bin. Einmal war ich sogar vor einer von ihnen geflüchtet, als sie mir während einer Klassenreise näher kommen wollte.

Wahrscheinlich vor allem deshalb, weil ich körperliche liebevolle Berührung zwischen meinen Eltern nie erlebt hatte und meine Chance, dass aus mir jemand werden könne, der dazu fähig wäre, sehr gering war. Daran konnte auch nichts verändern, dass dieses Mädchen mir schon vorher öfter mal erklärt hatte, wie sehr sie meine Zeichenfähigkeit bewunderte. Meine gezeigte Ablehnung sollte ich anschließend aber bereuen.

Sie hat mir das nicht verziehen, machte das sogar immer wieder aufs Neue bei den anderen zum Thema. Das ging schon in Richtung Hass, wir waren 14 Jahre alt. Sie war wohl schon weiter als ich, auch hasstechnisch.

So nach und nach begannen die Mitschüler sich von mir abzuwenden und ich mich von ihnen. Ich unternahm keine Versuche mehr, etwas daran zu ändern. Ich entwickelte mich zum Einzelgänger, Einzelkämpfer oder auch zum Versager. Mir tat dies alles sehr weh. Ich fand später keine Schule mehr, die trotz genannter Schwächen so gute Lehrer hatte. Wenn meine Klassenlehrerin, die mich eigentlich auch als Schüler zu schätzen schien, mir bei Verlassen der Schule sagte: »Du kannst jede Schule schaffen« und mir später sogar noch einen Abschiedsbrief schrieb, in dem sie mir ihr Bedauern über mein Ausscheiden erklärte, auch eigene Fehler andeutete, so änderte dies nichts mehr daran, dass ich auf keiner anderen Schule wirklich zurecht kam. Diesen Brief hatte ich mir aufgehoben, ihn manchmal wieder gelesen, alle Mitschüler hatten ihn auch unterschrieben. Gab mir dann jedes Mal etwas wie »Hoffnung trotz alledem«. Dieser mir so wichtige Brief sollte eines späteren Tages auf dem Grund der Nordsee und im Bauch eines gekenterten und danach gesunkenen Schiffes enden, nachdem er vorher Zeuge von Verzweiflung und Tod geworden war. Auch wenn ich trotzdem davor nicht endgültig aufgegeben hatte, musste ich diese Schule dann doch verlassen, weil meine Eltern nach Hamburg umzogen. Ich habe die ganze Situation letztlich damals als eine von mir selbst herbeigeführte empfunden. Zumindest hatte ich nicht dauerhaft darum gekämpft, sie zu verhindern.

Diese Grundstimmung veränderte sich auch nicht auf dem Gymnasium in Hamburg. Gleich zu Beginn hatte ich eine Begegnung mit einem Schüler der damaligen Oberstufe. Ein Bild von einem jungen Mann, der mir zeigen wollte, dass er nicht nur sehr schön, sondern auch viel stärker war als ich. Jedenfalls schubste er mich auf dem Schulhof um. Aufgrund seiner Größe und seines durchtrainierten Körpers hatte ich keine Chance, das Hebelgesetz hätte hier wohl nicht geholfen, und ich wehrte mich nicht. Nun also auch noch so eine Niederlage, wo ich doch immer davon ausgegangen war, zumindest darin unbesiegbar zu sein. Ich war also ein Feigling geworden, allumfassend sozusagen. Schluss mit Heldentum.

In das Gymnasium ging ich auch nicht mehr regelmäßig, da gab es auch nur Jungens. Stattdessen besuchte ich lieber Lilli.

Sie hatte ich in der damals in Hamburg noch fahrenden Straßenbahnlinie 11 kennengelernt, oder besser sie mich. Eigentlich ohne mein Zutun kam sie relativ schnell zur Sache, lud mich zu sich nach Hause ein und verführte mich in ihrer Wohnung, in ihrem Bett und sonst wo. Sie war 23 Jahre, Gymnastiklehrerin, ziemlich fit und gelenkig, vor allem im Bett. Ich ebenfalls, denn ich war damals außerdem in der Blütezeit meiner Pubertät und in sexueller Hinsicht in Topform. Trotzdem erschien mir dies alles irgendwie merkwürdig, ich konnte mich nicht in sie verlieben, es gab keinerlei Romantik zwischen uns. Vielleicht, weil sie, anders als ich, in vielem ihrer Zeit voraus war, in ihrem Gesamtverhalten und auch in ihrem Sprachgebrauch. Sie träumte einige Male laut davon,

»gef… zu werden, bis mein Becken bricht.« Das war ihr wohl ein Anliegen, oder eine Kritik an mir. Als ich ihr erklärte, ich würde die Schule ohne Abitur verlassen und Seemann werden, dazu hatte ich mich damals entschlossen, beendete sie ziemlich abrupt unser Verhältnis. Sie hat sich in ihrer darin sehr überzeugenden Weise sicher sehr schnell einen Neuen in ihr Bett geholt, vielleicht ja einen, bei dem es mit dem Beckenbruch klappen würde.

Nun war ich also ein Mann, fühlte mich nach dieser Frau, die mich ja nun dazu gemacht hatte, etwas größer irgendwie, und unabhängiger, wusste nun wie das geht. Wollte trotzdem nicht sehr lange an sie denken, und trotzdem war es nun Sommer. Und trotzdem musste meine Onaniererei jetzt ihre Fortsetzung finden. Die Natur und die Pubertät verlangten das so. Die Weisheiten der Eltern, vor allem der Mutter, im Hinterkopf, dass dies ja absolut gesundheitsschädlich sei, früher oder später zu Schwachsinn führe und unter Garantie zu einem Zusammenbruch des Rückgrats, konnten daran auch nichts verändern. Außerdem behauptete sie, dies sei die größte aller Sünden. In ihrer dabei immer sehr hysterischen Darstellung, sie glaubte das wirklich, waren die Nazi-Morde wohl nichts dagegen, sündentechnisch gesehen. Meine mindestens 100 allabendlich durchgeführten Liegestütze sollten mir diese ewige Geilheit nehmen. Sie änderten nicht viel daran, verschafften mir immerhin ziemlich starke Muskeln. So konnte ich andere jetzt noch besser als früher umschubsen. Ich war nun fast 17 Jahre alt, verließ die Schule ohne Abitur, enttäuschte entsprechend meine Eltern und mich, und, wie ich später erfuhr, sogar meine ›Dicken Tanten‹, und fühlte mich durchgehend elend, und als sei dies der wahrhaftig falsche Stern, auf dem ich mich befand.

Zusätzlich machten mich diese farblosen, sich wie Marionetten hoffnungs- und mutlos durch die in ihrer Nachkriegsdepression liegenden Straßen Hamburgs bewegenden Menschen krank. Andere, die es vielleicht gab, konnte ich nicht sehen.

»Ich will hier raus, raus aus der Stadt, raus aus Deutschland, einfach nur weg und das möglichst weit.« Das war ein immerwährender innerlicher Schrei, den ich nie nach außen brachte. Andere, denen es vielleicht ähnlich ging, konnten das scheinbar auch nicht nach außen bringen, und der immerwährenden lähmenden Stille um mich herum wollte ich einfach nur entkommen. Vielleicht würde ich eine Stille finden, die in sich Türen trug, die ich öffnen könnte. Hier fand ich keine Türen, es hätte auch keinen Sinn, nach ihnen zu suchen, die Nazis waren ja noch immer da, in Regierungsstellen, als Richter, als Lehrer und daher vor allem im staatstragenden Öffentlichen Dienst. Und das nach diesem die halbe Welt zerstörenden Dreckskrieg und den feigen Morden.

Das ›Reinheitsgebot‹ des Bieres hatte das auch nicht verhindern können. Vielleicht hatte dieses Gebot, das wahrscheinlich aus der Jahrhunderte langen Suche der Deutschen nach Sauberkeit, Reinheit und Abgrenzung entstanden war, stattdessen als eines ihrer Verursacher in die Rassengesetze gemündet. So wie innerhalb einer DIN-Norm. Die ist ja auch von Deutschen erdacht worden. Über mein gedankliches Ergebnis hierzu kann man vielleicht streiten, aber nicht mit mir. Alles ist irgendwann gesät worden, miteinander verknüpft für alle Zeit.

Also hatte ich mich entschlossen, Seemann zu werden, so wie mein Bruder zuvor. Neben einem neuen Weg, war das anfangs vor allem eine Flucht, eine scheiß verdammte, feige Flucht und ein radikaler Bruch. Mit meinen Eltern, deren Gefühle über meinen Entschluss mir völlig gleichgültig waren, mit der Schule, mit meinen wenigen Schulfreunden. Sogar ein Bruch mit Deutschland, das sich nicht so entwickelte, wie ich es mir gewünscht hätte. Vermutlich war mein Bruder damals auch schon geflüchtet. Meine spätere Frage dazu ließ er ohne Antwort. Meine Mutter, die, wie natürlich auch mein Vater, ihr schriftliches Einverständnis dazu geben musste, weinte sehr, mein Vater fragte nur, ob ich mir das auch gut überlegt hätte. Hatte ich nicht. Unterschrieben haben dann beide. Zu Beginn der Ausbildung an Bord hatte ich natürlich von nichts eine Ahnung. Das war eine für mich völlig neue Welt, die ich nun mit meinem ersten Schiff betrat. Die in mancher Hinsicht nach anderen Gesetzen lebte und funktionierte, wie ich ziemlich schnell feststellen musste. In dem nun mit aller Wucht einsetzenden Lernprozess, man konnte meist nicht lange überlegen, musste stattdessen schnell und richtig handeln, das auch erst einmal lernen, ging es manchmal verbal schon ziemlich rabiat zu, und dennoch waren das nie Situationen, die mich hätten traurig oder ratlos werden lassen. Sie waren einfach und irgendwie auch notwendiger Bestandteil des Lebens an Bord. Das war eine reine Männergesellschaft.

Diese kleine Welt an Bord des ersten Schiffes empfand ich bald als eine Art Oase, eine Insel der Abgeschiedenheit. Fühlte mich vielleicht deshalb nicht mehr so wie ein Flüchtender, war ja angekommen, empfand den neuen Weg bald als richtig. Flucht kann auch als richtig empfunden werden.

Kurs halten!

Selbst wenn ich anfangs nicht gleichzeitig empfand, ob ich nun frei wie ein Vogel war oder stattdessen eher vogelfrei. Jedenfalls konnte ich mich in tagelangen oder manchmal sogar wochenlangen Zeiten auf See schon ziemlich weit gedanklich vom Rest der Welt und vor allem von Deutschland entfernen. Das schien mir damals das Wichtigste zu sein. Es gab dort immer noch zu viele, die weiterhin ihrem glorreichen Nazi-Dreck nachtrauerten und zu ihren Taten niemals ein Gefühl der Reue entwickeln würden. Feige Mörder von Frauen und Kindern und die Sympathisanten dieser Meuchelmörder können nicht bereuen. Dazu sind deren ›Grundsätze‹ viel zu weit vom Leben entfernt. Das war mir klar. Und dass Deutschland nicht das Mutterland der Gefühle war, des Miteinander, und dies auch nicht werden würde, war mir auch klar. Trotz oder wegen des erlebten Nazi-Drecks, trotz dieser absurden Nazi-Gestalten, die trotzdem so mächtig wurden.

Die eigentlich in eine schäbige Schmierenaufführung gehört hätten, die zum auf die Schenkel schlagen bestens geeignet gewesen wäre; jedenfalls im Suff hätte das wahrscheinlich funktioniert oder wenn diese Aufführung vor geladenen schwachsinnigen Gästen stattgefunden hätte, die man zum Schuhplattler hätte heranziehen können, um ihnen in ihre nur dafür geeignete Fresse zu hauen, die jedoch durch die Macht des Geldes, die Macht der Mächtigen, in eine bestimmte Rolle gehievt wurden, die dann diese entsetzliche Entwicklung einleitete. Und die man nicht wegkriegt, die bleiben würden. Vielleicht vor allem deshalb, weil dieser Nazi-Zeitraum nach dem Krieg in der Geschichte der meisten Deutschen regelrecht fehlte. Weil sie durch Verleugnen ihres eigenen Ichs in diesem Zeitraum ein Nichts entstehen ließen. Ein menschlich geschichtliches Vakuum, das keinen Punkt für einen radikalen Neuanfang bot. Wie ein Puzzle, dem das entscheidende Teil fehlt. Ein Zustand, der meines Wissens in dieser nicht enden wollenden Form und (deutscher) Perfektion niemals vorher in der Geschichte der Menschheit entstanden war. Deshalb musste den Kriegs- und Nachkriegskindern das Vertrauen in ihre Eltern fehlen, denn Lügen oder immer währendes Schweigen können kein Vertrauen entstehen lassen, nur das Gegenteil und Wut auf die. Deshalb konnten sie selbst später dieses Vertrauen auch nicht an ihre Kinder weitergeben, und immer so weiter.

Das daraus unweigerlich entstehende Dilemma wird sich daher in Deutschland auf Dauer fortsetzen, und es wird Offenheit gegenüber der eigenen Geschichte benötigt, um diesen Bruch noch zu kitten. Gelingt dies nicht, und es wird immer schwerer, denn die Täter, einer nach dem andern, sterben so langsam weg, dann werden deutsche Fremdenfeindlichkeit und ihre scheinbar unbesiegbare Unfähigkeit, Fremdes und Unbekanntes in ihr eigenes Leben zu integrieren, fortdauern und sich wahrscheinlich in Starrheit verfestigen, um sich irgendwann wohl wieder der braunen Pest zuzuwenden.

> »Morgen sind wir wieder dabei, gestern ist uns heut' einerlei, war es auch eine schöne Zeit.«

Das war in den 60er Jahren die Nummer 1 der ›Schlagerparade‹, so hieß das damals in Westdeutschland. In Deutschland. Was blieb denn da anderes, als abzuhauen? An Bord der Schiffe, auf denen ich im Laufe der folgenden Jahre arbeitete, erwartete mich nun eine völlig andere Art von Leben und Zusammenleben. Dort gab es klare Ansagen und klare Ziele. Und weil es dort keine Nazis gab, waren sie von mir nicht anzuzweifeln, sondern im Sinne des gemeinsamen Erfolgs der Mannschaft durchzuführen, und ich verstand den Sinn dieser gemeinsamen Arbeit und mit ihm den Weg und das Ziel dieser Gemeinsamkeit. Obwohl oder weil dem Ganzen keine demokratischen Grundregeln zugrunde lagen. Jedenfalls nicht direkt, oder im Ablauf eines Arbeitstages als solche erkennbar. Eine Diktatur war das aber auch nicht. Ich weiß nicht, wie ich das nennen soll. Es war halt auch ein Inseldasein mit wenigen Menschen darin ohne ein politisch festgeschriebenes Ziel und ohne Frauen. Sehr froh machte es mich außerdem, dass ich allen möglichen anderen Zwängen entronnen war, noch nicht einmal mehr in einer Warteschlange stehen musste und mir der Anblick ›meiner Freunde‹, der lustlosen Schalterbeamten in irgendeiner Bundespost, erspart blieb, der stets jede Menge Wut in mir freigesetzt hatte, weil sie mich in ihrem Verhalten tatsächlich immer nur an die Bauern erinnerten. Und weil ich dann jedes Mal verzweifelt war darüber, dass die vor dem Schalter wartende Menschenschlange sich nicht auf diese Postbeamten stürzte, um sie von da zu vertreiben. Ich war auch über mich verzweifelt.

An Bord musste ich nun keinen Anordnungen mehr folgen, deren Sinn sich mir von vornherein verschlossen hielt, und ich musste keine Miete zahlen, während mir das sehr gute Essen zu festen Zeiten und ohne mein Zutun vorgesetzt wurde. Als einen Rückschritt empfand ich im Nachhinein einen Landgang in Hamburg. Jedenfalls war das, was ich da inszenierte, nicht das Ergebnis meiner nun deshalb anderen Verhaltensweise, weil ich jetzt ein Seemann war. In einer lauen Sommernacht, ich war zurück vom *Star-Club* in St. Pauli und auf dem Heimweg, stand plötzlich der Junge aus dem Gymnasium vor mir. Auf dem Bürgersteig vor dem hell erleuchteten Schaufenster eines Schlachterladens. Ich war jetzt 19 Jahre alt und auf 1,83 Meter gewachsen, wir waren jetzt gleich groß. Außerdem war ich als Folge der meist körperlich schweren Arbeit an Bord auch ziemlich stark geworden. Ich hielt ihn an, fragte, ob er sich noch an mich erinnern könne. Er konnte das nicht wirklich, darum erinnerte ich ihn daran, indem ich ihn nach vorher sehr knapp erklärenden Worten jetzt sehr hart umschubste, sodass er auf das Pflaster des Bürgersteigs knallte. Er rappelte sich auf, starrte mich an, sah wohl meinen Augenausdruck, drehte sich blitzschnell um und rannte davon.

Ich zögerte kurz, hatte ja erwartet und gewünscht, dass es zu einem Kampf kommen würde, und rannte dann hinter ihm her. Diese Jagd ging durch die Straßen und sogar über Hecken und Zäune der nächtlichen Vorstadt und dauerte etwa zehn Minuten. Auch in dieser langen Zeit konnte ich ihn nicht einholen, der Abstand veränderte sich nicht, irgendwann gab ich auf. Er und ich, wir hatten beide großes Glück. Es ging mir danach überhaupt nicht besser, ich war sehr erschrocken, zu welchen Hassgefühlen ich fähig war. Hatte auch niemanden, mit dem ich darüber hätte reden können. Mit Einzelkämpfern will niemand reden, und sie wollen es auch nicht.

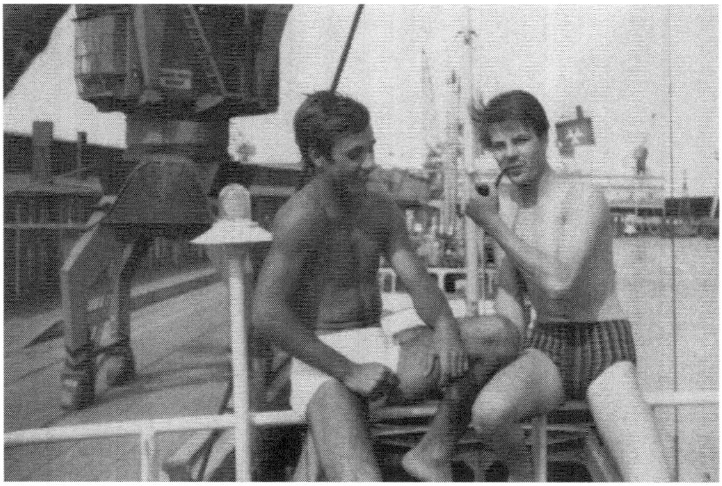

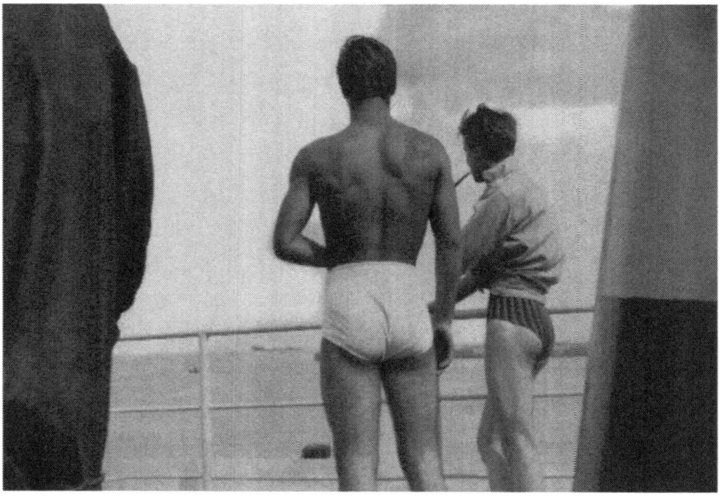

Ein Wochenende im Hafen.

Doch gab es ja die Seefahrt, da war ich kein Einzelkämpfer, da würde ich jemanden finden.

Mit meinem zweiten Schiff, der *Marianne Wehr*, gelang es mir endlich, auch mal nach England zu kommen. Das war 1963. Ich war aufgeregt, als ich am Abend mit einem Kollegen in meinem ersten englischen Hafen, das war Boston, an Land gehen durfte. Viel aufgeregter als Kolumbus, als er Amerika entdeckte. Meine Vorstellungen über England und die Engländer setzten sich ja damals zusammen aus den Berichten meines Vaters über seine Zeit der Gefangenschaft und meinem Erlebnis mit dem englischen Soldaten, der mir Schokolade schenken wollte. Und natürlich waren auch die Darstellungen in den Büchern über Oliver Twist und Robin Hood noch irgendwo in mir. Hinzu kam inzwischen die englische Beatmusic mit all ihrem Swing und ihrer Echtheit. Ich hatte ja damals in Hamburg St. Pauli tolle Gruppen im *Star-Club*, im *Kaiserkeller* und im *Top-Ten* erlebt.

Für diesen Landgang in Boston zog ich mir einen dunkelblauen Anzug an und umwürgte den weißen Hemdkragen sogar mit einem roten Schlips, wollte einen guten Eindruck als Deutscher hinterlassen. Der mich begleitende Kollege machte sich nicht diese Mühe, er war leger gekleidet, sah trotzdem gut aus, und der ›gute Eindruck‹ war auch nicht sein vorderstes Anliegen. Vielleicht, weil er kein Flüchtlingskind war, die Nachkriegszeit anders und mit anderen Menschen darin erlebt hatte.

Das erste Erlebnis an Land entstand aus der Begegnung mit einer Gruppe aus mehreren Jungs im Alter von circa 12 bis 16 Jahren, die sich uns in den Weg stellten und Zigarettenpapier von uns verlangten. Meinen ersten Satz in englischer Sprache und in England: »We don't smoke«, verstanden sie zwar, glaubten mir aber nicht. Der leader of the gang beratschlagte sich nun mit seinen Jungs, ihre Mienen zeigten, dass uns niemand von ihnen glaubte. Dennoch gingen sie irgendwann sehr missgestimmt, und ihre Blicke waren auch jetzt nicht freundlich. Die Bilder aus Oliver Twist tauchten nun in mir auf. Das waren ja genau die Gestalten, wie sie schon Charles Dickens in seinem Roman aus einem anderen Jahrhundert beschrieben hatte. Ärmlich gekleidet waren sie, etwas verschmutzt, fast abgerissen, ziemlich verschlagen, und sie schienen infolge ihrer offensichtlichen Armut zu Mancherlei bereit. Meine erste Begegnung mit den Menschen dort hatte ich mir völlig anders vorgestellt, hatte in dieser Vorstellung auch daran gedacht, dass England den Krieg gegen die Nazis gewonnen hatte. Nun sah ich aber und verstand nicht, dass die Menschen dort scheinbar noch ärmer waren als die in Deutschland, und die kleine Hafenstadt bot auf den ersten Blick ein ziemlich ärmliches, trauriges Bild.

Als er uns erblickte, wechselte ein Streife gehender Bobby kurz darauf die Straßenseite und kam uns nun auf dem Bürgersteig entgegen. Der Ordnungshüter begrüßte uns freundlich in dieser so unübertroffen unverbindlichen und trotzdem verbindenden »Excuse me please« Form, wie ich diese seitdem immer empfinde, und bat um unsere Papiere. Wir zückten unsere Seefahrtsbücher, die uns als Deutsche auswiesen. Mir war jetzt unwohl. Doch der Bobby wurde noch freundlicher, schien sogar neugierig, kam uns noch näher, fragte, wo unsere Reise anschließend hin ginge. Seine zunehmende Freundlichkeit hatte gar nichts damit zu tun, dass wir Deutsche waren, sondern nur damit, dass wir Seeleute waren, und weil der Beruf des Seemanns in England damals sehr hoch geschätzt wurde. Nicht allein aus romantischen Gründen, wie ich es in Deutschland oft erlebt hatte, passte in ›das Vaterland der Wahnvorstellungen‹ meiner Ansicht nach auch sehr gut hinein, sondern weil das früher existierende Weltreich England ohne seine vielen Schiffe und Seeleute nie zu diesem Weltreich hätte werden können. Scheinbar hatten die Engländer dies nicht vergessen. Meinem damaligen Gefühl nach waren sie vom Grundsatz her mehr dem Pragmatischen zugeneigt, wenn sie sich und ihre Rolle in der Welt, in den Kolonien, betrachteten, die da draußen ebenfalls von massenhaften Morden und Ausbeutung der Menschen geprägt worden war. Die ihr späteres Weltreich im Anfang und in der Hauptsache aus Freibeuterei, Sklavenhandel und Raubzügen in fernen Ländern und im Auftrag der damaligen Queen Elisabeth der I. entstehen ließ, der es damit gelang, 60 Jahre lang zu regieren. Wir wissen ja, das Pragmatische, oder noch besser die kalte Vernunft, machen es den Mächtigen möglich, auf ihrem Weg zur Macht Unmenschlichkeit bis hin zum Völkermord als notwendig oder unumgänglich zu erachten. Unabhängig von der Nationalität. Das widerfuhr damals nicht ihrer Insel, war für sie weit weg und lange vor Zeiten der sogenannten Aufklärung. Außerdem wird ihr Vaterland von ihnen ›Motherland‹ genannt. Mütter sind pragmatisch. Wünschen sich das Weltreich bestimmt auch heute noch zurück, die Mütter. Beginnen deshalb immer noch keinen Weltkrieg, die Väter.

Der Bobby gab uns unsere Seefahrtbücher lächelnd zurück, wünschte uns späterhin eine gute Weiterreise, tippte mit seiner rechten Hand an diesen für einen Bobby so typischen ovalen schwarzen Helm und ging, gemächlich seine Hände auf dem Rücken verschränkend, auf dem Bürgersteig davon.

Der ist zufrieden, dachte ich, mit sich und seinem Job, und mit seinem Land. Schien sich sogar zu freuen, dass er uns beide getroffen hatte. Das hat mich beeindruckt. Dem war unser Beruf tatsächlich wichtiger als unsere Nationalität. Das war völlig anders, als ich es in Deutschland bisher immer erlebt hatte. Es hätte auch mein Misstrauen erwecken können, hat es aber nicht, weil der glaubhaft war und echt. Kaum war der Bobby hinter einer Straßenbiegung verschwunden, ließ uns beide der laute Knall eines geplatzten Vorderreifens an dem Auto, das da in rasanter Fahrt um eine Ecke bog, zusammenschrecken. Der Fahrer bremste scharf, und der geplatzte Reifen, der da um das Rad herumschleuderte, rappelte sich zusammen und wurde zu einem großen schwarzen Hund, der im Höchsttempo davon raste und sehr bald verschwunden war. Nach dem ersten Schreck darüber sprachen wir dann noch ein paar Worte mit dem Fahrer, dessen Gesicht kreidebleich geworden war. Und wir hofften, dass der Hund unverletzt geblieben war. Wir haben sogar etwas gelacht, das war irgendwie ja auch witzig, oder es war Erleichterung darüber, dass der Hund noch so schnell davonrennen konnte.

Auf späteren Landgängen in englischen Häfen sammelte ich Erfahrungen, die anfangs fast alle sehr positiv waren, die ich jedenfalls als positiv empfand, weil sie sich in ihrer Eigenart völlig von meinen Erlebnissen aus Deutschland unterschieden. Ich glaube, ich habe mich damals in dieses Land und ihre Menschen sogar hoffnungslos verliebt.

Das war so wie die andere Welt, nach der ich meine Tante Marianne immer hatte fragen wollen. Hatte ich sie jetzt gefunden? Die redeten ja tatsächlich miteinander, hörten einander zu, lachten oft, umarmten sich sogar und schienen sich auf ein Wiedersehen zu freuen.

Manchmal schon schrullig, dabei originell und witzig kamen sie mir vor. Jedenfalls waren die Hafenarbeiter in ihren Gedanken und Diskussionen oft beim letzten oder auch schon beim nächsten Streik. Ich gebe zu, dass meine Empfindungen hierzu auch von einer Art hysterischer Erleichterung gespeist wurden. Es gab ja tatsächlich gelebte menschliche Beziehungen, wie ich dies nun ständig sah, gerade so, als ob hier ein Vorhang hochgezogen würde, einen Blick auf das lichte Leben zuließe. Ohne diese alles verstummen lassende Düsternis im damals von mir erlebten Deutschland, wo die Menschen mit ihren ständig gesenkten Köpfen auf dem grauen Weg unter sich nur nach dem Leben zu suchen schienen, das sie verloren hatten. Diese Erleichterung führte aber auch dazu, dass ich lieber übersehen wollte, welche ganz speziellen Probleme natürlich auch die Engländer hatten. Diese waren nicht wichtig für mich. Die waren mir damals sogar scheißegal.

Lange vor der ›Eisernen Lady‹, die meiner Meinung nach das Land in eine völlig falsche Richtung führte, weil damit die dortige Industrie fast vollständig vernichtet und durch Handel mit Geld ›ersetzt‹ wurde, hatten sie dort noch Dutzende verschiedener Gewerkschaften, die auch den Hafenarbeitern manchmal einen Streik ermöglichten, der auch uns Seeleuten zugute kam, weil unsere Liegezeiten im Hafen sich allein dadurch zu unserer großen Freude entsprechend verlängerten. Am Abend landeten wir deshalb fast immer in einer der dortigen grandiosen Diskotheken. Das war British Pomp pure, was ich da sah. Und es hat einfach nur alle meine Sinne berührt, all diese positiven Gefühle aus mir herausgeholt. Diese Gefühle, von denen ich mich am stärksten überrascht fühlte und gleich begeistert von ihnen war, waren völlig neu für mich. Riesige Tanzflächen hatten die, und, ob man nun wollte oder nicht, beim Tanzen wurde man von den pretty girls immer gezwungen, das Küssen und vor allem das Knutschen zu erlernen. Das war dann Pflicht, fast schon wie ein Wettbewerb, und sie spielten zwischendurch für so etwa zehn Minuten dann diese umwerfenden Engtanztitel. Da gab es keinen jungen Mann, der nicht mitmachen wollte, jedenfalls gewissermaßen. Frauen sind zwingend.

Ausgestattet waren diese Diskotheken meistens mit unzähligen Plüschsesseln rund um die Tanzfläche, und sie alle hatten diesen für mich so perfekten Sound, wie ich ihn in deutschen, damals sogenannten ›Beat-Schuppen‹ (wie unromantisch) vorher nie gehört hatte. Hier aber gab es hervorragende Anlagen und Lautsprecher, in dieser Musik konnte ich versinken, fast alles vergessen. England wurde ja auch schon bald zum Mutterland der Pop-Musik. Irgendwie haben die das in ihrem Blut, fand ich bald. Da gab es scheinbar kaum eine Ausnahme, und sie hatten keine Hemmungen. Den Betreibern der Discotheken ging es damals in erster Linie darum, dass die Jugendlichen sich dort wohl fühlen konnten, so ganz nach dem Motto »Make yourself at home«, ich glaube, das war wirklich so gemeint. Allerdings wurden Pubs und Discos immer um 22.00 Uhr geschlossen. Der zuvor rechtzeitig erfolgte laute Ruf des Betreibers der Disco: »Time please!«, sollte stets unüberhörbar sein, wahrscheinlich vor allem deshalb, weil man dann noch schnell ein Bier oder so bestellen konnte.

Ich dachte bei fast jedem »Time please« an meinen Vater, der ja behauptet hatte, dass niemand so laut schreien könne wie der englische Soldat. Ich wusste nun, der englische Kneipenwirt kann das auch.

Die nachfolgenden Zeiten meines Aufenthaltes in verschiedenen englischen Häfen ließen mich viele Einheimische näher kennenlernen, und wenn daraus keine dauerhaften Freundschaften entstanden, dann wohl deshalb, weil unsere Liegezeiten meistens nur einige Tage dauerten und die englischen Zielhäfen wechselten. Ich empfand die Engländer bald ein wenig so wie die Berliner, beide waren ja ein Inselvolk mit daraus entstehenden ganz eigenen Verhaltensweisen und immer ganz nah am Original und unverfälscht. Anpassung war nicht erwünscht und erstrebenswert schon gar nicht.

Jedenfalls ist dieser Menschenschlag sich selbst genug und will vom »Continent« nichts wissen. Sie, wie auch die Berliner, fallen durch ihr Selbstbewusstsein immer dann auf, wenn sie sich nicht auf ihrer Insel befinden und machen es manchmal den anderen dadurch ein bisschen schwer. So wie ich, wenn ich mal nicht auf einem Schiff und auf meiner Insel war. Inselleben ist leichter und schön.

Meine nächste große Reise mit der *Marianne Wehr* führte mich nun aber nach Polen, genauer nach Danzig.

Als wir eingelaufen waren und der Lotse von Bord gegangen war, postierte sich unten an der Gangway ein schwer bewaffneter polnischer Soldat.

Er sollte verhindern, dass wir unkontrolliert an Land gingen und dass polnische Bürger das Schiff betraten, um dann natürlich zu fliehen.

Dieser missmutige Soldat und ihn ablösende ebenso missmutige Kollegen mussten rund um die Uhr dort stehen. Im Vergleich zu dem englischen Bobby waren sie nur darin souverän, uns zu zeigen, wie ungern sie diese Arbeit taten, uns auch durch ihr ablehnendes Verhalten zu zeigen, dass wir nicht willkommen waren. Verständnis hatte ich schon, wenn ich an den Krieg gegen sie dachte, aber ihren spürbaren Hass uns gegenüber, den Kindern der Kriegstreiber, den hatte ich nicht so ausgeprägt erwartet. Nach diesen unangenehmen Kontrollen machten wir uns auf den Weg in die Stadt. Dabei halfen uns mehrere Taxifahrer, die dabei versuchten, sich uns vorher gegenseitig als Kunden abzujagen. Und es half mir Liliana, eine junge Frau, dieses Unangenehme schnell zu vergessen und zukünftig so gut es ging zu ignorieren. Sie war wunderschön, viel schöner, als man sich das in romantisch erotischer Fantasie jemals vorstellen könnte, und ich verliebte mich total in sie. Die Kohleladung ließ auf sich warten, das funktionierte damals dort noch nicht so richtig, und es wurden mir acht unvergessliche Tage mit Liliana geschenkt. Wenn sie manchmal traurig sagte: »I know you will never come back«, widersprach ich ihr immer heftig und schwor, dass ich wiederkommen würde – schon bald. Wir träumten sogar davon, dass ich sie dann mitnehmen würde, wussten gleichzeitig beide, dass das unmöglich sein würde und schmiedeten trotzdem Pläne.

Als unser Schiff dann später beladen war und in Richtung Dänemark ablegte, kam ein Taxi herbei gejagt, bremste scharf und heraus sprang sie. Sie winkte und winkte, als wollte sie mich mit ihren Armen wieder herbei rudern, und rief immer wieder: »Meine große Liebä«, und sie weinte. Sie konnte ja nicht weg da von dieser sie umgebenden bitteren Armut, so vielen im Krieg zerstörten Häusern und Seelen. Das war sicher auch ein Grund für ihren heftigen Gefühlsausbruch und ihr Weinen. Auch ich hatte trotz all der Liebe schon seit Tagen wahrhaft großen Kummer, weil ich ja wusste, dass ich sie wieder verlieren würde, hatte sogar manchmal daran gedacht, »achteraus zu segeln«. So nennen Seeleute es, wenn sie lieber im Hafen blieben, während das Schiff ohne sie abfahren musste. Doch hier in Danzig würde ich deshalb bestimmt im Knast landen, wenn die hiesigen Behörden davon Wind kriegen und mich aufspüren würden; das würde ja nicht ausbleiben. Dafür würde allein der an der Gangway postierte Soldat sorgen. Es gab überhaupt keine Hoffnung für uns. Und jetzt durfte ich noch nicht einmal weinen, da waren ja meine Kollegen, und die zogen mich noch eine Zeit lang damit auf, dass sie mich später immer mal wieder gerne mit »meine große Liebä« begrüßten; das führte jedoch zu keiner Schlägerei. Sie sahen ja, dass es ernst war mit der Liebe. Konnten das nachempfinden. (Dachten sie.) Liliana behielt Recht, wir haben uns nie wieder gesehen, ich war niemals wieder in Danzig. Auf meine beiden Briefe erhielt ich keine Antwort. Vielleicht hatten die sie gar nicht erreicht, es wurde ja so vieles kontrolliert.

Unsere Reise nach Dänemark verlief sehr stürmisch. Wir hatten lange Zeit achterliche See, das heißt, der starke Wind kam von hinten, und die hohen Wellen trieben das Schiff vor sich her. Nicht nur mir erschien es bei diesem Sturm wieder, als sei die *Marianne Wehr* ein absolut falsch konstruiertes Schiff. Es hatte »keinen Arsch«, wie man als Seemann sagte, es fehlte ihm das sonst übliche runde ausladende Heck, das ihm geholfen hätte, auch achterlicher See etwas entgegen zu halten.

Stattdessen war das Heck wie schräg abgeschnitten gebaut, was der schweren See dann ermöglichte, von oben mit seiner Kraft auf das Achterschiff zu drücken, dem der Auftrieb fehlte. Das führte dazu, dass es mit seinem Bug dann jedes Mal mehr als richtig aus der See heraus und nach oben schnellte und damit etwas wie einen Salto rückwärts einleiten wollte.

Es war dann immer sehr schwer zu steuern. Oft entstand das Gefühl, sich in einer Art von Nussschale zu befinden, die keinerlei Stabilität hatte und viel stärker als andere Schiffe in alle Richtungen schaukelte. Vereinfacht dargestellt; man wartete bei schlechtem Wetter mit starkem Sturm eigentlich immer darauf, dass es kenterte.

Ein weiterer besonderer Nachweis seiner Fehlkonstruktion war der, und das war schon regelrecht absurd, dass es in einer der Kammern der Besatzung eine Koje gab, die quer zum Schiff dort eingebaut war.

Das musste bei starkem Sturm dazu führen, dass der in der Koje Liegende manchmal fast senkrecht in seiner Koje stand, oder fast einen Kopfstand machen musste, weil das Schiff sich wieder mal so extrem zur Seite geneigt hatte. Von Weitem betrachtet war es ein sehr schönes Schiff, schlank gebaut mit vergleichsweise mächtigen Masten, die deshalb auch viel zu schwer waren; diese konnten die Stabilität natürlich auch nicht verbessern.

Der Konstrukteur dieses Schiffes war wohl hauptsächlich seiner romantischen Vorstellung und seinem Schönheitssinn gefolgt, als er es bauen ließ. Hatte, wie ich später erfuhr, damit außerdem erreichen wollen, dass es durch die schlanke Bauform ohne das übliche runde Heck schneller sein würde als andere Schiffe. Schnelle Schiffe sind lukrativer.

Trotz dieser uns manchmal Angst bescherenden Nachteile blieb ich auf diesem Schiff wie alle anderen. Der Grund war diese denkwürdig gute Bordgemeinschaft mit daraus entstandenen Freundschaften. Wir waren alle sehr jung, hatten viel Spaß miteinander, es passte ganz einfach. Es war eine bemerkenswert schöne Zeit. Eine der vielen Reisen führte nach Finnland.

Kopfsprung in einen finnischen Hafen.

Von dort kamen wir beladen mit Schnittholz für England. Zum Bunkern machten wir in Rendsburg, im Nord-Ostsee-Kanal, fest. Der Eigner des Schiffes, Oskar Wehr, kam an Bord. Er war sehr aufgeregt, rief mir gleich nach dem Festmachen zu: »Pack deinen Koffer, deine Mutter ruft seit einer Woche jeden Tag mindestens dreimal bei mir an. Sie will, dass du sofort nach Hause kommst.« Ich fragte ihn, ob bei mir zu Hause »etwas passiert« sei. »Nein«, sagte er, »davon hat sie nichts gesagt.«

Auch wenn ich nun keinen Grund dafür sah, ließ ich mir ein paar Tage Landurlaub geben. Würde wieder an Bord gehen, wenn sie in etwa einer Woche aus England zurück wären. Als Abschiedsgruß rief ich einem Kollegen, der auf dem Achterdeck gerade mit dem Transport von Proviant beschäftigt war, noch lachend zu: »Und sauft nicht ab.«

»Mach dir keine Sorgen«, rief er ebenfalls lachend zurück, und aus seinem Kofferradio, das da irgendwo an Deck stand, ertönte »If I had a hammer …« Wir beide ahnten nicht, dass wir uns nie wieder sehen würden. Meine Mutter war absolut erleichtert, mich zu sehen und erklärte mir dann ihre Anrufe beim Reeder. Sie sei so furchtbar unruhig, spüre seit Tagen eine panische Angst um mich, könne das nicht begründen, es sei so eine Ahnung. »Du musstest runter von diesem Schiff«, sagte sie noch.

In der folgenden Nacht kriegte ich dann zu Hause selbst kein Auge zu, das hatte ich vorher noch nie erlebt. Am letzten meiner freien Tage, nachts um 4.30 Uhr, riss Oskar Wehr mich per Telefon aus dem Schlaf. Ich fragte ihn: »Sind sie schon wieder da?« Er erwiderte: »Zieh dich an, es ist etwas Furchtbares passiert. Die *Marianne* ist in der Elbmündung bei Feuerschiff *Elbe 1* gesunken. Es sind alle tot. Ich hole dich ab, wir müssen nach Cuxhaven, du musst sie identifizieren, die Polizei will das so.«

Während meine Freunde gegen diese verdammte Mordsee um ihr Leben gekämpft und es verloren hatten, hatte ich geschlafen. Ich hatte tief und fest geschlafen, nichts davon gespürt, gar nichts. Weckte jetzt meine Eltern, war wie in Trance, musste ihnen davon berichten, sie waren entsetzt, meine Mutter begann zu weinen, als sie sagte: »Ich habe es doch geahnt.«

Die *Marianne Wehr* war in der Nacht vom 14. auf den 15.10.1963, bei achterlicher, schwerer See in der Nähe des Feuerschiffs *Elbe 1* gekentert und danach gesunken. Später waren einige der hölzernen Lukendeckel an der Küste angetrieben worden, die zeigten, dass sie von der See von außen zerschlagen worden waren, sodass das Wasser also in den Laderaum eindringen konnte, nachdem die Ladung vorher verrutscht war und zu extremer Schlagseite geführt hatte. Davon weiß ich, weil der Kapitän vorher mit Oskar Wehr über *Norddeich Radio* telefoniert und ihm die hoffnungslose Lage dargestellt und um Begleitschutz gebeten hatte. Doch später meldete er sich nicht noch einmal. Eine gewaltige Suchaktion wurde daraufhin in Gang gesetzt. Die jungen Seeleute trieben viele Stunden in der kalten See, bis sie schließlich nur noch tot geborgen werden konnten.

Oskar Wehr holte mich gemeinsam mit seiner Frau in seinem alten Mercedes zu Hause ab. Die Fahrt nach Cuxhaven über die B73 dauerte endlose drei Stunden. Wir sprachen kaum, und es war ein großes Glück, dass er die Straßengräben, die er zwischendurch immer mal wieder anzusteuern schien, nicht traf und wir körperlich unversehrt ankamen.

In einer Kapelle auf einem Cuxhavener Friedhof fanden wir dann sieben meiner toten Kameraden auf Decken am Boden nebeneinander aufgebahrt. Zwei Seeleute waren von den Rettungskräften nicht gefunden worden. Ich musste sie nun ansehen, immer wieder und konnte das überhaupt nicht begreifen, ihre Gesichter und den Ausdruck darin habe ich nie vergessen. Besonders deutlich sehe ich vor mir den kämpferisch mutigen, sich wehrenden Ausdruck des einen, der früher an Bord eigentlich immer vorsichtig und manchmal schon ängstlich gewesen schien, und den so furchtbar traurigen Ausdruck eines anderen, der in seinem Kampf gegen die Mordsee geweint und sich aufgegeben, obwohl er sich an Bord früher sonst so stark gezeigt hatte. Der Jüngste von ihnen war 16 Jahre alt, der Steuermann 24, der Kapitän 33. Nur der Maschinist war schon über 50 Jahre, und er war nicht gefunden worden. Die anderen waren alle unverletzt, waren aber an Unterkühlung gestorben. Die Rettungsboote waren auch gekentert, sodass sie stundenlang im kalten Wasser treiben mussten. Rettungsinseln hatte das Schiff nicht. Das war damals auf diesen kleinen Schiffen noch nicht üblich. Die hätten das verhindern können.

Oskar Wehr hatte in der Nacht zuvor noch in seinem Garten eine Unmenge von roten Rosen gepflückt, gab sie mir jetzt in meine Hände und wollte, dass ich sie an seiner Statt nacheinander auf jeden meiner toten Kameraden verteile. Er traute sich das wohl nicht zu, ich habe es auch nicht geschafft, legte den ganzen Strauss dem in der Reihe an erster Stelle liegenden Jungen auf seine über der Brust verschränkten Arme.

Oskar Wehr nahm dann, und es schien ihm fast unmöglich, mit seinen zitternden Händen einige der Rosen wieder auf und verteilte sie auf die weiteren Kameraden. Danach fuhren wir zurück nach Hamburg, und er setzte mich zu Hause ab. Ich fiel in einen ohnmachtsähnlichen Schlaf, der aber nicht lange anhielt. Oskar Wehr rief erneut an, bat mich zu ihm nach Hause zu kommen, die Presse sei da und es sei wichtig. Also fuhr ich da hin. Als ich ankam, hielten sich schon zwei Reporter dort auf, *Hamburger Morgenpost* und *BILD*. Abgebrüht sind sie ja, fand ich, fragte einen von ihnen irgendwann, ob er nicht wenigstens so tun könne, als ob auch ihn das berührte, er antwortete nicht darauf, sie machten Fotos von mir.

Ich war unfähig, mich dagegen zu wehren. Schlagzeile der Morgenpost war »9 Seeleute starben vor Elbe I«. Darunter ein Foto von mir: »Dem Jahresurlaub verdankt er sein Leben«. Es folgte dann sehr bald die Beerdigung meiner Freunde. Die Familie Wehr mit ihrer 13jährigen Tochter Marianne, nach der das Unglücksschiff damals benannt worden war, und ich gehörten zu den vielen Trauernden. Es war überhaupt nicht zu übersehen, dass die Tochter – sie hatte lange zuvor mal in den Ferien eine Reise nach Finnland und England mitgemacht – in ganz besonderer Weise unter den Folgen dieses Unglücks leiden musste. Auch deshalb, weil das Schiff ja ihren Namen trug, der während der Trauerfeier nun immer wieder genannt wurde. Ihr trauriges, noch so junges Gesicht sehe ich auch jetzt wieder vor mir. Damals dachte ich, ihre Eltern hätten ihr das ersparen sollen, denn das muss sehr schwer für sie gewesen sein, wurde vielleicht zu einem Einschnitt in ihrem so jungen Leben.

Ich durchlebte meine eigene Trauer und die unermessliche der verwaisten Seemannseltern. Sie konnten das Geschehene einfach nicht verstehen.

Kann das Bild und den Satz eines Vaters nicht vergessen, dessen Tränen aus seinen Augen heraus mir entgegen stürzten, als er auf mich zukam: »Danken Sie Ihrem

Herrgott!« Seine Stimme zitterte so, und es schien, als wollte er mich umarmen. Wir hielten uns gegenseitig lange die Hände fest.

Dann erschien plötzlich in der Tür zu dieser gewaltigen Kirche ein großer stattlicher Mann in dunkelblauer Uniform. Es war der Kapitän der Seemannsschule Falkensteiner Ufer aus Hamburg-Blankenese, deren Berufsschüler wir Besatzungsmitglieder früher alle gewesen waren. Er wollte an den Beisetzungen teilnehmen. Niemand von uns wusste vorher, dass er kommen würde. Aus den Zeitungen hatte er von diesem schrecklichen Unglück erfahren, und er begab sich in die Mitte der riesigen Kirche. Er stellte sich dort zwischen die Stuhlreihen, senkte langsam seinen Kopf und verharrte einen Moment, dann wandte er sein Gesicht dem Altar zu und sah dann nach oben, so wie zum Himmel. Und er breitete seine Arme weit aus und rief laut und mit entschlossener, kraftvoll dies tragender und trotzdem so traurig klingender Stimme: »Ihr Götter des Himmels und der Meere …«, und er bat diese Götter, die noch so jungen toten Seeleute zu sich zu nehmen.

Wenn er auch kein gläubiger Christ war, so hatte es trotzdem etwas Magisches, und es war, als wolle er diese Götter beschwören, sich der Seelen der toten Seeleute anzunehmen. Ja, wir alle waren diesem Kapitän dankbar, dass er gekommen war und seine Trauer in dieser eindrucksvollen Weise zum Ausdruck brachte. Dieses große Unglück und meine große Traurigkeit über den Verlust dieser so jungen Menschen hatte sich scheinbar seitdem in mir versteckt. Jetzt schlägt sie zu, jetzt erst wieder und mit großer Kraft, und während ich dieses hier aufschreibe. Nach fast 50 Jahren, überrollt mich, walzt mich regelrecht nieder. Ich sehe jetzt mit einmal immer wieder diese Bilder. Vom Feuerschiff *Elbe 1*, das dem Todeskampf der jungen Menschen zusah und unbeeindruckt davon weiter seine Lichtsignale in die stürmische Mordnacht abgab. Von den vielen Helfern der Marine in ihren Uniformen, und ich sehe ihre traurigen Gesichter, als sie mit ihren Booten die Leichen aus dieser tobenden Mordsee bargen. Diese traurigen Mienen sehe ich, weil es ein Foto von ihnen gab. Und ich stehe da in dieser Kapelle vor meinen toten Freunden, so als sei ich nie dort weggegangen. Als stünde ich da immer noch, und als hätte ich seitdem ein schlechtes Gewissen, weil ich sie im Stich gelassen hatte. Das Seegericht in Hamburg führte später, ich war noch immer zu Hause, eine Untersuchung über die Gründe des Untergangs der *Marianne Wehr* durch, und ich erhielt eine Vorladung. Der Vorsitzende Richter fragte mich, ob mir irgendwelche Auffälligkeiten an diesem Schiff in Erinnerung wären.

Ich beschrieb daraufhin, dass es sich bei diesem Schiff um eines gehandelt hatte, dessen Untergang in Folge seiner Fehlkonstruktion fast unausweichlich gewesen sei, musste mein Urteil aber einschränken, da ich ja erst am Anfang meiner beruflichen Tätigkeit stand und somit wenig Erfahrung mit anderen Schiffen und deren Stabilität gehabt hatte.

Mir schien es trotzdem so, als würde er meiner Darstellung Glauben schenken. Wahrscheinlich auch in Folge ähnlicher Beschreibungen durch andere, die das Schiff und sein Verhalten bei hoher achterlicher See auch gekannt hatten. Meinen mitfühlenden Eltern hatte ich gleich im Anschluss an dieses Unglück gesagt, und ich sehe mich dabei ratlos, mit hängenden Armen im Flur ihrer Wohnung stehen: »So viel Glück kann man nicht haben, auf mich wartet noch etwas ganz Besonderes.« Das sagte ich wörtlich, und es hat sich in mir eingebrannt.

Von »sich selbst erfüllender Prophezeiung« wusste ich damals noch nichts, wäre sonst nicht wieder zur See gefahren. Wenig später hatte ich nämlich das Angebot einer Ausbildung zum Buchdrucker erhalten, entschied mich jedoch, weiter Seemann zu bleiben. Was wollte ich in Hamburg, ich passte nicht in diese Stadt. Ich passte noch nicht einmal in dieses Land.

Zwischendurch war ich gemustert worden, erhielt einen Wehrpass, nach dem ich den ›Tauglichkeitsgrad I‹ erhalten hatte, einsetzbar für alles. Wollte nicht zur Bundeswehr, niemals. Als Seemann warst du davon freigestellt, weil es damals zu wenige Seeleute gab. Als mich eines Tages und mehrere Wochen danach meine Mutter vorsichtig fragte, ob ich nicht wieder arbeiten wolle, denn »das Leben geht ja nun mal weiter«, suchte ich mir ein neues Schiff. Ja, das Leben ging weiter, und meine Traurigkeit ging auch weiter. Daran änderte auch nichts, dass es genug Schiffe gab, die ich zur Auswahl hatte, wenigstens hier also Freiheit, doch eigentlich war es wieder und immer noch der einzig mögliche Fluchtweg für mich. Ich entschied mich für einen Westafrika-Fahrer, ein ziemlich großes Schiff, ein sogenannter Stückgutdampfer. Dachte dabei auch daran, dass der wahrscheinlich wegen seiner Größe nicht absaufen würde. Mit diesem Schiff ging es nun nicht direkt in Richtung Westafrika, wo wir Edelholz laden sollten, sondern wir mussten vorher all diese großen Häfen in Holland und Belgien anlaufen, luden dort Stückgut für Afrika, darunter auch mit Öl gefüllte Fässer.

Der Arbeitstag an Bord hatte in diesen Tagen mindestens 20 Stunden. Die Entfernung zwischen den einzelnen Häfen war einfach zu kurz. Einlaufen, fest machen, Luken auf, Luken zu, laschen, wieder auslaufen, Wache gehen, steuern, in den nächsten Hafen einlaufen. Dies alles natürlich zu jeder Tages- und Nachtzeit; es war unmöglich, mal längere Zeit zu schlafen.

Kaum war man weggesackt, rüttelte schon wieder irgendeiner an deiner Schulter und schrie: »Klar vorn und achtern!« Er musste dann schreien, weil man ihn sonst nicht gehört und erhört hätte. Man konnte in dieser Zeit froh sein, nicht unter der laufenden Dusche einzuschlafen oder die Mahlzeiten zu verpassen, nur weil man sich ganz kurz irgendwo hinsetzte und dabei sofort einnickte. Irgendwann hatten wir diese Zeit hinter uns, fuhren durch Nordsee und Atlantik Richtung West-Afrika. Das Leben an Bord wurde gleichmäßiger, es gab mehr Ruhe. Die sollte nicht lange anhalten. Als hätte er in der Biskaya auf uns gewartet, fiel er plötzlich über uns her, entpuppte und entwickelte sich zu einem schweren Orkan, wie ich es noch nie zuvor erlebt hatte, und dem es an diesen ›Monsterwellen‹ nicht zu fehlen schien, als eine nach der anderen da heranrollte und das große

Schiff zu ihrem Spielball machten, weil es kaum noch zu steuern war und wie ihnen hilflos ausgeliefert nur noch durch die Wellenberge taumeln konnte.

Mitten in der Nacht musste die gesamte Mannschaft an Deck, nicht ausreichend gelaschte Ölfässer hatten nämlich damit begonnen, sich endgültig aus der Laschung zu befreien, um auf Nimmerwiedersehen in den Atlantik zu verschwinden und darin zu versinken. Es gelang uns nicht, jedes dieser Fässer daran zu hindern, und manche von ihnen jagten wie schwere Geschosse an uns vorüber, während wir in diesem unglaublichen, immerzu auf uns hereinbrechenden Wellenchaos weiterhin versuchten, andere Fässer vor ihrem Verschwinden einzufangen und neu zu laschen. Erschwert wurde uns das durch das Öl, das aus einigen aufgerissenen Fässern ausgelaufen war und inzwischen den größten Teil der metallenen Ladeluken fast unbegehbar gemacht hatte, sodass wir auf ihnen immer wieder ausrutschten.

Es war wie sanft, als mich eine dieser riesigen Wellen plötzlich erfasste und einfach mit sich davon trug, hinaus in die Weite des nächtlichen Atlantiks. Die Kollegen an Bord starrten mir wie gelähmt nur hinterher. Ein »Mann über Bord« wäre wahrscheinlich sinnlos gewesen, oder sie hatten noch gar nicht begriffen, was da abging, das ging ja viel zu schnell, und wir trugen keine Schwimmwesten. Mich aber trug die Welle hoch und empor und davon, und das Schiff entfernte sich immer mehr von mir, und ich sah im Licht der eingeschalteten grellen Decksbeleuchtung die entsetzten Gesichter der Kollegen und ihre weit aufgerissenen Augen, saß oben auf dieser

Welle, so wie ein Surfer ohne Brett, konnte gar nichts Reales denken oder fühlen, noch nicht einmal Angst. Und dann erfasste mich eine weitere Welle mit einer anderen Laufrichtung, übernahm mich und brachte mich zurück an Bord. Stellte mich sozusagen wieder an Deck ab, landete an fast gleicher Stelle, an der die erste Welle mich abgeholt hatte, und neben dem alten Bootsmann, der mich sofort mit seinen beiden Händen packte und schüttelte und im Lärm der tosenden Wellen schrie: »Kannst du dich nicht festhalten, du verdammter Idiot?« Die an Bord eines Seeschiffes immer geltende Grundregel »Eine Hand für den Mann, eine fürs Schiff« hatte ich vorher wohl einen Moment nicht beachtet. So wie der Bootsmann, als er mich jetzt packte. Anschließend wandten wir alle uns wieder, und als wäre nichts Besonderes geschehen, dem Laschen der noch vorhandenen Fässer zu.

Dabei grenzte das gerade Erlebte schon (fast) an ein Wunder.

Einige Stunden später ließ der Sturm langsam nach und die Reise verlief erstmal ohne weitere Dramatik. Wir hatten herrliches Wetter und eine sehr ruhige See. Ich fand nun Zeit, über das soeben Geschehene und natürlich auch wieder über das große Schiffsunglück nachzudenken. Offenbar sollte ich noch nicht sterben, warum auch immer, und ich dachte dabei auch an den lieben Gott, und daran, was er wohl noch mit mir vorhatte. Bald fielen mir andere Situationen aus der Kindheit ein, in denen andere mich vor dem Sterben bewahrt hatten. Wie zum Beispiel meine Tante Marianne, als sie mich vor dem einlaufenden Zug zurück riss. Wie ich mit zehn Jahren glaubte, dass ich nun schwimmen könne und mich in das tiefe Wasser einer Kiesgrube begab, fast sofort unterging und mein kleines Leben tatsächlich wie auf einer Filmrolle gespeichert an mir vorüber raste. Und wie ein junger Mann mich aus dem Wasser zog und ans Ufer brachte, an dem ich röchelnd und kotzend mein Leben wieder fand. Etwas wie eine wirkliche Erkenntnis, die mich hätte veranlassen können, auch über das Geschenk des Lebens nachzudenken und zukünftig viel bewusster und dankbar damit umzugehen, brachte mir mein Nachdenken leider nicht, ich blieb scheinbar so wie immer, und das Leben an Bord verlief erst einmal ruhig.

Kurt, ein Matrose, konnte diese Ruhe vielleicht nicht ertragen, weil er eines Abends damit begonnen hatte, die Einrichtung seiner Einzelkammer in Einzelteile zu zerschlagen. Hierzu hatte er sich darin verbarrikadiert, nachdem er sich vorher fast bis ins Delirium gesoffen hatte. Das war laut und ging über mehrere Tage und Nächte und wurde von seinem pausenlosen Gegröle begleitet. Es schien, als schlafe er nie. Kurt war ja schon vorher von einigen mit »Das Tier« getauft worden, weil er jemand war, den man auch mit vier oder zehn Mann wahrscheinlich kaum hätte bändigen können. Der hatte eine Figur so ungefähr wie ein Gorilla, war nur viel größer. Die Offiziere und wir ließen ihn also lieber gewähren, waren fast froh, dass er seiner Zerstörungswut allein in seiner Kammer nachging. Irgendwann kehrte Ruhe ein, er hatte nichts mehr zu saufen, tauchte kleinlaut und reuevoll wieder auf und wurde vom 1. Offizier verurteilt, seine Kammer wieder instand zu setzen. Damit war er dann während der gesamten Rückreise von Westafrika nach Hamburg beschäftigt, und ziemlich erfolglos, weil er kein Tischler oder Zimmermann war und weil geeignetes Holz zur Reparatur fehlte. Innerhalb der weiteren Reise war er »stets nüchtern«, das war damals eine dort vorgeschriebene Formulierung aus Arbeitszeugnissen an Bord, und ich sprach oft mit ihm. Er war sehr belesen, wie ich bald herausfand und nüchtern außerdem zugänglich und gutmütig, und wir freundeten uns an. Dachte manchmal, so ein unbesiegbares ›Tier‹ wie er wäre ich auch gern. Sagte ihm das aber nicht. Ich freute mich auf Abidjan, unseren Zielhafen. Zuvor mussten wir allerdings noch unsere Stückgutladung in Dakar löschen. Wir hatten kaum festgemacht und die Gangway ausgebracht, als ein Afrikaner, bewaffnet mit Kamm und Schere, die Gangway hoch und an Bord gelaufen kam. Gleich verpasste er mir den besten Haarschnitt meines Lebens, und ein Matrose verpasste ihm einen Kinnhaken, als er begann, diesem nun gegen dessen Willen auch seine Haare zu schneiden. Als der Afrikaner ihm weinend erklärte, dass er doch Geld brauche für Frau und Kinder, ließ sich der Matrose dennoch nicht erweichen.

Hätte dem das vielleicht vorher erklären sollen. Dann traf ich noch auf einen anderen Afrikaner, der perfekt das Hamburger Platt beherrschte und mich fragte, ob ich denn wohl Jerry-Cotton-Hefte dabei hätte. Er hatte früher lange Zeit in Hamburg-Altona gelebt, und ich kramte meine Plattdeutsch-Kenntnisse hervor, die mir in der Zeit neben den Bauern ja auch nicht erspart geblieben waren, und wir schnackten noch eine Zeit lang über Dütt und Datt. Plattdeutsch überwindet Barrieren und Grenzen.

Dann endlich Abidjan an der Elfenbeinküste. Wir würden draußen vor der Küste vor Anker gehen und auf Reede liegen. Afrikanische Arbeiter hätten dann die Aufgabe, mit dem bordeigenen Ladegeschirr das Schiff mit Baumstämmen zu beladen. Manche dieser Baumstämme hatten einen Durchmesser von bis zu 1,50 Meter, waren so circa 15 Meter lang und aus Edelholz. Damit das funktionierte, mussten sie von den Afrikanern von der Küste aus mit einem Motorboot zum Schiff geschleppt und anschließend untereinander verbunden und am Schiff befestigt werden. Die Baumstämme schwammen dann im Wasser des Atlantiks um das Schiff herum. Vorher waren wir einige Meilen westlich von Abidjan vor der Küste vor Anker gegangen, weil wir die afrikanischen Arbeiter noch an Bord nehmen mussten. Drei ziemlich große und in ganz ursprünglicher und bunter Art und Weise von den Afrikanern erbaute Kanus mit insgesamt etwa 20 Arbeitern schossen unter wildem und aufgeregtem Paddeln der Insassen durch die Brandung auf unser Schiff zu.

Davor hatten wir eine Art Netz aus dicken Tauen über die Bordwand gehängt. Daran krabbelten sie jetzt hoch und verschwanden erst einmal unter der Back, einem großen Raum im Vorschiff, wo sie nun in den kommenden Tagen wohnen, schlafen und außerdem auch ihre Notdurft verrichten sollten.

Den Ablauf kannten sie ja schon aus vergangenen Einsätzen. Sie machten auf mich alles andere als einen glücklichen Eindruck, schienen eher alle ziemlich missgestimmt, hatten finstere Gesichter, sprachen auch untereinander kaum.

Ich war der einzige an Bord, der noch nie vorher in West-Afrika war und konnte mir nicht vorstellen, wie das und vor allem das mit ihrer Notdurft funktionieren sollte, wie sie das 10 Tage lang aushalten würden, denn so lange würde es etwa dauern, das Schiff mit den Baumstämmen zu beladen.

Meine Fragen an erfahrene Kollegen wurden mit »ist doch scheißegal, das machen die im Busch doch auch so« abgetan. Später erlebte ich, dass wir das Schiff mit großen Wasserschläuchen und höchstem Druck von dieser natürlich sehr stinkenden Notdurft zu befreien hatten. Schutzmasken trugen wir dabei. Mir fielen dazu wie automatisch wieder unser Haus auf dem Deich, das Plumpsklo und der voll geschissene Eimer ein, und ich entwickelte jetzt schlagartig eine neue Art von Wut in mir, weil diese Art des Umgangs mit den schwer arbeitenden Afrikanern mit Menschlichkeit und Respekt überhaupt nichts zu tun haben konnte. Musste sogar an das Buch ›Onkel Toms Hütte‹ denken, das ich als Kind gelesen hatte. Darin war ja auch von Reedern, die in der Hauptsache vom Sklavenhandel gelebt hatten, die Rede. Jedenfalls hatte ich das so in Erinnerung. Bis dahin war ich damals fest davon überzeugt gewesen, dass es so etwas nicht mehr gäbe.

Außerdem waren Afrikaner im Bewusstsein des westdeutschen Bürgers zu der Zeit nicht viel mehr als »liebe Neger«, wie unser damaliger Bundespräsident (!) sie einmal in Afrika in einer an die Einwohner gerichteten Rede dann auch begrüßt hatte. So welche zum Puppenspielen, die den weißen Mann immer »Massa« nannten und die so froh darüber waren, dass der weiße Mann ihnen immer so geduldig alles erklärte, ihnen zu essen gab und auch darüber, dass sie in amerikanischen Spielfilmen immer seine Ausrüstung durch Steppen oder Dschungel schleppen durften, und der gotthafte weiße Massa in diesen Spielfilmen oft auch ihren Frauen und Kindern noch das Leben rettete. Unter welchen Umständen sie auch in Folge der Ausbeutung durch die Europäer und Amerikaner damals wirklich lebten, dass sie hungerten und die Kindersterblichkeit schon damals sehr hoch war und dass sie weiterhin ausgebeutet wurden, das erreichte uns, zumindest mich, damals nicht wirklich.

Dies nun hautnah erleben zu müssen, ließ mich fast über Nacht die Lust auf diese Art von Sklavenschiff verlieren. Ich zählte mein Geld, wollte kündigen und nach Hause fahren. Doch es reichte nicht, also musste ich bleiben.

Die Afrikaner hatten nun täglich schwere und auch sehr gefährliche Arbeiten zu bewältigen, denn die großen Baumstämme, die sie ja aus dem Atlantik fischen mussten, waren selbst mit dem Ladegeschirr des Schiffes kaum zu bändigen und nahmen dabei des Öfteren rasante Geschwindigkeit auf, wenn sie an den starken Drahtseilen des Ladebaums hängend ins Schwingen gerieten. Und wenn sie dann mit ihrem großen Gewicht gegen die metallene Schiffswand krachten, war schon vieles dem Zufall überlassen.

Glück brauchten sie außerdem, denn wäre mal einer von ihnen zwischen Schiffswand und einen dieser Bäume geraten, so wäre nicht viel von ihm übrig geblieben. Nun galt von Anfang an für alle Afrikaner das Verbot, das Achterschiff, auf dem der Kapitän, die Offiziere und die Mannschaft wohnten, zu betreten. Einer von ihnen fand allerdings bald fast jeden Tag aufs Neue einen Weg, dieses Verbot zu umgehen. Sein ausgeprägter Hunger trieb ihn scheinbar dazu. Als sei er vom Himmel gefallen, stand er eines Tages plötzlich mittags vor der Eingangstür zur Kombüse und erklärte dem sofort wütenden Koch mit Händen und Füßen, dass er doch Hunger habe.

Dem gefiel das überhaupt nicht, dennoch kratzte er, weiter unwillig und schimpfend, die Reste aus seinen Kochtöpfen zusammen, füllte sie in eine Konservenbüchse und drückte sie dem jungen Mann in die Hand.

Der stopfte sich diese Reste mittels seiner Finger in den Mund und legte sich danach erstmal auf das Eisendeck zum Schlafen. Einmal sah ich, wie er sich im Schlaf fast um einen metallenen Poller herum wickelte, so dass ich schon befürchtete, er würde sich gleich mit sich selbst verknotet haben.

Dieses wiederholte sich fast jeden Tag, wurde so hingenommen. Erschien er mal nicht dort, wurde er sogar vom grinsenden Koch schon vermisst, der seine Reste nicht mehr in den Atlantik kippen wollte. Wenn also sein Aufenthalt auf dem Achterschiff trotz des benannten Verbots geduldet wurde, dann vielleicht auch deshalb, weil dieser eine Afrikaner von den anderen scheinbar gemieden wurde und er sich meistens weit abseits von ihnen aufhielt.

Er war noch viel schwarzer als die anderen, so Richtung Ebenholz. Vielleicht war er von einem anderen Stamm, und die anderen verhielten sich ihm gegenüber deshalb so. Und vielleicht wollten wir ihm mit dieser Duldung beistehen, was natürlich niemand aussprechen konnte.

Ein Tag in dieser Zeit wollte zu einem ganz besonderen werden. In den stets vom lauten Rufen und fast ununterbrochenen, schrillen Gezeter der Arbeiter erfüllten Laderäumen entstand an diesem Tag, so um die Mittagszeit herum, plötzlich eine völlige, ja absolute Stille, so unvermittelt, als hätte jemand dazu mit einem Ruck einen Schalter umgelegt. Langsam ging diese Stille über in einen fast unmerklichen und nicht zu ortenden, dann in der Lautstärke stärker und größer anschwellenden Summton vieler schwarzer, samtener Männerstimmen. Als murmelten sie nur einfach so vor sich hin, alle durcheinander. Dieser langsam anschwellende und mit seinen Vibrationen in uns schon beinah Angst auslösende Ton wurde durch den Hall in den noch halbleeren Laderäumen sehr verstärkt. Das klang bald so wie Musik aus einem Orchestergraben, und als wollte es die ganze in ihm verborgene Kraft auf einmal beweisen. Und dann brach er ab, dieser so bedrohliche und vibrierende Summton, es war völlig still, als wäre der Dirigent nach der Ouvertüre einfach gegangen. Dann krachte es auch ohne ihn, sie brauchten keinen Dirigenten mehr, waren sich also einig. Laute und wüste Schreie der Männer folgten.

Noch schienen sie unentschlossen, zuerst langsam verließen sie einer nach dem anderen den Laderaum, kamen Richtung Achterschiff auf uns zu. Waren etwa doppelt so viele. »Das musste ja so kommen«, dachte ich, hatte keine Angst, war nur kampfbereit. Ihrer inzwischen angewachsenen Unzufriedenheit über die Arbeitsbedingungen, den ihnen zur Verfügung gestellten Proviant und ihre mehr als mangelhafte Unterkunft an Bord, galt ihre Wut. Sie drohten uns mit ihren Fäusten und mit irgendetwas, das sie darin hielten. Richteten sich gegen uns, waren sichtlich bereit, uns anzugreifen. Der 1. Offizier, der mit dieser Art von Protest schon Erfahrung hatte, wie ich später erfuhr, kletterte nun in höchster Eile die Treppen zum Peildeck empor, das war oben über der Brücke des Achterschiffes, richtete seine Pistole in die Luft und gab mehrere Warnschüsse ab.

Wir, die Besatzung, blockierten währenddessen die Aufgänge zum Achterschiff. Diese Warnschüsse und die zusätzlichen verbalen Drohungen des 1. Offiziers in der Landessprache in Verbindung mit seinem Versprechen, die bemängelten Zustände zu verändern, bewirkten, dass irgendwann so nach und nach wieder Ruhe einkehrte. Die Afrikaner nahmen ihre Arbeit wieder auf. Der 1. Offizier entschied anschließend, sicherheitshalber die Anzahl der nächtlichen Wachgänger nun besser zu verdoppeln und das blieb die ganze restliche Liegezeit so. Natürlich wollten die meisten von uns in Abidjan an Land gehen. Da wir ja draußen auf Reede und vor Anker lagen, mussten wir, um zum Feierabend da hinkommen zu können, eines unserer motorisierten Rettungsboote zu Wasser lassen. Für Ab- und Rückfahrten waren feste Zeiten vorgegeben. Bei einem dieser Landgänge hatte ich versucht, zu einer Afrikanerin Kontakt aufzunehmen.

Hatte mich deshalb und entgegen der Ratschläge von Kollegen, die mir das als viel zu gefährlich beschrieben, in Abidjan vorher von ihnen getrennt, war doch unbesiegbar. Ich sehe noch ihre so schönen weißen Zähne, ihren schönen Körper und denke an ihr mir zugewandtes freundliches Verhalten, sehe auch wieder diese Holzpritsche, die da auf dem Boden einer aus Pappe, Holz und Blechresten zusammen gebastelten Hütte stand.

Und ich sehe den Morast unter dieser Pritsche, auf die sie sich nackt gelegt hatte. Und ich sehe mich, wie ich meinen Tatendrang, für den ich vorher an einen Mann zehn DM bezahlen musste, jetzt unbedingt verlieren wollte.

»Was machst du hier, du verblödetes Arschloch?«, fragte ich mich, weil ich plötzlich sah, dass ich ihre Armut ausnutzen wollte. Versuchte dann noch, ihr das irgendwie mit Restbeständen aus meinem Schulfranzösisch zu erklären, gab ihr in meiner Scham über mich einen Kuss auf ihren Mund, und sie lächelte, als ich ging. Danach lief ich dann fast wie im Kreis herum, allein in diesem von abenteuerlichsten Hütten besiedelten Slum, konnte keinen klaren Gedanken mehr fassen und den Strand und das Boot nicht wieder finden. Versuchte immerhin, mein Verhalten zu verstehen, wollte das wahrscheinlich entschuldigen, dachte, glaube ich, dabei nicht an den weißhäutigen Bäcker auf dem Deich da in diesem Dorf, der die Flüchtlingsfrauen und ihre Armut ausgenutzt hatte, betrachtete all das, was da an Armut vor mir lag, fühlte mich plötzlich völlig isoliert von diesen Menschen, ärgerte mich über deren Lethargie, die mir offensichtlich zu sein schien, und war offenbar ohne jede Angst, oder einfach nur in einer Art Ausnahmezustand als Folge des eben Erlebten. Alles schien mir nur Stillstand und Hoffnungslosigkeit zu verkörpern.

Für Angst blieb da kein Platz, und ich hatte wahrscheinlich wieder großes Glück, als ich zumindest körperlich unversehrt dann den Strand doch wieder fand. Ich war zu spät gekommen, das Boot war schon weg. Da stand ich nun an diesem wunderschönen Strand, war trotzdem jetzt ein armer Tor und wusste überhaupt nicht, wie ich mich aus dieser misslichen Lage befreien sollte. Ich hatte nicht ausreichend Geld für die Übernachtung in einem Hotel bei mir, doch allein die Nacht an diesem Strand zu verbringen, erschien sogar mir dann doch zu gefährlich.

Es blieb nur eines: Ich musste zum Schiff hinüber schwimmen, aber das waren mindestens 1.000 Meter oder noch mehr. Also ging ich langsam in diesen Atlantik hinein, in dem es immer tiefer und dunkler wurde, hatte meine Schuhe vorher ausgezogen, sie mit Hilfe ihrer Schnürsenkel an meinem Gürtel befestigt, und begann in Richtung Schiff zu schwimmen, das da so weit entfernt, grell von seinen Scheinwerfern beleuchtet, vor Anker lag.

Der Atlantik war sehr ruhig, schon eher spiegelglatt. Bald berührten mich unter Wasser immerzu irgendwelche Geschöpfe. Waren vielleicht Haie, oder andere gefährliche Viecher, die mir da viel zu nahe kamen.

Irgendwann und nach endlos langer Zeit, wie mir schien, hatte ich die Strecke hinter mich gebracht, wenn ich auch zwischendurch auf ihrer Hälfte beinah aufgeben und umkehren wollte. Fand aber noch rechtzeitig heraus, dass das Blödsinn wäre, war ja genauso weit, also schwamm ich weiter. Nachdem ich das Schiff nun erreicht hatte, war ich ziemlich erleichtert, fühlte mich zudem gleichzeitig endlich mal wieder wie ein Held.

Einer der wachhabenden Matrosen, der mich aus dem Wasser und an Bord klettern sah, entwickelte jedoch Gefühle anderer Art und machte am nächsten Tag Meldung beim 1. Offizier, der mich dann zu sich rufen ließ, mir eine Gardinenpredigt hielt und mir damit drohte, mich fristlos zu entlassen, sollte ich noch einmal so einen »unverantwortlichen Mist« machen. Während er mir das erklärte, dachte ich darüber nach, ob die Reederei für den Fall meiner fristlosen Entlassung wohl meine Heimfahrt finanzieren würde und kam zu dem Ergebnis, dass nicht. Meine Kollegen erklärten mir dann auch noch, dass ich verrückt sei und zeigten mir mehrfach den Vogel. Kurt äußerte sich nicht dazu. Kurt war schlau. Ich war froh, als wir endlich die Heimreise nach Hamburg antraten. Wie schon beschrieben, gefiel es mir auf diesem Schiff nicht.

Das Bordklima blieb für mich schlecht und irgendwie düster, und es gelang mir auch nicht, außer zu Kurt, noch weitere freundschaftliche Kontakte herzustellen. Kurt würde im Übrigen das Schiff in Hamburg verlassen, ihm war natürlich gekündigt worden, nachdem er die Einrichtung seiner Einzelkammer fast völlig zerstört hatte. Ich entschloss mich, ebenfalls zu kündigen.

Meine Mutter war sehr verwundert, dass ich nach nur sieben Wochen schon wieder vor ihrer Tür stand, freute sich auch darüber und verwöhnte mich in der Woche, die ich brauchte, um ein neues Schiff zu finden. Ich entschied mich für einen damals sogenannten Super-Tanker, der weltweit eingesetzt wurde. Dieser große Tanker war schon fast eine kleine Stadt für sich, wie ich bald sah, nachdem ich in Bremerhaven an Bord gegangen war.

Wir hatten Messe-Stewards, die uns das Essen an den Tisch brachten, es gab sogar verschiedene Menüs zur Auswahl, da konnte ich schon zum Frühstück ein prima Steak verschlingen. Dann gab es noch einen netten Chinesen, der dort seine Wäscherei führte und trotz seiner vielen Arbeit immer lächelte. Und der immer ziemlich schnell blau war, wenn er mal mit uns feierte. Außerdem hatten wir oben an Deck sogar einen Swimmingpool.

Und dann diese riesige Brücke; es machte mir großen Spaß, wenn ich gerade mal Wachgänger war und dieses Schiff auf Revierfahrten zu steuern hatte. Revierfahrten heißen sie immer dann, wenn man einen Hafen anläuft und die automatische Steuerung wegen häufiger Kursänderungen nicht mehr anwendbar ist. Allerdings muss ich zugeben, dass auf diesem Schiff auch oft Langeweile aufkam. So ein Tanker verlangte wesentlich weniger körperliche Arbeit als ein Frachter. Unsere Arbeitszeiten konnte man schon als geregelt bezeichnen; drei Wachen zu jeweils vier Stunden mal zwei, die auf See und auch in den meist sehr kurzen Liegezeiten im Hafen galten. Überstunden entfielen ganz. Infolge dessen haben wir dort oft ziemlich extrem gefeiert.

BAR

Hoch die Tassen.

Es wurde viel Bacardi getrunken, was dem heute praktizierten Koma-Saufen manchmal schon ziemlich nahe kam. Wenn wir dann dabei auch noch gerade die Karibik durchquerten, oft dabei von wunderschönen Walen, Delphinen und Fliegenden Fischen begleitet wurden, waren das schon sehr heftige Eindrücke, die auch bleiben, und an deren Bilder ich mich gern erinnere.

Eines Nachts, wir waren wieder mal auf Revierfahrt, diesmal in europäischen Gewässern und in der Nähe der Irischen See, liefen wir mit langsamer Fahrt auf den Hafen von Bristol und auf das auf uns wartende Lotsenboot zu; ich war Rudergänger und der 2. Offizier, der Wache hatte, gab mir den zu steuernden Kurs vor, da krachte es plötzlich rechts neben mir. Die dortige Tür, die zum Niedergang (Treppe) zu den Offiziersräumen und zum Kapitänssalon führte, sprang auf, und an mir vorbei stürzte der Kapitän und knallte auf den Boden der Brücke.

Er war offensichtlich volltrunken, rappelte sich auf, drehte sich zu mir und schrie mir mit seinem nach Schnaps stinkenden Atem aus etwa zehn Zentimeter Entfernung ins Gesicht: »Welchen Kurs steuern Sie?« Ich gab ihm Antwort.

Er schrie: »Gehen sie auf 38 Grad!« Er schien überhaupt nicht zu wissen, wo wir uns befanden, hatte sich diesen Kurs mal eben ausgedacht, wollte einfach nur Kapitän spielen. Der 2. Offizier sprang mit einem großen Satz hinzu und rief mir zu: »Nein, nein, alten Kurs beibehalten, nicht ändern.«

Ich änderte also nichts, was ja schon fast so etwas wie Meuterei war. Währenddessen hatte der Kapitän den Maschinentelegraphen entdeckt, über den die Maschine da unten und bei Revierfahrten der Chiefingenieur die Befehle bekam. Er sprang auf diesen zu, riss den Hebel nach vorn auf »Volle Kraft voraus«. Der 2. Offizier sprang hinzu und riss den Hebel wieder zurück auf die absolut notwendige »langsame Fahrt«; wir waren ja im Begriff in den Hafen einzulaufen. Das ging minutenlang so hin und her, und der 2. Offizier wurde dabei vom Alten, der viel stärker war, immer hin und her gerissen, weil er sich in seiner Angst an diesem Hebel so sehr fest geklammert hatte, bis der Chiefingenieur unten aus dem Maschinenraum über die Sprechanlage völlig hysterisch schrie: »Was ist da bei euch los, seid ihr verrückt geworden?« Zusätzlich meldete sich per Sprechfunk ein Mitarbeiter der englischen Hafenbehörde und fragte so Ähnliches. Der war in seiner trockenen englischen Art eher noch sehr ruhig, klang schon beschwichtigend, als hätte er es mit Verrückten zu tun, die man keinesfalls reizen dürfte. Seine Stimme nahm jetzt einen fast therapeutischen Tonfall an, als er darauf hinwies, dass wir auf Grund laufen, wenn wir so weiter machten, und wahrscheinlich explodieren würden. Es wäre also wünschenswert, wir würden uns daran erinnern, dass wir einen Tanker mit 50.000 Tonnen Benzin an Bord steuerten. Der Kapitän hatte nämlich, als er auf den Kompass sah, festgestellt, dass ich mich seinem Befehl zur Kursänderung widersetzt hatte, mich fluchend beiseite gestoßen und den Kurs auf die von ihm erdachten 38 Grad geändert. Das hatte zur Folge, dass wir nicht mehr die Hafeneinfahrt, sondern einen anderen Teil der Küste anliefen. Aber dort gab es keine Einfahrt.

Der 2. Offizier in seiner Angst schrie mir zu: »Holen Sie den 1. Offizier, schnell!« Ich sprang den Niedergang zur Offizierskammer hinunter und riss den 1. Offizier aus dem Schlaf. Währenddessen hatte sich der 2. Offizier gegen den viel stärkeren Kapitän den Platz am Ruder zurück erkämpft.

Das Ganze konnte dann zum Stillstand gebracht werden, denn der Chiefingenieur, der im Maschinenraum vorher die Maschine gestoppt hatte, tauchte plötzlich auch auf der Brücke auf. Mit drei Mann, ich stand wieder am Ruder, gelang es ihnen, den sich immer noch wütend und sich entsprechend wehrenden Koloss von einem Mann zu fesseln. Es wurde so eine Art Ganzkörperfesselung, eine Rundumwicklung mit einem Tampen (Tau). Sie mussten ja sicher gehen. Wir erreichten dann ohne Explosion den Hafen und konnten unsere Ladung löschen. Vielleicht hatte der Alte sich ja umbringen und uns und sein Schiff mitnehmen wollen.

Die Reise war für diesen Kapitän in Bristol zu Ende. Es kam ein neuer an Bord, eine imposante Erscheinung, circa zwei Meter groß, sehr stattlich und zusätzlich mit einem absoluten Charakterkopf versehen. Ein toller Typ, passte so ganz auf dieses Schiff, hätte auch auf ein Segelschiff ums Kap Horn gepasst, dachte ich so; der sah so durch und durch kernig aus.

Von Bristol aus ging es nach New York. Ich war sehr aufgeregt, auch weil ich das große Glück hatte, beim Einlaufen in den dortigen Hafen wieder Rudergänger zu sein. Der Lotse gab mir Anweisungen zu jeweils notwendigen Kursänderungen. Ich verstand ihn trotz seines Slangs. Musste seine Befehle ja wiederholen, das ist Pflicht für den Rudergänger auf einem Schiff, verhindert Missverständnisse. Als mich wegen Wachwechsels ein Kollege am Ruder ablösen sollte, rief der Amerikaner laut und dabei mit seinen Armen nach rückwärts wedelnd: »Don't change the wheel now!«, während er weiter nach vorn durch die Fensterscheibe der Brücke auf die von Tonnen begrenzte und für unser großes Schiff relativ schmale Fahrrinne starrte. Das war auch ein Befehl, na klar, sogar an den 1. Offizier, der auch Wache hatte. Er war also mit mir zufrieden. Er war der erste, wohl auch der letzte Amerikaner, der mit meiner Leistung zufrieden war.

Daran zurückdenkend, war mir das damals wahrscheinlich einen Augenblick lang wirklich wichtig, war ja ein Ami. Einer von denen, die immer im Recht sind, hatte ich in zahllosen Ami-Filmen als Kind gelernt, irgendwas davon bleibt ja immer hängen. Ich war nun 19 Jahre alt und würde auch noch etwas anderes lernen können, hoffentlich.

Der für uns vorgesehene Liegeplatz war noch von einem weiteren Tanker besetzt, als wir einliefen, sodass wir draußen und ganz dicht dran an dieser Freiheitsstatue erst einmal vor Anker gehen mussten. Als der Anker gefallen war, stand ich nun allein auf dem Deck des Vorschiffes, blieb da stehen und starrte völlig fasziniert auf die berühmte Statue, konnte mich einfach nicht von ihrem Anblick losreißen. Diese Statue, die ich bis dahin ja nur aus Filmen oder von Bildern her kannte, hatte in mir ja immer so etwas wie Freiheitsdrang ausgelöst. Nun stand sie mir unglaublich nah gegenüber, und dreidimensional. Dazu die Skyline von Manhattan.

Ich musste plötzlich an die Este denken, sah das leblose Dorf mit seinen Bauern vor mir, und mir fielen auch meine kleine Freundin Imke ein und das kleine Schiff, das bei mir immer Sehnsucht nach der weiten Welt ausgelöst hatte. Was Imke wohl sagen würde, könnte sie mich sehen?

Ich versuchte, mir meinen Weg bis hierher bewusst zu machen. Das musste doch irgendeine Bedeutung haben.

Dieser Unterschied zwischen dem Bauerndorf und diesem mir so mächtig und kraftvoll erscheinenden Hier war so krass, so von Null auf Hundert, wie vom Tod zum Leben. Plötzlich raste ein Motorboot auf das Schiff zu und riss mich aus meinen Gedanken. Der Mann am Steuer schrie: »Hummel, Hummel« und sein Boot entfernte sich mit einer großen Kurve wieder vom Schiff. Das war wohl ein Hamburger in New York. Und ich war nun wieder ein plötzlich versteinertes Flüchtlingskind, das es nicht schaffte, ihm »Mors, Mors« hinterher zu brüllen. Der 2. Offizier hatte das mitgekriegt, er rannte zur Reling und schrie dem Bootsfahrer das nun hinterher, beugte sich, dass der das auch noch hören könnte, dabei weit über die Reling und wäre fast aus großer Höhe über Bord gegangen, weil er seine beiden Hände wie einen Trichter vor seinen Mund hielt, sich also nicht an der Reling festhalten konnte und fast das Gleichgewicht verloren hätte. Er konnte das gerade noch verhindern, grinste mich an, weiß nicht, was er dabei dachte, und ging in Richtung Achterdeck davon. Das war mir sehr peinlich.

Natürlich wollte ich unbedingt in New York an Land gehen. Zwei Kollegen und ich machten uns landfein, fuhren dann mit einem Yellow Cab Richtung Empire State Building. Der Fahrer war sehr freundlich und äußerst gesprächig und wollte in der kurzen Zeit dieser Fahrt so vieles über Deutschland und Europa von uns hören. Wir waren fast am Ziel angekommen, als er uns noch in eine Snackbar zu einer Cola einlud, um seine weiteren Fragen und auch die nach der jüngsten deutschen Geschichte loszuwerden. Mir wurde flau in der Magengegend, wollte nicht darüber sprechen, gab ausweichende Antworten. Er schien das zu verstehen, wechselte mir zuliebe das Thema.

Sehr beeindruckt vom Empire State Building.

Sein Interesse für Deutschland begründete er damit, dass die Amerikaner ja nicht auf diese lange eigene Geschichte zurückgreifen können und, weil sie schließlich in der Mehrzahl von den Europäern abstammten, diese deshalb bei Gelegenheit gern über deren Geschichte befragten, um eigene Wissenslücken aufzufüllen. Seine Vorfahren seien ja schließlich auch aus Europa, woher wisse er nicht, die hätten sich ja irgendwann untereinander vermischt. Und er lachte albern. Wir lachten albern mit, und ich dachte dabei an die amerikanische Geschichte, die sich, selbst wenn es noch nicht einmal eine lange war, auch nicht mit Ruhm bekleckert hatte. Millionen ermordeter Indianer, die gesamte Sklavenzeit, der jetzige Vietnam-Krieg, die fast vollendete Ausrottung von Millionen von Büffeln ...

Ich behielt meine Gedanken für mich, es war auch zu wenig Zeit. Draußen vor der Snackbar auf der so breiten Straße wälzte sich zähfließend der Verkehr mit eher Stillstand als Bewegung, als wollten sich all diese riesigen Straßenkreuzer gegenseitig blockieren oder ersticken.

Doch wir waren jung, wollten auch so ein Auto, sagten uns das auch. Diese Benzin fressenden Kisten waren nämlich einfach grandios anzusehen, und Umweltschutz war damals ja fast noch ein Fremdwort. Dann endlich das Empire-State-Building. Die Eingangshalle kannte ich aus irgend so einem Hollywood-Schinken, mit Doris Day oder so, den Fahrstuhl auch. Das war alles genauso wie in diesem Film und sehr beeindruckend und groß, also sehr amerikanisch. Fünf Stunden blieben uns, dann hatten wir wieder Ladungswache. Wir besuchten noch eine große Bar, dort spielte mitten am Tag eine tolle Blues-Band. Der schwarze Kellner kam bald an unseren Tisch, um uns mit traurigem Gesichtsausdruck zu erklären, dass die Preise sich ab 16 Uhr verdoppeln würden. Er wusste wohl aus Erfahrung, dass deutsche Seeleute immer wenig Geld in der Tasche hatten. Damals war der Umtauschkurs für uns sehr schlecht. Für 20 DM gab es lediglich 5 US-Dollar. Also mussten wir gehen. Verloren uns dann in ein großes Kaufhaus und trafen darin eine sehr freundliche alte Dame, die uns auf Deutsch ansprach und uns fragte, ob wir denn Deutsche seien. Sie erzählte uns, dass sie während des Krieges aus Deutschland geflüchtet sei. Sie sei Jüdin. Dann gestand sie uns noch, dass sie Deutschland sehr vermisse. Sie sagte noch nicht einmal: »Trotz allem.« Ich hörte ihr dennoch weiterhin gerne zu, fragte sie vieles über ihr jetziges Leben hier in Amerika. Sie schien mir so verloren in dieser riesigen Stadt, so klein und alt wie sie war.

Wir gingen nun noch in ein Kino auf dem Broadway und wunderten uns darüber, dass die Zuschauer manchmal laut klatschten, als könnten die Filmschauspieler das auch hören. Irgendwie landeten wir zum Abschluss noch in einer Bar mit einem schier endlos langen Tresen und einer großen Anzahl von ziemlich attraktiven american girls, die hinter dem Tresen mit lautem, amerikanischen Geschnatter und Gekicher für das Wohl der Gäste sorgten. Eine von ihnen, die weiter weg von mir bediente, fand ich besonders attraktiv, und das erzählte ich dem Barmann, der uns bediente. Ich fragte ihn: »Warum ist sie mit ihrem Aussehen nicht in Hollywood?« Der Barmann gab das sofort laut an sie weiter, so wie ein Ami halt, daran hatte ich nicht gedacht. Sie drehte ihren Kopf, sah mich ziemlich lange und ernst an und sagte dann: »Wenn ich in Hollywood sein sollte, dann sollte er es auch.«

Das hat mich völlig verwirrt, diese Reaktion hätte ich doch nie erwartet, wollte überhaupt keine Reaktion, hätte sie das ja sonst selbst gefragt.

Ich packte meine Utensilien zusammen, versuchte gleichzeitig, meine plötzlich wieder so verworrenen Gedanken zu ordnen und veranlasste die beiden Kollegen, mit mir schnell diese Bar zu verlassen. Hauptsache weg da. So war ich damals, hatte oft keine Peilung, wie ich mit aufkommenden Gefühlen umgehen sollte, ließ mich viel zu sehr von irgendetwas beeindrucken, hier wahrscheinlich von der Schönheit dieses american girl, die mir gleichzeitig diese Gefühle verbot. Wollte nicht enttäuscht werden oder enttäuschen, oder beides. Die Kollegen kommentierten mein merkwürdiges Gehabe nicht, und das schöne Girl hatte sich gleich wieder nach ihrem von mir unerwarteten Kommentar abgewandt. Sie lächelte noch nicht einmal, eine blöde Kuh war das jetzt. Vielleicht hatte sie mit ihrer Antwort nur ihre realistischere Einschätzung der Chancen, nach Hollywood zu kommen, darstellen wollen, ihre und meine, und ich war somit ›die blöde Kuh‹, dachte ich dann später. Oder ich hatte sie mit meiner Frage, warum sie nicht in Hollywood sei, sogar ›mitten in ihre Seele getroffen‹.

Insgesamt war ich mit unserem Tanker noch fünfmal in New York und zweimal in Boston.

Eines Tages hieß es, wir würden von der dortigen Raffinerie, und wieder beladen mit Benzin, nach Vietnam fahren.

Wir sollten dort das amerikanische Militär mit diesem Benzin beliefern. Da es sich damit um eine Reise in ein

Kriegsgebiet handeln würde, sollten sich Besatzungsmitglieder, die damit nicht einverstanden wären, beim 1. Offizier melden, der dann deren Heimreise nach Deutschland per Flugzeug und auf Kosten der Reederei veranlassen würde.

Ich war damit nicht einverstanden, weil ich diesen Krieg da in Vietnam hasste und meldete mich bei ihm. Anders als erwartet, standen da bereits einige Kollegen. Die Reise wurde schließlich nicht durchgeführt, da mehr als die Hälfte der Mannschaft nicht mitmachen wollte. Ich fand das natürlich sehr gut, war allerdings gleichzeitig auch enttäuscht, dass ich nun nicht über den Atlantik nach Hause fliegen würde. Wäre gern mal hoch geflogen.

Unsere anschließende Reise ging stattdessen nach Aruba, einer kleinen Insel irgendwo vor Venezuela. Eines Nachts inmitten der Karibik in der Nähe des Bermuda-Dreiecks hatte ich wieder Wache und war wie in jeder Nacht aufs Neue ganz hingerissen von diesem wunderschönen Sternenhimmel mit seinen riesengroßen Sternen darin. Die manchmal fast herunterfallen wollten, und ich erfreute mich an diesem einmaligen karibischen Flair, während unser großes Schiff majestätisch und fast geräuschlos durch die ruhige See glitt. Es hatte noch eine Dampfmaschine, die verhinderte, dass großer Maschinenlärm entstehen konnte. Plötzlich sah ich unten an Deck auf der vorderen Hälfte des Schiffes eine sich aus der fast vollendeten Dunkelheit heraushebende große weiße Gestalt.

Die Gestalt duckte sich mit einem plötzlichen Ruck zusammen und hinter einen der dortigen, etwa einen Meter hohen runden metallenen Tankdeckel, versteckte sich dahinter, versuchte dann ganz vorsichtig, um den Tankdeckel herum zu sehen, wollte wohl erkunden, ob die Luft rein war, sprang dann wieder auf und hechtete zum nächsten Tankdeckel, um sich hinter ihm wieder schnell tief geduckt zu verbergen. Dann war der nächste Tankdeckel dran, und so ging das eine Zeit lang weiter. Weiße Unterwäsche trug diese Gestalt, sonst nichts, und sie war unser Kapitän. Dieser Kapitän, der mich doch bei seinem Antritt so nachhaltig beeindruckt hatte, weil er mir so kernig erschien. Ich wusste nicht, welches Spiel er da spielte, so ganz mit sich allein und wahrscheinlich volltrunken.

Musste den 2. Offizier nun auf ihn aufmerksam machen, doch der hatte den ebenfalls bemerkt, schüttelte missmutig seinen Kopf, sagte, ich müsste für ein paar Minuten allein auf der Brücke bleiben, er würde den Kapitän in dessen Salon bringen. Das war aufregend, allein da oben auf der Brücke. Ich sah ihm nun dabei zu, wie er sich dem Kapitän langsam und vorsichtig da unten an Deck näherte. Mit leiser Stimme sprach er beruhigend auf ihn ein, fasste ihn schließlich um seine Schulter, nachdem dieser sich langsam zu seiner vollen Größe aufgerichtet hatte, und ging mit ihm zu einer Tür, in der beide verschwanden. Wenige Minuten später war er wieder auf der Brücke, sagte: »Das ist noch einmal gut gegangen.« Ich sagte: »Hm«, und wir sprachen nicht weiter darüber, mussten die gemeinsame Wache fortsetzen. Vielleicht hatte der Kapitän ja geglaubt, er befände sich in einer Art Kriegseinsatz, hatte gerade nicht mehr gewusst, dass der Krieg schon lange beendet und verloren war. Wollte weiter kämpfen, immer weiter.

Diese Nacht wurde dann nach Ende meiner Wache um vier Uhr morgens noch in anderer Weise zu einer ganz besonderen. Ich ging zum Achterschiff und in meine Kammer. War müde, wollte bis zum Frühstück um 8.00 Uhr noch schlafen. Das sollte nicht klappen, weil aus der angrenzenden Kammer in größter Lautstärke ein Song der Beatles ertönte: »I'm a loser, I'm a loser ...«, und der nebenan wohnende Matrose grölte diesen Song, so laut er es konnte, mit. Schien richtig überzeugt davon, ein »loser« zu sein, wollte das scheinbar ausleben. Das war mir egal, ich klopfte nun nachdrücklich, also viel zu laut, an die dazwischen liegende Wand und rief: »Ruhe!« Sekunden später sprang meine Tür auf, in ihrem Rahmen stand der Matrose. Er schnaubte wie ein wilder Stier, hatte Schaum vorm Mund, seine Hände hatten weiße Knöchel, er umklammerte mit ihnen eine Feueraxt, die er von der angrenzenden Wand auf dem Gang gerissen haben musste, schwang diese hoch über meinen Kopf, wollte mir den Schädel spalten. Blitzartig sprang ich zur Seite, und die Axt landete im Fußboden meiner Kammer. Ich rannte davon. Er verfolgte mich laut grölend mit der Axt in seinen Händen, die er um seinen Kopf kreisen ließ, als ob er sie gleich auf mich schleudern wollte. Ich war schneller als er, der war nämlich so breit wie hoch, war früher an Land außerdem Schlachter gewesen, konnte also mit einer Axt umgehen. Doch er konnte nicht schnell laufen, war außerdem volltrunken. Ich entkam ihm schließlich nach oben und an Deck und wartete ab.

Irgendwann tauchte er tatsächlich da auf, war jetzt ohne Axt und kleinlaut, und wie mit einem Schlag war er nüchtern und entschuldigte sich mit gesenktem Kopf bei mir. Er hat nach diesem Vorfall nie wieder an Bord auch nur einen Tropfen Alkohol getrunken.

An einem der kommenden Tage hatte ich so gegen 14.00 Uhr wieder Wache und stand am Ruder, als unser Kapitän, diesmal bekleidet mit seiner Uniform, deren viele Knöpfe aufgeknöpft waren, ziemlich betrunken auf die Brücke stürzte und den 3. Offizier, der auch Wache hatte, anschrie: »Wann sind wir in New York?«

Da kamen wir ja nun gerade her. Der 3. Offizier ignorierte deshalb den Kapitän und seine Frage und schaute weiter nach vorn in Fahrtrichtung. Der Alte versuchte jetzt nachzudenken, zögerte, schüttelte dann verständnislos seinen Charakterkopf und verschwand wieder.

Hatte wohl was gemerkt, irgendwas. Kaum war er verschwunden, drehte der 3. Offizier so richtig auf, begann, in der großen und breiten Brücke plötzlich hin und her zu rennen, rief immer wieder: »Wann sind wir in New York, wann sind wir in New York?« Er hielt sich dabei den schwarzen Lichtschutz des Radargerätes, der fast die Form eines Trichters hatte, mal vor den Mund, mal vor seine Augen. Imitierte damit nun ein Fernrohr, wollte New York sehen. Seine Darstellung war absolut witzig, der hatte richtig komödiantisches Talent, und ganz offensichtlich gefiel ihm sehr, dass ich großen Spaß hatte an seiner Show. Er wollte ja überhaupt nicht wieder aufhören, da hin und her zu rennen. Der 2. Offizier kam wegen des Wachwechsels hinzu, und die beiden berichteten mir zugewandt noch von anderen Alkoholexzessen auf Tankern, die sie erlebt hatten. Ich wunderte mich darüber, dass sie beide darüber vor einem Mannschaftsmitglied sprachen, mich direkt einbezogen. Vielleicht wollten sie mich auf meine Zukunft vorbereiten. Auf jeden Fall machte mich das alles nachdenklich und auch enttäuscht davon, dass der Kapitän eines solchen großen Schiffes so tief sinken konnte. Je größer das Schiff, desto unfähiger also der Kapitän, oder umso größer sein Alkoholbedarf? Wahrscheinlich war einer der Gründe dafür, dass sie auf solchen Tankern nichts als Langeweile empfanden, denn sie hatten eigentlich ja nichts mehr zu tun, waren völlig überflüssig. Für die anfallenden Arbeiten inklusive Wache gehen waren ja die drei Offiziere zuständig.

Später entstand innerhalb der Medizin die Diagnose der »Tankeritis«. Das benannte einen Krankheitszustand bei Tankerkapitänen, der irgendwann zwangsläufig entstand, wenn sie nicht zwischendurch mal auf anderen Schiffen fuhren. Entlassen wurde dieser Kapitän nicht, er zeigte sich allerdings auch nur noch selten. Erschien dann jedenfalls unauffällig. Nachweislich nüchtern und in Uniform sah ich unseren Kapitän dann wieder, als wir viel später im Hafen von Hamburg einliefen. Ich hatte vorher gekündigt. Meine Eltern hatte ich darüber per Brief in Kenntnis gesetzt, und sie standen tatsächlich am Kai, an dem wir dann festmachten. Sie strahlten und winkten mir zu, kamen so richtig aus sich heraus. Unser Kapitän war oben auf der Brücke und zeigte sich beim von mehreren Schleppern unterstützten Anlegemanöver hin und wieder oben in der Nock (das ist eine nicht überdachte, an die Brücke auf beiden Seiten angrenzende Plattform) in seiner Uniform und in seinem besten Licht. In Hamburg sollten ja auch Vertreter der Reederei an Bord kommen. Vielleicht hatte er auch Angehörige, die ihn besuchen würden. Auf meinen Vater machte der Kapitän großen Eindruck. Er konnte sich kaum über den, wie er es nannte, so »bedeutenden« Anblick dieses Kapitäns beruhigen und hatte Ehrfurcht vor dessen Verantwortung. Er war also genauso beeindruckt von ihm wie ich am Anfang. Natürlich waren meine Eltern auch stolz auf mich. Je größer also das Schiff, desto größer der Stolz der Eltern, logisch. Eltern wollen stolz sein, und Größe erzeugt Stolz. Als ich dann zu Hause meinen Vater über diesen Kapitän aufklärte, glaubte er mir nicht oder wollte es nicht. Vor allem meine ausführliche Schilderung des Alkoholmissbrauchs schien ihm zuwider. Er war ja selbst mittlerweile Alkoholiker, fühlte sich durch meine Erzählungen offensichtlich in die Enge gedrängt, bat irgendwann darum, das Thema zu wechseln.

In der nun freien Zeit dachte ich sehr viel nach. Da ich kein Abitur hatte, hätte ich, um ein nautisches Patent für die ›Große Fahrt‹ erwerben zu können, vorher das Fachabitur machen müssen. Hätte ein Jahr gedauert plus Schule von insgesamt drei Jahren; das erschien mir zu aufwändig, zumal ich mir oft nicht sicher war, ob ich denn für immer zur See fahren wollte. Also blieb nur die ›Kleine‹ bzw. ›Mittlere Fahrt‹. Die dazu gehörenden Patente dauerten insgesamt weniger als zwei Jahre. Außerdem würde ich mit einer sogenannten Ausnahmegenehmigung auch auf ›Große Fahrt‹ gehen können.

Die erforderliche Seefahrtzeit von fünf Jahren hätte ich bis zum Beginn dieser Seefahrtschule erfüllt. Ich meldete mich also an.

Für die Zeit bis zum Schulbeginn suchte ich mir wieder ein Küstenmotorschiff, ein sogenanntes Kümo. Kleine Fahrt also, England, Frankreich, Portugal, Finnland, Russland. Ein schönes Schiff, so etwa 70 Meter lang, und es lag im Wasser wie ein Brett, konnte sich gegen größte Wellen wehren, wie ich im Laufe der Zeit oft erlebte.

Diesen Seegang hatte ich auf dem Tanker oftmals vermisst.

Für mich hatte die *Esso Hamburg* nichts mehr mit eigentlicher Seefahrt zu tun, der Tanker konnte sogar die allergrößten Stürme, die ich im Atlantik mit ihm erlebt hatte, so weg drücken, als gäbe es sie gar nicht. Auf diesem Kümo blieb ich dann die mir noch fehlenden sechs Monate. Es war insgesamt eine sehr schöne Zeit, eigentlich meine beste Seefahrtzeit, war ähnlich wie auf der gesunkenen *Marianne Wehr*. Wir waren auch dort eine gute Mannschaft, hatten neben der vielen Arbeit auch viel Spaß miteinander. Ich hatte besonders großen Spaß daran, dass wir während etwa zweier Monate eine Art von Pendelverkehr zwischen Lissabon, Porto, Göteborg und Malmö durchführten. Von Lissabon und Porto aus transportierten wir überwiegend Portwein nach Malmö und Göteborg, und zurück dann Stückgüter verschiedener Art. Mussten dabei jeweils die Biskaya mit ihren manchmal schon extremen Stürmen durchqueren, schien hin und wieder schon kritisch zu werden, wenn einer dieser scheinbar endlos hohen Brecher das relativ kleine Schiff so ungünstig traf, dass man schon glaubte, es würde nun zerbrechen. Das klang dann jedes Mal so, als würden sich die Bordwände jetzt mit lang anhaltendem metallischem Schrei wehren und trotzdem aufreißen. So wie es vielleicht klingen würde, wenn eine Lokomotive mit Tempo 200 eine ihr entgegen kommende längs berühren und ihre Wände dabei aufreißen würden.

In Lissabon lernte ich Christina kennen. Sie war eine schöne, warmherzige, liebevolle Frau, und sie häkelte mir eines Tages einen großen weißen, mit einem Drahtgestell von ihr in Form gebrachten Schwan, den ich eines Morgens durch das erwachende und wunderschöne Lissabon vor mir her zum Schiff tragen musste. Sie bestand darauf, ich konnte diesen Weg nicht verhindern. Portugal unterlag damals noch einer Diktatur, doch wurden die misstrauischen Blicke zweier Polizisten, die mich unterwegs plötzlich anstarrten, wett gemacht durch das verständnisvolle Lächeln einiger Frauen, das mich mit diesem großen Schwan in den Armen immer mal begleitete. Ich war schon froh, als ich endlich an Bord ankam, der Weg dahin war mir diesmal viel länger erschienen als sonst immer. Außerdem wollte ich auch nicht verhaftet werden, schon gar nicht in einer Diktatur. Hatte keine Papiere bei mir. Die hatte ich an Bord vergessen, als ich am vergangenen Abend so schnell ich konnte an Land gestürmt und auf meinem schnellen Lauf durch den hügeligen Stadtteil plötzlich inmitten eines Wohnzimmers gelandet war, mit vielen von meinem Besuch völlig überforderten, fast entsetzten, auf dem Fußboden sitzenden Portugiesen. Das war mir sofort absolut peinlich, und weil ich kein Portugiesisch sprach, rief ich laut: »Sorry«, verbeugte mich vor ihnen und rannte wieder hinaus. Ich durfte Christina auf keinen Fall verpassen. Sie arbeitete in einer Bar.

Christina aus Lissabon.

Infolge der Weinladungen klauten wir aus dem Laderaum bei jeder Reise eine Kiste Portwein, oder zwei. In Schweden fanden sich dann jedes Mal nette Mädchen an Bord ein, weil wir dicht an der Stadt im dortigen Hafen lagen, und weil die auch gerne Wein tranken. Also: »Eine Seefahrt, die ist lustig«, jedenfalls manchmal, und wir waren jung.

Größte Freude bereitete mir in dieser Zeit ein Erlebnis von ganz anderer Art, das ich in einem kleinen idyllischen Hafen hatte, der an der Südostküste Englands lag. Wir würden dort übers Wochenende liegen, hieß es, und der Alte und der Steuermann fuhren deshalb nach Hause. Wir, die Mannschaft, hatten also sturmfreie Bude, die natürlich zu einer heftigen Feier einlud. Wozu denn sonst?

Ich hatte eine großartige Idee. Ich schrieb auf ein großes Stück Pappe: »Tonight, big Party on german motorship« mit nem Pfeil daran, wie es zu diesem ship ging und hängte es an einer der dortigen Hauswände auf. In England. Ein Großteil der Mannschaft war gar nicht überzeugt davon, dass dieses Schild zum erwünschten Kennenlernen der auch dort bestimmt vorhandenen pretty girls führen würde und ging lieber an Land, um sie dort aufzuspüren. Ein Kollege aber vertraute mir und diesem Schild und blieb. Nun saßen wir da in meiner frisch geputzten Kammer und warteten gemeinsam mit den aufgebauten, anfangs noch kühlen Getränken und dem Plattenspieler auf Erfolg. Der ließ aber weiter auf sich warten, und wir wollten nach mehreren Stunden des erfolglosen Wartens gerade sehr enttäuscht und an meiner Idee zweifelnd aufgeben und in die Koje gehen, als plötzlich über uns oben an Deck und wie Engelsklang die Geräusche von Stöckelschuhen auf uns hernieder schallten. Beinahe hätte ich ein Dankesgebet gesprochen, und mein vorher schon fast erkaltetes Herz begann wieder zu klopfen, wurde wieder warm.

Wir sprangen auf und der Liebe entgegen, begrüßten die beiden pretty girls, die da erschienen, mit englischen Vokabeln, und sie lachten und erklärten auf Deutsch und mit bayerischem Dialekt, dass sie aus Bayern seien und kurz vor ihrem Abitur hier in England als Austauschschülerin. Dies führte zu einem absolut unverkrampften Kennenlernen, und es wurde eine wunderschöne Nacht. Sie hieß Bärbel, war sehr groß und sehr hübsch, hatte lange Haare, und sie und ich, wir stürzten uns sofort aufeinander. Ich verliebte mich jedenfalls im Laufe der Nacht in sie, während der wir uns unterhielten, Musik hörten und viel lachten, auch über mein »Big-Party-Schild«, ohne das wir uns nicht kennengelernt hätten. Sie war ein besonderes Mädchen. Als ich sie dann durch den beginnenden Morgen durch diese idyllische kleine und sehr gepflegte englische Hafenstadt nach Hause zu ihren Gasteltern brachte, küsste sie mich plötzlich; das war sehr schön und wollte nicht wieder enden, und ich hatte wahrscheinlich vorher ›eine Chance verpasst‹, wie mir jetzt schien, und wir waren traurig, denn bereits am kommenden afternoon würde sie mit ihren Gasteltern für einige Tage nach Schottland fahren, wir konnten uns also nicht wiedersehen. Später haben wir uns einige Male noch geschrieben und Fotos ausgetauscht. Und noch später wollte ich nur ihr etwas mitteilen, weil sie ein ganz besonderes Mädchen war. Während der Zeit meines Schulbesuches wohnte ich bei meinen Eltern. Meine Mutter freute sich, mich wieder im Haus zu haben. Mein Vater hatte mittlerweile eine Stelle als Technischer Zeichner in einer Baubehörde gefunden. Es schien, als würden die beiden endlich zur Ruhe kommen. In einer der Nächte zu Hause hatte ich dann jedoch den ersten einer ganzen Reihe von ganz besonderen Träumen.

Ich träumte, dass es an der Wohnungstür klingelte und ich sie öffnete. Mein Bruder stand vor der Tür. Wortlos nahm er seinen Koffer auf, ging durch die Wohnung unserer Eltern bis zum Wohnzimmerfenster und starrte dann hinaus. Am darauf folgenden Morgen klingelte es, ich öffnete die Tür, mein Bruder stand vor der Tür, nahm wortlos seinen Koffer auf, ging zum Wohnzimmerfenster und starrte hinaus. Das war absolut identisch mit meinem Traum, so als liefe ein Film ab. Da war nichts anderes, nichts Zusätzliches und nichts Fehlendes. Keiner von uns konnte doch wissen, dass mein Bruder plötzlich kommen würde. Wir wussten doch, er war in Pakistan, arbeitete seit etwa einem Jahr als Seemann auf einem norwegischen Versorgungsschiff, das die Küsten Pakistans belieferte.

Eine traurige Entwicklung bahnte sich an und unsere Eltern kamen nicht mehr zur Ruhe, nie wieder. Wie sich bald herausstellte, hatte mein Bruder TBC, dazu noch einen Nervenzusammenbruch, der es ihm für viele Monate unmöglich gemacht hätte, überhaupt zu arbeiten.

Seine langjährige Freundin hatte Schluss gemacht, wie er irgendwann berichtete. Das hat er nicht verkraftet. Sie sah keine Zukunft für ein Leben mit einem Seemann. Ich wusste, dass die seine große Liebe war, hatte das nie verstanden, mochte die nicht. Das Versorgungsschiff dort in Pakistan lief unter norwegischer Flagge, mein Bruder war nicht krankenversichert.

Ein wirklich ganz hervorragender Lungenfacharzt in Hamburg rettete ihm durch seine Behandlungen nicht nur das Leben, er erreichte es durch seinen persönlichen Einsatz sogar, dass die See-Krankenkasse in Hamburg meinen Bruder nachträglich unter Versicherungsschutz nahm. So etwas wäre in der heutigen Zeit nicht mehr vorstellbar. An diesen Lungenfacharzt werde ich mich auch deshalb erinnern, weil er außerdem Kettenraucher war. In seiner Arztpraxis stand in fast jedem ihrer Räume ein Aschenbecher. Sie alle waren immer mit brennenden Zigaretten bestückt, und er bediente sich im Vorübergehen. Seine offensichtliche Nikotinsucht kommentierte er manchmal mit einer besonderen Art von Galgenhumor.

An der Seefahrtschule musste ich während der folgenden neun Monate nun Nautik erlernen, die Seestraßenordnung, Physik mit festem und halb festem Magnetismus, wie man zur Ortsbestimmung auf hoher See »Sterne mit einem Sextanten schießt« und viel anderen Kram. Das machte mir Spaß, ich sah ja darin außerdem ein sinnvolles Ziel, und das Lernen fiel mir leicht. Bestand die Prüfung mit ›gut‹. Nun war ich also Steuermann, war Vorgesetzter, würde der Vertreter des Kapitäns sein, tolles Gefühl. Getrübt wurde meine Freude durch das sich nun wieder so scheinbar hoffnungslos entwickelnde Leben meines Bruders und meiner Eltern.

Hoffnung, wenn auch ganz anderer Art, gab mir in dieser Zeit, es war das Jahr 1968, dass sich in Deutschland endlich etwas bewegte, es wurde heftig demonstriert, sie wollten damit die alten, ja immer noch vorhandenen Verkrustungen endlich aufbrechen. Ich war längst zu einem begeisterten Fan Rudi Dutschkes geworden, hätte ihn und seine Mitstreiter niemals kritisiert. Sie machten ja das, woran ich immer nur gedacht, mich aber nie daran beteiligt hatte. Rudi wurde für mich zu einer Art Sinnbild notwendiger Veränderungen. Sinnbilder sind wichtig.

Später einmal, ich war nun Steuermann auf meinem neuen Schiff, und wir lagen nachts und in dichtestem Nebel kurz vor London auf der Themse vor Anker, weil unser Radargerät seinen Geist aufgegeben hatte und wir in diesem dichten Nebel ohne es nicht weiterfahren konnten, hatte ich dazu mit dem uns begleitenden englischen Lotsen eine Diskussion. Er wollte meine Auffassung, dass diese Veränderungen für Deutschland längst notwendig und schon lange überfällig wären, überhaupt nicht teilen. Er hielt sie sogar für eine Gefahr für Europa, und ich konnte ihn von nichts Anderem überzeugen. Als ich ihm gerade erklären wollte, dass ich selbst gern dabei agieren würde, knallte es plötzlich laut vorne am Bug des Schiffes, es bekam sofort starke Schlagseite, richtete sich dann aber langsam wieder auf.

Ein anderes Schiff hatte es infolge des dichten Nebels und der Unachtsamkeit oder Blödheit der Schiffsführer gerammt und dem Schiff glücklicherweise nur weit über der Wasserlinie eine tiefe Delle verpasst, wie ich gleich anschließend sah. Der rammende Gegner verschwand in diesem Nebel, so wie ein ›Fliegender Holländer‹, und wir haben nie herausgefunden, wer dieser Täter war. Der war wahrscheinlich betrunken oder war gar kein Täter, sondern einer, der mich nur auf das vor mir Liegende, das in Holland passieren würde, stoßen und mich warnen wollte.

Dieses Schiff hatte ich nach Abschluss der Seefahrtschule gefunden. Gleich bei meiner ersten Anfrage fand ich einen Reeder, der mich telefonisch zu einem Vorstellungsgespräch in sein Haus einlud. Dieses Gespräch verlief so ganz anders als alle anderen, die ich früher erlebt hatte. Wie er und seine Frau, und, als wären sie schon lange davor gleichzeitig für immer erstarrt, dabei unbeweglich und dicht nebeneinander auf ihrem Plüschsofa saßen und mich misstrauisch beäugten, weil sie dadurch herausfinden wollten, ob sie mir ihr Schiff anvertrauen konnten, waren sie mir schon unheimlich.

Selbst als er mir davon erzählte, dass er unheilbar krank sei, hat das nichts an meiner Abneigung geändert. Ich unterschrieb trotzdem den bereits vorbereiteten Arbeitsvertrag, der da von Anfang an auf deren Glastisch lag und war froh, als das Gespräch vorüber war und ich endlich dieses Haus verlassen konnte. Etwa eine Woche danach fuhr ich dann mit dem Zug nach Amsterdam, im dortigen Hafen lag mein neues Schiff. Ich kam gegen 21.00 Uhr mit einem Taxi dort an und sah dieses Schiff da liegen, schwach beleuchtet vom fahlen gelben Licht der Lampen am Kai. Es war kalt, Februar.

Seine Ladebäume waren aufgerichtet, um die Ladeluken frei zu haben, und diese Ladebäume erzeugten jetzt etwas wie ein langsam anwachsendes bedrohliches Bild, so als würde ein gefährliches Tier mir immer näher kommen und dabei immer größer werden, und ein absolut ungutes Gefühl entstand in mir. Eigentlich sah es nicht anders aus als jedes andere dieser Baureihe, dennoch überkam mich diese Abneigung. Ich wollte wieder umkehren, besann mich aber auf die Folgen, wenn ich den Arbeitsvertrag nicht einhielt. Also schob ich diese Gefühle beiseite und ging an Bord. Traf dort einen Decksmann, mit dem ich auf seine Einladung hin noch in seiner Kammer ein Bier trank. Wollte von ihm mehr über Schiff und Mannschaft erfahren. Der Kapitän war abends an Land gegangen, den sah ich erst am kommenden Morgen. Der Decksmann, der wohl vor mir schon einige Biere getrunken hatte, erzählte mir irgendwann in der Nacht davon, dass er damals in seiner Heimat einen Polizisten erstochen und im Wald vergraben hätte, und er grinste mich dabei provozierend an. Wahrscheinlich wollte er mir damit schon für die zukünftige Zusammenarbeit klar machen, dass ich mich ihm gegenüber vorsichtig zu verhalten hätte. Irgendwie Vergleichbares hatte ich auf anderen Schiffen noch nicht erlebt. Als Krönung berichtete er dann noch, dass der Kapitän ziemlich viel saufen würde, aber ansonsten sei die Mannschaft ganz gut. Am nächsten Morgen stand ich nun vor einer neuen Wirklichkeit, war nun Vorgesetzter und Stellvertreter des Kapitäns.

Mein Aufgabengebiet war recht umfangreich. Ich hatte die Arbeitseinteilung der Decksbesatzung vorzunehmen, sie zu überwachen, musste die Ladungs- und Stauarbeiten der Hafenarbeiten organisieren, dabei dafür sorgen, dass bei Stückgutladungen die einzelnen Güter am richtigen Platz, also die Stabilität herstellend und erhaltend, im Laderaum verstaut wurden. Stabilität ist wichtig. Auf See hatte ich unter Zuhilfenahme der Seekarten den Kurs zu berechnen, durch Peilungen Ortsbestimmungen auf See vorzunehmen und natürlich Wache zu gehen.

Früh am Morgen frühstückte ich mit dem Kapitän in der Offiziersmesse. Er war so Mitte dreißig, ich 23 Jahre. Ich entschied ziemlich schnell, dass er so einer ohne Skrupel sei, einer von den Typen, die ich noch nie mochte. Was ich dachte, konnte er nicht wissen, aber so wie ich ihn einschätzte und auch später kennenlernte, wäre ihm das auch völlig egal gewesen. »Das wird nichts von Dauer«, dachte ich. Er mochte mich auch nicht, wie mir schien.

Nach dem Frühstück ging ich in die Mannschaftsmesse und stellte mich vor. Ich traf auf fünf sympathische junge Männer, die dort saßen und mich erst einmal beäugten. Einer von ihnen war Araber, er bezeichnete sich damals gern als Palästinenser. Sie alle waren, bis auf den ihnen vorstehenden Matrosen, angelernte Decksmänner.

Der Matrose war ein sehr von sich überzeugter junger Mann und versuchte anfangs einige Male, mich und meine Anordnungen zu umgehen, indem er mit dem Kapitän und gegen mich Entscheidungen suchte, die meine vorher ergangenen Anweisungen zu Arbeitsabläufen an Bord unterlaufen hätten.

Das hätten sie auf Veranlassung des Kapitäns mit dem vor mir dort arbeitenden Steuermann auch immer so gemacht, wie er mir später dazu erklärte. Mit dem Kapitän eine Klärung herbeizuführen, erschien mir von vornherein aussichtslos, also legte ich dem Matrosen meine Auffassung von Teamarbeit dar, verlangte dabei, dass er sich darin einzufinden habe. Gleichzeitig übertrug ich ihm viel mehr Verantwortung, als er sie vorher hatte. Mein beharrlich gleich bleibendes Vorleben meiner Auffassung führte schließlich dazu, dass er den Kapitän und dessen versoffene Betrachtungsweise, soweit es möglich war, links liegen ließ und sich zu meinem regelrechten Fan entwickelte. Leider hat er dann irgendwann gekündigt, wollte mal wieder auf große Fahrt gehen. Ich hatte nun keine wirkliche Vertrauensperson mehr, dachte ich.

Mit dem Kapitän eine wirkliche Zusammenarbeit zu suchen, hatte ich ziemlich bald aufgegeben. Ich behaupte, »echten« Alkoholikern sind Gemeinsamkeiten mit anderen von Haus aus fremd, es sei denn, die sind selbst Alkoholiker und vielleicht dann, wenn es um Stoff geht. So einfach ist das, und so schwer ist es trotzdem, mit ihnen umzugehen und auch noch zusammenzuarbeiten. Das wurde also von Anfang an eine überwiegend unerfreuliche Zeit auf diesem Schiff. Zu oft besoff sich der Alte und wunderte sich später manchmal über das, was in der Zwischenzeit so alles passiert war. Benahm sich beinah schon so, wie der sich überflüssig fühlende Kapitän damals auf dem Super-Tanker.

Eines Tages lagen wir in einem englischen Hafen und warteten darauf, dass Hafenarbeiter kämen, um unsere Ladung zu löschen. Es war ein Samstag. Irgendwann aber erschien der englische Makler an Bord, um mir freudig mitzuteilen, dass wir ins Wochenende gehen könnten, die Hafenarbeiter kämen erst am Montag, um die Ladung zu löschen.

Als ich diese Nachricht dem Kapitän überbrachte, hatte er plötzlich Lust, sich mal mit der gesamten Mannschaft zu besaufen, gab sich zugänglich, versuchte sofort, witzig zu sein. Erzählte wieder den einzigen Witz, den er kannte. Jedenfalls war diese dann folgende Sauferei wohl seine Art, seinen Teamgeist zu beweisen.

Aber ich machte auch mit. Verfügbar war nur 75-prozentiger russischer Wodka, ohne Russen, aber nach einigen Stunden mit plötzlich großem Lärm an Bord. Ich war wie alle anderen auch sturzbetrunken, sah dann trotzdem noch, dass das Schiff plötzlich von Hafenarbeitern regelrecht bevölkert war.

Die waren überall, so wie Ameisen in ihrem Ameisenhaufen, kam es mir in meinem Suff schon vor. Und sie waren nicht aufzuhalten, ich erfuhr nur, dass der Reeder telefonisch dafür gesorgt hatte, dass die Ladung noch an diesem Samstag gelöscht werden würde. Ein Wochenende lang dort zu liegen, wäre vor allem wegen daraus entstehender Liegegebühren für ihn zu teuer geworden – es geht ihnen immer nur um Geld. Reeder brauchen Geld.

Die Ladung wurde in Rekordzeit gelöscht, schien mir, und wir mussten das Schiff seeklar machen, und das in unserem Zustand. Ich weiß nicht, ob es dann anschließend wirklich seeklar war, man sah ja nicht mehr so viel, der Blick war extrem getrübt. Anschließend, so gegen 21.00 Uhr, mussten wir auslaufen, konnten nicht warten, bis wir wieder nüchtern wären.

Der Alte erklärte mir dann auf dem Weg in seine Koje so im Vorübergehen, dass ich nach dem Auslaufen in Richtung Hamburg die erste Wache haben würde. Das war typisch für ihn und unverantwortlich war es außerdem, auch von mir. Ich hätte mich eigentlich weigern müssen, doch auch dazu war ich nach diesem Saufgelage wohl nicht mehr in der Lage.

Also fuhr ich mit diesem Schiff hinaus in die Nordsee und in die Nacht in Richtung Hamburg. Noch nie zuvor war ich so betrunken, auch niemals später wieder, das lag an diesem verteufelten Wodka. Ich denke mal, jeder der gesamten Mannschaft hatte so um die drei Promille im Blut. Ich weiß noch nicht einmal mehr, ob es mir während der folgenden sechs Stunden meiner Wache durchgehend gelang, die Augen offen zu halten. Was ich noch weiß, ist, dass ich irgendwann zwischen eine wie mir schien Unzahl von Fischerbooten geriet, die das Lampen-Signal des Fischens trugen und denen ich deswegen auszuweichen hatte, weil sie durch die von ihnen dabei geschleppten Netze ja fast manövrierunfähig waren, und weil die ›Seestraßenordung‹ das so vorschreibt.

Ich behielt stattdessen einfach meinen Kurs bei, hatte total den Überblick verloren, sah überall nur noch deren Lampen. Sie und ich, und meine Mannschaft, wir hatten großes Glück, oder aber es waren Unmengen Schutzengel gleichzeitig für uns bei der Arbeit. Irgendwann hatte ich sie passiert, war mit keinem von ihnen kollidiert. Wie, das weiß ich bis heute nicht.

Jedenfalls reihten sich die unerfreulichen Dinge in dieser Zeit auf diesem Schiff von Beginn an nur immer so aneinander, und sie setzten sich fort, als wollten sie mich damit unbedingt von ihm vertreiben.

Irgendwann kamen wir aus Leningrad, befanden uns noch in der Ostsee, und fuhren mit Holz beladen mal wieder Richtung England. Ich stand allein auf der Brücke. Die See war ruhig und glatt, und es herrschte eine gute Sicht, als plötzlich in Entfernung von etwa einer Seemeile vor unserem Schiff sich die See auf der Backbordseite zu teilen begann und ein U-Boot so nach und nach aus ihr auftauchte; ein sowjetisches U-Boot, wie ich bald sah, denn ein aus der dortigen Luke gekrabbelter Soldat hisste die sowjetische Flagge. Zwei andere Soldaten gesellten sich hinzu und forderten mich per zusätzlich gehisster Signalflagge auf, die Maschine zu stoppen und die Nationalflagge zu setzen, um unsere Nationalität für sie kenntlich zu machen. Das, obwohl wir das sowjetische Hoheitsgebiet längst verlassen hatten. Ich stoppte aber lieber die Maschine, setzte am Heck die deutsche Flagge, und es blieb mir nichts anders übrig, als den Alten zu wecken.

Ausnahmsweise arbeiteten wir nun mal direkt zusammen, begannen in Korrespondenz mit den Russen zu treten, indem wir das Buch zur Hand nahmen, in dem international gültige Regeln zur Flaggensprache benannt sind. Das ging mehrere Male so hin und her, und die fragten uns mit ihren Flaggen regelrecht ein Loch in den Bauch.

Als wir dann per Flagge zu erklären versuchten, dass wir weiterfahren wollten, weil wir uns außerdem schließlich nicht mehr in ihrem Hoheitsgewässer, sondern schon lange auf hoher See befänden, ließen sie per weiterer gehisster Signalflagge eine Art Drohung gegen uns heraus, während sie plötzlich auf der kleinen Plattform des U-Bootes herumzappelten, aufgeregt zu sein schienen. Das wirkte auf uns wie Säbelrasseln, als wollten sie doch zu gerne mit uns Schiffe versenken spielen und jetzt ihre Torpedos klar machen. Das war ja noch zu Zeiten des Kalten Krieges, und wahrscheinlich hätte niemand jemals davon erfahren, hätten sie uns abgeschossen und für immer versenkt.

Nach gut einer Stunde, in der beide Seiten immer wieder um die »richtige Ausdrucksweise« mit diesen Signalflaggen kämpften – vor allem wir mussten ja Missverständnisse vermeiden –, ließen sie uns dann endlich weiter fahren. Sie hatten überhaupt nicht das Recht, uns in dieser Weise unter Druck zu setzen, aber sie hatten die Torpedos.

Leider war der Kapitän allein zuständig für die Einstellung neuer Mitarbeiter. Irgendwann schleppte er einen englischen Deckshelfer, der kein Wort Deutsch sprach, an Bord. Der passte überhaupt nicht in die Mannschaft, gefiel mir von Anfang an nicht, überhaupt nicht. War selten, dass mir ein Engländer mal nicht gefiel. Hinzu kam, wie ich bald sah, dass er so seine Schwierigkeiten damit hatte, meinen Anordnungen zu folgen. Das musste ich ändern, wir waren auf einem Schiff. Letztendlich gelang mir das erst, nachdem ich ihm andernfalls mit Entlassung gedroht hatte. Einige Male, immer dann, wenn wir in England waren, besuchte ihn seine Freundin an Bord. Irgendwann begann sie damit, mir Zettel zuzustecken, auf denen sie schrieb, dass sie sich in mich verliebt hätte. Einige Zeit später und etwas angetrunken gab ich ihrem Wunsch nach. Ich weiß noch nicht einmal mehr, wo sich zu diesem Zeitpunkt ihr Freund befand, war er allein an Land gegangen?

Jedenfalls folgte das in solchen Fällen ja meistens Übliche: Darf nie wieder passieren. Sie sah das nicht so, hatte mir träumerisch ins Ohr geflüstert, ich glaube es war mein linkes Ohr: »I want to grow up to your standards«, was ich lieber ohne Frage oder Kommentar ließ. Vielleicht fand sie es toll, den von ihr erwünschten Standard erreichen zu wollen, indem sie ihren Freund mit seinem Vorgesetzten, der sich in seinem Standard nun als ein labiles Arschloch gezeigt hatte, betrog. Ihr Satz gefiel mir jedenfalls überhaupt nicht, hat vielleicht sogar dazu geführt, dass ich sie nun völlig ablehnte. Ich fand einfach nicht heraus, warum ich mich mit ihr eingelassen hatte, sie hatte einen Freund, und ich war überhaupt nicht in sie verliebt, hatte sie noch nie besonders beachtet. Warum hatte ich das getan?

Der arabische Decksmann vertraute mir bald darauf an, der Engländer habe ihm erklärt, er würde mich eines Tages töten, weil ich ihm seine Freundin gestohlen hätte. Der Araber nahm diese Drohung sehr ernst und bat mich auch später noch immer wieder, diese auch endlich ernst zu nehmen.

Ich blieb aber lieber in meiner von mir immer angenommenen ewigen Unverletzbarkeit befangen und schenkte dieser Bedrohung keinerlei Beachtung, stellte den Engländer noch nicht einmal deshalb zur Rede.

Auch dann nicht, als er eines Nachts auf See kurz vor Beginn meiner Wache mit einem Messer in der Hand vor meiner Kammertür auf mich wartete. Der Araber hatte mir vorher durch die geschlossene Kammertür zugerufen: »Steuermann, passen Sie auf, der Engländer steht vor Ihrer Tür, er hat ein Messer.« Mit seiner Warnung begab er sich ja nun selbst in Gefahr.

Ich war müde, empfand den als lästig, hatte keine Angst, der war ein Hänfling. War etwa so groß wie ich, hatte nicht viel Kraft. Hatte mal vorher proudly und lauthals erklärt, dass er seine meiste Kraft in seinem cock habe.

Ich öffnete die Tür, da stand er mit seinem Messer nun tatsächlich vor mir, starrte mich hasserfüllt an. Ich tat gelangweilt, war innerlich aber aufs Höchste gespannt, war gleichzeitig missmutig ob dieser Spannung, hatte meine Ruhe haben wollen, packte seinen Arm und drehte daran herum, bis das Messer zu Boden fiel. Das hob ich auf, ging zurück in meine Kammer, öffnete ein Bullauge und warf das Messer außenbords und hinein in die Nordsee. Sagte drohend: »Don't do that again!« Dann ging ich davon und ließ ihn da stehen. Anschließend erzählte ich allerdings dem Alten davon und forderte ihn auf, den zu entlassen, wenn wir wieder in England wären. Jetzt aber waren wir auf dem Weg nach Holland.

Ich begriff erst viel später, dass meine Handlungsweise nichts als eine weitere Demütigung seiner Person, damit sozusagen all inclusive war. Dem hatte ich nun alles genommen. Wusste damals vielleicht nicht, dass ich ihn mir zum Todfeind gemacht hatte. Oder es war mir einfach egal, oder von mir gewollt? Warum?

Als wir wenig später eines kalten Tages im Januar 1969 im Hafen von Ijmuiden in Holland nun festmachten, bat mich der Kapitän, zusammen mit dem holländischen Schiffsmakler in dessen Auto nach Amsterdam zu fahren, die Ladungspapiere abholen.

Ich fand, dass er viel zu schnell fuhr, der Makler, musste jetzt mit einmal an den Engländer denken, der dem Makler und mir bei unserer Abfahrt von Bord aus hinterher gestarrt hatte, dabei unbeweglich schien, als sei er dort an Deck festgefroren. Ich fühlte mich plötzlich unwohl, so wie mit einer innerlichen Gänsehaut wurde mir kalt, und es lag sehr viel Schnee, die Straßen waren zum Teil vereist. Wir erreichten das dortige Konsulat dann doch, ohne in einem Graben zu landen. Mein Unbehagen war wohl Hysterie, oder fehlende Autofahrpraxis. Auf See gab es ja kein Glatteis.

Ich verabschiedete mich vom Makler, erledigte im Konsulat meinen Auftrag. Hatte jetzt das Gefühl, dass die dortige Mitarbeiterin mich nicht mochte, sie verhielt sich abweisend, schien sogar unwillig mit mir zu reden, sah mich nicht an, hielt ihren Kopf gesenkt. Ich fragte sie dennoch nach dem Weg zum Bahnhof, musste ja mit dem Zug nach Ijmuiden fahren, bekam leise murmelnd eine knappe Antwort. Ungewöhnlich für Holländer, hatte ich hier früher nie so erlebt, dachte ich und ging. Ich verließ das Gebäude, wollte mich auf den Weg zum Bahnhof machen. Plötzlich schlug es auf mich ein, etwas Dunkles, Massiges, völlig Unerklärliches, so wie ein Blitzschlag, ganz still aus dem vollendeten Nichts heraus, von überall her. Gab sich mir jetzt zu erkennen als ein großes, gefährliches, blutrünstiges Tier, stand vor mir, war trotzdem wie unsichtbar, wollte mich packen und zu Boden schleudern, schüttelte und riss an mir, nahm sich mit, als es kalt und unaufhaltsam in mich hinein kroch: »Was willst du von mir?« Es war wie eine ätherisch zerbrochen klingende Frauenstimme in mir, die mir eindringlich flüsternd diese Antwort gab: »Gehe nicht zurück auf dieses Schiff, fahr nach Hause, gehe nicht zurück auf dieses Schiff, fahr nach Hause!«

Und dieses grauenvolle dunkle Tier war weiter vor mir, und in mir, und schon überall. Ich konnte es nicht abwehren, war viel zu schwach. Und ich kann jetzt die Worte nicht finden, die dieses Grauenvolle noch viel richtiger beschreiben könnten, oder die Sprache gibt sie gar nicht her.

Eine übermächtige Angst, wie ich sie in dieser Art noch nie erlebt hatte, griff jetzt nach mir, nahm alles andere weg: »Was ist das, was passiert hier?«

Das kam aus einer unbekannten Welt, einer Welt mit anderen Dimensionen und mit dunkelsten Schatten ohne Körper. Ich konnte überhaupt keine Antwort finden, duckte mich innerlich immer wieder in mich zusammen, flüchtete in ein Lokal, bestellte ein Bier, sagte nichts davon.

Die junge Frau hinter dem Tresen betrachtete mich erst nur aus ihren Augenwinkeln, schließlich kam sie zu mir und fragte mich mit besorgtem Gesicht und nun direkt vor mir stehend und sehr eindringlich in ihrem holländischen Akzent, kam mir mit ihrem Gesicht so nahe, dass wir uns schon fast berührt hätten, und sie war die letzte Frau, die mich so sah: »Was ist los mit dir, kann ich dir helfen? Du siehst ja Furcht erregend aus.«

»Danke, alles in Ordnung«, log ich sie an. Diese Angst ging nicht, sie hatte mich noch immer in ihrer Gewalt, und diese Stimme in mir flüsterte immer weiter: »Fahr nach Hause, gehe nicht auf dieses Schiff zurück!« Warum flüsterte sie immer nur?

Ich hatte die Wegbeschreibung zum Bahnhof jetzt vergessen, fragte die Frau hinterm Tresen nach einem Taxi. Das kam bald, brachte mich zum Bahnhof, und ich stieg ein in diesen Zug, der mich zum Schiff zurückbringen sollte.

Auch während der Fahrt ging diese Angst nicht, dachte schon bei geringstem Schwanken des Waggons, der Zug würde entgleisen, verstand nichts.

Ging dann vom Bahnhof in Ijmuiden zu Fuß zurück zum Schiff, fühlte mich dabei, als ginge ich auf Watte, konnte keine Bodenhaftung finden, konnte auch nicht umdrehen, zurück zum Bahnhof gehen und nach Hause fahren, ginge ja nicht.

Die Frauenstimme war verstummt, hatte gar nichts erreicht. Ich aber erreichte das Schiff, wollte es nicht betreten. Dachte dann an meine Pflichten, ging an Bord, übergab dem Alten die Ladungspapiere.

Empfing seinen besorgten Blick, nahm den mit in meine Kammer, schlief ein, wurde dann geweckt und ging so gegen 1.00 Uhr in der Nacht den Niedergang hinunter, der zum Deck führte. Alles war verschwommen. Das

Schiff musste seeklar gemacht werden, die Besatzung befand sich bereits an Deck, der Engländer machte sich an der Winde eines Ladebaums zu schaffen, war kaum zu sehen in dieser Dunkelheit. Ich würde nach dem Auslaufen in Richtung England die erste Wache haben. Nahm mir vor, den Rest der Weihnachtsstolle mit einer Kanne Kaffee auf die Brücke mitzunehmen. Die Stolle hatte meine Mutter wie immer perfekt gebacken und mir per Paket zu Weihnachten an Bord geschickt. Wir hatten weder Sturm noch Nebel, ich wollte es mir auf See während der kommenden sechs Stunden Wache gemütlich machen. Freute mich noch darauf, dass der Engländer in England das Schiff verlassen würde. Das war der letzte meiner Gedanken, an den ich mich erinnern kann.

Als ich zu mir kam, war ich nicht mehr an Deck dieses Schiffes, und alles um mich herum hatte sich verändert, auch ich. In einem Bett mit weißen Laken lag ich jetzt, das in einem großen, hell erleuchteten Raum stand, der weiße Wände hatte. Ich war allein in diesem Raum. Mir war kalt und ich musste pinkeln. Konnte mich aber nicht bewegen, fühlte mich sehr schwach, konnte gar nicht aufstehen.

Ich sah an mir herunter, konnte meinen rechten Arm nicht finden, er war nicht mehr da und weg. Auch unter der Bettdecke war er nicht, die ich jetzt hoch riss, er war tatsächlich weg, ganz und gar. Nur ich war noch da. Gleich jetzt schoss mir durch den Kopf, dass das nun für immer so wäre, dass nichts das verändern könnte, dass ich nun nie mehr auf meiner rechten Körperseite schlafen könnte, niemals würde ich noch Kapitän werden; doch niemand würde mich nun jemals wieder zum Nazigruß zwingen können.

All das dachte ich und genau in dieser Reihenfolge. Konnte ich überhaupt irgendetwas denken, irgendetwas anderes? Wo war ich überhaupt, wo ist mein rechter Arm, warum ist er nicht mehr da, warum denn, verdammte und verfluchte Scheiße, warum war ich völlig allein in diesem großen Raum?

Als ich einen kleinen weißen Knopf entdeckte, der an einem langen weißen Kabel baumelte, drückte ich da drauf. Fast sofort, und als hätte sie direkt vor der Tür gewartet, kam eine noch junge Krankenschwester in das Zimmer.

Sie setzte sich zu mir auf das Bett, und sie erklärte mir, dass dies die Intensivstation des Krankenhauses in Ijmuiden in Holland sei und ich deshalb dort läge, weil vorher ein Ladebaum auf unserem Schiff herunter gestürzt sei und mir den Arm abgetrennt hatte. Doch ich antwortete ihr und ohne überhaupt vorher länger darüber nachzudenken, so wie aus der Pistole geschossen, dass mein Leben ja jetzt zu Ende sei. Sofort sprang sie auf, bäumte sich fast auf, machte sich direkt vor mir ganz gerade und forderte mich nachdrücklich und in klarer Sprache auf, mich nicht zu versündigen.

Ich sei doch noch so jung, erst 24 Jahre, solle dankbar sein, dass ich das überlebt hätte. Ich geriet dann fast noch in Streit mit ihr, war damals ja völlig anderer Meinung als sie. Fragte sie, wie sie denn reagieren würde, wäre ihr das passiert. Würde sie dann dankbar sein, für alle Zeit einarmig herumzulaufen, von allen angestarrt zu werde, keinen Beruf mehr zu haben, überflüssig zu sein. Nie wieder schwimmen gehen zu können, oder nur in der Nacht, wenn dich keiner sehen kann. Keinen Partner mehr finden zu können, wer will denn dich noch so, und warum sollte er dich noch wollen? Bestimmt waren das ganz ›banale‹ Fragen, oder primitive.

Ihr schienen Fragen dieser Art nicht neu, sie reagierte irgendwie diplomatisch, oder souverän. Schließlich umarmte sie mich noch ein bisschen, fand meine Reaktion trotzdem dumm, glaube ich.

Später einmal dachte ich dann, sie hatte bis dahin doch überhaupt keine Beziehung zu mir gehabt, und gab mir doch durch ihre so entschiedene Forderung, mich der neuen Situation zu stellen, so etwas wie ein Ziel vor, das ich außerdem auch noch zu erreichen hätte. Ich wusste nun vage, dass mein Leben und ich trotz des fehlenden Armes noch lebenswert waren, sie jedenfalls fand das ja. Sie war eine Frau.

Meine Eltern kamen am nächsten Tag. Meine Mutter sagte, während sie sehr weinte: »Dass ich das aber diesmal auch gar nicht geahnt habe!«

Sie hatte es deshalb nicht ahnen sollen, weil das so eintreffen sollte, und weil ich es überleben würde. Mein Vater hätte auch weinen wollen, blieb aber männlich. Ich weinte auch nicht, versuchte, sie damit zu trösten, dass ich ja noch lebte und nicht aufgeben und stark sein würde. Fühlte mich gleichzeitig schon wieder schuldig, begriff meine eigene Situation noch gar nicht, konnte noch nicht einmal ahnen, welche Art von Leben nun auf mich zukommen würde. Mich bedrückte jetzt viel mehr, dass ich es wieder war, der ihren Kummer ausgelöst hatte. So nach und nach erfuhr ich in den kommenden Tagen, wie es dazu gekommen war, dass ich nun für immer ein Einarmiger war. Dem Kapitän des Schiffes, der nach dem Unfall, wie mir die Ärzte erzählten, »in Rekordzeit« dafür gesorgt hatte, dass ich ins Krankenhaus kam und den Ärzten, die dann die starken Blutungen stoppten, hatte ich mein Überleben zu verdanken. Auf meine Anweisung hin hatte die Mannschaft noch am Tag zuvor, während ich bei dem Konsulat in Amsterdam war, das Deck geölt. Das Einölen des Decks führt man höchstens einmal im Jahr durch. Und nur dann, wenn einem überhaupt nichts Besseres einfällt.

Auf dem öligen Deck war ich ausgerutscht, als hinter meinem Rücken der vom Engländer bediente Ladebaum herabstürzte, und als ich versuchte, ihm auszuweichen. Dies berichteten mir später die Besatzungsmitglieder, die dabei gewesen waren und mich etwa eine Woche danach im Krankenhaus besuchten. Der Engländer war in England geblieben. Dieses Öl verhinderte also, dass ich dem herabstürzenden Ladebaum tatsächlich ausweichen konnte. Ich erinnere mich an keine Einzelheit dieses Ereignisses, weiß alles nur von meiner Mannschaft. Wenn ich mich an nichts erinnern kann, dann wohl deshalb, weil das eine zu schwere auch seelische Verletzung war, die das Bewusstsein nicht zulassen darf, es würde den Menschen sonst vielleicht gleich umbringen. Was mir jedoch immer wieder einfiel, waren die vorhergegangen mich überdeutlich warnenden Signale. Das waren ja schon Hammerschläge, die auf mich eingeschlagen hatten! So wie ich die erlebt hatte, wäre das deutlicher kaum noch möglich gewesen, stelle ich mir vor. Die ich trotzdem nicht verstanden hatte, oder nicht verstehen wollte, so wie ein Lamm, das lieber freiwillig zur Schlachtbank geht. Und mir fiel ein, dass ich damals nach dem Untergang der *Marianne Wehr* meinen Eltern gesagt hatte: »... auf mich wartet noch etwas ganz Besonderes.«

Das also war das ›Besondere‹, hatte ich es sogar gewollt, dieses Besondere, hatte ich deshalb die eindringlichen Warnungen des Arabers immer nur ignoriert, mich vorher sogar mit der Freundin des Engländers eingelassen, ihn noch auf andere Weise gedemütigt, damit sein Hass gegen mich auch abgrundtief entstehen konnte?

Dazu hatte ich dann noch schnell dafür gesorgt, dass zur Abrundung des Ganzen das Deck geölt wurde, damit das bloß nicht schief gehen würde? Hatte das damals auf dem Westafrika Schiff auslaufende Öl mich schon warnen wollen? Gibt es die sich selbst erfüllende Prophezeiung tatsächlich? In dieser Tragweite? Der Engländer hatte den Ladebaum bedient. Natürlich war das der von ihm angekündigte Mordanschlag. Man kann einen Ladebaum und die Winde dazu nämlich ohne Absicht gar nicht fehlerhaft bedienen.

Er hatte gewartet, bis ich ihm den Rücken zuwandte, als ich an Deck stand. Es besuchten mich holländische Kripobeamte im Krankenhaus, so ziemlich harte Typen, wie mir schien. Sie wollten von mir wissen, ob ich wie sie einen Verdacht auf Vorsatz hätte. Ich antwortete ziemlich verwaschen, so will ich das heute mal beschreiben, sie konnten mit meiner Antwort nichts anfangen, waren nicht zufrieden, als sie mich verließen.

Später dachte ich manchmal, ich würde mir den Täter eines Tages mal vornehmen, hörte dann noch viel später, dass dieser Engländer nun endgültig dem Alkohol verfallen wäre. Seine Tat hatte ihn danach wohl mehr belastet, als er vorher dachte. Hatte dadurch vielleicht erkannt, dass er außer seinem Schwanz auch noch anderes mit sich trug. Außerdem war ich der eigentliche Verursacher – oder la femme.

Danach hatte ich noch Besuch eines sehr jungen, sehr betroffen wirkenden Arztes, der eine Stunde lang an meinem Bett saß, und der wirklich völlig erleichtert darüber zu sein schien, dass ich das überlebt hatte. Er schilderte mir, dass vier Männer mich während der Amputation hätten festhalten müssen. Ich hätte mich mit einer so von ihm noch nie erlebten unglaublichen Kraft dagegen gewehrt, obwohl ich ja bewusstlos war oder in Narkose. Hatte ja wohl nichts genutzt, wie man am Ergebnis feststellen konnte. Ich hatte trotzdem verloren. Oder hatte ich dadurch auch ein neues Leben mit ganz anderen Inhalten gewonnen? Ich glaube nicht, dass ich das damals dachte oder schon denken konnte oder hätte denken wollen.

Irgendwann brachte mich dann ein Krankenwagen auf Veranlassung der See-Berufsgenossenschaft nach Hause zu meinen Eltern.

Dort machte ich bald die ersten Gehversuche, hatte starke Gleichgewichtsstörungen, war anfangs auf dem

Weg zur Toilette immer zu der Seite mit Arm umgefallen. Das hat sich dann aber bald reguliert. Was mir viel mehr zu schaffen machte, war dieser Anblick, der sich mir jetzt bot und für immer bieten würde, wenn ich unbekleidet in den Spiegel sehen wollte. Das war so unvollständig, so verkehrt, und mir fiel ›Schiet-Hannes‹ mit seinem Rollstuhl ein. War ich nun ein Krüppel wie er, würden die anderen mich nun auch so nennen? Ich empfand mich nicht so, machte mich jetzt vor mir selbst gerade, das musste ich nun auf jeden Fall verhindern, würde mich niemals in diese Rolle begeben, würde kämpfen.

Empfand mich deshalb lieber gleich so wie ein Monster, das, wie ich ja wusste, immer stark ist, aggressiv und kampflustig. Und so wollte ich mich empfinden, weil ich dadurch geschützt wäre, vielleicht hätten die andern sogar Angst vor mir, würden mir deshalb aus dem Wege gehen, oh ja, und ich könnte unbehelligt von ihnen in dieses neue Leben hinein springen. Ich war jung, durfte nicht aufgeben. Wollte ja schon immer so gern ein Held sein. Jedenfalls begann für mich trotzdem eine Zeit fast unablässiger Grübelei, das war überhaupt nicht zu verhindern und erstmal auch nicht aufzuhalten. Bis zu diesem Verlust war ich immer ein absoluter Rechtshänder, hatte manchmal wirklich gedacht, dass ich den linken Arm eigentlich gar nicht bräuchte, der hing da immer nur so herum, fand ich. Der war auch viel dünner als mein rechter Arm, hatte gar nicht die vielen Muskeln wie der. Hatte sogar oft ganz bewusst versucht, ihn nun häufiger als den rechten bei der Arbeit einzusetzen. Er sollte auch diese Muskeln haben. Ich fand, dass das so nicht symmetrisch wäre, und »wie sieht das denn aus?«

Im Rahmen meiner Grübelei hatte ich irgendwann hierzu dann die ›Erleuchtung‹: Natürlich hatte der linke Arm ›immer gewusst‹, dass ich irgendwann den rechten verlieren würde. Musste sich deshalb von Anfang an so passiv verhalten, sich damit auf die vielen Jahre, in denen er allein alles zu tragen hätte, vorbereiten. Bestimmt war das so. Was sonst hätte der Grund sein können? So war das also, hatte das auch zu bedeuten, dass ich mich damit nun in noch anderer Weise abzufinden hätte, weil es demnach ja so bestimmt sei? Aber wie würden Polizisten reagieren, wenn sie mich mal irgendwo als vermeintlich Verdächtigen im Dunkeln kontrollieren wollten. Wenn sie »Hände hoch!« rufen und mich erschießen würden, weil nur die linke Hand hoch ging?

Ich kann dir sagen, da war noch viel mehr an Gedanken, die mich nun unbedingt heimsuchen wollten. Und wenn ich nachts manchmal zweiarmige Träume von mir hatte, dann war das anschließende Erwachen anfangs jedes Mal von wieder einsetzender großer Enttäuschung bestimmt. Doch dauerte es trotz meines nun asymmetrischen Erscheinungsbildes nicht lange, bis ich nach draußen ging, wollte möglichst schnell herauskriegen, wie die Menschen auf ein Monster reagierten. Vielleicht würde ich dann lernen, mich ihnen anzupassen. Kam mir gleichzeitig manchmal selbst schon interessanter vor, als vor diesem Verlust. Musste an anderes und über anderes denken als früher. Hatte viel mehr Ideen, ganz neuartige. Es schien merkwürdig, gar des Merkens würdig, ich konnte zuerst kein ablehnendes Verhalten erkennen, jedenfalls nicht, solange ich mich nicht zu sehr aufdrängte, wie ich empfand.

Das wollte ich nun meistens unbedingt vermeiden. Weil ich mich sehr oft wie eine Zumutung für die anderen empfand, manche mich zumindest skeptisch zu betrachten schienen, weil ich anders war als sie. Irgendwie nutzte es aber nichts, sich ihnen anpassen zu wollen. Das konnte überhaupt nicht funktionieren, alle anderen hatten zwei Arme! Es ist Quatsch und klappt bis heute nicht. Vielleicht klappte es dann, wenn Liebe hinzukommt, zumindest Liebe zum Menschen und zum Leben.

Eines Tages dachte ich in meiner nun neu entstandenen Suche nach dem Sinn des Ganzen und vor allem dem des mir Verbliebenen plötzlich an Bärbel, dieses so besondere Mädchen aus Bayern, das ich damals in England getroffen hatte. Ich schrieb ihr einen Brief in meiner noch sehr krakeligen Handschrift, musste ja nun mit links schreiben. Ich schilderte ihr darin, was mir passiert war und hoffte auf ihre Antwort. Sie antwortete mir sehr bald, und sie antwortete mit einem alles umfassenden wunderschönen Brief. Ich war ihr sehr dankbar, entschloss mich dann, ihr nicht mehr zu schreiben, wollte sie nicht noch mehr belasten. Ich war ein Idiot.

Auf den Brief der Freundin des Engländers, die mir ihre Trauer und ihr Entsetzen über meinen Unfall auf vielen Seiten Papier offenbarte, habe ich auch nicht geantwortet. Auch wenn sie darin vom Ufer des Flusses sang, an dem sie saß, während sie mir diesen Brief schrieb und dass ihre Tränen dem Lauf des Flusses folgten, während sie unablässig an mich denken wolle. Das klang ja fast wie der Text eines love songs. Ich habe ihn trotzdem nur einmal gelesen, ihn gleich anschließend weggeworfen. Auch wenn, oder weil sie darin nach ihrer »Schuld« an meinem Verlust fragte.

Es war ja so etwas wie ein Geständnis an Freundesstatt, jedenfalls ging sie wohl davon aus, dass dies ein Mordanschlag gewesen war. Ich weiß nicht, woher sie überhaupt meine Adresse hatte.

Irgendwann, nicht sehr viel später, traf ich Monster erstmals auf eine Frau. Ich glaube, sie hat mich »auch so« geliebt, warf mir aber einmal vor, ich wüsste ja gar nicht, was Liebe sei. Sie hatte wahrscheinlich recht, konnte mich noch nicht einlassen, glaubte dieser Liebe nicht, konnte gar nicht wahr sein, hatte noch immer starke Zweifel. Zum Abschied schickte sie mir 50 rote Rosen. (Ich hatte sie immer ›Röschen‹ genannt.)

Eines Tages lernte ich den für mich zuständigen Reha-Berater der See-Berufsgenossenschaft kennen. Ein sympathischer, sehr großer, gut aussehender Mann; wie ich ein ehemaliger Seemann. Er nannte mich ›Nautiker‹, als er eines Tages zu uns nach Hause kam. Meine Mutter war anwesend und verliebte sich in ihn, das war nicht zu übersehen. Er war ebenso begeistert, erklärte mir irgendwann später, meine Mutter sei eine wirklich sehr nette Frau, und beinahe war ich schon zur Nebensache geworden, als hätte er den eigentlichen Grund seines Besuches lieber vergessen. Es hat aber mit den beiden doch nicht geklappt, jedenfalls soweit ich weiß. Wenn sie später manchmal noch von ihm schwärmte, dann war das eine irgendwie verschlüsselte Schwärmerei. Sie war wohl damals von ihren Gefühlen, die ihr in ihrer Ehe vielleicht längst abhanden gekommen schienen, übermannt worden.

Der Berater erklärte dann mehr meiner Mutter als mir, dass mein Lebensunterhalt durch die Unfallrente, die ich erhalten würde, gesichert sei.

Das war nicht das, was ich hören wollte. Wenn es vielleicht auch meine Mutter beruhigte, klang es für mich so, als hätte er mich bereits aufgegeben.

Das machte mich sofort wütend, ich sagte ihm das auch. Wir gerieten aber nicht in Streit. Er hatte wohl auch Recht damit, dass ich ihn falsch verstanden hätte. Jedenfalls erwartete ich von ihm das Einräumen von Perspektiven, denn ich wollte wieder arbeiten. Arbeit verhindert Grübelei, wahrscheinlich der Hauptsinn der Arbeit. Das wusste ich aus der Vergangenheit, müsste vorher natürlich eine qualifizierende Umschulung machen, würde sonst als Hilfskraft enden. Ich dachte daran, Bibliothekar zu werden, oder Buchhändler. Diese Gedanken sollte ich mir abschminken, erklärte mir wenig später der Psychologe des Arbeitsamtes, den ich zum Eignungstest aufsuchen musste. Dazu sei mein Wortschatz zu gering, außerdem fehle mir das Abitur.

Stattdessen schlug er mir eine Umschulung zum Bürokaufmann vor. Ich ließ mich umstimmen, mir blieb auch gar nichts anderes übrig ohne Abitur. Also begann ich die Umschulung in der Grone-Schule. Zwischendurch lernte ich eine äußerst attraktive Bardame kennen, und fast hätten wir geheiratet. Dies scheiterte, weil wir beide plötzlich gleichzeitig einen Rückzieher machten. So wie: »Ich muss dir was sagen!«

»Ich dir auch, aber erst du!«

Danach eine sehr junge, intelligente und hübsche Frau, die mir nach einiger Zeit erklärte, sie möchte mit mir eine Familie gründen und hätte gern ein Kind von mir. Wir hatten uns verliebt und zogen zusammen. Nicht wesentlich später heirateten wir.

Während meiner Umschulung ging ich eines Tages nach dem Unterricht durch die Stadt, ging einen ganz anderen Weg als sonst immer, wollte über den Sinn dieser Umschulung nachdenken, die mir vor allem langweilig erschien. Außerdem konnte ich das, was da unterrichtet wurde, anschließend aus dem mir noch verbliebenen Ärmel schütteln, das war alles so simpel.

Hinzu kamen erhebliche Zweifel, wenn ich daran dachte, mich anschließend in einer auf kaufmännische Ziele ausgerichteten Firma wiederzufinden. Das erschien mir völlig unpassend und sinnlos für mich und somit auch für einen möglichen Arbeitgeber. Bald führte mich mein neuer Weg an einem kleinen grauen Holzkasten vorbei, der in seiner hässlichen Unscheinbarkeit jetzt meine Aufmerksamkeit erregte, und der an einem Holzpfahl befestigt war, etwa in Augenhöhe. Sein einziger Inhalt war mit einer Art Maschendraht abgesichert und hing an seiner Rückwand: Nichts als ein rechteckiger, zerknitterter, kleiner grauer Zettel, auf dem in blasser Schreibmaschinenschrift geschrieben stand: »Das Arbeitsamt sucht Arbeitsvermittler.«

Nun war ich vorher im Rahmen meiner Bemühungen um einen neuen Beruf schon einmal bei einem Arbeitsvermittler im Arbeitsamt gewesen, der war freundlich und zugänglich gewesen, hatte sogar Ideen geliefert, sich Zeit für mich genommen. Ich dachte erst jetzt, das wäre doch etwas für mich, ginge auch mit einem Arm. Ideen würde ich auch liefern können.

Also machte ich mich einen Tag später auf den Weg zum Arbeitsamt, ahnte nicht, dass dieses pragmatische Vorgehen sicher nicht geeignet war, bei einer Behörde Gehör zu finden. Ich wusste überhaupt nicht viel über Behörden, wollte bis dahin auch nichts von ihnen wissen, mir reichten, wie schon beschrieben, damals schon die immer unfreundlichen Schalterbeamten bei der Post, die regelmäßig nur dann ihren Schalter öffneten, wenn die davor wartende Schlange nicht anders aus der Post zu entfernen war.

Nun ging ich, der Not gehorchend, in dieses so große Arbeitsamtsgebäude hinein, suchte den Chef der Arbeitsvermittlung und fand seine Sekretärin.

Sie war offensichtlich sehr erstaunt, oder eher noch pikiert, dass jemand so plötzlich ohne vorherige Anmeldung da auftauchte. Das war dort wohl tatsächlich nicht üblich, sie meldete mich aber beim Abteilungsleiter an.

Der war ein stattlicher Mann mit großen Händen und kräftiger Stimme, mir sofort sympathisch, kein solcher Behördentyp. Er empfing mich freundlich und sagte, nachdem er mein Anliegen vernommen hatte, dass er früher auch zur See gefahren sei, sogar noch auf Segelschiffen und um Kap Horn, er sei Kapitän auf großer Fahrt gewesen. Er schien erfreut, auf einen Kollegen aus der Seefahrt zu treffen, schien so als würde er Kollegen von früher schon lange vermissen, ja, er war erfreut, sogar schien er aufgeregt zu sein, und ich hatte Glück, auf ihn zu treffen. Leider habe er selbst an Bord im Laufe seiner langen Seefahrtzeit Zeuge mehrerer Arbeitsunfälle werden müssen, sagte er, und er berichtete von einigen. Abschließend erklärte er, er werde meine Bewerbung lediglich unterstützen können, denn nicht er, sondern die Verwaltung hätte darüber zu entscheiden. Dann erklärte er mir noch den dort vorgeschriebenen Weg einer Bewerbung, und dass ich noch eine kurze schriftliche Bewerbung an das Amt richten müsste.

Das tat ich dann am kommenden Tag, war mir sicher, dass das klappt, hoffte beim Schreiben der Bewerbung, dass mein Wortschatz dafür ausreichte. Es musste auch klappen, ich brauchte einen unbefristeten Arbeitsplatz, brauchte ihn jetzt dringend, denn meine Frau war mittlerweile schwanger.

Es dauerte allerdings schier endlose sechs Monate, bis ich endlich die erhoffte Zusage erhielt. Vorher musste ich noch einen Eignungstest beim dortigen Psychologen absolvieren und eine Untersuchung durch einen Amtsarzt über mich ergehen lassen. Die Verwaltung benötigte diesen langen Weg, um sich für oder gegen mich entscheiden zu können, wurde mir erklärt.

Ich denke, dass die sich ohne die Unterstützung durch den Abteilungsleiter wahrscheinlich gegen mich entschieden hätten. Nicht wahrscheinlich.

Die Seefahrt und mit ihr all diese beeindruckenden Erlebnisse war also endgültig Vergangenheit, und ich würde bald Mitarbeiter auf diesem großen Amtsschiff werden, das da in dieser großen Stadt seit Langem vor Anker lag, und ich bald mit ihm. Das würde also mein letzter Hafen werden.

Schluss mit lustig. Schluss mit Freiheit und mit Flucht …

Ob ich denn nicht Sehnsucht nach der Seefahrt hätte, wurde ich später von einigen meiner neuen Kollegen manchmal gefragt. »Aber nein«, antworte ich dann, und meine Gegenfrage, ob sie sich noch nach einer Frau sehnen würden, die ihnen ihre Eier abgeschlagen hätte, war von einer solchen Männlichkeit und entsprechender Härte durchdrungen, dass ich damit immer auf grinsendes Verständnis stieß. Jedenfalls taten sie dann so. Manche hielten mich daraufhin vielleicht auch für einen Idioten.

Ich hatte eben gedacht, dass Behördenleute von einem ehemaligen Seemann eine Antwort dieser Art wahrscheinlich erwarten würden. Kolleginnen, die mir diese Frage später dann stellten, hätte ich das mit Rapunzel ohne Haare, oder mit Frau Holle ohne Betten verdeutlichen können. War mir viel zu gefährlich. Manche von ihnen hätten mir dann wahrscheinlich trotzdem noch sexistisches Verhalten vorgeworfen, war die Zeit, in der das gern zum Thema gemacht wurde, weil es ja etwas Neues war. Nun sagte ich lieber mit gedämpfter Stimme: »Ist ja nicht zu ändern.« Wollte damit bestimmt weiteres Mitgefühl in ihnen erzeugen, so als dauerhaften Schutz vor ihnen. Frauen können gefährlich sein. Trotz allem

Verständnis, wahrscheinlich war es auch gut gemeint von ihnen, diese und ähnliche Fragen waren mir anfangs in meiner neuen Situation vor allem lästig, machten mich hilflos, manchmal sogar wütend. Es kam immer darauf an, wer fragte und in welcher Grundstimmung ich gerade war. Dies gipfelte für mich darin, dass eine meiner ›Dicken Tanten‹, die es immer noch gab, und die sich wie ein roter Faden mit hintereinander daran aufgehängten dicken Leibern weiterhin durch mein Leben zogen, gegenüber meiner Mutter hatte verlauten lassen, ich könne ja nun höchstens noch als Pförtner arbeiten.

Meine Mutter war empört, das zu hören, und erzählte mir davon. Später las ich dann den Brief einer dieser Tanten an meine Eltern. Das war ein mich damals sehr bewegender Brief, in dem sie in ganz besonderer Weise mit vielen schönen Worten ihre Anteilnahme an dem mir Widerfahrenen zum Ausdruck brachte. Scheinbar hatte sie mich wirklich sehr gern. Das hätte ich früher nie gedacht. Auch nicht, dass sie überhaupt über solch schöne Worte verfügte. Und er brachte mich dazu, mein Urteil über diese eine Tante, und insgeheim wohl auch gleichzeitig das über die anderen beiden, zu korrigieren. War jetzt egal, dass sie dick waren. Vielleicht waren sie jetzt auch keine Nazis mehr, hoffentlich.

Ich hatte mich verändert, fast schien es mir manchmal, als ob dieses neue Leben seinen ganz eigenen Weg gehen wollte, auf dem ich gar nicht gefragt werden sollte, ob ich damit einverstanden war. Ich wurde empfindlich, bald argwöhnisch, lag immer irgendwie auf der Lauer. Wollte nicht über den fehlenden Arm sprechen, mit niemandem. Hatte das Gefühl, ständig beobachtet zu werden, fast so wie früher als Kind durch die Bauern. War ja jetzt wieder anders. Ich fühlte mich wieder an den Rand gedrängt, nicht zugehörig, konnte an so vielem nicht mehr teilnehmen, nur noch als Zuschauer, war ja früher als Kind auch schon so. Ich brauchte sogar beim Kartenspielen scheiß Hilfsmittel, die dann andere Mitspieler nicht aus den Augen ließen, als warteten sie nur darauf, dass das schief ginge. Zwischendurch war ich oft nahe an meiner Selbstaufgabe, ganz und gar. Bekam erst die Kurve, als ich Vater einer wunderschönen Tochter wurde. Die Liebe zu ihr und meine Verantwortung ihr gegenüber waren etwas wie meine unmittelbare Sinnfindung und das trug wahrscheinlich zu einem großen Teil dazu bei, dass ich nicht noch weiter in Sinnlosigkeit versinken wollte, um einfach aufgeben zu können.

Der Tag meiner ersten Arbeitsaufnahme rückte unaufhaltsam näher. Ich war aufgeregt, sogar sehr aufgeregt, ließ jetzt wieder Erinnerungen an die Seefahrt zu. Die sollten mir mein inzwischen entstandenes Lampenfieber nehmen. Hatte ja in der Zeit davor versucht, sie zu vergessen, hatte das, was nicht zu ändern war, damit für mich akzeptabler machen wollen. Plötzlich wollte ich sie jetzt wieder zurückholen, rief mir so manches dieser Erlebnisse wieder ins Gedächtnis. Ich berichtete meiner Frau und manchmal auch meinen Eltern von den schweren Stürmen, von mich mit ihrer Schönheit und ihren Farben fast erschlagenden Sonnenuntergängen und Horizonten auf See, von Walen, die in geringer Entfernung zum Schiff in ihrer prachtvollen Kraft das Schiff manchmal begleitet hatten, von Delphinen und Fliegenden Fischen, von in fremden Häfen erlebten Menschen, vom Zusammenhalt der Besatzungsmitglieder auf diesen Schiffen. Eigentlich wollte ich ihnen damit von der Schönheit dieser Welt berichten, wollte wohl darstellen, dass diese für mich zukünftig nur in meiner Erinnerung noch sichtbar sein würde, hier an Land und in Deutschland. Ich erzählte ihnen, und erstmals auch meinen Eltern, von meinen Zweifeln und Fluchtgedanken aus der Zeit vor der Seefahrt, die mich damals ja veranlasst hatten, aus Nachkriegsdeutschland und vor den Restnazis, die einigen viel wert zu sein schienen, zu flüchten und zur See zu fahren. Ich deutete auch meine Befürchtung an, dass nun meine Zweifel wieder über mich herfallen könnten. Damit stieß ich allerdings nicht auf Verständnis, sie konnten das nicht wirklich nachvollziehen, oder sie wollten verhindern, dass ich mich da hinein steigerte. Meine Hoffnung darauf, dass mir die Seefahrt mit ihren täglichen Herausforderungen und ihrer Zeit einen besonderen Erfahrungsschatz geschenkt haben musste, behielt ich für mich.

Einen großen Schatz nämlich, der mir jetzt dabei helfen würde, mich an Land und in dieser Behörde zu behaupten, trotz des fehlenden Armes, weil ich dadurch stark geworden war und mich wie ein Mann verhalten könnte, wie einer, der sich den Herausforderungen wirklich stellt.

Denn in der Seefahrt galt das Überlebens-Motto: »Geht nicht, gibt's nicht.« oder »Was nicht passt, wird passend gemacht.« Das klang einfach und so wie die

Lösung aller Fragen oder Probleme. Auch wenn das an Bord nicht immer funktioniert hatte. Irgendwann war er angebrochen, dieser erste Arbeitstag. Um 7.30 Uhr hatte ich mich in der Personalstelle einzufinden, das stand so in der schriftlichen Mitteilung. Um mich etwas zu beruhigen, dachte ich auf meinem Weg dahin an den vorher erlebten freundlichen und offenen Abteilungsleiter, dessen Unterstützung ich diesen Arbeitsplatz wahrscheinlich zu verdanken hatte. Vielleicht, hoffte ich, sind die ja ähnlich, da in der Personalstelle. In der schriftlichen Mitteilung fehlte nun die Zimmernummer, jedenfalls konnte ich die in meiner Aufregung darin nicht finden. Einen älteren Herrn, von dem ich annahm, dass er ein Mitarbeiter war, und der mir da auf dem Gang entgegenkam, mit seinem gesenkten von langen weißen Haaren eingehüllten Kopf in seinen Gedanken versunken schien, hielt ich an und fragte nach der Zimmernummer der Personalstelle.

Der schien überrascht, hob seinen Kopf, sah mich an, verzog sein Gesicht, machte eine freundlich mitfühlende Miene daraus, begann laut zu lachen und genauso laut fragend zu rufen: »Sie suchen die Untoten?« Dann wurde er leiser: »Das war ein Scherz, die finden Sie in Zimmer … Sie müssen sich beeilen, es wird gleich hell!« Ohne einen Übergang brach er erneut in lautes Gelächter aus und ging davon, fast schon quietschte er vor Vergnügen. Und seine weißen Haare schüttelten sich um seinen Kopf herum, als er sich noch einmal zu mir umdrehte. Mir war jetzt nicht zum Lachen zumute, ich musste auch erstmal dessen vergnügt quietschende Reaktion interpretieren. Das funktionierte nicht gleich, das klappte erst, nachdem ich deren Zimmer betreten hatte. Ich sah sofort: Die waren nicht passend, und ich empfand sie sofort so, als würden die sich auch nicht passend machen lassen. Die stellten sich mir dar als das genaue Gegenteil des genannten Abteilungsleiters.

Spärlich beleuchtet war ihr Zimmer, lag dort im Halbdunkel und war sehr stickig. Fast geriet ich schon in eine Art Schockzustand, als ich in die dort auf mich wartenden, misstrauisch verkrampften Gesichter sah, drei an der Zahl und scheinbar Frauengesichter, weil sie ihre dünnen Lippen rot angestrichen hatten, wahrscheinlich, um das damit vorgeben zu können, und sie verpassten mir damit eine Gänsehaut, die mir von oben nach unten wie ein Schauer über den Rücken jagte.

Das hätte schon beinahe Fluchtgedanken in mir ausgelöst. Schien bald so, wie die Fortsetzung meiner sich selbst erfüllenden Prophezeiung. Trotzdem konnte das, was sich an diesem neblig grauen Morgen in diesem Amtszimmer und daraus folgend in mir abspielte, in seinem von mir empfundenen Besonderen doch gar nicht wahr sein! Die erschienen fast so wie die den Kindern immer Angst machenden Figuren im grausamen Märchen aus 1001 Nacht: Mal waren sie hinter mir, dann standen sie plötzlich vor mir, es schien fast so, als schwebten sie, oder als seien sie zwischendurch unsichtbar. Sie schienen in der scheinbar stillstehenden Zeit auf Stelzen zu gehen, die gar keine Bodenhaftung hatten, sie waren ja geräuschlos, schienen ohne Leiber und als wären sie ohne menschliche Seele. Existierten aber trotzdem, wohl wie in einer Gruft und als wären sie tatsächlich die mir vorher angekündigten »Untoten«. Ihre Stimmen waren leise, als wollten sie weder sich noch mich erschrecken, doch ihre Augen flackerten plötzlich fast grell, als sie mir zum Ende ihrer fleischlosen Auftritte das zum Arbeitsvertrag gehörende Gelöbnis abnahmen.

Ich dachte zwischendurch: »Die werden noch versuchen, dich zu beißen und auszusaugen.« Ich konnte das verhindern, wurde nicht so wie sie, blieb trotz des Schockzustands relativ locker, wäre am liebsten sofort gegangen, um meine Arbeit aufzunehmen. Erschien denen wahrscheinlich viel zu locker.

Als eines dieser verkrampften Gesichter mir mit noch leiserer Stimme verkündet hatte, als dürfte davon nun niemand anderes wissen, dass ich meine sechsmonatige Probezeit in der Heuerstelle am Hafen verbringen würde, konnte ich anschließend gehen und war sehr froh darüber. Das mit der Heuerstelle hatte mir der genannte Abteilungsleiter als leichteren Einstieg dort ermöglicht, wie ich später erfuhr. Das war ja nun eine sehr gute Nachricht, die mich trotz des Schock-Schleiers, der sich langsam zu lichten begann, auch gleich erreichte, und ich versuchte, das eben Erlebte schnell zu vergessen, hätte später ja nichts mehr mit denen zu tun, dachte ich, stellte mir noch bildhaft vor, wie die nach meinem Abgang dort entsetzt darüber, dass ich mich nicht von ihnen hatte beißen lassen, laut klappernd in sich zusammengestürzt waren. Sah mit einmal den alten Mitarbeiter mit seinen langen weißen Haaren vor mir, musste jetzt auch laut lachen wie er zuvor, stieß damit auf Unverständnis bei mir entgegenkommenden Passanten, fand die ›erlebten‹ Mitarbeiter der Personalstelle plötzlich spaßig, wollte sie nun nicht mehr ernst nehmen, weil ich kein Anzeichen von Leben an ihnen hatte entdecken können. Doch ich war nun aus diesem Schockzustand wieder vollends erwacht, hatte das Leben zurück gewonnen und begab mich mit der U-Bahn auf den Weg zur Heuerstelle. Die lag in der Nähe des Hafens, weit weg von diesem großen Amtsgebäude. Dort traf ich glücklicherweise auf viele ehemalige Seeleute, auf Kollegen ohne verkrampfte Gesichter und Stelzen und mit Leben in ihren Körpern und mit Bodenhaftung, die mich freundlich und recht laut begrüßten, und die mit der Vermittlung von arbeitslosen Seeleuten auf Schiffe beschäftigt waren.

Der Vorgesetzte, den ich dort in meiner nun beginnenden Probezeit vorfand, war ein ehemaliger Seemann mit Kapitänspatent, der nicht laut und noch recht jung war. Außerdem verfügte er über eine Art natürlicher Autorität, die mit seiner samten, dies transportierenden Stimme ausgestattet war. Wie ich später manchmal erlebte, konnte die allerdings auch wie aus hartem Stahl gemacht daherkommen, wenn er der Ansicht war, dass ihm unqualifiziert widersprochen wurde. Ich kann dir sagen … Im Laufe der nun folgenden Zeit widersprach ich ihm daher nicht unqualifiziert, auch deshalb, weil er für mich ein ausgesprochener Glücksfall war, der das gar nicht verdient hätte.

Wenn er mir in der folgenden Zeit unserer Zusammenarbeit hin und wieder und scheinbar ohne alle Bedenken erklärte, dass er grenzenlos überzeugt von sich und seiner hohen Intelligenz sei, dabei schmunzelte, so war ich mir sicher, dass er trotzdem daran glaubte und froh war darüber. Mir schien es bald, als wäre er wohl in fast jeder Beziehung unbeirrbar. Ein offensichtlicher Nachweis seiner hohen Intelligenz war, dass er mich von Anfang an so hinnahm, wie ich nun war, und ohne dies jemals zu betonen.

Weder bei ihm noch bei mir konnte so das Gefühl einer Unsicherheit in der Zusammenarbeit entstehen, das half mir anfangs sehr. Seine Erwartungen an meine Leistungsfähigkeit in dieser neuen Arbeit wurden außerdem von Anfang an ganz deutlich von ihm benannt. Dadurch war es fast so wie auf einem Schiff und verhalf mir zu einem unauffälligen Einstieg in meinen neuen Beruf. Die sechsmonatige Probezeit endete mit einer recht guten Beurteilung durch ihn, er schrieb unter anderem von meiner Charakterstärke.

Er hatte wohl dabei daran gedacht, wie ich mit meiner neuen Situation so umgegangen war. Die Heuerstelle war nach dieser Probezeit nun Vergangenheit und damit auch meine letzte Verbindung zur Seefahrt. Ich wurde in einen Berufsbereich umgesetzt, der mit der Seefahrt nichts zu tun hatte, denn ich landete im Hauptamt. Dort traf ich auf einen Vorgesetzten, der das ganze Gegenteil des vorherigen zu sein schien. Der wollte mir bald in ganz besonderer Weise, und als sei das natürlich auch seine Pflicht, deutlich machen, dass ich nun an Land und unter Landsleuten wie ihm arbeitete. In seinen exaltierten Bemühungen darum war er stets sehr aufgeregt, steigerte sich in seine Gesinnung hinein mit wild fuchtelnden Armen und einem sich auf und ab schaukelnden Körper. Es schien, als wollte er am liebsten platzen, bekam ein hochrotes Gesicht, platzte aber nie.

Es war klar, er wollte mir und auch anderen Anwesenden damit seine Überzeugung vermitteln, dass er von mir so gut wie nichts an Arbeitsleistung erwartete, mich lieber in die Schublade der Sozialschmarotzer einsortieren würde. Einmal schien ihn das so sehr erregt zu haben, dass er seinen eigenen Namen in den Flur hinaus brüllte, als er den nächsten Kunden aufrufen wollte.

Das führte zu brüllendem Gelächter bei uns Kollegen und zu einem hochrot werdenden Gesicht und noch stärker auf und ab schaukelnden Oberkörper seinerseits, wobei er mit seinem Kopf leider stets und knapp die Schreibtischkante verfehlte. Danach reduzierte er seine Angriffe mir gegenüber etwas. Er berichtete trotzdem immer mal über seine Erfahrungen mit Behinderten, die für ihn alle arbeitsscheu waren, ohne mich dabei direkt anzugreifen. Er machte das sehr geschickt, wie er wohl dachte. Heute würde man das Mobbing nennen, diesen Begriff gab es 1971 noch nicht, soweit ich weiß. Das hätte auch nichts verändert. Nun war meine mir attestierte Charakterstärke gefragt. Einen wirklich gangbaren Weg, mich gegen ihn zu wehren, ohne mich selbst gleich ins Abseits zu stellen, fand ich nicht. Durfte ihm nicht aufs Maul hauen, und eine Beschwerde über ihn wäre garantiert zum Bumerang geworden. Das hatte ich damals immerhin schon erkannt. Also ignorierte ich ihn, so gut es ging und stufte ihn als lächerliche und bemitleidenswerte Gestalt ein, lachte bald jedes Mal gleich bei Beginn über seine Show, fragte ihn: »Na, ist es wieder so weit?« Damit brachte ich ihn scheinbar aus dem Konzept, das irritierte ihn dann sehr, verschlug ihm fast die Sprache, führte allerdings auch nicht dazu, dass er das nun endgültig einstellte. Ich wusste ja, ich würde höchstens drei Monate mit ihm zu tun haben, dann sollte meine konkrete Ausbildung beginnen, die mir auch viele Lehrgänge in Verwaltungsschulen außerhalb der Stadt bescheren würde. Dort wäre ich zusammen mit anderen jungen Menschen. Ich überstand ihn also, wurde dadurch fast geschickt im Anpassen an scheinbar unveränderbare Tatsachen, begriff, dass ich nicht mehr auf einem Schiff war, wo Wahrheit und Klarheit angesagt waren, sondern in einer Behörde, in der Anderes eine scheinbar wichtige Rollen spielte.

Was das bedeutete und warum dieses Andere so wichtig schien, musste ich noch herausfinden. Während meiner Ausbildung durchlief ich sämtliche Fachabteilungen dort, bis auf die der Verwaltung, die von den ›besten Bürokraten von Allen‹ besetzt war, und ich lernte dabei die unterschiedlichsten Menschen kennen. Sehr schnell empfand ich manche von ihnen als ›blutleere Vollblut-Bürokraten‹, andere als Kollegen, die nach ihrer meist ausufernd offensiv dargestellten Weltanschauung eigentlich den Anarchisten zuzuordnen waren. Recht zahlreich waren die, und, wie mir schien, waren sie konzentriert im Haus untergebracht, so alle auf einem Haufen. Wahrscheinlich hatte man sie so besser im Auge, oder sie hatten sich im Laufe ihrer Berufsjahre gegenseitig infiziert. Hielten sich aneinander fest. Einige von ihnen gaben sich stets sehr introvertiert, als wollten sie dadurch auf etwas aufmerksam machen, das sie nicht aussprechen durften, die meisten jedoch hatten sich scheinbar entschlossen, besonders laute Kollegen zu werden, die mit ihren Ansichten nicht mehr hinterm Berg hielten, selbst wenn ihnen auch jetzt noch immer niemand wirklich längere Zeit zuhören wollte. Vielleicht deshalb, weil es mit ihnen war, als wollten sie damit immer auf irgendetwas aufmerksam machen, das auch sie nicht wirklich benennen konnten. Sie schienen dauerhaft unglücklich zu sein, knallten jedes Mal mit den Türen, ob sie nun rein oder raus gingen. Das hallte besonders laut auf diesen langen, schmucklosen Fluren ohne Teppichboden und mit ihren hohen Decken, konnte sich ungehindert ausbreiten und erzeugte Aggression bei den anderen, die manchmal laut »Ruhe« schrien, um anschließend dann mit ihrer Tür zu knallen. Manche in ihrer Wut gleich mehrmals hintereinander, was zu vielen Echos auf diesen Fluren führte.

Ich traf auch auf einige Alkoholiker. Diese Krankheit im Amt zu leben, war ihnen damals in einigen Fachbereichen, in denen nicht immer viel zu tun war, noch möglich. Das sollte sich bald ändern. Im Jahr 1971 herrschte ja noch absolute Vollbeschäftigung am Arbeitsmarkt. Das war eine scheinbar völlig andere Welt als wir sie heute empfinden. Und die wenigen neu zugehenden Arbeitslosen wurden hinsichtlich zuständiger Vermittlungsstelle von einigen Vermittler-Kollegen manchmal regelrecht umkämpft: Sie bauten sich hierzu voreinander auf, um sich in geeigneter Weise anschreien zu können, sich damit gegenseitig klar zu machen, dass sie doch eine gewisse Mindestzahl an Arbeitslosen für ihren Bestand benötigten, weil sie nur damit ihren eigenen Arbeitsplatz rechtfertigen könnten. Um sich gegenseitig trotz gleichen Anliegens verstehen zu können, mussten sie dann laut schreien, ihren Kopf hochrot werden lassen. Ihre ›Zahlen‹ wurden ja laufend über die Statistik erfasst und würden dann Auskunft geben über ihre Arbeitsbelastung. Das hatte bald den Charakter eines dauerhaften Kriegszustandes, zumindest des sich ständig gegenseitigen Überwachens und Belauerns. Deutlich wurde, dass sie auch damals schon Angst um ihren Arbeitsplatz hatten. Vielleicht auch deshalb, weil sie ihre Arbeit und damit auch sich selbst als überflüssig erachteten, darin keinen Sinn finden konnten.

Doch oft standen Arbeitgeber oder Personalchefs vor der Tür des Amtes, weil sie händeringend nach Arbeitskräften suchten. Im Schlepptau manchmal eine Flasche Schnaps oder auch eine Kiste Bier, die manche von ihnen nun klirrend und klappernd über den kahlen Fußboden hinter sich her ins Ziel zogen. Sollte dann die Bemühungen der Vermittler einleitend unterstützen. Das, zwischen ihnen, erschien alles ganz freundschaftlich, so mit gegenseitigem Schulterklopfen und manchmal sogar Fragen nach dem Befinden der Ehefrau, man duzte sich, und es wurde laut und viel gelacht.

So erlebte ich es jedenfalls im Bereich der Vermittlung handwerklicher Berufe und führte trotz genannter Kämpfe, die irgendwie dazu gehörten, von keinem noch überbewertet wurden, zu überwiegend entspannter Arbeitsatmosphäre, machte mir damals Spaß, da war jedenfalls Leben drin.

Ich bestand nach meiner Ausbildung die Verwaltungsfachprüfung, wurde also ein offizieller Arbeitsvermittler, war nun fachlich qualifiziert wie die anderen. Das Arbeitsförderungsgesetz, mit dessen Zielsetzung ich mich nun ausgiebig beschäftigte, im Wesentlichen nämlich Hilfen zur Beendigung von Arbeitslosigkeit zu leisten, ihren Eintritt möglichst zu verhindern, und das uns allen ja als Arbeitsgrundlage diente, war ein sehr gutes Gesetz und bestimmt ohne Mitwirkung von Altnazis entstanden. Und weil es außerdem noch ohne Machthabende wie spätere ›Basta-Politiker‹ hatte entstehen können, bot es konkrete Hilfen an Arbeit suchende Menschen und gleichzeitig an Arbeitgeber, wurde jedoch in seinen vielen Möglichkeiten noch längst nicht ausreichend umgesetzt. Das musste (s)ich ändern, fand ich, dieses Gesetz musste zum Leben gebracht werden, da steckte viel mehr drin als das, was die bisher damit machten. Besser machen ist wichtig.

Ich durchlief dann später wohl so ziemlich alle Berufe bzw. Berufsbereiche, die diese Welt dort zu bieten hatte, lernte auch den Künstlerdienst kennen, der von einem sehr von sich und seiner Eignung hierzu überzeugten jungen Mann geleitet wurde. Er hatte mit seiner Eigenbeurteilung wahrscheinlich auch recht, ich glaube er machte das gut, trotz oder wegen seines exaltierten Verhaltens. Er wollte sich wahrscheinlich vor manchen dieser Künstler schützen, die ihm ja einiges voraushatten, wie er vielleicht dachte. Darunter waren hin und wieder sogar Fernsehstars, die mal gerade keine Rolle spielen durften. Ich lernte dadurch, dass ›Fernsehstars‹ nicht gleichzeitig unbedingt ›reich‹ waren. Sie brauchten auch dieses Arbeitslosengeld oder wollten es »mitnehmen«, hatten ja Beiträge zur Arbeitslosenversicherung gezahlt.

Musste mir jeweils neues, sogenanntes berufskundliches Wissen aneignen, denn ich hatte ja viele verschiedene Berufe zu betreuen, Vermittlungen hätten ohne dieses Wissen nicht erfolgreich verlaufen können.

Das machte mir sofort Spaß, war viel interessanter, als ich früher als Seemann gedacht hätte oder hätte denken können, wenn ich daran hätte denken müssen. Und ich führte deshalb viele Betriebsbesuche durch, lernte Arbeitgeber oder Personalleiter unterschiedlichster Eigenart persönlich kennen. Das ging vom überzeugten Despoten über eingefleischte Erbsenzähler bis hin zum Welt verbessernden romantischen Demokraten.

Und es gab auch einen, der noch ganz anders und »nicht mehr bereit war, den Arbeitslosen noch länger Bananen in ihren Arsch zu jagen«.

Den konnte ich leider nicht davon überzeugen, dass diese ganz andere Wünsche hatten. Wunderte mich später darüber, dass er sich bei meinem Arbeitgeber nicht anschließend über mich beschwert hat. So entwickelte ich da draußen eine Art von unbefangener Selbstsicherheit und weiter wachsender Neugier, wie diese Firmen von innen wohl aussahen, wollte wissen, was sich da hinter den Fassaden so abspielte und vielleicht verborgen wäre. Ich wollte und musste außerdem herausfinden, wie die Firmenvertreter auf mich, dem der rechte Arm fehlte, reagierten. Da war nichts herauszufinden, weil die darauf öffentlich überhaupt nicht reagierten. Manchmal schien es mir, dass einige von ihnen dachten: »Gut, dass es diese Behörde gibt, die ihn noch beschäftigt.« Kam nämlich bei den meisten gut an. Die sahen, dass mir diese Arbeit Spaß machte, da draußen. Freuten sich über mein Interesse an ihren Bedürfnissen. Sie wussten nicht, dass ich mit meinem Interesse gleichzeitig auch immer auf der Suche nach ihren Ungerechtigkeiten gegenüber ihren Beschäftigten war. Das war schon bald zwanghaft, fing so an. Im Kollegenkreis und innerhalb der Vorgesetzten-Riege wurde ich noch anders betrachtet. Manche von ihnen würden noch lernen müssen, dass Arbeitslose wie Arbeitgeber mich ›so‹ akzeptierten. Einige konnten außerdem nicht damit klar kommen, dass ich die gleiche Arbeitsleistung erbringen konnte wie sie. Doch hatte ich mir fest vorgenommen, mich allen Herausforderungen zu stellen, die infolge des fehlenden Armes in wahrscheinlich drastischer Form auf mich zu kommen würden. Das erwartete ich so, und es musste so sein, war ja von Menschen umgeben.

Mit der Zeit erfuhr ich etwas wie einen Lernprozess in und an mir. Irgendwann, gewissermaßen schleichend, anfangs von mir fast unbemerkt, mündete dieses Lernen in eine Art von ›neugierigem Geduldsfaden‹, der nicht reißen wollte und durfte. Ich tat fast schon so, als sei mir jede noch so blöde Reaktion willkommen. Jedenfalls konnte ich Menschen dadurch noch umfassender kennenlernen, konnte sie bei Bedarf als ›Irgendwas‹ abhaken und vergessen. Hatte oft viel mehr von einigen erwartet, als sie in dieser Hinsicht zu leisten imstande waren, wie ich später manchmal feststellen musste. War von einigen sogar sehr enttäuscht worden. Und auch jedes Mal von mir, weil ich sie nicht hatte überzeugen können. Irgendwann gab ich dann auf. Trotz meiner grundsätzlich vorhandenen Lernbereitschaft setzte ich zwischendurch mal einen etwas an mir bemängelnden Kollegen auf eine Fensterbank, weil er mir seine ›Mängelkritik‹ in Verbindung mit dem fehlenden rechten Arm rüberbrachte und ich damals körperlich noch ziemlich stark war. Zitternd blieb er minutenlang dort sitzen, faselte irgendetwas, nach einer Erklärung suchend. Später verhielt er sich mir gegenüber anders. Und auf Dauer. Diese Reaktion von mir war nun zwar so was wie ein Hauch von Seefahrt, doch nur zwar und nur ein Hauch. Seeleute hatte ich in ihrer Verhaltensweise als grundsätzlich fair empfunden.

Und Menschen dieser anderen Art hätten sich auf einem Schiff auch nicht auf längere Zeit behaupten können. Hatte sich mal einer von denen dennoch auf ein Schiff verirrt, so wurde ihm meist sehr schnell klar, oder andernfalls klargemacht, dass er doch zukünftig lieber an Land bleiben sollte.

Jedenfalls hatte die Seefahrt, die für mich ja immerhin fast sieben Jahre gedauert hatte, mich auch darin sehr geprägt, und das gab mir Hoffnung, immer währende Hoffnung. Irgendwo musste es doch Hoffnung geben. Du siehst, beschriebene Reaktionen und Gefühle von mir zeugen nun nicht davon, dass ich inzwischen schon über den Dingen stand oder sogar eine Art humorvoller

Weisheit hierzu entwickelt hätte. Und meinen Geduldsfaden konnte ich nicht in der Hinsicht dehnen, dass eigene Gefühle und Stimmungen keine Rolle mehr gespielt hätten. Zwar hatte ich grundsätzlich mit fast allen mehr Geduld als mit mir selbst. Nun war ich aber von dieser neuen Art von Kollegen umgeben, von allen Seiten, so wie umzingelt. Auch wenn sie überwiegend nicht so wie der gerade beschriebene, sondern recht gute, manche auch wirklich sehr gute Kollegen waren, die im Sinne des Arbeitförderungsgesetzes und damit im Sinne der Arbeitsuchenden arbeiteten, erschienen mir viele der anderen so gar nicht handfest, nicht greifbar, noch nicht mal angreifbar, so als wären sie mit Schmierseife einbalsamiert, oder als könnten sie sich bei Bedarf unsichtbar machen. Mit ›an Sicherheit grenzender Wahrscheinlichkeit‹ waren die bei ihrer Einstellung von den ›besten Bürokraten von Allen‹ gebissen und ausgesaugt worden und hatten sich dadurch selbst verloren. Das war bestimmt überhaupt ihr Wunsch, gaben sich dem hin, streckten alle Viere von sich, lagen am Boden, wollten unbedingt werden wie die, weil es ihnen erstrebenswert schien. Denn dazu hatten ihnen andere, sogar ihre Eltern, bereits zu Beginn ihrer Ausbildung ja geraten. Jedenfalls die, die vorher auch im Öffentlichen Dienst arbeiteten, und die deshalb wussten, wie man dort am besten klarkommt. Wie ich es im Laufe der Zeit immer wieder erlebte, beschrieb eine große Mehrheit von ihnen dies sogar haargenau so!

Wenn sie dabei auch natürlich nicht von ›den besten Bürokraten von allen‹ sprachen, so sprachen sie so davon, als wäre dies seitdem das Allerheiligste in ihrem

Leben, über das sie sehr froh waren, es zu haben, und sie meinten es ernst, das war nichts anderes als ein Glaubensbekenntnis also. Die erschienen morgens zur Arbeit und verschwanden abends wieder. Das Besondere an ihnen schien mir zu sein, dass sie nach ihrem Arbeitstag keinerlei Spuren hinterließen. Als wären sie überhaupt nicht dort gewesen.

Ich erlernte bald, dass diese Art der Arbeit bei manchen und speziellen Behörden-Mitarbeitern vor allem aus ihrer Angst entsteht, die ihnen nach erfolgtem Aussaugen ihrer Persönlichkeit durch die ›besten Bürokraten von Allen‹ anschließend, und für immer wirksam, eingepflanzt worden war, und die dann zur Grundvoraussetzung ihrer Arbeit wird, und im Laufe ihrer Zeit auch zu der ihres ganzen Lebens werden kann. Den Arbeitgebern oder Dienstherrn im Öffentlichen Dienst, wahrscheinlich sogar der jeweiligen Regierung, kommt das sehr entgegen, weil sie vermutlich deren Unfähigkeit, über bei ihnen gestellte Anträge zu entscheiden, bereits in ihr Finanzkonzept eingebaut haben, und damit auf unauffällige Weise die Staatskosten senken können. Das führt bei einigen von diesen speziellen Mitarbeitern sogar dazu, dass ihnen das ›morgendliche Stempeln‹ an der Stempeluhr zu einer fast unüberwindbaren Hürde wird, und sie ihre Zeiterfassungskarte mit einem Ruck und mit geducktem Rücken um sich sehend, in den Schlitz dieser Stempeluhr hineinjagen und nach dem »Klack« wieder herausreißen, als dürften sie dabei nicht beobachtet werden, weil sie wissen, gleich anschließend warten wieder Entscheidungen auf sie, wofür sie nun wirklich keine Zeugen bräuchten. Das abendliche Stempeln gelingt denen viel leichter. Auch wenn manche von ihnen bereits lange vor Feierabend neben der Stempeluhr warten und dadurch schon manchmal eine Schlange bilden, nur um im Auge zu haben, wenn ihr Zeiger auf 17.00 Uhr umspringt, sie endlich ›ausstempeln‹ und das Gebäude wieder verlassen können.

Daran mich zurückerinnernd, fällt es mir schon fast leicht, dieses Gesamtverhalten als Satire anzusehen. Ist vielleicht die Bürokratie mit ihren sie ausübenden Insassen sowieso Satire? Wohl doch nicht, dazu ist deren Angst zu echt und ihre Macht zu groß. Der Arbeitgeber oder Dienstherr findet diese Angst jedenfalls so gut, dass er sie weiterhin schürt oder schüren lässt, damit das und die so bleiben. Nämlich die Angst vor möglichen Entscheidungsfehlern, die ja entstehen könnten, wenn sie eine Entscheidung träfen. Eine Fehlentscheidung, die sogar zu ihrer unmittelbaren finanziellen Haftung führen würde. Auch sogar noch nach Eintritt ins Rentenalter. »Haben Sie denn auch schon einmal daran gedacht?«, konnte die immer mal wieder in den Raum gestellte verlogene Frage nur lauten. Denn Entscheidungsfehler verhinderten außerdem, dass der Mitarbeiter irgendwann ›aufsteigt‹, weil er ansonsten sozusagen aufsteigen muss, und oft genug nur, weil er vorher keine Spuren hinterlassen hatte. Das ist deshalb so wichtig, weil fehlende Spuren garantieren, dass keine Veränderung des Bisherigen stattfindet, und die daraus entstehende Starrheit wird nicht ins Wanken gebracht. Alles bleibt, und damit alle Dienstposten. Die sind wichtig. Im

Grundsatz geht es in Behörden ja meistens um Anträge, die nur bei ihnen gestellt werden können. Daraus entsteht für sie nicht nur Arbeit, sondern auch eine nicht unerhebliche Machtposition der Mitarbeiter. Das ist ihr Hoheitsgebiet. Mit ihrer Ernennung verlieren diese Hoheiten alsbald den Kontakt zum Leben da draußen, sogar zu anderen Behörden, behalten infolge ihrer Angst, diesen Status zu verlieren, und weil sie ihre Erfolge mit denen in anderen Behörden nicht teilen dürfen, lieber die vom Arbeitgeber oder Dienstherrn erwünschte Sichtweise. Manche benötigen zusätzlich noch ein Alibi für ihr Verhalten, das sie sich dann zu Hause hinter ihren Spiegel stecken können: »Wenn ich diesen Anträgen stattgebe, dann kostet das den Steuerzahler und den Staat sehr viel Geld. Außerdem ist es ja auch mein Geld, denn ich zahle ja Steuern und so. Es hat doch außerdem überhaupt keinen Sinn, weiteres Geld für die aus dem Fenster zu schmeißen!« Diesen Spruch musste ich in unveränderter Aussage über einen sehr langen Zeitraum immer mal wieder mit anhören. Gebetsmühlenartig. Im Ergebnis ihrer nach dem Sinn fragenden Erkenntnis werden sie entweder gar keine Entscheidung treffen, den Antrag ganz ablehnen, oder ihn nur in reduzierter Form bewilligen.

Zu dieser für sie wichtigen und richtigen Beurteilung kommen sie zwangsläufig, und manche tragen das dann oft auch noch laut und aggressiv vor sich her. So, als herrschten sie über das Recht, als wären sie allein deshalb nun stark. Merken nicht mehr, dass sie nur aus Angst so handeln.

Wollen sie damit alle früher mal möglichen Gedanken, die sie auch in Bezug auf Behörden gehabt hatten, übertönen und ersticken? Und obwohl sie schon lange nicht mehr auf Widerspruch ihrer Kollegen stoßen? Entweder, weil die inzwischen selbst so handeln, oder weil die erkannt haben, dass eine Berichtigung oder Diskussion mit denen sinnlos wäre. Wie ich später im Laufe der Zeit regelmäßig erlebte, hauten manche der noch Denkenden sogar verzweifelt darüber mit der Faust auf ihren Tisch, wenn sie dann den immer gleichen Satz riefen: »Man kann doch hier sowieso nichts ändern!« Dieses Gesamt-Dilemma gibt es wahrscheinlich seit es Behörden gibt.

Für mich gab es nun auch Kolleginnen. Plötzlich waren da also Frauen, Frauen, mit denen ich nun zusammenarbeiten sollte! Das hatte es bei der Handelsschifffahrt damals noch nicht gegeben, jedenfalls hatte ich es nicht erlebt, und es brauchte tatsächlich eine lange Zeit, bis ich nicht mehr mit der einen oder anderen in Streit geriet, weil sie einfach in vielem völlig anders dachten und handelten als ich. Nebenbei bemerkte ich, dass Frauen scheinbar viel härter sein können als Männer, dann auch entscheidungsfreudiger. Wusste dann nie, was sie da gerade auslebten. Hatte nichts mit der eigentlichen Arbeit zu tun, dachte ich, erzeugte jedes Mal Neugier in mir. Versuchte manchmal in direkter Seemannsart oder ähnlich einem Elefanten im Porzellan-Laden, der auch keinen Fettnapf auslassen will, ihnen ihre Motive zu entlocken. Mein Verhalten musste bei den meisten von ihnen zu Unverständnis führen, ich konnte einfach nicht aufhören, wollte unbedingt Klarheit. Das war schon zwanghaft und stets gefährlich, führte wieder zum manchmal lauten Streit, sie fühlten sich angegriffen, knallten die Tür. Wollten tagelang, manche sogar »nie wieder« mit mir sprechen. Wahrscheinlich fühlten sie sich durch meine sehr direkte Art immer schon von vornherein beleidigt, weil ich versuchen würde, sie dadurch herabzusetzen. War überhaupt nicht meine Absicht. Vielleicht hatte es damit zu tun, dass sie von einem Mann sowieso nichts anderes erwarteten, und nun erlebten sie das auch noch mit einem, der nur einen Arm hatte: »Was denkt der sich denn?«

Mit den meisten von ihnen ging es irgendwann gut, sie hatten mich dann durchschaut und verstanden. Konnten das eher als viele der männlichen Kollegen. Manchen von ihnen gefiel auch meine »Unbelehrbarkeit« hinsichtlich meiner Auffassung, welche Prioritäten in dieser Arbeit zu setzen wären, und die ich mittlerweile dann ständig wie ein Markenzeichen vor mir her trug. Mit der ich mich gleichzeitig in eine dauerhafte amtsinterne Gefahr begab, wie ich bald konkret erfahren musste, woraus ich allerdings nichts lernen wollte oder konnte. Aus heutiger Sicht betrachtet, war es bei einigen von ihnen und mir sehr zugetanen vielleicht sogar so, dass sie mich vor meiner ›eigenen Courage‹ beschützen wollten, wenn die eine oder andere mich aus gegebenem Anlass fragte: »Warum tun Sie sich das an, Sie werden damit Ärger kriegen, die machen Sie platt!« Damit gemeint waren die ›besten Bürokraten von Allen‹, und es bezog sich immer auf meinen, wie auch sie befanden, großzügigen Umgang mit Fördermitteln für Arbeitslose, der, auch wenn ich mich natürlich im Rahmen der geltenden Gesetze bewegte, zwangsläufig irgendwann zu Haftungsmaßnahmen der Verwaltung gegen mich führen würde. Und dazu fällt mir jetzt ein Erlebnis aus Schottland ein, das ich mit Frauen und meinem letzten Schiff als Steuermann dort hatte, und von dem ich dir unbedingt erzählen will, weil es mich ebenfalls vor dem ›Plattmachen‹ beschützen sollte:

Wir lagen bei strahlendem Sommerwetter in einem schottischen Hafen, dieser hatte eine Steilküste mit vielen schönen Felsen und Klippen, und er hatte eine äußerst gemütliche große Kneipe, ein Pup, in den wir abends gingen. Das war an einem Wochenende, und dann ist es dort und auch in England oft so, dass ein Klavierspieler da auftritt, und die people singen dann, was das Zeug hält. Das war wieder einmal toll, singen und auch noch laut und mit Klavierbegleitung. Der Spieler fing dann an, ›Lilly Marlen‹ zu spielen, als er erfuhr, dass wir deutsche Seeleute waren. Dieses deutsche Lied, das während der 2. Weltkrieges manchmal dafür gesorgt haben soll, dass Kampfhandlungen zwischen deutschen und englischen Soldaten eingestellt wurden, um ihm zuhören zu können. Wir waren zu dritt, und ein Kollege kannte tatsächlich den Text dazu. Ich stimmte ein und bald sangen alle Schotten, allerdings natürlich in ihrer Sprache, fröhlich mit.

Das war erfreulich und trotz des sprachlich gesanglichen Durcheinanders völlig harmonisch. Als es »Time please« hieß, waren wir schon traurig.

Doch sahen wir schnell, dass nicht alle Gäste diesen Abend auch als harmonisch empfunden hatten, oder es war deshalb, weil sie mit Harmonie nichts anzufangen wussten: Kaum waren wir draußen, baute sich in einigen Metern Abstand eine Gruppe von drei sehr kräftig gebauten Schotten vor uns auf. Die wollten 'ne Schlägerei. Ich nahm demonstrativ meine Armbanduhr ab und steckte sie in die Hosentasche, das würde kein Spaziergang werden, wusste ich, die waren geübte Schläger, das sah man schon.

Noch passierte nichts, als sich plötzlich drei junge Frauen zwischen uns und die anderen stellten und uns bedrängten wegzugehen, während sie gleichzeitig die Schotten mehr oder weniger als Idioten beschimpften. Das ging dann so aus, dass wir diesen Mädels folgten und zwar in das Luxushaus eines Zahnarztes, der sie begleitete, und dessen Mitarbeiterinnen sie waren, und der sich zudem noch zwischen uns und die drei Schläger gestellt hatte.

Das hat die dann wahrscheinlich beeindruckt, dachten vielleicht an zukünftige Zahnbehandlungen, oder er hatte ihnen sogar mit bezüglichen Nachteilen gedroht, denn sie verschwanden gleichzeitig und wortlos vom nun vereitelten Tatort. Das genannte Haus stand weit oben auf einem Berg inmitten der Felsen, und eines dieser Mädels entführte mich plötzlich und noch weiter nach oben auf eine Wiese. »I would like to show you the panorama«, sagte sie zur Begründung, und wir hatten da in dieser ›unberührten‹ Natur panoramamäßigen Sex ohne weiteren Anlauf, waren dem Himmel und den uns zuschauenden Sternen jetzt viel näher gekommen.

Dies war schon von Anfang an im Pub ihr Ziel, erklärte sie mir, und obwohl ihre Freundin ihr von mir abgeraten hatte: »Don't stare at him like that!« Darüber hatte sie nur lachen müssen, sagte sie, und sie hätte ihre Freundinnen nur deshalb veranlasst, sich gemeinsam mit ihr zwischen uns und die Schotten zu stellen, weil sie mich hatte beschützen wollen und mich lieber in unlädiertem Zustand näher kennenlernen wollte, denn die drei Schotten seien sehr professionelle und stadtbekannte Schläger, und sie lachte sehr, konnte sich kaum wieder einkriegen, da auf dieser himmlischen Wiese. Irgendwie sind Frauen toll. Mit diesem Zahnarzt wurde es noch anderweitig interessant, als er begann einige der jungen Frauen, mit ihrem Einverständnis natürlich, zu hypnotisieren, was er sonst oft bei Behandlung seiner Patienten anwende, wie er erklärte, er war ja auch nicht mehr ganz nüchtern, trotzdem funktionierte das jedes Mal, es war spannend dem zuzusehen.

Er war wirklich ein besonders sympathischer und witziger Typ, auch wenn oder weil er absolut von sich überzeugt zu sein schien. Und er strahlte immerzu, als wir beiden von der himmlischen Wiese ins Haus zurückgekehrt waren. Als ich ihm davon erzählte, dass unsere Reise anschließend nach London ginge, sagte er, ich solle dort vorsichtig sein, denn da gäbe es einfach zu viele Engländer, und er grinste ernst. Und das war tatsächlich ein gut gemeinter Rat von ihm, wie ich später erfahren sollte. Insgesamt war das ein wirklich schönes Erlebnis, außerdem lernte ich dabei, dass es Zahnärzten scheinbar überall in der Welt finanziell gut geht. Das

Mädchen und ich haben uns später dann noch manchmal geschrieben. Wir haben uns leider nicht wiedersehen können.

Zurück zu Amt und Bürden: Die Front der Kollegen war also für mich so nach und nach überschaubar, weil zum überwiegend flachen Einheitsbrei geworden. Ich dachte jedenfalls, dass es so wäre. Denken hilft nicht immer.

Doch stattdessen in Grübelei zu verfallen, hilft erst recht nicht, weil dies wegen erlebter Verluste immer nur mit Angst vor möglichen zukünftigen Verlusten zu tun hat. Nebenher, oder in der Hauptsache, zeichneten sich so langsam, aber genauso sicher Probleme zwischen meiner Frau und mir ab. Mir schien es manchmal, dass sie sich wohl doch eher einen Mann gewünscht hätte, der die üblichen zwei Arme hatte. Das erhöhte mein Selbstbewusstsein nicht, ich wollte das sogar verstehen. Hatte wegen dieses Gedankens manchmal schon so etwas wie ein schlechtes Gewissen, erhöht dann weder die Potenz noch die Lust, auch nicht die Lebenslust.

Wollte zwischendurch gegen eine Wand fahren, hatte eine zeitlang bereits nach einer geeigneten gesucht, die musste dick genug sein und die gewollte Wirkung erzielen, hatte mir damals einen Mini-Cooper gekauft, nein, nicht deshalb. Ich war einmal wirklich kurz davor, zwang mich, an meine Tochter zu denken, sah sie vor mir. Wollte sie nicht allein ihrer Mutter überlassen, kehrte um. Musste das Auto dann wieder verkaufen, nachdem ich in eine Polizei-Kontrolle geraten war und die Polizisten mir ziemlich freundlich erklärten, dass ich mit einer

Hand nicht in der Lage sein könnte, ein Auto mit Handschaltung zu fahren. Kriegte anschließend eine Auflage im Führerschein: nur noch mit Automatik. Ist auch besser. Automatik ist nicht überall besser. Anstatt also Kapitän, Schiffseigner und sehr reich zu werden – das ist wichtig und schön, weiß ja jeder –, war ich also zum Besetzer dieses bequemen Bürostuhls geworden, von dem ich während der Seefahrt manchmal geträumt hatte, wenn die nicht enden wollende Arbeit auf den Schiffen und Entsagungen verschiedener Art das Entstehen von Lebenslust mal wieder drastisch verhindern wollten. Ich musste jedoch bald feststellen, dass die Arbeit auf diesem Stuhl keineswegs leichter war als die Arbeit auf einem Schiff. Vor allem bereitete sie mir wesentlich mehr Kopfzerbrechen. Meiner Frau wollte ich davon nicht mehr erzählen, es war ja im Grunde immer dasselbe. Sie hat außerdem nie verstanden, warum ich mir diese Arbeit gesucht hatte, ich hätte doch viel Besseres finden können, war ihre Meinung, sie war wohl ziemlich weltfremd. Auf jeden Fall schien sie enttäuscht von mir, oder gar von sich. Wie ich sie später besser kennenlernte, hätte sie mich wohl für interessanter befunden, wenn ich mich bei der Mafia beworben hätte. Manchmal dachte ich so, es fehlten ihr weitere Schicksalsschläge, und ich war ihr viel zu langweilig, weil ich wohl zu sehr auf Sicherheit bedacht war. Jedenfalls würden mir meine Zweifel treu bleiben und würden vor allem deshalb eine noch größere Macht über mich haben, weil ich nun an diese Behörde gefesselt war und mich nicht von ihr befreien konnte. Vor allem hatte ich ja ein Kind, dem ich

Sicherheit und ein gutes Zuhause geben wollte. Musste da bleiben. Auf Biegen oder Brechen, ich wollte nicht zerbrechen, verbogen werden auch nicht. Zweifelte nicht einen Augenblick lang an mir, wenn mein Eindruck sich verfestigte, dass manche der Kollegen dort wahrhaftig in ständiger Angst lebten und sich dadurch zu regelrechten und in ihrer Außenwirkung schon bösartigen Bürokraten entwickelten. Ich konnte die nicht verstehen, empfand ihr Verhalten als menschenunwürdig und menschenverachtend. Wollte sie deshalb aus ihrem Einheitsbrei herausheben, bevor sie ganz darin versinken würden und dadurch vor sich selbst retten und ihre ›Opfer‹ gleich mit. Was manche von ihnen taten, oder nicht taten, entsprach ja, ganz blauäugig betrachtet, nicht ihrem gesetzlichen Auftrag. Jedenfalls musste ich mich unbedingt von ihnen abgrenzen, und zwar deutlich und für alle sichtbar, wollte diese Arbeit und mit ihr mich und auch noch den Staat aufwerten, der ja schließlich der eigentliche Auftraggeber war, auch wenn ich ihm damit ins Handwerk pfuschen würde. Möglicherweise würde ja wenigstens meine Frau das anerkennen und mich vor ihr wichtiger erscheinen lassen. Das hat nicht geklappt.

Natürlich wäre ich höchstens eine Art Mosaikstein, das war mir ja noch klar. ›Richtiger‹ Größenwahn war also noch nicht vorhanden, bestimmt aber war ich damit aus der Sicht mancher Kollegen »auf dem falschen Dampfer«.

Ging wahrscheinlich letztendlich allen, die mit mir zu tun hatten, auf ihren Matrix-Geist, passte in fast keiner Hinsicht da hinein. Hätte auch mit zwei oder drei Armen da nicht hinein gepasst.

In all diesem, von mir oft nur noch als chaotisches Suchen empfundenen Denken spürte ich trotzdem immer und zweifelte ich nie daran, dass ich meinen Platz in dieser Arbeit jetzt gefunden hatte. Ob ich nun für die anderen passend war, oder nicht! Das war einfach so. Daran konnte ich mich festhalten. Ich ging dabei sogar so weit: »Wenn also der liebe Gott sich diese große gedankliche Mühe gemacht hat, wenn er mich dadurch endlich meinem Lebenssinn näher zu bringen versucht, dann muss ich diesen Platz nun auch mit entsprechend großer Mühe ausfüllen.« Die Pflicht rief also nun nach mir, im Übrigen war der liebe Gott wahrscheinlich die einzige ›Autorität‹, die ich je ohne Wenn und Aber hatte akzeptieren wollen. Klingt bestimmt abgefahren, oder sogar völlig verrückt. Und selbst wenn diese Begründung außerdem nicht glaubhaft klingt, vielleicht eher an das »Pfeifen im dunklen Wald« erinnert, so ist mir das, wie es bei einem Verrückten wohl auch nicht anders sein kann, völlig gleichgültig. Es war für mich so. Auch als ein ›Strohhalm‹ diente mir dieses Denken. Es war viel mehr: Den suchenden Menschen, die da nach ihrem persönlichen und, wie ich lernte, bald auch gesellschaftlichen Absturz täglich vor mir saßen, engagierte Hilfe zu leisten, war das, was mir aus dem Herzen sprach, und ich war fest entschlossen, mir diesen Sinn nicht wieder nehmen zu lassen.

Auch schon gar nicht durch das, was bald geschah: Im April 1973 war ich seit etwa sechs Monaten nun Vermittler im handwerklichen Bereich. Einer der bei mir arbeitslos gemeldeten Männer war ein etwa 40jähriger

Spanier. Er wirkte sehr zurückhaltend auf mich und war bereits seit etwa zwei Jahren arbeitslos, als ich ihn kennenlernte; das war sehr ungewöhnlich in dieser Zeit. Ich wollte ihn nun unbedingt in Arbeit vermitteln, wollte dadurch meine und seine Eignung unter Beweis stellen, das war ja mein staatlicher Auftrag, wurde dafür bezahlt. Ich nahm also deshalb telefonisch Kontakt zu verschiedenen möglichen Arbeitgebern auf. Eines Tages rief er mich im Amt an und sagte: Firma Meyer habe ihn eingestellt, und er solle am kommenden Tag dort anfangen. Ich freute mich sehr über diese Nachricht und sagte ihm das auch. Er bedankte sich, klang irgendwie verunsichert.

Am kommenden Morgen rief mich eine Mitarbeiterin dieser Firma an, um mir mitzuteilen, dass »der Spanier« nicht zur Arbeit erschienen sei. Das hatte ich nun überhaupt nicht erwartet und rief bei ihm zu Hause an, wollte ihn zur Rede stellen. Seine Vermieterin war am Apparat, ich fragte sie, ob ich ihn mal sprechen könne. Sie antwortete, dass dies leider nicht mehr ginge: »Herr … hat sich in der vergangenen Nacht auf dem Dachboden erhängt.«

Dann sagte sie noch, während sie hörbar mit den Tränen kämpfte, wahrscheinlich habe er große Angst vor dieser neuen Arbeitsstelle gehabt, er hatte ihr am Tag davor gesagt, dass er gar nicht wisse, ob er das überhaupt könne, was da von ihm verlangt werde, und dass er sehr aufgeregt sei.

Das war ein Schock für mich, und ich erzählte Kollegen davon. Von einem hörte ich, dass der wahrscheinlich keine Lust gehabt habe zu arbeiten.

Ich erlebte das anders, sogar so anders, dass es meine bisherige Sichtweise auf die Situation arbeitsloser Menschen jetzt völlig zu verändern begann.

Das war die Zeit der Vollbeschäftigung, und eine zutreffende Beurteilung der hoffnungslosen Situation von Langzeitarbeitslosen, so wie heute manchmal und ansatzweise richtig, gab es überhaupt noch nicht.

Wie nicht anders zu erwarten, schien dieses Ereignis mir den ganz besonderen Sinn meiner Arbeit zu geben, dem ich spätestens von da an regelrecht ergeben oder sogar mit allen seinen möglichen Folgen ausgeliefert war. Schlagartig entstand etwas wie eine ›zündende Idee‹, über die ich nicht erst noch eine Nacht schlafen musste, um sie erst danach begreifen zu können. Nein, das war wie ein ›Aha-Erlebnis‹ und wollte zum Volltreffer werden. Also ging ich innerlich einen Vertrag mit diesen Menschen ein. So wie bei einer Blutsbrüderschaft, die ja für immer ist.

Ich musste also zwangsläufig die Seite wechseln, im Amt nun so wie ›undercover‹ für die Arbeitslosen arbeiten. Das musste ich unbedingt ausbauen. Ja, das war zwanghaft, doch das war mir egal. Niemand sollte mir jetzt oder irgendwann Gleichgültigkeit vorwerfen können, und daraus entstehende Schuld. Ein übliches Karrieredenken war nun überflüssig geworden. Das hätte mich nur abgelenkt von meinen plötzlich entstandenen Gefühlen, hätte sie sogar unmöglich gemacht. Das konnte gar nicht zusammenpassen, passt nie zusammen, wie ich später lernte.

Echtes Karriereverhalten hätte ich außerdem gar nicht gekonnt, hätte dann so werden müssen wie die Karrieristen bei uns. Die waren mir doch viel zu schablonenhaft, die unterschieden sich in ihrem Verhalten kaum noch voneinander. Schienen mir schon wie geklont, zeigten in direkter sie vergleichender Betrachtung nur noch identische Reaktionen. Das war ja oft genug schon Satire, weil sie selbst das nicht merkten. Hatte sicherlich auch mit ihrer Angst zu tun.

Auch alles andere erschien mir viel zu starr, zu sehr auf etwas aufgebaut, das es schon immer gab, und das es in Stillstand auch weiterhin unverändert geben sollte. Ich fügte mich also nicht ein. Ich konnte und wollte die arbeitslosen Menschen anregen, sich selbst zu helfen, und ich würde sie weiter auffordern, sich selbst und ihre Kraft nicht zu verlieren. Appellierte an ihren Stolz, sie sollten sich nicht noch kleiner kriegen lassen.

In gewissen Abständen hatten wir mit den Arbeitslosen Info-Veranstaltungen durchzuführen. Dazu luden wir uns dann circa 30 Personen ein. War ich mal an der Reihe, so erzählte ich ihnen manchmal die folgende im Amt erlebte Geschichte: Eines Tages rief mich die Firma Meyer an, der Firmenvertreter war sehr aufgeregt und sprach sehr schnell mit hastig aneinander gereihten Worten: »Guten Tag, bei mir ist ein Herr … Herr … hat von Ihnen vor ein paar Tagen einen Vermittlungsvorschlag für Firma Müller erhalten. Die ist hier in der Nachbarschaft, da sollte er sich vorstellen. Nun hat Herr … sich aber in der Haustür geirrt und ist hier bei uns gelandet. Den haben wir gleich hier behalten, so einen wie ihn brauchen wir nämlich gerade. Das wollte ich Ihnen nur sagen, nicht, dass er sonst Ärger kriegt.«

Mit dieser kleinen und wahren Geschichte so mitten aus dem Leben der Irrtümer wollte ich ihnen darstellen, dass es für sie weiterhin Chancen auf dem Arbeitsmarkt gibt, dass es auch gutwillige und außerdem flexible Arbeitgeber gibt. Man muss sie nur finden. Dieses Erlebnis wurde von den meisten von ihnen auch wie ein Hoffnungsschimmer empfunden, und dies machte es mir möglich, vor allem auf Eigeninitiative hinzuweisen.

So nach dem Motto: »Der Erfolg wartet nur auf den, der ihn auch haben will.« Dass das ein Teil aller Wahrheit ist, wusste ich ja selbst. Nicht jeder brauchte diese Hinweise. Viele von ihnen hatten genug eigene Kraft, ließen sich durch ihre Situation und von der durch Politik und Medien inzwischen permanent erzeugten öffentlichen Meinung mit all ihren daraus folgenden Hinrichtungsmechanismen auch nicht runter ziehen, schafften ihre Rückkehr ins Leben, weil sie Arbeit fanden. Geht nicht ohne Arbeit.

Mein nun so Ziel gerichtetes Handeln, das ja infolge meiner immer offenen Arbeitsweise im Amt gar nicht ›undercover‹ bleiben konnte, führte mich natürlich gegenüber vielen Kollegen ins Abseits. Das war unvermeidbar, von mir wahrscheinlich auch so gewollt. Ich war unfähig zu Team-Arbeit, wollte oder konnte keine Gemeinsamkeiten finden. Die würden sich ja niemals an Perfektem orientieren. Das würde mich nur ablenken und wertvolle Zeit rauben, in sinnlosem Herumlabern enden. Die Arbeitslosen waren mir wichtig, viel wichtiger als die Kollegen. So konnte ich mir wahrscheinlich eine Art von Oase schaffen, konnte so tun, als wäre ich allein.

Die meisten meiner Kollegen konnten mich nicht begreifen, gaben auf.

Ich habe so manchen zurückgestoßen. Konnte mich und mein Grundanliegen wohl auch nicht richtig darstellen, empfand die mir aufgetragene Rolle als Befehlsempfänger in dieser Behörde als für mich nicht passend.

Eines Tages erklärte mir eine noch sehr junge Kollegin im Vorübergehen auf dem kalten Flur, und so einfach aus dem Nichts herausplatzend, als hätte sie das schon lange gequält: »Man hätte Sie nach dem Freitod des Spaniers aus der Arbeitsvermittlung raus nehmen müssen, Sie gehen doch viel zu sehr auf die Arbeitslosen ein.« Ich wusste darauf keine Antwort. War wieder ein Stein. Steine werden immer dann einsam, wenn man von ihnen das Reden erwartet. Versuchte nur zu denken: »Hoffentlich wird die mal irgendwann arbeitslos.« In diese von mir selbst geschaffene Welt des Kampfes hinein träumte ich eines Nachts und so überdeutlich von meiner Mutter und mir:

Wir saßen vor dem Haus, in dem sie wohnte, auf einer Bank, die auf der anderen Seite der Straße dicht an einem großen Teich stand und von hohen alten Bäumen und deren Schatten bedeckt war.

Während wir da so nebeneinander saßen, sie rechts von mir, öffnete sich behutsam der Himmel und ließ die Bäume gehen. Ein wie mit dem Lineal gezogener Horizont mit einem blauen Himmel darüber zeigte sich mir jetzt, so eindrucksvoll und schön, wie ich ihn sonst nur manchmal auf hoher See erlebt hatte. In der Mitte dieses Horizonts entstand jetzt Bewegung, und wie in einem

Breitwand-Hollywood-Film erschien nach und nach sehr langsam der Kopf eines Mannes. Zuerst seine lockigen langen braunen Haare, dann die Stirn und die Augen, dann die Nase und der Mund, der von einem Bart umwachsen war. Dieser so schöne Kopf, der sich da zeigte, bedeckte nun den großen Teil des Himmels, und es war der Kopf mit dem freundlich und liebevoll auf uns herabsehenden Gesicht von Jesus.

Und während er dort verweilte und auf meine Mutter und mich herab sah, stand meine Mutter plötzlich wortlos auf und entfernte sich von dieser Bank. Sie ging nach rechts und verschwand, sich dabei zu mir drehend und, wie sich entschuldigend, lächelnd, im Nichts, so als sei sie von der unsichtbaren Zeit verschluckt worden. Gleichzeitig versank der Kopf von Jesus so nach und nach wieder hinter dem Horizont, und seine so freundliche Miene verwandelte sich dabei in eine sehr zornige, während er bald wieder ganz hinter diesem Horizont versunken war.

Nun hatte mich dieser Traum völlig aufgewühlt, ich hatte Jesus gesehen, riesengroß, fast den Himmel ausfüllend und in wunderbaren Farben, erzählte meiner Frau von ihm, auch meinen Eltern, sogar einem Kollegen. Ich wollte diesen Traum und seine Botschaft loswerden, wollte gleichzeitig herausfinden, was dieser Traum zu bedeuten hätte. Dass er wirklich noch eine große Bedeutung erlangen würde, und auch welche, erfuhr ich etwa eine Woche später.

Für uns alle völlig überraschend, denn Mütter sind ja immer so stark, war meine Mutter eines Tages zusammengebrochen und ins Krankenhaus gekommen. Mein Vater, mein noch kranker Bruder und ich gingen am Abend desselben Tages in dieses Krankenhaus, um sie zu besuchen. Es ging ihr sehr schlecht, und sie hatte große Schmerzen. Der Stationsarzt kam herbei und nahm uns drei mit in einen anderen Raum, um uns zu erklären, dass meine Mutter unheilbar an Krebs erkrankt sei, er gab ihr noch eine Zeit von wenigen Wochen, und eine OP sei in diesem Fall sinnlos. Ich wollte das nicht glauben, das konnte gar nicht stimmen, sie war doch erst 59 Jahre alt und hätte doch noch ein paar für sie schönere Jahre vor sich, die ich ihr immer so sehr gewünscht hatte. Und mein Bruder schien ja nun auch auf dem Weg der Besserung, und ich hatte trotz meines Unfalls ja diese Arbeit gefunden. Außerdem war sie durch meine kleine Tochter nun Großmutter geworden, und die beiden liebten sich sehr. Keine Chance, sagte der Arzt, geht nicht, sagte er. Wir verabschiedeten uns von der Mutter, und wir sagten ihr nichts von dieser Diagnose. Das war damals noch nicht üblich. Ich ging nicht nach Hause zu Frau und Kind, ich ging in eine Kneipe, in der ich vor einiger Zeit diese attraktive Bardame kennengelernt und mich in sie verliebt hatte. Sie war nicht da, eine mir unbekannte Frau servierte mir die vielen Biere, die ich trinken wollte. Zwischendurch prügelte der dortige Türsteher, ein vierschrötiger Kerl, noch zwei Jugoslawen gleichzeitig aus der Kneipe, weil sie sich mit ihm angelegt hatten. Das dauerte höchstens zwei Minuten, und er setzte seine Fäuste und Füße dabei ein, und er war sehr schnell und sehr professionell, also äußerst brutal. Dieser

Türsteher hatte die meiste Zeit seines bisherigen Lebens im Knast verbracht. Wenn er dann mal draußen war, hatte er diesen Job.

Der Abend ging so dahin, und ich trauerte so sehr um meine Mutter, als dieser Türsteher mir plötzlich erklärte, ich sei wohl jemand, der trotz des fehlenden Armes noch als Mann anerkannt werden möchte. Er stand dabei irgendwo und ziemlich weit weg von mir hinter dem Tresen.

»Du verblödetes Arschloch«, dachte ich und fragte ihn, ob er sich deshalb besonders männlich vorkomme, weil er ständig im Knast saß und nichts anderes könne, als andern auf die Fresse zu hauen, und dass er noch nie in seinem Leben irgendetwas Sinnvolles getan habe. Das habe ich ihn tatsächlich gefragt. Wenn ich später so darüber nachdachte, war dies natürlich mein Aufruf an ihn, mir zu beweisen, dass er wirklich der körperlich stärkere Mann war, und ich wusste ebenso, welcher Gefahr ich mich damit aussetzte. Es war mir egal, fast glaube ich, ich wollte diese Gefahr, wollte an diese Grenze des Lebens gehen, vielleicht sogar getötet werden, wollte meiner Mutter zeigen, wie traurig ich war, oder ihr sogar zuvorkommen. Ich bekam aber keine Antwort von ihm, er war für vielleicht zehn Minuten nicht zu sehen. Dass er nicht gegangen war, spürte ich durch seinen Faustschlag, den er mir, während ich schon ziemlich betrunken auf einem Barhocker saß, von hinten mit aller Kraft und ohne dass ich ihn hätte sehen können, an meinen Kopf verpasste. Ich knallte mit dem Kopf gegen einen Kamin neben mir, war schon fast ausgeknockt. Stand langsam auf, drehte mich zu ihm und erklärte ihm, dass er außerdem noch eine linke Drecksau war, zu feige, mich vorn anzugreifen. Dann stürzte ich mich auf ihn, versuchte alles Mögliche, fand mich zweimal am Boden wieder, mein Gesicht hatte sich, wie ich später sah, mehr oder weniger in eine Art blutigen Brei verwandelt. Ich gab nicht auf, wenn er zwischendurch auch immer wieder kreischte, und er hatte dabei eine völlig verwandelte hohe Stimme, wie die einer hysterischen Frau: »Ich schlag dich tot, ich schlag dich tot«, schrie er. Ich verpasste auch ihm ein paar Schrammen, konnte aber nicht gewinnen, war ohne jede Chance, es fehlte der rechte Arm. Schließlich schaffte ich es noch, ihm zwischen seine Beine zu treten, was immerhin bewirkte, dass er sich nicht mehr bewegen konnte und nach vorn gekrümmt mit Schmerz verzerrtem Gesicht seine Eier festhielt. Und dass er mich nicht vergessen wird, war mir wichtig. Leider war ich zu diesem Zeitpunkt schon fast K.O., ansonsten hätte ich ihn jetzt richtig umhauen können. Ich hatte keine Kraft mehr und entschloss mich das Lokal zu verlassen. Das gelang mir auch, ich ging demonstrativ langsam davon und erklärte ihm währenddessen noch in meinem fast bewusstlosen Zustand, dass er ein Versager sei. Dies ersparte mir dann später, diese Kneipe noch einmal aufzusuchen. Das wäre dann wahrscheinlich mein Ende gewesen. Unbesiegbar war ich jedenfalls nicht mehr.

Nun musste ich am kommenden Tag in diesem lädierten Zustand meiner Frau und meinem Kind gegenübertreten, wusste nicht wie und ob ich dem Kind dies erklären sollte. Sie war ja erst anderthalb Jahre. Meiner Frau erzählte ich dann alles und wie es dazu gekommen war, hätte ja auch sagen können, ich sei gestürzt oder überfallen worden, oder sonst was. Das war mir sehr unangenehm, wahrscheinlich vor allem deshalb, weil ich diesen Kampf nicht gewonnen hatte und nicht hätte gewinnen können. Musste mich nun auch noch krankschreiben lassen, konnte so doch nicht an meinem Arbeitsplatz auftauchen. Der Arzt wollte mich nicht krankschreiben. »Sie sind nicht krank«, sagte er. Schließlich konnte ich ihn mit Hinweis auf die Arbeit suchenden Menschen, die mich ja aufsuchen würden, und was sollen die von mir denken, noch umstimmen. »Gut«, sagte er, »aber nur eine Woche.« Diese Woche reichte auch, um mein zermanschtes Gesicht wieder herzustellen, fast jedenfalls. Meine zermanschte Seele wurde in dieser Woche nicht geheilt. Ich konnte das mit meiner Mutter nicht begreifen. Warum nur hatte sie nie Glück in ihrem Leben, und was wollte das zornige Gesicht von Jesus mir denn sagen? Wollte es mir sagen, ich würde zukünftig einen falschen Weg einschlagen, weil sie gegangen war? Und ich ging wie absichtlich einen falschen Weg, ließ mich oft krankschreiben, trank viel Bier, nahm weder meine Frau noch mein Kind noch meine Arbeit richtig wahr. Stand zwischendurch schon fast vor einer Entlassung, und damit auch vor meinem völligen persönlichen Absturz. Erfuhr dabei, dass mein Arbeitgeber sich mit einer Art Geduld und Verständnis um mich kümmerte. Vielleicht, weil ich mich jetzt ja so benahm, wie sie es von einem Behinderten immer erwarteten. Konnten sie mich deshalb pfleglich, fast pflegerisch, fast schon wie einen von ihnen behandeln, weil sie Hoffnung schöpften? Sie wussten ja nicht, dass ich wieder auf die Beine kommen würde. Muss allerdings gleichzeitig zugeben, dass mein Arbeitgeber mich damals wahrscheinlich auch mit Recht hätte entlassen können. Jedenfalls fühlte ich mich eine lange Zeit selbst nicht mehr als vollwertiger Mitarbeiter.

Hatte später deshalb lange ein schlechtes Gewissen, hätte fast selbst gekündigt. Oft fuhr ich zu meiner Mutter nach Hause, erlebte wieder diesen so großartigen Lungenfacharzt, der mit meiner Mutter, die immer noch nicht wusste, woran sie erkrankt war, der dort mit ihr eine Chemotherapie durchführte, die ihr fast zu helfen schien. Sie konnte wieder aufstehen, ging sogar einkaufen. Mein Vater hatte die Sauferei aufgegeben, stand wie ich fand seiner Frau das erste Mal wirklich zur Seite. Mein Bruder fühlte sich plötzlich wieder arbeitsfähig und fuhr wieder zur See, wahrscheinlich konnte er die Erkrankung unserer Mutter nicht ertragen und floh vor ihr.

Und der Arzt sagte dann: »It goes not«, und er behielt recht. Eines Tages erhielt ich im Amt einen Anruf von einer meiner Cousinen, die mir mitteilte, dass meine Mutter nun gestorben sei, und ich hasste mich. Ich hasste mich, weil ich sie zwei Wochen davor nicht mehr besucht hatte und in der Stunde ihres Todes nicht bei ihr war. Und ich konnte nicht weinen, als die Beerdigung vorüber war. Fast alle ihrer Verwandten aus der ganzen Bundesrepublik, sogar eine ihrer dicken Schwestern aus der DDR, und alle ihre Nachbarn waren erschienen.

Nach der Bestattung fuhren ich und einige von ihnen zu meinem Vater in die Wohnung. Ich legte mich dort für einen Moment in das Bett, das ich als Jugendlicher in dieser Wohnung hatte.

Und ich schlief ein. In dem jetzt einsetzenden ›Traum‹ sah ich meine Mutter direkt vor mir und in Lebensgröße. Sie sprach in äußerst ernsthafter, eindringlicher, zwingender Weise zu mir, sah mich dabei an, als sie mich mit ihren beiden Händen an meiner Kleidung packte, während sie mich gleichzeitig mit aller Kraft zu sich hinüber ziehen wollte und immer wieder sagte: »Komm zu mir, komm doch zu mir, komm«, und ich wehrte mich: »Aber da ist doch mein Kind, ich muss es doch großziehen«, und ich sagte das immer wieder. Wollte, dass sie mich versteht, als Entschuldigung oder Erklärung, dass ich ihr nicht folgen wollte, hatte große Angst vor ihr und der anderen Seite. Sie wollte nicht aufhören, zog an mir und zog, und sie hatte dabei eine unglaubliche und mir große Angst bringende Kraft, sodass ich schon fast verloren hätte und ihr ins Jenseits folgen wollte. Das war nichts anderes als ein unglaublich schwerer Kampf. Ein Kampf auf Leben und Tod, ich war an der Grenze, und ich erwachte schweißgebadet, immer noch angsterfüllt. Und ich stand meiner Frau nicht mehr zur Seite, ich überließ sie sich selbst, konnte nichts mehr mit ihr anfangen, wollte sie nicht mehr um mich haben, wollte sie nicht mehr gern haben, lieben.

Sie wolle sich scheiden lassen, erklärte sie mir eines Tages. Ich hörte mir das an, ging weg zu meinem Vater, der ja nun allein war und sah, dass er wieder angefangen hatte zu saufen. So wie ich jetzt auch. Ich blieb dort etwa eine Woche, als meine Frau mich um ein Gespräch bat. Ich wollte nicht, dachte aber an unser Kind und was aus ihm werden würde, wenn wir uns scheiden ließen. Traf mich doch mit ihr an einem neutralen Ort und wir gingen zu uns nach Hause. Wir waren dann noch weitere 20 Jahre verheiratet, hatten später noch eine Tochter. Und wir hatten auch ganz schöne Zeiten, manchmal und irgendwie. Dennoch hätten wir nie heiraten sollen, ich glaube, wir haben uns nie wirklich geliebt. Meine Frau gehörte irgendwann zu den Sprachlosen, die sich in ihren Büchern vergraben und nicht mehr in der Lage sind, oder willens, am wirklichen Leben teilzunehmen, die lieber in Scheinwelten bleiben. Wahrscheinlich befand sie sich in einer tiefen Depression, oder sie konnte mich, sich, alles damals einfach nicht ertragen, wusste nicht, wie sie da raus käme. In ihre Welt jedenfalls konnte ich nicht passen, ich habe nie herausgefunden, was sie vom Leben erwartete, sie konnte mit mir nicht darüber reden, »du verstehst mich ja doch nicht«, oder sie wusste es nicht. Konnte mir nicht sagen, dass sie von mir so enttäuscht war, oder von sich, haderte mit ihrem eigenen Schicksal, das ihr als Kind die Liebe ihrer Mutter verwehrt hatte und der sie auch jetzt noch ohne Erfolg hinterher lief. Ihre Mutter hatte sich von Anfang an auf mich eingeschossen, war wahrscheinlich schuld daran, dass aus unserer Ehe nichts werden konnte. Meine Frau konnte sich nie gegen sie wehren, und ich hatte deshalb den Kontakt zu ihrer Mutter ganz und gar abgebrochen.

Am Anfang unserer Beziehung hatten wir sehr viel darüber gesprochen, ging da noch, irgendwann hörte das auf, vermutlich, weil sie nun selbst Mutter war, ich weiß es nicht besser. An den Rand der dauerhaften Verzweiflung brachte es mich, dass sie mit mir nicht darüber sprechen wollte oder konnte, und in meiner Hoffnungslosigkeit begab ich mich irgendwann ›als letzte Möglichkeit‹ in die Rolle eines Therapeuten, der vom Grundsätzlichen her gar nichts wusste, der ihr aber sein Nichtwissen trotzdem immer wieder aufs Neue erklärte. Diese neue Rolle war das Ende unserer Liebesbeziehung, und wenn ich ihr immer wieder meine Sichtweise, meine Hoffnungen und Wünsche darstellte und sie damit zu überzeugen versuchte, dass diese richtig und toll wären, dann erreichte ich damit nur, dass sie sich immer weiter verschloss. Was vielleicht sogar ihr eigentliches Ziel gewesen war.

Meine Sinndarstellung und ich erschienen ihr wohl einfach nur zu langweilig und spießig. Vielleicht war sie in gewisser Weise Anarchistin, war ohne Vater aufgewachsen, konnte oder wollte die Rolle, die ich in dieser kleinen Familie gern spielen wollte, nicht begreifen oder akzeptieren.

War ja völlig neu für sie. Ihre eigene Rolle darin fand sie auch nicht, oder sie hat sie auch nicht wirklich gesucht. Ihr war das, wie mir irgendwann schien, nichts wert. Meine Wünsche und Ziele wären einfach und leicht zu verwirklichen: Ein liebevoll miteinander umgehendes Ehepaar und zwei überaus glückliche Kinder. Wollte es natürlich besser machen, als es meinen Eltern gelungen war. Dass dies auf diese Art und Weise gar nicht klappen konnte, wusste ich damals überhaupt nicht. Ich wusste so vieles nicht.

Und es dauerte ziemlich lange, bis ich endlich in aller Konsequenz zu begreifen schien, dass das Arbeiten an Bord eines Schiffes in keiner Weise vergleichbar war mit dem Arbeiten an Bord einer Behörde. Zu begreifen schien. Begreifen ist schwer. Bei entsprechendem Anlass denke ich auch heute manchmal, dass die Leute an Land alle mindestens ein Jahr lang auf einem Schiff arbeiten sollten, bevor sie sich in ihren Beruf begeben. Vor allem die Behörden-Leute. Das erlebt zu haben, würde ihnen anschließend bestimmt dabei helfen, über Entscheidungen nicht nur zu reden, sondern sie auch zu treffen. Jedenfalls im Berufsleben. In dieser großen Bundesbehörde fehlte es meiner Ansicht nach an einem erkennbaren Kurs, der ihr richtige Entscheidungen hätte ermöglichen können. Eine der Begründungen dafür war und ist wahrscheinlich darin zu finden, dass diese Entscheidungen von der Zentrale in Nürnberg ausgingen und ausgehen und sich deshalb nicht ausreichend richtig an regional unterschiedlichen Bedürfnissen des Arbeitsmarktes orientieren konnten und können.

Irgendwann im Laufe der Zeit hatte ich mich selbst schließlich in die Rolle des recht haben wollenden Besserwissers hinein manövriert, weil ich laufend Verbesserungsvorschläge machen musste, denn: »Das kann da nicht so bleiben.« In dieser Rolle fühlte ich mich zu Hause, sie war schon fast wie ein Schutzwall, den ich mir da gegenüber den ›besten Bürokraten ...‹ aufgebaut hatte. Der sollte verhindern, dass ich wie die meisten anderen große Angst vor ihnen entwickeln würde. Er machte mich unangreifbar. Ich wollte das so empfinden, trug Scheuklappen.

Dass sie natürlich viel mächtiger waren als ich, sollte ich noch erfahren. Außerdem wäre es zu spät gewesen, an meinem Verhalten noch etwas zu ändern, zu sehr ging mir dieser Ruf schon voraus, was irgendwann auch dazu führte, dass meine Leiterin mir eines Tages sagte: »Sie unterschätzen immer den Neid der Kollegen.« Auch wenn das wie eine Drohung klang, so war es vor allem eine Warnung vor einigen dieser Kollegen. Trotzdem ging ich da nicht näher drauf ein, wusste wohl damals gar nicht, was sie mir eigentlich damit sagen wollte. Ich hatte auch keine Lösung parat. Dazu hätte ich mich ändern müssen, und die auch. Ginge sowieso nicht, bei beiden nicht. Außerdem fehlte mir schon immer dieses Neid-Gen, konnte mich in die beschissene Situation eines Neiders nicht hinein versetzen. Und worauf waren die denn überhaupt neidisch? Mir fehlte der rechte Arm, nicht ihnen.

Und wenn mir eines Tages die ›an der Quelle sitzende‹ Sekretärin, nachdem ich mich in einer Dienstbesprechung sehr aufgeregt hatte über den Mist, den irgendein Vorgesetzter erzählt und mit dem ich deshalb gestritten hatte, sagte: »Regen Sie sich doch nicht so auf, die machen hier doch sowieso immer nur das, was Sie sagen oder schreiben«, dann kann auch die Wahrheit schon nach Größenwahn klingen.

Eines Tages stand die oben genannte Leiterin plötzlich in meiner Tür und schrie mich fast an: »An Ihnen kommt keiner vorbei!« Ich erwiderte: »Wieso, bin ich zu dick?« Sie wechselte daraufhin sofort das Thema, hatte wohl verstanden, dass ich von meinen eigenen Fähigkeiten nicht so überzeugt war wie sie und ihr mit meiner so unendlich blöden Antwort dies gleich deutlich machen wollte.

Ich hatte offenbar noch immer kein Selbstwertgefühl, jedenfalls nicht in dieser Behörde. Oder ich wollte einfach nur gute Vorschläge machen, dies einfach als meine Pflicht betrachten, wollte gar keine besondere Anerkennung. Stand mir nicht zu. War da, wo ich schon immer war.

Das war mir vertraut. Ich wollte nichts an mir verändern. Wollte lieber weiterhin meinen mit den Arbeitslosen eingegangenen Vertrag erfüllen, sie vor manchen Vermittlern oder vor Zeitarbeitsfirmen schützen. Vielleicht hätte ich manche von ihnen auch vor mir schützen sollen. Wahrscheinlich habe ich einigen das Gefühl gegeben, bei mir seien sie gut aufgehoben. War wahrscheinlich sogar meine Absicht, das zu erreichen. Half mir, meine Wichtigkeit hier zu erhalten. Wichtig sein ist wichtig. Jedenfalls stürzte ich mich weiterhin auf sie, sie mussten wegkommen von dieser Behörde und ihrer irreführenden Statistik und damit schiefen Bildern und Ausgrenzungsmaßnahmen. Und zurückkehren in ihr Leben.

Trotz der sich extrem entwickelnden Lage auf dem Arbeitsmarkt, gab es immer noch einige, die ihren Arbeitsvertrag selbst gekündigt hatten, ohne zu wissen, in welche Lage sie sich mit ihrer Eigenkündigung gebracht hatten.

Viele von ihnen begründeten mir ihre Eigenkündigung so: »Hat mir nicht mehr gefallen, der Meister war ein Idiot, das Betriebsklima war schlecht.« Und viele von ihnen sagten: »In spätestens drei Wochen bin ich wieder in Arbeit.« Doch die Mehrheit von ihnen blieb arbeitslos, und manche bis zur Rente. Auch wenn manch große Firma im Jahre 1974 die Ölkrise als Grund dafür benannte, dass sie viele ihrer Mitarbeiter plötzlich entließen, so war das meiner Überzeugung nach nichts als ein scheiß Alibi, denn wie ich den Gesprächen mit ihnen entnehmen konnte, waren die Betroffenen solche, die diese Arbeitgeber eigentlich schon immer gern entlassen hätten, weil sie ihnen aus irgendwelchen Gründen unbequem waren. Doch die meisten der Entlassenen glaubten als Begründung für ihre Entlassung noch an die Mär von der Ölkrise, wie sie mir in ihrem Vertrauen auf die von ihnen erbrachten Arbeitsleistungen und auf ihren Arbeitgeber oft erklärten. Das war natürlich Wunschdenken von ihnen beziehungsweise Selbstschutz.

Dieses damals geborene unsoziale Verhalten war der Einstieg in ähnliche Verhaltensweisen von Arbeitgebern und wurde etwas wie ein roter Faden bis heute, weil es ja funktionierte. Jedenfalls schien mir der Arbeitsmarkt so langsam aber sicher auseinander zu fallen. Die Verleiher und der sie erschaffende Gesetzgeber halfen dabei kräftig in vollem Einverständnis mit, als wäre das ein von allen anzustrebendes Ziel. Sie mussten nun zukünftig keine Verantwortung mehr übernehmen für ihre Mitarbeiter, brauchten noch nicht mal so etwas wie ein schlechtes Gewissen haben, wenn sie Entlassungen durchführten, es gab doch die Verleiher, die sie auffangen würden und das ›zwischen den Fronten liegende‹ Arbeitsamt, das ihnen Arbeitslosengeld zahlte, sie sogar immer wieder aufs Neue umschulte, bemüht war, sie beruflich zu qualifizieren. Das damit die Verantwortung und weitgehend auch Kosten der Arbeitgeber übernahm. Das ist bis heute so geblieben. Anstatt also ihr eigenes Verhalten den Erfordernissen des Arbeitsmarktes durch Ausbildung von Fachkräften regelmäßig anzupassen, verlangen sie dann immer mal wieder aufs Neue, dass der »so unerwartete Fachkräftemangel« durch Anwerbung ausländischer Fachkräfte ausgeglichen wird.

Irgendwann entwickelte ich die Idee, ganz konkrete Maßnahmen zu schaffen, die dem Arbeitslosen spätestens bei Beginn seiner Arbeitslosigkeit die ihn erwartenden Folgen deutlich machen würde. Wäre besser, als wenn bis dahin erst viele Monate seiner Misserfolge aus seinen Bewerbungen vergehen müssten, davon war ich überzeugt. Das Ganze sollte auch ein geeignetes Bewerbungstraining beinhalten. So wie es bisher war, konnte es nicht bleiben, dieses ewige nur Abwarten würde noch häufiger zu Dauerarbeitslosigkeit führen. Mit meinem schriftlich ausgearbeiteten Vorschlag begab ich mich zu meinem Vorgesetzten.

Der überflog das, ich sah an seiner Miene, dass er ›hin und weg‹ war, sagte nur: »Das machen wir«, und sie machten es. Bevor sie es machten, wurde ich 1990 abgeordnet in ein neu aufzubauendes Arbeitsamt in den

Neuen Bundesländern. Ich sollte dort als »Einarbeiter« tätig sein und die neuen Kollegen dabei unterstützen, das Arbeitsamtsgeschäft zu erlernen. Ich war der erste und einzige Arbeitsvermittler dieses Amtes zu diesem Zeitpunkt dorthin abgeordnet, und das hatte Gründe. Erst später nach meiner Rückkehr erfuhr ich sie von einem gut informierten Kollegen: Diese von mir erdachten Maßnahmen wollte man einrichten, ohne mich weiter daran zu beteiligen, und ohne anzuerkennen, dass sie auf meinem Mist gewachsen waren. Deshalb also beförderten sie mich lieber in die ehemalige DDR!

Man muss hierzu wissen: Ein in Deutschland per Gesetzesvorschrift zum Behinderten erklärter Mensch kann solche Ideen nicht haben. Jedenfalls dann nicht, wenn diese Behinderung so offensichtlich scheint, er nicht in ihr Raster passt. Wie sollten sie es denn auch begründen, wenn man sie fragte, wieso nicht sie selbst diese Idee hatten, und ob dazu erst ein Behinderter nötig sei. Und: »Das kann doch alles nicht wahr sein, und es wird Folgen haben.« Hätte er stattdessen einen nicht sofort sichtbaren, zum Beispiel einen ihn einschränkenden Hirnschaden, und wäre er deshalb schwerbehindert, so wäre das, zumindest in einigen Fällen, anders hier in Deutschland, etwa so, wie in dem nachfolgend erzählten und von mir leider erlebten Beispiel:

Der damalige Oberindianer der Bundesanstalt für Arbeit, stattete anlässlich der Amtseinführung des neuen Direktors dem Arbeitsamt im Osten, in dem ich im Jahre 1991 arbeitete, seinen Besuch ab. Den Besuch und das Auftreten eines Oberindianers hatte ich mir eigentlich ganz anders vorgestellt, als ich ihn dann erleben musste. Im Anschluss an die Rede des neuen Direktors und seine eigene fand ein Empfang statt. Mir wurde aus begründetem Anlass damals ›die Ehre zuteil‹, zu den wenigen geladenen Gästen dieses Empfangs zu gehören, das war überschaubar. Ich stand da also herum, wie die anderen auch, trug meinen dunkelblauen Anzug mit Schlips und sah gut aus an dem Tag, fand ich so, war allein deshalb selbstbewusst. Nun begann dieser Oberindianer – und wir lassen uns den ›Oberindianer‹ jetzt auf der Zunge zergehen –, die Gäste einen nach dem anderen per Handschlag zu begrüßen und ein bisschen Small Talk mit einem jeden zu halten. Irgendwann war ich dran, und er kam langsam und in plötzlich von ihm veränderter lauernder Körperhaltung auf mich zu, so wie einer, der ein bestimmtes und besonderes Ziel hat, vielleicht dem andern in die Fresse hauen will. Baute sich jetzt umständlich und zeitraubend einen halben Meter vor mir auf, rückte sich zurecht, wollte wohl Position beziehen, war kleiner als ich, blieb da stehen, blies sich nachhaltig auf, und betrachtete mich aus seiner Höhe von oben bis unten mit seinem von meinem Anblick plötzlich so stark angewiderten Gesicht, dessen herabgezogene Mundwinkel nun erwarten ließen, dass er gleich kotzen würde. Er schaffte es, das irgendwie zu verhindern, drehte sich wortlos um, sein angewidertes Gesicht folgte der Drehung seines Körpers erst mit Verzögerung nach, so wie in Zeitlupe, als könne er sich trotz meines Abscheu erzeugenden Anblicks einfach nicht losreißen. Und er wandte sich strahlend freundlich einem anderen, zweiarmigen Kollegen zu, um ihm in seiner übergroßen Freude darüber, dass er mich so hatte behandeln können, seine Hand zu reichen und ein paar schelmische Worte mit ihm zu wechseln. Dabei war er wie verwandelt, viel entspannter als vorher. Vielleicht war er ja gerade in einer Therapie, die ihm vorschrieb, einmal täglich Schwein zu sein, und er war nun so froh, dass er das auch diesmal wieder geschafft hatte, und erleichtert, dass ich mir das gefallen ließ. Mal nebenbei, und ich muss noch nicht einmal besonders ehrlich sein, ich gucke mir auch lieber Menschen mit diesen zwei Armen an, das ist ja auch irgendwie schöner, und ins Raster passt es ohne jede Frage auch viel besser. Obwohl: Diese griechischen Statuen da in Griechenland haben ja meist überhaupt keine Arme, und alle finden sie scheinbar noch viel schöner als die anderen und schwärmen immerzu von ihnen, obwohl die ja zudem noch nackt sind – oder weil? Vielleicht sollte ich zukünftig zu solchen Empfängen auch nackt erscheinen, 'ne gute Figur hatte ich ja. Dann wäre jedoch noch ein Arm zu viel da, also ein Teufelskreis … Hm …

Trotzdem sollte ich begründen, warum ich mir denn das gefallen ließ. Das fragte mich auch ein ostdeutscher Kollege, der dies beobachtet hatte, wie wahrscheinlich alle anderen auch: »Was war das denn?« Ich wusste keine Antwort, war zu entsetzt, fast zu Stein erstarrt, das konnte ich ja schon seit Kindertagen und in ähnlichen Situationen immer sehr gut. Der war doch der Oberindianer der Bundesanstalt für Arbeit, so etwa gleichrangig mit einem Bundesminister, konnte nicht sein, dass der sich wie ein richtiges Arschloch verhielt. Der hatte doch bestimmt sogar Abitur! (Vielleicht eine Art ›Notabitur‹ während des Nazi-Krieges?) Ich verließ sofort diesen ›Empfang‹. Bevor ich ihm doch noch in die Fresse hauen würde, und weil mein ›neugieriger Geduldsfaden‹ nun reißen wollte, wollte ich lieber wie ein Stein im Alkohol versinken und mit dem Kopf hinterher einige Male an irgendeine Wand knallen, hatte dann aber doch keine Lust dazu. Später fiel mir dazu ein, dass die Arbeitsämter, so wie auch andere Behörden, während der Nazi-Zeit ja auch ziemlich eingebunden waren in deren Dreck. Vielleicht war der einer der Übriggebliebenen von damals, alt genug war er. Damit ›beruhigte‹ ich mich dann. Und ich entschuldige mich jetzt und hiermit ausdrücklich bei allen echten Indianern für den missbräuchlichen Einsatz des Wortes ›Oberindianer‹. Musste dabei an Udo Lindenberg denken, der mal in einem seiner Songs den Honecker so genannt hatte, glaube ich. Nun war es nicht so, dass es da nur solche hatte, hin und wieder gab es mal Vorgesetzte, die mich ziemlich beeindruckten. Einer war unter ihnen, der hatte es mir besonders angetan, jedenfalls nachdem ich ihn auf mein Betreiben hin persönlich kennenlernen konnte. Er war mein Abteilungsleiter, stellvertretender Direktor, hatte einen Doktortitel, schien so vom Grundsatz her ziemlich distanziert, hatte gleichzeitig so eine Art geheimnisvoller Understatement-Aura, fand ich. Zu der Zeit war es nun noch so, dass ich immer so vor mich hin bemängelte, dass ›die da oben‹ gar nicht wussten, und scheinbar auch nicht wissen wollten, was an der Front so abging, sich sogar regelrecht abzuschotten schienen. Eines Tages rief mich eine damit beauftragte Mitarbeiterin einer evangelischen Kirchengemeinde an, weil sie einen Hausmeister suche, sagte sie, und fügte diesem schließlich hinzu: »Und schicken Sie mir nicht so einen Schrott.« Nun saß ich da und hörte mir das an, und ich tat nichts, diese Frau, die da im Auftrag der evangelischen Kirche anrief, zur Rede zu stellen. Das war 1985, und die Spaltung und funktionierende Verblödung der Gesellschaft nahm ihren Fortgang, und die Zahl der Arbeitslosen auch. Wenn ›sogar‹ eine Vertreterin der Kirche davon überzeugt war, dass es sich bei einigen Menschen infolge ihrer Arbeitslosigkeit um »Schrott« handelte, so schien mir das mehr zu sein, als nur ein Zeichen für den bereits erreichten Grad ihrer eigenen Verblödung. Ich entschloss mich, dem genannten Abteilungsleiter davon zu berichten und ihn darum zu bitten, mal einen Besprechungstermin mit allen Vermittlern hierzu durchzuführen.

Die benannte Kirchentante war ja meiner täglichen Erfahrung nach mit ihrer grundsätzlichen Beurteilung von arbeitslosen Menschen kein Einzelfall. Er ließ mich zu sich rufen, mit Termin und so, das waren damals noch ganz andere Zeiten. Als ich zu ihm kam, schälte er sich gerade einen Apfel, erklärte mir, als ginge mich das etwas an: »Vor schwierigen Gesprächen esse ich immer einen Apfel.«

Offenbar ordnete er dieses Gespräch mit mir wirklich so ein, auch wenn er dabei etwas schmunzelte, er hatte sich wahrscheinlich vorher bei irgendjemanden über mich ›schlau gemacht‹. »Was hat Sie auf den Gedanken gebracht, mir dies zu schreiben?«, fragte er. Ich wollte diese Chance unbedingt nutzen, und so erklärte ich ihm ganz deutlich: »Es ist mein Eindruck, dass es schon lange an der Zeit wäre, regelmäßig Dienstbesprechungen mit allen Arbeitsvermittlern durchzuführen. Anders und ohne Kontakt zu den an der Basis Arbeitenden kann sich kein Amt und keine Amtsleitung auf Entwicklungen draußen vorbereiten und geeignete Hilfsmaßnahmen für arbeitslos werdende Menschen rechtzeitig einleiten.«

Das war natürlich eine mir vom Dienstgrad damals überhaupt nicht zustehende Kritik an der Amtsführung, und ich konnte nicht wissen, was nun als nächstes passieren würde. Das war mir nicht egal. Nach einer Weile, er hatte sich wohl ein Urteil gebildet, stellte er noch andere konstruktive Fragen, dauerte fast eine Stunde, und er versprach, eine Dienstbesprechung durchzuführen.

Diese wurden von da an zu einem festen Bestandteil unserer Arbeit. Tatsächlich entwickelten wir uns anschließend bald zu etwas wie Vertrauten. Er war weder neidisch, noch stand er neuen Wegen oder den nicht zur Elite Zählenden trotz seiner eigenen elitären Position von vornherein ablehnend gegenüber. Fragte mich einmal, als wir uns zufällig im Haus trafen, ob ich denn nicht mal wieder »eine gute Idee« hätte, grinste dann, freute sich über meinen Wahnsinn und meine Klugscheißerei und, wie mir schien, auch darüber, dass wir nun Komplizen waren.

Eines Tages rief er mich an, fragte, ob es »meine Zeit erlaubt«, mit ihm gemeinsam einen ABM-Träger zu besuchen. Er orderte dann einen Dienstwagen mit Fahrer.

Später entwickelten wir gemeinsam weitere Ideen hinsichtlich möglicher Tätigkeiten im ABM-Bereich, wobei es hauptsächlich um Umweltschutz ging. Das war eine tolle Zeit, über etwa zwei Jahre lang! Und er war ein toller, intelligenter Mann, der die Hoffnung in mir entstehen ließ, dass diese Behörde doch noch die Kurve kriegen würde. Außerdem gab er mir den Rat, meine Vorschläge doch auch an die Zentrale in Nürnberg zu schicken. Ich hielt das nicht für sinnvoll, sagte aber nichts dazu.

Eines Tages erlebte ich sogar, wie er den Abteilungsleiter einer anderen Fachabteilung regelrecht auslachte, sich dabei sogar voller Freude auf die Schenkel schlug, weil er ihn offensichtlich bedauerte, als dieser mich in äußerst aggressiver Weise und voller Wut wegen meiner ewigen Vorschläge aus ihm heraus platzend kritisierte, ähnlich wie damals die junge Kollegin auf dem kalten Flur. Und er klopfte mir, sich mit mir gewissermaßen offiziell verbrüdernd, dabei auf meine Schulter. Das konnte dieser andere, so wie er drauf war, natürlich nicht erwartet haben, und er verdrückte sich wortlos und mit seinem zu einer Grimasse entstellten Gesicht und sich plötzlich duckenden Oberkörper und als hätte er nun ihn zerreißende Magenkrämpfe. Der war schon von Haus aus eine eher dunkle Gestalt, und sein nun gezeigtes Verhalten brachte ihn dem ›Glöckner von Notre Dame‹ noch näher. Bald schien es so, als würde dieses Ereignis ihn unglaublich tief herunterziehen, der kriegte seinen Oberkörper ja kaum wieder in die Senkrechte. Ich musste lachen, konnte das nicht stoppen, war auch zu witzig, was ich da sah. Dadurch machte ich ihn auch nicht zu meinem Freund.

Er war nämlich einer von denen, wie er mich mal vorher hatte verstehen lassen, der noch der ›elitär verwurstelten Überzeugung‹ war, dass Kritik oder Verbesserungsvorschläge den Untergebenen nicht zustehen, und dass sie eine lästige Gefahr sind, die ihnen nur Arbeit machten, würden sie diese gewähren lassen. Zusätzlich geriete andernfalls ja ihre Distanz zu diesen Untergebenen in Gefahr. Er selbst war gelernter Jurist.

Den hatte ich schon früher einmal als Leiter der anderen Abteilung auf einen Formulierungsfehler im Arbeitsförderungsgesetz hingewiesen, der immer zu unklarer Auslegung eines Paragraphen geführt hatte, und eine entsprechende Änderung des Textes vorgeschlagen. Der gab mir meinen Vorschlag postwendend zurück, hatte ein großes »A« – wie ›Ausdruck‹ oder ›Arschloch‹ – an den Rand gekritzelt und mich aufgefordert, mich zukünftig innerhalb meines Fachgebiets zu bewegen. Das hatte er so gelernt. Er jedenfalls konnte anderes gar nicht tun. Natürlich hatte ich ihn damit beleidigt, er war ja schließlich der Jurist, der den Fehler lange vor mir hätte bemerken müssen. Das hatte ich nicht bedacht. Kränkung war nicht beabsichtigt. Wollte nur, dass das zukünftig richtig gemacht werden konnte.

Der genannte Paragraph wurde anschließend bald umformuliert, und zwar so, wie ich es vorgeschlagen hatte. Er hatte es demnach selbst dann an Nürnberg weitergegeben. Das später erlebte Auslachen durch meinen Abteilungsleiter hatte mir natürlich auch deshalb eine besonders große Freude bereitet; ich war wieder einen Schritt weiter, wie ich fand, und irgendwie durfte ich nicht aufhören damit. Eines Tages war mein so besonderer Abteilungsleiter leider weg, wurde befördert und landete in einem Landesarbeitsamt.

Vorher fand noch eine Abschiedsfeier statt; ich glaube, ich war der einzige, der sein Fortgehen wirklich bedauerte. Ich war nun ohne Unterstützer, das war sehr schade. Natürlich kam ein neuer Abteilungsleiter, ein Stiesel, wie ich fand, den hatte ich bereits über den Gang stelzen sehen, der bewegte sich dabei wie ferngesteuert.

Ich hatte eines Tages die Idee, meine damals 14jährige jüngere Tochter ins Amt mitzunehmen; sie hatte gerade Ferien. Ich wollte ihr zeigen, was ich da so mache. Es gab da jedoch meinen Gruppenleiter, der meine Verbesserungsvorschläge regelmäßig mit Unverständnis und als Belastung für ihn betrachtet und manchmal auch kommentiert hatte, was ihm später sehr leid tat, wie er mir einmal persönlich und stammelnd erklärt hatte. Er fing dabei tatsächlich an zu heulen, es liefen ihm die Tränen herunter, er umarmte mich und entschuldigte sich bei mir. Der kriegte das nun mit, fragte mich, ob ich verrückt geworden sei, meine Tochter mitzubringen, und was mir denn einfiele, und ohne seine Erlaubnis, rannte anschließend, mir dies sogar oder immerhin noch ankündigend, sofort zu diesem Stiesel, der drei Minuten später in meiner Tür stand, als wollte er damit ein Bombenattentat verhindern. Ich ging frontal vor, ließ ihn nicht zu Wort kommen, überfiel ihn regelrecht mit meiner eindringlichen Erklärung, begründete meine Idee auch mit berufskundlichem Wissen für meine Tochter, und er ging dann, ohne mich zu kritisieren. Vielleicht war er auch von meiner Angriffslust überfordert, denn er starrte mich dabei an wie das Kaninchen die Schlange, beugte seinen schmalen Oberkörper weit nach hinten, ich war ihm ziemlich nahe gekommen, sagte leise und ohne seinen Mund zu öffnen »Hm« und ging wieder. Ich glaube, der fand letztlich die Idee trotz meiner Attacke gut, ansonsten hätte er sich anders verhalten, hätte mir zumindest später aus sicherer Entfernung einen ›reingewürgt‹, war also gar kein Stiesel. Den ›Girls day‹ gibt es nun ja schon seit Langem jedes Jahr und bundesweit aufs Neue. Ich weiß nicht, ob ich der Ideengeber und Initiator war, jedenfalls war ich mit dieser Tochter-Aktion der Zeit ziemlich weit voraus.

Hätte ich vorher um Erlaubnis gefragt, wäre mir das mit Sicherheit verboten worden. Dann schlug ich vor, ›Betriebliche Trainingsmaßnahmen‹ einzurichten. Dies wurde von meiner damaligen Dienststellenleiterin sofort als richtig und wichtig erkannt und innerhalb einer Testphase erfolgreich durchgeführt. Wurde dann Bestandteil des Arbeitsförderungsgesetzes. Auch dafür wurde ich weder prämiert, noch sollte ich deshalb ›aufsteigen‹. Also wie gehabt. Lässt natürlich neben allem Engagement Wut weiter wachsen, aber auch ewige Selbstzweifel. Wollte ich überhaupt ›aufsteigen‹ oder suchte ich vor allem die Bestätigung dafür, dass meine dauerhafte Kritik an ihnen richtig und notwendig war? Wollte ich diese Rolle denn überhaupt aufgeben? Die wehrten sich ja noch nicht einmal, ich musste also im Recht sein. Eine

Kollegin sagte eines Tages: »Die haben hier Angst vor dir.«

»Wer hat Angst?«, fragte ich.

»Die Vorgesetzten«, sagte sie.

»Woher willst du das wissen?«, fragte ich.

»Ich weiß es eben«, antwortete sie.

Mehr ließ sie sich dazu nicht entlocken. Trotz deren scheinbarer Angst, die ich in Bezug auf mich eher als ihre Hilflosigkeit beschreiben möchte, und meines inneren Vertrages mit den Arbeitslosen zweifelte ich weiter an mir. Bis hin zum selbst ernannten Versager, der selbst schon hilflos scheint, sich immer nur ins Abseits stellt, weil dieses vielleicht sogar sein eigentliches Ziel war, schien es trotz aller Rechthaberei und damit erzielten ›Erfolge‹ nicht mehr weit. Durch meine Teilnahme an Qualifizierungsmaßnahmen erlangte ich noch den Titel ›Dipl. Verwaltungswirt‹. Das änderte nichts daran, dass ich ein chaotischer Mensch mit chaotischem und fast zwanghaft so verlaufendem Weg war und blieb. Einer, der aber außerdem jedenfalls gute Ideen hatte und vielleicht sogar in den Augen einiger weniger anderer auch sonst ein ganz guter Mitarbeiter war, der sogar die zu Autoritäten Ernannten im Amt irgendwie akzeptieren konnte, wenn sie ihre Eignung dann seiner Meinung durch entsprechende Leistung nachgewiesen hatten, und der oft in seiner Begeisterung über diese eigene Ideenvielfalt über das Ziel hinaus schoss, sich irgendwann fast einen Spaß daraus machen wollte, ihnen zu zeigen, dass sie jedenfalls das scheinbar nicht können. Vor allem wollte ich damit auch darstellen, dass Angst und Abgrenzung nicht helfen, wenn es darum geht, neue Wege zu gehen und wenn es notwendig wird, eingetretene Pfade zu verlassen. Und ich will klarstellen, dass diese Ideen im Grunde ebenso von vielen anderen Kollegen hätten stammen können, wenn diese sich in ihrer ewigen, von den ›besten Bürokraten …‹ in der Verwaltung herbeigeführten Angst nicht ständig selbst kastriert hätten. Der Satz »Angst essen Seele auf« gilt nicht nur für Migranten!

Es gab aber auch noch das andere Leben, das mit Frau und Kindern, wir hatten noch eine wunderschöne Tochter bekommen, und auch das mit meinem Vater, der sich bald nach dem Tode seiner Frau ganz und gar dem Alkohol hingegeben hatte, der in Gefahr geriet, völlig zu verkommen.

Er war nun Rentner, hauste allein in der Wohnung, doch bald wollte ich ihn nicht mehr besuchen. Es war sinnlos, ihm meine Hilfe anzubieten, er wollte sie nicht, er wollte saufen. Das machte mich traurig, ich war es ständig, war wütend und gleichzeitig hilflos. Er zeichnete auch überhaupt nicht mehr. Niemand konnte ihm noch dabei zusehen, wie auf einem leeren Blatt Papier durch seine Hand etwas unglaublich Schönes Gestalt annahm, oder auch etwas Angst Machendes entstand, und zwar in wenigen Minuten. So wie früher, wenn ich dann als Kind immer völlig fasziniert war von seinem Können, wenn ich ihn allein deshalb immer sehr bewunderte.

Ihm sogar sein sonstiges Unvermögen verzeihen wollte und mich seine Begabung ihn für mich fast unangreifbar machte. Wie gesagt, das war schon etwas wie Ehrfurcht, die ich davor hatte, das konnte kein anderer so wie er.

War manchmal traurig, dass ich diese große Begabung nicht von ihm geerbt hatte, mein Bruder auch nicht. Und ich war immer traurig, dass er diesem verfluchten Alkohol verfallen war, der all seine Begabung irgendwann zu töten begann, sie jedenfalls für immer in ihm versteckte.

Was schließlich sogar dazu führte, dass er fast alle seiner Werke irgendwann vernichtete. Das hat mich damals so sehr entsetzt, dass ich ihn beinahe schlagen wollte. Er sagte nur: »Das hat doch alles nichts getaugt!«

Ich war ganz anderer Überzeugung, und nicht nur ich. Wenn ich auch recht gut zeichnen konnte, jedenfalls früher, dann hatte das aber nichts mit seiner Kunst zu tun, überhaupt nichts. Der Vater hatte meine Zeichnungen meistens mit »sehr schön« kommentiert, manchmal auch mit einigen Bleistiftstrichen aus meinem Bemühen tatsächlich »etwas Schönes« gemacht. Er riet mir, mich der Bildhauerei zuzuwenden. »Ich denke, das wäre das Richtige für Dich!« Habe das später auch manchmal versucht, Einiges war auch ganz schön geworden. Nach dem Armverlust musste ich das leider einstellen, beschränke mich heute auf Basteleien mit Holz. Zwischendurch besuchte mein Bruder mich an meinem Arbeitsplatz. Ein Kollege sagte hinterher beeindruckt: »Der sieht aber gut aus!« Ja, er sah gut aus, viel besser als ich. So wie einer, der immer gut aussieht, egal wie's ihm geht, und ob er Jeans oder Smoking trägt. Der Frauen bei seinem Anblick gleich die Luft nimmt und sie einfach ›umfallen‹ lässt. Trotz all dieser ihm geschenkten Vorzüge war aus ihm ein überwiegend trauriger Mensch geworden, und besonders, nachdem sich seine langjährige Freundin von ihm getrennt hatte. Das hat er nie verkraftet, er war damals erst 27 Jahre alt. Dann ging ich noch mit ihm in die Kantine, und mein damaliger mir vertrauter Abteilungsleiter sah uns beide dort sitzen, und er strahlte mich an. Hatte vielleicht erkannt, dass wir Brüder waren, eine Ähnlichkeit war ja vorhanden. Doch ich fand auch jetzt immer noch keinen Gesprächszugang zu ihm, und ich glaube, er hielt das sogar für überflüssig, oder mich. Habe nie erfahren, was denn eigentlich in ihm vorging. Er fand es gut, dass ich nach meinem Armverlust diese Arbeit hatte. Wenn wir auch nie eine für beide passende Verbindung oder andere Nähe hatten herstellen können, so ließ mich nach seinem Besuch bei mir etwas anderes bald erkennen, dass wir eine andere, eine starke spirituelle Verbindung zueinander hatten. Später dachte ich hierzu auch wieder an den Traum von damals, als er sehr krank aus Pakistan nach Hause zu unseren Eltern zurückgekehrt war.

Und eines Nachts im Jahre 1986 hatte ich einen letzten dieser so besonderen Träume von ihm, und es war die Nacht von Sonntag auf Montag. Ich sah einen großen schwarzen Himmel. Mit einem weißen, sich von diesem Himmel abhebenden, fast leuchtenden Türrahmen darin. Noch bewegungslos in seiner Mitte stand mein Bruder, er war bekleidet mit seinem Wintermantel, der einen Pelzkragen hatte. Langsam begann er nun, sich aus diesem weißen Türrahmen hinaus zu bewegen, nach rechts und zur Seite hin, um in diesem dunklen

Nachthimmel unsichtbar zu werden. So wie damals meine Mutter, als ich von ihr geträumt hatte. Während er sich fortbewegte, sprach plötzlich die Stimme meiner Mutter, die vor 13 Jahren gestorben war – vor 13 Jahren! Sie sprach jetzt zu mir: »Das, was hier geschieht, ist richtig und es ist gut. Und mach dir nicht immer so viele Sorgen, denn es ist gut so und es ist richtig.« Ich hörte sie, aber sie war nicht zu sehen. Währenddessen war mein Bruder aus diesem Türrahmen zur rechten Seite hin endgültig in diesem schwarzen Nichts verschwunden, und der noch immer weiß leuchtende Türrahmen stand verlassen da an diesem schwarzen Himmel, und ich wurde wach. Ich fühlte mich dabei, als befände ich mich in einem absoluten Rauschzustand.

Mein Körper war von einer unglaublichen Wärme erfüllt, das war eine innere Glut, die sich vom Kopf bis zu den Fußspitzen über und durch ihn hindurch zog und in mir ausbreitete. Ein unbeschreibliches Gefühl von Glück entstand und lebte für Minuten in mir. Ich glaubte nicht daran, das war ja viel zu stark. Später hörte ich immer mal davon, dass Menschen mit sogenannten Nahtoderfahrungen Ähnliches erlebt hatten. Als dieses unbeschreibliche Glücksgefühl gegangen war, weckte ich meine Frau, die neben mir schlief. Ich musste ihr davon berichten. Sie verstand natürlich in diesem Moment nicht viel davon. Hat es auch später nicht verstanden, hat niemand verstanden, dem ich davon erzählt habe.

Am kommenden Vormittag, um 11.00 Uhr, klingelte bei mir im Amt dann das Telefon. Die Mitarbeiterin eines Krankenhauses in Hamburg fragte mich, ob ich der Bruder von … sei, und sie teilte mir mit, dass dieser sich dort befände und nach seinem Sturz von der Treppe des Hamburger Flughafens in der vergangenen Nacht so schwer verletzt sei, dass er nicht überleben könne, es gäbe keinerlei Hoffnung. Ich erschrak nicht so sehr, wie ich es mir später fast gewünscht hätte. Der Traum in der Nacht davor hatte mich darauf vorbereitet, doch ich wollte ihn noch mal sehen. Die Schwester riet mir, nicht zu kommen, wenn ich ihn so in Erinnerung behalten wolle, wie er war, die Kopfverletzungen seien zu schwer und er sei völlig entstellt. Ich ging nicht zu ihm. Wir mussten ihn beerdigen, und ich ließ ihn neben unserem Vater beisetzen, der davor noch etwa acht Jahre bei uns im Haus gelebt hatte, und der das Saufen bis auf einen kleinen und kurzen Rückfall dann aufgegeben hatte, der sogar wieder begonnen hatte, ein wenig zu zeichnen. Es war schwer, einen geeigneten Prediger zu finden. Mein Bruder war schon lange davor aus der Kirche ausgetreten, der Pastor wollte oder durfte also nicht. Meine Frau fand schließlich jemanden, mit dem wir über meinen Bruder und seinen Lebensweg sprachen. Ich bat diesen, zu der Beerdigung einen Posaunenspieler zu finden, der dann ›Rolling home‹ spielen sollte.

Die Zeremonie begann in der Kapelle. Der Prediger, der eine sehr beeindruckende Erscheinung war, nun wusste, dass mein Bruder durch diesen Unfall unvorbereitet aus seinem Leben gerissen worden war, hob an mit einer unglaublich magischen und faszinierenden Ansprache, die er mit seinem dabei bebenden Körper und einer wunderbar starken Stimme und seinen ausgebreiteten Armen, die fast den Sarg anheben wollten, unterstützte. Damit konnte er meinen Bruder zu Gott empor und ins Jenseits heben, und er konnte ihm erst dadurch den baldigen Übergang in die andere Welt möglich machen, der ihm durch seinen unerwarteten Tod sonst sehr schwer fallen würde. So erklärte er diese wirklich Herz zerreißende und einfach glaubhafte Zeremonie, die er in unserem Gespräch davor ja schon angekündigt hatte, und hinterher begründete er dies nun ausführlicher und erklärte mir, dass es für mich keinen Grund geben kann, nun so traurig zu sein. Da fiel mir dann ein, was meine Mutter in diesem Traum mir gesagt hatte. Später dachte ich dann auch an den Kapitän, der damals da in der Hamburger Kirche die »Götter des Himmels und der Meere« hatte beschwören wollen. Und ich sah, wie der Sarg, in dem mein Bruder nun lag, unter der scheinbar großen magischen Kraft dieses Predigers sich zu bewegen begann, zu vibrieren, vom Boden abzuheben, während der Prediger mit seinem über ihn gebeugten Oberkörper und mit ausgebreiteten Armen den Weg des Sargs zu bestimmen schien. Und ich brach in endlose Tränen aus. Ein unkontrollierbares Schluchzen stürzte da plötzlich ohne jede Vorwarnung aus mir heraus, ähnlich wie damals, als meine Mutter mir eröffnet hatte, sie wolle mich adoptieren lassen. Da war die ganze traurige Hilflosigkeit drin, die ich wohl immer empfunden hatte, weil ich nie erreicht hatte, dass mein Bruder und ich einander näher kamen. Das wäre uns nun auch nie mehr möglich.

Später auf dem Friedhof waren meine Tränen gegangen, und ich war froh, dass tatsächlich ein Posaunenspieler ›Rolling home‹ spielte. Meine Frau schien überrascht von meiner großen Trauer, sie hatte davor nicht verstanden, dass ich nicht zu ihm ins Krankenhaus gegangen war. Sie hielt meine Trauer wohl für Heuchelei. Ich habe ihr später nichts mehr dazu gesagt, hätte nur alles zerredet, vielleicht manches im Nachhinein zerstört. Jedenfalls für mich. Damals wohnten wir auf dem Lande, 20 Autominuten entfernt vom Nordsee-Strand. Ich wollte immer, dass die Kinder auf dem Land groß werden würden. Nicht, damit sie dort auch auf Bauern treffen sollten, sondern wegen der Ursprünglichkeit der Natur und den nur dort möglichen engen Kontakten zu Tieren. Wir hatten zwischendurch mal einen Abstecher nach Hamburg gemacht, wohnten dort etwa ein Jahr, ich hielt das da nicht aus und überredete meine Frau dazu, aufs Land zu ziehen. Wir kauften ein großes Haus, eine Jugendstil-Villa mit Türmchen auf dem Dach und jeder Menge Stuck, ein Traum also, jedenfalls für mich.

Dann hatten wir zwei wunderschöne Hunde, Bobby, ein Gordon-Setter, und seine Tochter Susi, schließlich noch zwei Schweine, Molly und Anatevka, und zwar auf Wunsch meiner Frau gekauft, als sie noch Jungschweine waren – sie dachte dabei wahrscheinlich an die zu erwartenden Koteletts –, und deren Lieblingsfutter frische Brennnessel waren.

Waren die wieder groß genug in dem dortigen großen Garten gewachsen, dann schnappte ich mir diese beiden Schweine, umwürgte ihren dicken Hals mit einem Tau und machte dieses Tau dann mit einem Seemannsknoten inmitten der dortigen Stauden an einem Holzpflock fest.

Den hatte ich irgendwann vorher und von mir für alle Zeit gedacht in die Erde gerammt.

Das fanden die toll, sie waren regelrecht begeistert, und diese Unmenge Brennnessel war innerhalb kürzester Zeit unter ihrem lauten Grunzen und Schmatzen in ihren Magen gewandert. Wenn ich sie wieder in ihren Stall gebracht und sie äußerst zufrieden in das Stroh gefallen waren, dachte ich überhaupt nicht mehr ans Schlachten, eigentlich dachte ich nie daran.

Hinzu kamen bald mehrere Ponys, auch ein großes Pferd und die Mädchen hatten viel Spaß, aber auch viel Arbeit mit ihnen. Dann hatten wir bald mehrere entzückende Katzen und einen Wellensittich, der laut bellen, Miau und alles mögliche andere sagen konnte und den irgendwann eine der Katzen einfach auffraß. Und es war eine Zeit lang auch sehr schön dort in diesem Haus, dann ging es so richtig bergab mit unserer Beziehung in diesem wirklich wunderschönen Haus. Nicht, weil die Katze den Vogel killte, sondern weil meine Frau mir nie verziehen hatte, dass ich sie dem Leben in der Stadt entrissen hatte, obwohl sie damals dem Umzug ohne Vorbedingung zugestimmt hatte. Ihre wahre Meinung erfuhr ich nun erst viel später. Sie fühlte sich trotzdem im Recht. Vorher hatte sie damit begonnen, alles, was ein Zusammenleben hätte wirklich entstehen lassen können, zu boykottieren. Mit mir konkret über ihre eigenen Sorgen und Probleme zu reden, war ihr auch damals nicht oder nicht mehr möglich, oder sie war dazu sowieso nicht bereit. Vielleicht konnte auch ich das überhaupt nicht mehr. Wir befanden uns in einer Sackgasse ohne erkennbaren Ausweg. Auf gar keinen Fall hätte es ein gemeinsames Entkommen aus dieser Sackgasse geben können, sie wollte das gar nicht, schien mir. Jedenfalls war das der endgültige Anfang vom Ende, und wir fanden, womöglich in verletzender Absicht, neue Partner. Neue Partner sind toll. Doch trotz aller immer häufiger werdenden Dramen und Lügen schafften wir es nicht, uns nun endgültig voneinander zu trennen. Es wurde eine schäbige Zeit, will ich es mal nennen, sie ging über fast 10 Jahre. Es gab zwar keine körperliche Gewalt, doch kann diese ersetzt werden durch andere Gemeinheiten, die dieser in ihrer Schäbigkeit schließlich in nichts nachstehen. Nun sind wir seit etwa 13 Jahren geschieden, und es ist besser so, obwohl ich gleichzeitig und weiterhin sehr traurig darüber bin, dass wir es nicht schafften, die kleine Familie zu erhalten. Ich habe diese Entwicklung leider nicht verhindern können und war ja schließlich auch daran beteiligt. Vor allem wahrscheinlich deshalb, weil ich ihr gegenüber nicht hart war, das nie gekonnt hätte. Vielleicht hätte ich einfach nur rechtzeitig vor ihr flüchten sollen, so wie damals in London, als mich Engländer durch die Nacht jagten. Der schottische Zahnarzt von damals sollte Recht behalten:

Wir lagen nun mit unserem Schiff im Londoner Hafen, unweit der City mit Blick auf die große Tower Bridge über die Themse. Ich hatte mir schon nachmittags frei genommen und ging alleine an Land. Trieb mich im Hyde-Park herum, freute mich über manche der Engländer, die dort so gern auf ihren Kisten stehend lautstark die Welt kommentierten und sie verändern wollten. Hielt mich dann etwa eine Stunde in irgendeinem Pub auf, fand an diesem Abend überhaupt keinen Kontakt zu den Menschen. Stattdessen stellten sich kurz nacheinander drei junge Engländer zu mir an den Tresen. Sie waren etwa so alt wie ich und hatten einen Leader. Der begann mich zu fragen, ob ich denn vielleicht ein Nazi sei, ich sei ja schließlich Deutscher.

Ich erwiderte ihm, dass nicht alle Deutschen Nazis waren, und dass ich natürlich keiner sei. Behauptete, dass es die in Deutschland nicht mehr gäbe. Die anderen beiden rückten nun näher heran. Sie alle machten mir immer mehr deutlich, dass sie mir wohl meine Nazi-Fresse polieren wollten. Sie hatten mich dazu nun halbkreisförmig umstellt, sodass ich keinerlei Möglichkeiten sah, da ohne Politur heil heraus zu kommen, denn hinter mir befand sich ja der Tresen. Ich war entschlossen zu kämpfen, würde als ersten den Leader umhauen, wollte, anders, als es sonst immer meine Art gewesen war, sogar als Erster zuschlagen, vielleicht würde das seine Gefolgsleute gleich zum Aufgeben bringen, als ich mich plötzlich stattdessen sagen hörte: »As a German you always are in a bad position«, und ich sprach diesen Satz, von dem ich noch nicht einmal wusste, was ich eigentlich mit ihm sagen wollte, und ob er richtiges Englisch war, aber in allerfeinster ›Oxford-English-Manier‹. Nun geschah ein Wunder. Die drei jungen Männer ließen ihre Unterarme mit den bereits geballten Fäusten fallen, als hätten sie plötzlich alle Kraft darin verloren oder als wären sie ihnen plötzlich viel zu schwer geworden oder als wären sie in Wirklichkeit Marionetten, die plötzlich den lenkenden Faden verloren hatten.

Hatten vielleicht durch meinen Spruch erkannt, dass sie feige wären, würden sie mich zu dritt angreifen – ließ ihre englische Fairness nicht zu, die war wohl nun in ihnen wach gerufen worden. Ihre Gesichter entspannten sich, und der Leader lud mich auf ein beer an ihren Tisch ein und er schien erleichtert zu sein, als sähe er mich oder sich plötzlich mit anderen Augen. Wir haben dann noch über alles Mögliche gesprochen, aber nicht mehr über Nazis. Es blieb dann bei diesem einen beer und wir trennten uns danach, nicht wie Freunde, aber auch nicht mehr als Feinde. Reden kann auch helfen.

Ging dann zu Fuß zurück zum Schiff und musste später immer wieder lachen, wenn ich an meinen ›Oxford-Satz‹ dachte, den ich da so gestelzt von mir gegeben hatte, und wie der mich vor der Politur bewahrt hatte. Kam nicht darauf, wer mir diesen rettenden Satz wohl geschickt hatte. Hatte vorher gar nicht darüber nachgedacht. Es hatte wohl mit meiner Überzeugung zu tun, dass ein Deutscher nach jenen Nazis für immer in eine »bad position« gerückt und mit denen gleichgesetzt werden würde.

Die drei jungen Engländer hatten das vielleicht so verstanden oder anders, ich habe sie ja nicht gefragt. Schon bald hatte ich das Hafengelände erreicht und ging jetzt an den nur mäßig beleuchteten Kaianlagen entlang, war nun schon dunkel und ein bisschen neblig, etwa so wie das immer in diesen Wallace-Filmen ist, wenn darin Szenen an der Themse spielen. Hinter mir hörte ich plötzlich Schritte – Schritte, die mir folgten? Es waren mehrere Personen, zwei Männer, schon ältere, wie ich aus dem

Augenwinkel schemenhaft sah. Das waren nicht die Jungs aus dem Pub, aber das wird ein Überfall, war mir klar, und sie waren nur noch etwa zehn Meter hinter mir. Was also tun? Bis zu meinem Schiff waren es jetzt noch etwa 200 Meter, es war trotz des leichten Nebels inzwischen in Sichtweite, also erhöhte ich mein Schritttempo etwas. Die hinter mir auch, na also! Mit unvermitteltem Blitzstart rannte ich los, gewann dadurch zwei drei Meter weiteren Vorsprung, die hinterher, kriegten mich nicht. Ich erreichte das Schiff, sprang den Niedergang hinab und riss Kurt aus seiner Koje. Wollte mit ihm zusammen die beiden einfangen, Kurt sprang in seine Hose, war sofort bereit dazu. Es dauerte nur Sekunden, bis wir oben an Deck waren, die beiden Gestalten aber hatten das Weite gesucht.

Auch das war England. Überall gibt es sie, die Armut, das sogenannte soziale Gefälle und all das, was daraus entstehen muss. War, wie ich wusste, in England schon immer besonders krass und seit vielen Jahrhunderten dort schon fast Normalität geworden.

Weg von den Abenteuern, der kaputten Ehe und zurück zum Amt: In dieser lang andauernden, grausigen Zeit meiner Verzweiflung, meiner großen Angst, auch bald meine Kinder zu verlieren, dann nichts mehr zu haben, ereignete sich etwas, das auf mich, so wie ich zu der Zeit drauf war, völlig absurd wirkte. Es schlug auf mich ein wie etwas, das ich niemals zuvor in selbst irrsten Träumen erwartet hätte: In der Abteilung, in der ich zu der Zeit als Vermittler arbeitete, erschien eines Tages eine junge, hübsche und schlanke Frau, die mir von einem sie begleitenden Leiter vorgestellt wurde. Sie sei eine Praktikantin und studiere Theologie, später würde sie Pastorin werden. Eine nette, und wie mir bald schien, hochgradig intelligente und außerdem sehr sympathische Frau. Weil sie davon erzählte, erfuhr ich, dass sie verheiratet war. Kinder habe sie noch nicht, und ihr Mann sei Lehrer. In der nun zeitlich begrenzten Praktikumszeit sahen wir uns oft, denn wir mussten ja zusammenarbeiten.

Wir sprachen über Gott und die Welt, und es machte mir großen Spaß, ihr Wissen schien mir unglaublich groß zu sein. Und ihre Worte erfolgten immer mit sehr viel Bedacht und wurden getragen von ihrem so großen Wissen, das manchmal auch einher ging mit ihrer ziemlich herben Kritik an der Institution Kirche. Ich erzählte ihr natürlich von meinem Jesus-Traum, hoffte auf eine Erklärung. Die hatte sie natürlich nicht. Wir sprachen dann lange über Jesus, über sein Wirken und über seine Bedeutung für diese Welt.

Eines Tages kurz vor Feierabend, sie war schon gegangen, klingelte bei mir das Telefon. Sie war dran, erklärte mir: »Ich muss Ihnen etwas sagen; ich liebe Sie.« Einer Ohnmacht nahe, sie war ja verheiratet, würde Pastorin werden, faselte ich irgendwas daher, bot schließlich an, mich mit ihr jetzt zu treffen, wollte ihr das heute noch ausreden, nannte ihr ein Lokal in der Nähe.

Dort saßen wir uns gegenüber, duzten uns nun und sie sagte: »Ich stand vor einigen Tagen hinter dir, du saßt auf deinem Stuhl, und ich sah auf dich, und ich hörte deine Stimme, und es kam zu mir und über mich und ich liebte dich und so, wie ich Liebe noch nie zuvor empfunden habe.« Auf mich aufmerksam geworden sei sie in der Zeit davor schon, sagte sie, weil sie zu ihrer großen Freude bemerkt hätte, dass ich immer sehr freundlich und respektierend mit den Arbeitslosen umgegangen sei. Sie war doch aber für mich als Pastorin und Ehefrau gar keine Frau, sie war für mich ein sehr nettes und gebildetes Neutrum, mit dem ich mich immer sehr gern unterhielt, mich auf diese Gespräche immer sehr freute. Ich verstand sie überhaupt nicht. Fast sah ich in ihr die endgültige Verräterin all dessen, an das ich immer so sehr glaubte und glauben wollte. Wir sprachen dann etwa zwei Stunden miteinander; sie wollte mich küssen, als wir uns trennten, ich verhinderte das. Anschließend ging ich in einen sogenannten Nachtclub, der da auf dem Wege lag, setzte mich an den Tresen, gab der offenherzig gekleideten Bardame einen Sekt aus, erzählte ihr von meinem Erlebnis und fragte sie nach ihrer Sichtweise. Das habe ich tatsächlich getan, wahrscheinlich so wie ein Seemann, oder so wie ein Träumer, oder wie ein Hilfloser, der keine eigene Meinung mehr finden konnte. Sie brachte es wohl nur auf den Punkt, als sie sagte: »Wieso, die ist doch auch nur 'ne Frau!«

Wahrscheinlich dachte sie, das müsste nun auch ich entsprechend begreifen. Ich begriff das nicht wirklich, das hing vielleicht auch wieder damit zusammen, dass ich manchmal an meiner eigenen Liebesfähigkeit zweifelte, ich weiß es nicht. Und während ich nun da am Tresen so saß, in meinen Gedanken versank, vielleicht auch in noch mehr Bier versinken wollte, stellte sich plötzlich ein Mann rechts neben mich und begann sofort, die Barfrauen, die da hinter diesem Tresen arbeiteten, in widerwärtiger Weise sehr laut zu beschimpfen: »Scheiß Nutten, Drecksweiber!« Und er hörte nicht auf damit. Die Frauen ignorierten das, mir gelang das nicht.

Dieser Blödmann war so groß wie ich, etwa 20 Kilogramm schwerer als ich, und ziemlich angetrunken. Als er nicht aufhören wollte, sagte ich ihm, auch, weil ich selbst aus bösen Erfahrungen scheinbar nichts lernen konnte: »Halt endlich einfach deine verblödete Fresse, du Vollidiot!«

Er holte aus zu einem Schwinger, wollte damit meinen Kopf treffen, ich wich diesem Schlag aus, packte ihn mit meiner linken Hand an seinem Kragen und begann, ihn vor mir her treibend, loszurennen. Er musste dadurch rückwärts laufen, bis er schließlich den Halt verlor und an eine Wand knallte, die ihn bremste, und er sackte in sich zusammen, blieb einen Moment da sitzen, als wüsste er gar nicht, was ihm da geschehen war.

Dann stand er auf und verließ wortlos das Lokal. ›Meine‹ Bardame fand das toll, ich auch. Sie riet mir noch aufzupassen, wenn ich draußen wäre.

Und tatsächlich lungerte dieser Blödmann draußen noch herum, stand in etwa zehn Metern Entfernung vor irgendeiner Hauswand. Ich tat selbstbewusst, sah ihn drohend an, und er starrte mir tatenlos hinterher, als ich davon ging.

Irgendwie ist Gewalt ja doch toll, dachte ich, jedenfalls scheinbar dann, wenn man sie selbst mit Erfolg ausübte, fand das alles sehr witzig, war plötzlich begeistert von mir und trauerte nun plötzlich auf andere Weise meinem mir fehlenden rechten Arm hinterher.

Um mir meine Begeisterung noch zu erhalten, erinnerte ich mich nun schnell zurück an eine lange andauernde ›zweiarmige Schlägerei‹ mit einem 195-Zentimeter-Schweden in Dänemark auf dem Hof eines Kinos. Wir hatten etwa 50 Zuschauer(innen), die ihren Film lieber mit uns laufen lassen wollten, und ich brach mir den rechten Mittelhandknochen und ihm zumindest sein Nasenbein. Der hatte diesen Streit mit einem ganz jungen und ziemlich schmächtigen Schiffskollegen von mir beginnen wollen, in den ich mich dann einmischte und das nun übernehmen musste, weil er jetzt mich angriff, und ich habe ihn nach etwa 30 Minuten, so wie nach zehn Runden im Ring, besiegt. Allerdings hatten wir keine Pause ›zwischen den Runden‹.

Das war ein fairer Kampf, er endete tatsächlich mit viel Applaus durch die dänischen Zuschauer(innen), die waren begeistert und klatschten laut, und ich hatte keine Schramme, nicht eine. Er konnte mich nicht treffen, ich war zu schnell für ihn. Wahrscheinlich zu meinem großen Glück, denn er war eine ganz andere Gewichtsklasse, fragte mich zu Beginn des Kampfes, ob ich »Sonny Liston« kennen würde. »Nicht persönlich«, erwiderte ich. »Das wird sich jetzt ändern«, sagte er. Ich verglich mich daraufhin ihm gegenüber schnell mit Cassius Clay (Mohamed Ali). Das beeindruckte ihn anfangs nicht. Doch er gab mit seinen Armen vor seinem Gesicht hin und her wedelnd auf, als ich ihm damit drohte, seinen Hinterkopf auf das Pflaster des Hofes zu knallen, wenn er nicht aufgeben würde. Da lag er wieder unter mir, und ich wollte ihm nicht weiterhin in sein schon ziemlich lädiertes Gesicht schlagen. Gewalt ist ein Scheißdreck, und der Gipsverband, der mir am kommenden Tag an meiner rechten Hand von einem amüsiert erscheinenden dänischen Arzt verpasst werden musste, weil ich mir den rechten Mittelhandknochen infolge meiner gezielten Schläge gebrochen hatte – vielleicht war ja vorher der Schwede mit seinem gebrochenen Nasenbein bei ihm gewesen –, änderte nichts daran, dass Gewalt immer ein Scheißdreck ist, auch wenn sie scheinbar ›zum Leben dazugehört‹.

›Meine zukünftige Pastorin‹ und ich, wir sahen uns am kommenden Tag wieder, ich erzählte ihr natürlich nichts von meinem Erlebnis. Sie bedrängte mich weiterhin, erzählte eines Tages ihrem Mann von ihrer Liebe zu mir, und rief meine Frau an, um ihr zu erklären: »Ich liebe Ihren Mann«, und ich ging mehrmals, fast täglich, mit ihr in dieses Lokal und wir redeten und redeten, bis sie eines abends in der Dunkelheit auf dem Parkplatz an meinem Auto hinter einem Busch auf mich wartete und mich einfach so ansprang. Das alles tat mir in der Seele weh, ich liebte sie ja auch, doch überhaupt nicht als Frau. Sie war ein Neutrum für mich, und so fest wie ein Diamant war das. Ich erklärte ihr das in etwa so, musste schon heulen, weil es so hoffnungslos und fast grausam war, und sie war ziemlich verzweifelt, und ich auch. Wir redeten weiter, und immer weiter.

Sie wollte ihre Liebe zu mir nicht aufgeben, sprach über ihre Eltern, und sie erklärte mir, wie sie ihre Eltern auf ihre Ehescheidung und auf mich vorbereiten wolle, und meine Angst verwandelte sich bald in eine Art von Panik. Und irgendwann war ihre Praktikumszeit vorüber und sie kam nicht mehr zu mir. Ein paar Mal hat sie dann noch angerufen, und wir haben uns auch noch einige Male getroffen. Ich verhinderte weiterhin, dass etwas ›passieren‹ konnte. Das alles war für sie wahrscheinlich sehr schwer und kam schon bald einer Apokalypse gleich. Und irgendwann musste sie Hamburg verlassen und ihr Studium irgendwo in Süddeutschland fortsetzen. Ihre Ehe sei ›soweit im Lot‹, sagte sie, und sie bat mich, ihr mitzuteilen, wenn ich mich für sie entscheiden wollte und könnte.

So verloren wir uns aus den Augen, bis sie eines Tages, so etwa zwei Jahre später, da irgendwo auf einem Bahnsteig stand, während mein Zug einfuhr.

Ich sah sie, und sie sah mich darin sitzen und rannte los, dem Zug hinterher, bis sie plötzlich vor mir stand. Wir umarmten uns heftig, waren beide sehr froh. Nach nun zwei Jahren, die wir keinen Kontakt zueinander hatten, sagte sie: »Ich bitte dich, entscheide dich bald, ich bin jetzt nicht mehr bereit, noch lange zu warten.« War außer diesem Ernst auch etwas wie Hass in ihren Augen zu sehen? Sie musste diesen Zug dann wieder verlassen, und ich habe sie nie wieder gesehen. Das also ist die wahre Liebe, oder es ist diese Art von Liebe, die immer nur einseitig bleibt, die nur auf einer Seite so stark erlebt werden will. Dieses Schreckliche habe ich dann später selbst erfahren müssen. Als wäre das die logische Rache für mein Verhalten.

Ich habe sie nie vergessen; sie, und die Erfahrung mit ihr war sehr wichtig für mich, und ich frage mich auch heute manchmal, ob ich eine gleich große Liebe zu ihr bei mir hätte erleben können. Vorher war an anderer Stelle eine Mauer gefallen, Deutschland nun fast schon wiedervereinigt. Unglaublich, ich konnte da rüber ohne diese beschissenen Kontrollen, konnte mal meine Geburtsstadt sehen, dachte an meine Eltern und an meinen Bruder, die diesen Mauerfall nun nicht mehr miterleben durften, konnte vielleicht auch meinen Cousin besuchen, der war dort irgendwo in Ost-Berlin Schuldirektor. Um es vorweg zu nehmen, ich habe einmal mit ihm telefonieren können.

In diesem Gespräch erklärte er mir vor allem, dass wir ihm und seiner Familie durch die Wiedervereinigung nur deren Zukunft und Sicherheit genommen hätten. Er war im Einklang mit der DDR, konnte wahrscheinlich als Schulleiter dort sehr gut leben. Wenige Monate danach starb er mit nur 65 Jahren. Viel schneller, als gedacht, kam ich in den Osten.

Eines Tages rief mich mein Abschnittsleiter zu sich, um mich zu fragen, ob ich »denn Lust hätte, da drüben zu helfen«, das dort entstehende Arbeitsamt durch meine Einarbeitung von neuen und völlig berufsfremden Kollegen zu unterstützen. Er habe mich favorisiert und dies auch der Verwaltung gegenüber erklärt, die ja meine Abordnung dorthin fachlich zu bearbeiten hätte. Und er habe denen gesagt: »Entweder er geht, oder es geht keiner.« Die Verwaltung, also die ›besten Bürokraten von Allen‹, habe dem dann unter diesem Druck zugestimmt, sie mussten ja Mitarbeiter dorthin abordnen, und nun käme es auf mich an. Ich war überrascht, fühlte mich sogar geehrt. Ausgerechnet ich, der ewige Besserwisser. Wusste zu diesem Zeitpunkt noch nicht, dass sie mich wahrscheinlich vor allem loswerden wollten, um die von mir erdachten Bildungsmaßnahmen in Gang zu bringen, ohne mich daran zu beteiligen. Ich sagte, ich müsste das erst mit meiner Frau besprechen, log ihn an, jedenfalls wollte ich etwas Zeit gewinnen. Sprach dann abends trotzdem mit meiner Frau. Auch wenn wir kein Liebespaar waren, so lebten wir immer noch gemeinsam in einer Wohnung in der Stadt und zur Miete. Sie tat so, als sei ihr das egal, sagte: »Wenn du es unbedingt willst, dann mache es.« Starrte die Wand an, während sie dies sagte. Ich war wütend, das war eine Auskunft wie ich sie immer von ihr erhielt, wenn es um etwas Wichtiges ging, für beide Wichtiges. Dann sagte sie noch, ich sollte lieber meine Freundin fragen. Ich fragte meine Freundin nicht, sondern ich erzählte ihr davon. Die fand das scheinbar toll: »Ich werde dich dann dort besuchen.« Am folgenden Tag gab ich meinem Abschnittsleiter dann meine Zustimmung. Ich würde während dieser Zeit beim östlichen Arbeitsamt dann zusätzlich zum Gehalt das nicht nur amtsintern sogenannte ›Buschgeld‹ erhalten.

Bevor es nun im Oktober 1990 ernst wurde mit meiner Abordnung, hatte ich zusammen mit meiner Freundin, wir kannten uns seit etwa fünf Wochen, schon mal eine Erkundungsreise in die DDR mit meinem großen alten Mercedes unternommen. Diese Erkundungsreise begannen wir mit einem Besuch des Rolling Stones Konzerts in Berlin, kamen 15 Minuten zu spät dort an, die Pforten waren verschlossen. Der wachhabende Berliner hinter der Pforte sagte, es sei ihm egal, dass wir Karten hätten, wir seien zu spät. Ich schrie ihn an, ich musste da rein, meine ›Stones‹, ich hatte noch nie ein Konzert von ihnen verpasst. Drohte damit, gleich mit einer Zange wiederzukommen, die ich im Kofferraum hätte, würde über den Zaun klettern, fragte ihn mit letzter Idee, ob er was gegen den Mauerfall hätte und ob das, was er da repräsentierte, die Weltstadt Berlin sei, und ich schrie: »Wir sind aus Hamburg hierher gekommen!« Hamburg machte wohl den Unterschied, denn nun öffnete er wortlos die große Pforte.

Na, Gott sei Dank. Als das Konzert beendet war, schlug ich meiner Freundin vor, einfach durch Ost-Berlin hindurch zu fahren und hinaus in die Dunkelheit immer weiter Richtung Osten, auch wenn die Wiedervereinigung noch nicht vollzogen war, und wir uns im sozialistischen Ausland befinden würden. Sie lächelte mich an, sagte nur »okay«, und wir fuhren hinaus in die Nacht, und das Wetter war toll, und ich war total verliebt in sie, und es wurde eine unvergessliche Reise. Gerieten bald auf eine Art von Autobahn, die hatte keine Leitplanken, auch nicht in ihrer Mitte, und man konnte auf ihr wenden, fanden unterwegs ein Lokal, das uns mit warmem Essen versorgte, liebten uns nicht im Auto, schliefen irgendwo im Wald einfach ein. Wurden von einer Streife der noch amtierenden Volkspolizei aufgespürt, zwei Vopos in einem Wartburg. Die beschränkten sich vorerst darauf, uns mindestens 20 Minuten ›aus sicherer Entfernung‹ zu beobachten, sich zu beratschlagen. Sie gestikulierten sogar, schienen völlig unterschiedlicher Meinung zu sein, was nun zu tun wäre. Der eine von ihnen setzte sich zwischendurch immer mal wieder in den Wartburg, während der andere weiterhin zu uns herüber starrte. Das ging immer so hin und her. Sie wussten wohl nicht, welche Rechte sie in dieser alles umwälzenden politischen Situation noch hatten. Wir waren froh, dass sie dann plötzlich abzogen. Dann war der Tank fast leer. Wir fanden eine Tankstelle, die hatte kein verbleites Superbenzin. So schickten sie uns irgendwo anders hin, die hätten auch keins, aber da oder da gäbe es vielleicht welches. Als wir diese immer mit Blick auf die Tankanzeige endlich und zum Glück noch fahrend, nicht schiebend, gefunden hatten, gab es dort tatsächlich welches. Das war knapp!

Wir fanden irgendwann ein kleines Hotel in Heringsdorf an der Ostsee, da war man sehr freundlich zu uns. Die Übernachtung in einem Doppelzimmer würde uns insgesamt 35,- DM kosten, hieß es. Das war eine schöne Auskunft, wir fielen in das breite Bett und wir liebten uns endlich. Noch einige Tage blieben wir dort an der Küste, fanden alles wunderschön, fanden einander wunderschön, es war die schönste Reise, die ich je erlebt hatte.

Als ich wieder bei meiner Frau war, sprachen wir nicht viel miteinander, sie nehme es mir übel, dass ich meine Freundin mitgenommen habe zu den ›Stones‹. Da seien wir doch früher immer zusammen hingegangen, »das war doch unsers«. Am nächsten Tag bereitete ich mich innerlich, äußerlich auch, weiter auf die Zeit im Osten vor, kaufte mir ein paar neue Klamotten, sogar einen Anzug, man weiß ja nie. Etwa vier Wochen später ging es dann los. Ich setzte mich in mein Auto und fuhr Richtung Osten. Trotz allem fiel es mir schwer, mich von meiner Frau zu trennen. Als ich dort ankam, fand ich ein ziemlich großes und auch komfortables Hotel vor, in dem ich in den kommenden Monaten, es waren sechs geplant, wohnen würde.

Wenig später traf meine Freundin dort ein, und wir trafen uns im Hotelbett wieder, und es war 14.00 Uhr, und sie bedrängte mich: »Du musst zum Amt gehen!« Ich war so gegen 15.00 Uhr dort. Es war fast schon Feierabend. War es mir egal, oder war es gut so? Das war aufregend, ich traf auf ein sehr großes altes Gebäude, das jetzt als Arbeitsamt dienen sollte. Ich fragte mich zu anderen Einarbeitern aus dem Westen durch, alle der neuen ostdeutschen Kollegen waren sehr freundlich. Dann platzte ich in eine Arbeitsgruppe hinein, die von einem anderen Einarbeiter aus dem Westen geleitet wurde. Den mochte ich nicht, das war ein Wichtigtuer, fand ich gleich.

Ich stellte mich vor, wurde von allen freundlich und neugierig betrachtet, nur von dem Einarbeiter aus dem Westen recht missbilligend, und wahrscheinlich einsortiert, Schublade auf, genauso, wie ich es mit ihm sofort gemacht hatte. Am folgenden Tag lernte ich dann im Amt die anderen Einarbeiter und die sogenannten ›Konzilianten‹ kennen, das waren Vorgesetzte aus dem Westen, die sich von uns gewöhnlichen ›Einarbeitern‹ da im Osten durch diesen vorzüglichen Titel wahrscheinlich deutlich unterscheiden sollten. Wurde irgendwann dem dortigen Abteilungsleiter, der auch Vertreter des Direktors war, vorgestellt. Das war ein Ossi, und er war einer von denen, die mit der Wende gar nicht klar zu kommen schienen. Der hatte noch nie in einer Demokratie gelebt, war nach dem 1000jährigen Reich schicksalhaft übergegangen in die DDR und in der Zeit auch in gehobener Stellung gewesen. Er war so Anfang 60. Bei allem Verständnis, ich war überhaupt nicht bereit zu verstehen, dass der mich sofort als eine Art notwendiges Übel betrachtete, oder als üble Notwendigkeit, schien mir so.

Ich wollte das deshalb nicht verstehen, weil ich da nicht wie ein Klugscheißer auftreten würde, sondern wie jemand, der sein Fachgebiet beherrscht und einfach nur dabei helfen wollte, dass die neuen Kollegen das von sich auch bald sagen könnten. Der Aufbau der einzelnen Arbeitsämter musste zügig stattfinden, da in Folge der begonnenen »Abwicklung« von dortigen Betrieben so gut wie nichts mehr übrig blieb und nun eine massive Arbeitslosigkeit entstand. Und dieses gewaltige Gebäude war keinen Tag ohne zahlreiche verunsicherte nun arbeitslose Menschen, die dadurch vor eine für sie völlig neue Situation gestellt wurden und in deren ratlose Gesichter wir nun ständig sahen. Das hieß auch, die einzuarbeitenden neuen Kollegen mussten mitziehen. Sie zogen mit, und ich erlebte sie ganz anders, als sie auch heute noch manchmal beschrieben werden. Natürlich kämpften sie in ihrer ganz besonderen Situation auch darum, diesen neuen Arbeitsplatz zu erhalten, vor allem auch dadurch, dass sie ihn fachlich richtig ausfüllten.

Nicht allen von ihnen gelang dieser Nachweis damals, manche verschwanden von einem Tag auf den anderen von der Bildfläche, irgendeine dazu eingerichtete »Stelle« hatte dann herausgefunden, dass sie früher der STASI zu nahe gestanden hatten.

Später war man allerdings dazu übergegangen, eine Stasi-Geschichte weitgehend zu ignorieren. Es waren ja oft sehr qualifizierte Leute, die man jetzt brauchte. Ich dachte dann an einige der Nazi-Verbrecher, die nach dem Krieg von dem neu entstehenden deutschen Staat so behütet mitgenommen und möglichst gleich in den öffentlichen Dienst integriert worden waren, wo sie als Beamte untertauchen und wie in einer beschützenden Werkstatt und einige von ihnen im vielleicht unveränderten Sinne weiterhin wirken konnten. Der damals direkt nach dem Krieg auch dafür verantwortliche Bundeskanzler orientierte sich nach seiner Eigendarstellung ja immer an der Vernunft. Offenbar ist es möglich, mit dieser Vernunft so ziemlich alles zu begründen, sogar auch noch das Festhalten an Altnazis.

Sehr bald schon begann dies da drüben mir großen Spaß zu machen, ich fühlte mich so frei, so frei, und ich kniete mich da hinein, wollte das, was ich wusste und konnte, unbedingt anbringen, auch wenn ich anfangs von anderen Einarbeitern und auch den Konzilianten argwöhnisch betrachtet wurde, wie mir schien, doch gelang es mir wohl, einige von ihnen davon zu überzeugen, dass Argwohn nicht angebracht war, auch wenn das bestimmt nicht mein Anliegen war. Dieses neue Amt hatte die damals sogenannten Nebenstellen, das waren kleinere Ämter, die innerhalb des neu entstandenen Arbeitsamtsbezirkes die Randgebiete betreuen sollten.

Es dauerte nicht lange, und ich musste auch diese Nebenstellen aufsuchen, in denen dann nur ostdeutsche Kollegen mit Unterstützung von uns Einarbeitern tätig waren, die mit aller Kraft versuchten, dieses für sie neue, mit für sie völlig neuen Gesetzen gespickte Geschäft zu erlernen und nachhaltig auf die Beine zu stellen. Nun war da eine ganz besondere Nebenstelle, keiner der anderen Einarbeiter und auch keiner der Konzilianten wollte die mehr als einmal aufsuchen. Die wurde nämlich noch von einem Ostdeutschen geleitet, er war so Anfang 60, dem der Ruf vorausging, und den er jedes Mal, sobald einer der Einarbeiter dort auftauchte, wieder aufs Neue zu rechtfertigen wusste, dass er nämlich eine der letzten ›harten roten Socken‹ war. Von allen, die ihn kennenlernten, wurde anschließend berichtet, der stelle sich mit aller Kraft den begonnenen Veränderungen entgegen. Diese Nebenstelle befand sich in einer kleinen idyllischen Stadt. Sie war weitab vom Schuss, diese kleine Stadt, die einzigen öffentlichen Verkehrsadern zu ihr waren die damals noch recht löchrigen Straßen. Sie machte auf mich sofort den Eindruck, als sei die Zeit hier schon seit Langem stehen geblieben. Später dachte ich manchmal, dass dies auch für immer so bleiben würde. Am Rande dieser Stadt existierte eine recht große Zuckerfabrik, die aber bald in die Abwicklungsmaschinerie der westdeutschen Zucker-Mafia geriet und geschlossen wurde. Das kostete eine Menge Arbeitsplätze. In einer Gesprächsrunde sagte einer der Konzilianten zu diesem

Thema eines Tages: »Da muss ein Mann wie Herr ... hin.« Der meinte mich, und ich verstand nicht, wie er zu dieser Meinung über mich gekommen war. Vielleicht wegen meiner auch dort von mir vor mir her getragenen angstfreien Grundhaltung oder wegen meiner für sie wahrscheinlich erkennbaren Naivität, oder Dummheit. Ich wusste damals überhaupt noch nicht, dass angstfreie Grundhaltung und Naivität zusammengehören wie Zwillinge. Das hätte trotzdem nichts in mir verändert. Also gefiel mir seine Aussage sehr, ich schien wichtig zu sein, oder geworden zu sein, und ich ging da hin, hatte keinerlei Bedenken. Das war spannend für mich, konnte mir außerdem schon vorstellen, warum diese ›letzte rote Socke‹ alle bisherigen Einarbeiter und Konzilianten abgelehnt hatte. Als ich auf meinem Weg dahin mit meinem großen und wirklich sehr alten Mercedes, ich hatte nun mal kein kleineres Auto, durch diesen Ort fuhr, zeigte mir ein dortiger Bürger, dass ihm das gar nicht gefiel, indem er mit seiner an die Kehle gesetzten Hand sie wie ein Messer durchziehend, dabei seinen Oberkörper zu meinem Autofenster herab beugend, und mir sein von Hass völlig entstelltes Gesicht durchs Autofenster präsentierend zu verstehen gab, dass er mich am liebsten töten würde. Minuten später stand ein anderer Bürger, ein kleiner dicker, in einer Kurve am Straßenrand stramm, knallte die Hacken zusammen, freute sich über das große deutsche Auto mit Stern. Er zeigte mir den scheiß Nazi-Gruß, und er strahlte dabei sehr. Ich muss hier aber hinzufügen, dass der offensichtlich volltrunken war, so wie er hin und her schwankte. »Das kann ja heiter werden«, dachte ich.

Ich lernte dann diese letzte harte rote Socke kennen, und wir waren uns gleich sympathisch, so wie Outlaws untereinander, die erkennen sich ja gegenseitig, selbst wenn er mir bald und unter anderem erklärte, dass die dortigen Bürger noch nicht einmal in der Lage sein würden, einen Antrag auf Arbeitslosengeld auszufüllen, denn das Ausfüllen von Anträgen hatte früher in der DDR ja immer ein damit extra beauftragter Mitarbeiter einer Behörde für sie übernommen. Er schien völlig überzeugt von der Richtigkeit seiner Annahme. Er hatte nicht Recht, wie ich später sah. Bei diesem ersten Zusammentreffen wollte ich ihn hierzu trotzdem nicht ernst nehmen. Er war einfach nur sehr enttäuscht und traurig, dass sein bisheriges Leben nun den Bach runter ging und die DDR von der Bildfläche verschwand, das erschien mir offensichtlich. Wenige Tage später lud er mich in seine ›Platte‹ ein, also in seine Wohnung, ich lernte seine Frau kennen, die nicht begeistert von mir schien. Es gab Kartoffelsalat mit jetzt westdeutschen Würstchen, und sie beide waren traurig, dass ihr Leben nun völlig um- und ein ganz anderes neues Leben ihnen übergestülpt wurde, so als hätten sie plötzlich gar keine Vergangenheit, an die sie sich gern erinnern könnten.

Trotzdem, und das sagte er mir wenig später mal ganz deutlich, bewunderte er meinen Mut, mich als Wessi und ohne weitere westdeutsche Unterstützung da in die »Höhle des Löwen« zu wagen. Er stand dabei direkt vor mir, sagte: »Haben Sie denn gar keine Angst? Sie sind doch hier völlig allein.«

»Aber nein«, erwiderte ich in der von mir stets gelebten Einfalt, die ja gar keine andere Antwort zuließ. Seine

Frage machte mich noch nicht einmal nachdenklich. Lange Rede … Bald darauf hieß es eines Tages, ich würde dort der neue Dienststellenleiter werden bis dann auf Dauer jemand eingesetzt werden würde. Einer der Konzilianten nannte mich tatsächlich ›designierter‹ Dienststellenleiter, so als würde ich nun sonst was werden.

Das war natürlich eine für mich fast unglaubliche Nachricht. Trotzdem gelang es mir nicht, irgendwelche Bedenken zu entwickeln. Weder bezüglich meiner Eignung, noch deshalb, weil ich sehr weit weg vom Hauptamt und ohne westdeutsche Unterstützung sein würde. Selbst die Telefone funktionierten damals nur manchmal, ein ›Notruf‹ hätte somit auch kaum geklappt. Unterstützung erfuhr ich bald durch die meisten meiner ostdeutschen Mitarbeiterinnen und Mitarbeiter dann in dieser kleinen Dienststelle. Man beachte, ich nenne sie nun nicht mehr Kollegen/innen, ich war ja nun ihr Vorgesetzter, und sie nannten mich ›Chef‹.

Das gefiel mir gut, ich war nun wieder Steuermann, fast schon Kapitän. Das brachte mir einen ›Kraftschub‹ und die meisten von ihnen hatten mir von Anfang an gut gefallen. Das waren 24 Leute, und es war eine sehr ungewöhnliche Truppe. Die waren echt – ich empfand sie als echt.

Und sie hielten fest zusammen, das schien eindeutig, und sie waren eher noch jung als schon alt. Nachdem sie mich etwas kennengelernt hatten, sagte mir eine wohl dazu Beauftragte: »Wir werden Sie unterstützen!« Und sie lächelte mich dabei fast ernsthaft an. Das war wohl auch so eine Art gemeinsam gefasster Beschluss von ihnen. Ich war sehr froh, das zu hören, denn ohne ihre Unterstützung wäre dieses kleine Amtsschiff bald untergegangen, und ich mit ihm. Das war mir immerhin inzwischen klar geworden. Diese kleine Nebenstelle war eine große Holzbaracke, die auf einem Fundament aus Beton stand. Sie hatte einen Flaggenmast vor ihrer Eingangstür, und an Feiertagen wurde vom dortigen Hausmeister die deutsche Flagge gehisst, das war fast wie auf einem Schiff, und von rauer See war sie auch umgeben, und täglich aufs Neue. Mir gefiel das trotzdem, oder eher deshalb, das war alles sehr aufregend, so wie es eben nach einer Revolution immer ist, dachte ich mir so. Vorher hatte ich noch ein Gespräch mit der dort vorübergehend tätigen westdeutschen Direktorin. Sie fragte mich, ob ich viel Kraft hätte. Ich bestätigte ihr das, und sie lächelte. Das war eine tolle Frau, ich hatte sie vorher schon mal erlebt, als sie ihren dortigen Amtsantritt mit einer absolut großartigen, von geschichtlichem und kulturellen Wissen und Menschlichkeit durchdrungenen und frei gehaltenen Rede mit schöner Stimme begann. Das war einfach nur überzeugend, sie war überzeugend. Frauen sind toll. Der Abteilungsleiter, der mich wohl als notwendiges Übel empfand, rief mich dann vor meinem dortigen Amtsantritt noch zu sich. Er erklärte mir nun ganz deutlich, dass ich und meine Beauftragung eine Notlösung seien, und er werde dringend nach jemandem suchen, der auch von seiner Qualifikation her dann viel geeigneter sein würde als ich. Und seine Suche würde natürlich schon in wenigen Tagen oder höchstens zwei Wochen den gewünschten Erfolg haben.

Er irrte sich sehr mit dieser Annahme, wie ich später sah; in dieses ›rote Nest‹ wagte sich damals niemand von außen. Und sämtliche der ›Kandidaten‹, die mir im Laufe der folgenden Monate als meine Nachfolger angekündigt wurden, sprangen ab, bevor es ernst werden konnte. Das da war ihnen viel ›zu rot‹ und viel zu weit weg von der restlichen Welt.

Was der mir jetzt da erzählte, ging mir dennoch am Arsch vorbei, trotzdem hätte ich ihm gern in seine Fresse gehauen, weil er es so direkt und mich mit unzufriedenem, schon feindseligem Blick unter schiefer Kopfhaltung dabei betrachtend beschrieb. Er mochte mich noch immer nicht, was er mich dann in der folgenden Zeit auch weiterhin spüren ließ, indem er mich ohne jede Unterstützung ließ bei meinen Bemühungen, dort ›etwas besonders Tolles‹ auf die Beine stellen zu wollen. Und ich dachte an die sogenannten ›Konzilianten‹, die selbst scheinbar zu feige waren, dahin zu gehen, wo es ja eigentlich von ihrer angeblichen Qualifikation her ihre Aufgabe gewesen wäre. Anschließend fuhr ich mit der schriftlichen Beauftragung in der Tasche ein bisschen ziellos durch die Gegend und landete irgendwann auf einem abgelegenen Feldweg. Ich wollte nachdenken, das alles sacken lassen, hielt irgendwo an, sah aus dem Autofenster. Da saß im Abstand von einem Meter auf einem Zaunpfahl ein riesiger Uhu, so etwa 50 Zentimeter groß.

Der saß da, als hätte er dort auf mich gewartet, und betrachtete mich mit seinen Augen, die er zwischendurch mal schloss, dann wieder öffnete, wieder schloss wie eine Katze. Dieser Uhu hatte offenbar auch keine Angst, und ich bekam einen Lachanfall, musste daran denken, wie die da im Heimatarbeitsamt wohl darauf reagieren würden, dass ich, ausgerechnet ich, der ihnen ja schon immer so auf ihren von Angst gebeutelten Vorgesetzten-Geist gegangen war, nun Dienststellenleiter war. Was außerdem etwas war, was sie dort nie werden könnten. Irgendwann endete dieser Lachanfall. Der Uhu hatte mir dabei zugesehen, er saß da immer noch, vielleicht hatte er ja insgeheim mit mir oder über mich gelacht. Der rührte sich auch dann nicht vom Fleck, als ich weiter fuhr. Vielleicht wollte er mir ja auch etwas mitteilen, hatte eigentlich eine Nachricht für mich, kannte vielleicht sogar Harry Potter, denke ich heute, er sah ja so absolut weise aus, dieser Uhu …

Mein oben genannter Abteilungsleiter hatte sich wahrscheinlich für weise gehalten oder er tat es nur aus Angst, als er, wie ich leider erst viel später erfuhr, sich einen der schon alten Kollegen, der ihm aus früheren Zeiten bekannt war, aus meiner neuen Dienststelle tatsächlich als Spitzel verdingte.

Das erzählte mir nach etwa drei Monaten dort ein junger Kollege, der davon wusste und der mir inzwischen eher zugetan war, mich wohl nun schützen wollte. Dieser alte Kollege sollte mich also auftragsgemäß überwachen, und er versorgte meinen Abteilungsleiter, der sich im 50 Kilometer entfernten Hauptamt befand, regelmäßig mit seinen von ihm noch mit seiner persönlichen Meinung verfärbten Informationen, die mit Fachkenntnis nun gar nichts zu tun hatten und haben konnten. Der konnte das, was ich da machte und in Gang setzen wollte, fachlich noch überhaupt nicht richtig beurteilen. Darum ging es vermutlich auch nicht. Ich wunderte mich nicht weiter über die sofort nach meinem Amtsantritt einsetzende Ignoranz meiner Arbeit durch den Abteilungsleiter. Der sofort nach meinem Amtsantritt so tat, als würde diese Nebenstelle bis auf seinen Spitzel darin nicht mehr existieren, weil sie jetzt von der Landkarte gelöscht war. Doch immer freitags hatte ich gemeinsam mit den anderen Nebenstellenleitern bei diesem Abteilungsleiter im Hauptamt dann Dienstbesprechung. Da versuchte ich dann, ihn von der weiterhin vorhandenen Existenz der Nebenstelle mit mir und den anderen Kollegen zu überzeugen. Das tat ich dann sehr eindringlich.

Doch es gelang mir nur scheinbar in diesen sechs Stunden, die diese Besprechungen dauerten. Wollte irgendwann einen weiteren Arbeitsvermittler, war ja nun auch verantwortlich für die Stellenbesetzung, und das war nötig, denn es war einfach zu viel zu tun. Das konnten die anderen nicht mehr schaffen. Ich stellte den erforderlichen schriftlichen Antrag bei ihm, er sagte zu, den von mir dazu favorisierten jungen Kollegen mit der Aufgabe eines Vermittlers zu beauftragen. Statt dessen, und ich dachte, mich tritt ein Pferd, wollte er doch lieber den mich bespitzelnden Kollegen damit beauftragen, wie ich von Dritten rein zufällig erfuhr, wollte dem damit später eine höhere Rente ermöglichen, wie mir gleichzeitig der mir zugetane jungen Kollegen mitteilte. Dies war vielleicht als zusätzliche Belohnung für dessen Spitzeltätigkeit gedacht. Außerdem stellte er damit klar, dass es seiner Meinung nach völlig egal wäre, wer denn die Arbeit eines Vermittlers ausübte, und brachte damit zum Ausdruck, dass er so weitermachen wollte, wie es in der früheren DDR immer üblich war, und dass die unter solchen falschen Entscheidungen leidenden arbeitslosen Menschen ihm völlig gleichgültig waren. Das ging nun wirklich zu weit, ich war ja nicht mehr allein von seiner Ignoranz betroffen. Andere zu beschützen, war mir auch viel vertrauter, brauchte das, um Wut nicht nur zu empfinden. Ich setzte mich hin und entwarf einen Brief an ihn mit Durchschrift an den dortigen Personalrat, schilderte dies alles darin. Gleichzeitig fragte ich ihn, »welche Fernziele« er damit ansteuern wolle, ob er damit den Aufbau der Arbeitsämter in den Neuen Bundesländern behindern wolle und das Projekt Wiedervereinigung gleich mit, und ich fragte ihn noch anderes. Meine Sekretärin schrieb dies dann in Reinschrift, ich wollte damit auch erreichen, dass dieser Brief in der kleinen Nebenstelle die Runde machte. Das klappte dann auch sehr schnell. Das waren jetzt natürlich schwere Vorwürfe. Doch ich hatte zu diesem Zeitpunkt nichts mehr zu verlieren, wollte die Kollegen dort beschützen vor dem, und es gelang mir dabei nicht einmal mehr, wenigstens noch Respekt für seine Person zu entwickeln. Außerdem wusste ich, dass inzwischen ein Nachfolger für mich feststand. Der Direktor war ein noch junger, sehr cleverer und ein als Senkrechtstarter Gehandelter, ließ mich daraufhin zu sich rufen, »und sofort«, wie meine Sekretärin mir mit ihrer völlig entsetzten Miene wenige Tage später berichtete. Ich versuchte sie zu beruhigen und fuhr dahin, das waren 50 Kilometer, nahm die von mir inzwischen gesammelten Beweise über das Verhalten des Abteilungsleiters mit und bekam sofort die gesamte von Angst besessene Härte dieses westdeutschen Senkrechtstarters zu spüren. Der dortige Personalrat hatte ihn vorher von meinem Schreiben an den Abteilungsleiter informiert und ihn um Klärung aufgefordert, wie er mir selbst nun darstellte. Meine Vorwürfe waren sehr deutlich, und sie richteten sich ja letztendlich auch gegen den Direktor, der seiner Fachaufsicht nicht richtig nachgekommen war, der »keine Ahnung« davon gehabt hatte. Er schrie mich an, was mir denn einfiele, den Personalrat zu informieren, das schien ihm daran am wenigsten zu gefallen, und am liebsten würde er mich sofort nach Hause zurückschicken, worauf ich sofort erwiderte, dass ich mir das nicht gefallen ließe, und er fragte zwischendurch auch noch tatsächlich: »Wie sehen Sie auch überhaupt aus?« Wollte mich wahrscheinlich in Anspielung auf den fehlenden Arm provozieren, sodass ich dann überreagiert hätte. Ich tat ihm diesen Gefallen nicht, fand außerdem, dass ich ›auch so‹ viel besser aussah als er, ignorierte seine Frage, schrie aber tatsächlich zurück und warf ihm vor, dass auch er sich nicht um meine Arbeit und die tatsächliche Situation in der Nebenstelle kümmern würde, haute sogar mit der Faust auf den Tisch, obwohl er schließlich der Direktor war, und dass er sich meiner schriftlichen Aufzeichnungen erstmal annehmen müsste, bevor er mich angreifen wolle. Ich stand ja mit dem Rücken zur Wand, legte kaum eines meiner Worte auf die Goldwaage, ließ meinen ganzen Frust über die erlebte Behandlung heraus. So wie ein Abkotzen. Männer kotzen manchmal und sind mutig. Scheinbar hat ihn das irgendwie beeindruckt, er unterbrach mich nicht dabei, nahm anschließend die meine Darstellungen belegenden Aufzeichnungen trotzdem immer noch sehr widerwillig in seine Hände, mit tatsächlich spitzen Fingern, und ich konnte gehen. »Arschloch«, dachte ich dabei, »verdammtes Arschloch.« Immerhin hatte ich dabei endlich mal erlebt, was ›spitze Finger‹ sind. Anschaulicher konnte man das, glaube ich, nicht mehr darstellen. Da konnte sogar mir schon übel werden ... Am darauf folgenden Morgen kam dieser mir eher zugetane junge Kollege, der immer sehr gut informiert war, viel besser als ich es als Wessi dort sein konnte, fröhlich grinsend zu mir und sagte, der Direktor habe heute diesem Abteilungsleiter die Funktion als sein Stellvertreter und ihm damit sein Vertrauen entzogen.

Das war doch eine sehr gute Nachricht, ich hatte also viel mehr erreicht, als ich jemals erwartet hatte, außerdem hatte ich damit nachgewiesen, dass ich in dieser Hinsicht mehr Durchblick gehabt hatte als der Direktor.

Viel besser als nichts, dachte ich so, und der junge Kollege und ich, wir umarmten uns fast vor Freude. Und ich hätte keine Nachteile dadurch, dachte ich. Wenn ich auf diese Zeit weiter zurückblicke, so waren für mich in deren Verlauf insgesamt jede Menge neue Aufgaben und Herausforderungen entstanden, die ich einfach übernahm, ungefähr so, wie ich es auf Schiffen früher auch immer gemacht hatte, weil es eben nicht anders ging. Und das musste ich hier auf diesem kleinen Amtsschiff, auf dem ich ja nun Kapitän war, natürlich fortsetzen, und ich wollte es passend machen. Ich hatte nun die ›Macht‹ dazu und die Verpflichtung daraus, dachte ich, ich war ja der Leiter, und ich wollte unbedingt neue Wege gehen. Wege, die ich schon immer hatte gehen wollen. Fühlte mich frei, das Hauptamt war weit weg, auch die EDV gab es dort noch nicht, und bis auf die schon beschriebene tolle Direktorin lehnten mich die meisten der dortigen Führungskräfte ab. Und wenn sie mich schon ablehnten, dachte ich, dann würde ich mich auch so verhalten, dass sie darin bestätigt würden, weil ich es anders machen würde als sie und natürlich hoffentlich viel besser.

Eine ziemlich attraktive Mitarbeiterin der dortigen Stadtverwaltung erklärte mir später einmal, dass niemand dort erwartet habe, dass ich trotz aller von dort durchgeführten Blockadeversuche weitermachen würde. Das erklärte sie mir kurz vor dem Ende meiner Amtszeit dort einfach so unumwunden.

Dann fügte sie noch strahlend hinzu, hätte sie von Anfang an gewusst, dass ich »so einer« sei, hätte sie sehr gern mit mir die eine oder andere Nacht verbracht, und sie stupste mich dabei an. Das war witzig, so direkt und so Ossi-like, aber sie war nicht mein Typ. Ich sagte ihr das nicht, grinste geschmeichelt vor mich hin, sagte: »Wie schade, dass ich das verpasst habe.«

Tatsächlich war das eine der verschworenen letzten roten Zellen. Die verschafften mir gleich zu Anfang meiner Arbeit dort einen Termin beim Kreis. Ich wusste nicht, was und wer mich dort erwarten würde, fuhr dahin und traf in einem im ›DDR-Einheitslook‹ gestylten Sitzungssaal auf etwa 20 männliche Honoratioren. Das war ja nun Niveau pur, kaum einer von ihnen war ohne Doktortitel, wie ich im Zuge der Vorstellung jedes Einzelnen erfuhr, und der dortige Präsident des Kreises war sogar ein Professor.

Da stand ich nun vor ihnen und sah in abwartend mich betrachtende Augen. Der Präsident stellte mich den anderen als Leiter der Arbeitsamtsdienststelle vor. Ich bedankte mich für die Einladung, setzte mich hin und bat um deren Fragen. Schnell stellte sich heraus, dass daran bei ihnen kein Mangel bestand und nachdem einer den Reigen etwas zögerlich eröffnet hatte.

Das dauerte etwa zwei Stunden, und ich will hier behaupten, dass ich das gut gemacht habe. Deshalb, weil ich nicht herumgeschwafelt habe, sondern weil ich ganz deutlich beschrieb, was ein Arbeitsamt in dieser schwierigen Situation leisten könne und was nicht und was die gesetzlichen Grundlagen waren. Bis auf vielleicht drei der Teilnehmer hatte ich alle anderen zumindest davon überzeugen können, dass ich die mir übertragene Aufgabe sehr ernst nahm. Der Präsident des Kreises suchte mich späterhin immer mal in der Dienststelle auf, und er fuhr tatsächlich eines Tages ohne mein Wissen in meine mir vorgesetzte Dienststelle im Westen, um meine Bewerbung um dauerhafte Tätigkeit dort zu unterstützen. Das brachte keinen Erfolg, der dortige darüber entscheidende Präsident hatte keine Zeit für ihn, ließ ihm ausrichten, dass meine Bewerbung abgelehnt werden würde, und dass es dafür »Gründe gibt«. So einfach ist das. Wenn ich die schriftliche Ablehnung auf meine Bewerbung erst viel später erhielt, so wurden darin keine der ›Gründe‹ genannt, und davon abgesehen, handelte es sich mit der ihr vorangegangenen mündlichen Auskunft an den mich unterstützenden Professor um Verletzung des Datenschutzes.

Als mich eines Tages die Bürgermeisterin des größeren Nachbarortes aufsuchte, um mich schon »händeringend« darum zu bitten, mich um die dort frei werdende Stelle des Leiters der dortigen Arbeitsamtsdienststelle zu bewerben, fühlte ich mich in meiner bisherigen Arbeit bestätigt, auch weil sie ihr Anliegen damit begründete, das dort bisher »nichts passiert« sei und sie davon gehört habe, dass das hier anders sei und ich meine Arbeit sehr gut machte. Ich erklärte ihr, dass ich keinerlei Chancen sähe, dass meiner Bewerbung darum entsprochen werden würde. Sie versuchte mich umzustimmen, erklärte, dass sie meine Bewerbung in ihrer Eigenschaft als Bürgermeisterin ganz offiziell unterstützen würde. Ich bewarb mich nicht, hatte ja sogar mit dem Kreispräsidenten und seinen Bemühungen erlebt, dass Unterstützung von ostdeutscher Seite erfolglos verlaufen und vielleicht sogar von maßgeblich entscheidenden Personen im vorgesetzten Amt im Westen gleich mit Misstrauen bedacht worden war. Fast unentwegt strahlte sie mich an, immer mal wieder unterbrochen von Seufzern ihrer Verzweiflung, während sie weiterhin versuchte, mich doch noch umzustimmen. Und unbedingt wollte sie mir noch alles Mögliche über ihre Arbeit als Bürgermeisterin erzählen, und wir tauschten unsere Erfahrungen aus, und sie finde meine »offene Arbeitsweise so wundervoll«. Damit meinte sie auch meine Vereinbarung mit der dortigen Tageszeitung, der *Schweriner Volkszeitung*. An diese Zeitung war ich gleich zu Anfang meiner Arbeit herangetreten, um zu erreichen, dass sie mich bei meinem Ziel unterstützen würde, dort eine nach Außen gerichtete, offene Arbeitsweise herzustellen. Das wollte ich unter anderem dadurch bewirken, dass ich ihr wöchentlich Daten und von mir verfasste Berichte überließe, die dem Bürger Auskunft gäben über die Entwicklung der Arbeitslosigkeit, über das Entstehen von Bildungseinrichtungen, über die Notwendigkeit von Eigeninitiativen, über das, was die ›Dienstleistung Arbeitsamt‹ an tatsächlichem Beitrag leisten könne. Das klappte einige Monate sehr gut und fand im Kreis beim Bürger großen Anklang. Leider jedoch stieß meine offene Vorgehensweise nicht an allen Fronten nur auf Zustimmung, das war ja etwas Neues, vor allem nicht im mir vorgesetzten Hauptamt, und eines Tages stellte die *Schweriner Volkszeitung* ihre Zusammenarbeit mit mir ein. Eine Begründung wurde mir verweigert. Das war sehr schade. Und ich war immer noch naiv.

Zwischendurch musste ich verschiedene andere öffentliche Termine wahrnehmen und traf auf viele interessante Menschen. Der dortige Förster lud mich eines Tages zu einer Fahrt in seinem in der Sowjetunion erbauten Jeep durch seinen Waldbezirk ein. Das machte großen Spaß, und interessant war es außerdem, weil er mir in diesen drei Stunden unter anderem auch noch viel über Zusammenhänge in der Natur erklärte. Wir fuhren auch durch das ehemalige militärische Übungsgelände der dortigen früheren Volks- und der Sowjetarmee, und es ging auf und ab durch die Bombenkrater, die dort infolge regelmäßiger militärischer Übungen entstanden waren.

Dann beschrieb er, und das schien ihm besonders wichtig, in welcher eigentlich bedauernswerten Lage die sowjetischen Soldaten hier gewesen seien, die tatsächlich nur Pfennigbeträge als Sold erhalten und unter menschenunwürdigen Bedingungen dort gelebt hätten. Außerdem seien sie von vielen damaligen DDR-Bürgern abgelehnt worden und hätten kaum Kontakt zu diesen gefunden. Ich erinnerte mich nun plötzlich an eine Busrundfahrt durch das damalige Leningrad, schoss mir einfach so plötzlich in den Kopf, die ich als Steuermann auf meinem letzten Schiff zusammen mit anderen deutschen Seeleuten und auf Initiative und Einladung durch die dortige kommunistische Partei erlebt hatte und erzählte dem Förster davon:

Wir lagen im Hafen von Leningrad, und es war tiefster Winter und überall lag hoher Schnee, und es war so um die 30 Grad minus und arschkalt, und die Finger schienen nicht nur an allem, was man anfasste, fest zu frieren. Ich hatte sehr schlechte Laune, und der Sinn des Lebens war für mich wieder einmal in allerweiteste Ferne gerückt. Ziemlich konkret dachte ich deshalb darüber nach, diesen Seemannsberuf bald aufzugeben.

Das kam mir vor allem immer dann in den Sinn, wenn es mal so richtig kalt war, musste dann manchmal tatsächlich wieder an den kalten Kachelofen in dem Haus auf dem Deich denken. Während ich also entschlossen war, diese miese Stimmung auszuleben, erschien unerwartet am Abend der russische Schiffsmakler an Bord, nur um mich zu fragen, ob ich Lust hätte, zusammen mit der Mannschaft und gemeinsam mit anderen deutschen Seeleuten, deren Schiffe dort auch im Hafen lagen, an einer Stadtrundfahrt mit einem Bus teilzunehmen. Das wäre immer noch viel besser, als wenn ich für den Rest des Tages weiterhin meine immer finsterer werdenden Gedanken pflegen würde, dachte ich, und ich sagte zu. Die andern wollten auch, den Alten fragte ich nicht, erzählte ihm aber davon. Musste ich tun, einer müsste ja an Bord bleiben, das hieß dann immer ›Bordwache‹.

Die sehr hübsche Stadtführerin machte diese Fahrt für mich nun zu einem Vergnügen. Sie erklärte uns in perfektem und fast akzentfreiem Deutsch während dieser Stunden dauernden Busfahrt die geschichtlichen Zusammenhänge über Entstehung all jener wunderschönen alten Gebäude.

Und sie begann zu lachen, als sie davon berichtete, dass die deutsche Armee im 2. Weltkrieg tatsächlich versucht und daran geglaubt hatte, sie könne Leningrad einnehmen. Ihr Lachen hierzu empfand ich als ansteckend, auch wenn es klar war, dass diese organisierte Busfahrt natürlich vor allem Propagandazwecken dienen sollte. Wenn trotzdem das Lächerliche an den Nazis neben all der Zerstörung, die sie über die Welt gebracht hatten, von den Betroffenen so offensiv dargestellt wurde, dann erfüllte mich das irgendwie mit Erleichterung und kam mir in meiner Verachtung den Nazis gegenüber gerade recht. Es schien mir diesen Augenblick lang bald so, als wäre das alles nicht mehr ganz so schlimm, und diese Art von Lächerlichkeiten finden sich ja in allen Diktaturen dieser Welt wieder, nicht nur bei den Nazis, lenken ab von deren Unmenschlichkeit, erklären deren Idiotie, benennen vielleicht aber auch das Unvermögen des Betrachters, die Gefahr in ihnen zu erkennen.

Der Förster hatte mir aufmerksam zugehört, dabei auch mal schmunzelnd, äußerte sich aber nicht dazu. Im Folgenden wurde ich ›überfallen‹, und mir wurde die Bude förmlich eingerannt von westdeutschen ›Experten‹, die meine Unterstützung darin suchten, an viel Geld aus Fördermitteln des Arbeitsamtes zu kommen, denn sie hätten ja so »soziale Gedanken«, und man müsse doch hier helfen. Hatte noch Besuch einer vierköpfigen chinesischen Delegation, die in mir nun den Hoffnungsträger sah, und die gern in den Genuss von Fördermitteln beim Bau einer großen Fabrik kommen wollte, und ich musste sie an dafür zuständige Stellen verweisen, die eben auch noch im Aufbau waren. Das dauerte etwa zwei Stunden, und alle lächelten ständig, jedenfalls fast, und nur einer von ihnen sprach ein bisschen Deutsch. Er übersetzte dann jede meiner Antworten sehr langatmig wie mir schien. Und irgendwann war ihr Lächeln fast erstorben. Das tat mir echt leid, aber das Arbeitsamt hätte sie erst finanziell unterstützen können, wenn es um Einstellung und Einarbeitung von neuen Mitarbeitern ginge.

Jedenfalls schienen sie von mir, oder wegen der von ihnen erwarteten positiven wirtschaftlichen Folgen der

Wende sehr enttäuscht. Dachten vielleicht, ich könnte da was drehen, nannten mich ›Direktor‹. Es war sehr anstrengend, zwei Stunden lang auf immer die gleiche Frage eine inhaltlich immer gleiche, ablehnende Antwort zu geben, was mich schließlich fast ins Schwafeln brachte. Meine Schwafelei, die man vielleicht auch diplomatisches Umschreiben hätte nennen können, weil sie keinen Inhalt mehr hatte, schien ihnen jetzt trotzdem zu gefallen, hätte ich vielleicht von Anfang an so machen sollen. Gemeinsam mit einem guten Hamburger Bildungsträger organisierte ich im Umland geeignete Gebäude, die dann zu Schulungseinrichtungen für dortige Arbeitslose umgebaut wurden. Setzte das durch gegen den massiven Widerstand des dortigen Landratsamtes. Dem ging das viel zu schnell, es wollte stattdessen so nach und nach ostdeutsche Bildungsträger schaffen, oder noch besser, scheinbar gar nichts in dieser Richtung unternehmen. Das genannte Amt und seine Vertreter schienen die Notwendigkeit einer baldigen Einrichtung dessen also nicht wirklich zu verstehen, und bis zum letzten Tag nicht, den ich dort war. Oder sie hatten vielleicht auch Angst, dass sie den Überblick verlieren und keinerlei Einfluss mehr haben würden, hofften vielleicht sogar darauf, dass die DDR doch noch wieder auferstehen würde. Ich will das nicht bewerten. Steht mir nicht zu. Musste später hin und wieder Teilnehmergruppen an Schulungsmaßnahmen aufsuchen, mir ihre Sorgen um die Zukunft anhören, Lösungen anbieten, auf Eigeninitiative hinweisen, die notwendig sei, und ich wollte Optimismus verbreiten. Ich stand dann da vor diesen großen Gruppen verunsicherter Menschen, einmal waren es etwa 400, die ich mit Hilfe der dortigen Tageszeitung zu einer Info-Veranstaltung eingeladen hatte, und ich hatte kein Mikrofon. Doch ich wollte, dass sie meinen Versprechen, dass sich bald alles zum Guten wenden würde, glaubten. So wie ›Blühende Landschaften‹. Ich glaubte mir ja auch. Hoffte, dass mein ›angstloses Charisma‹ dabei helfen würde, ein bisschen half es auch.

Und wenn damals bei meinem Amtsantritt eine Reporterin der dortigen *Schweriner Volkszeitung* mich fragte, ob ich denn auf Dauer hier eingesetzt worden oder ob ich nur »Kanonenfutter« sei, so war dann offensichtlich das Letztere der Fall. An Kanonenfutter hatte sie wahrscheinlich automatisch gedacht, weil mir der rechte Arm fehlte.

Es somit absurd wäre, mich nicht als Gleiches anzusehen. Das schrieb sie aber nicht in ihren Bericht, auch nicht als ihre Vermutung …

Nach alldem schien es mir bald so, als hätten sie von Anfang an nur einen ihnen ›nützlichen Idioten‹ gesucht und in mir auch gefunden. Das Schöne an dieser ›nützlichen Idiotie‹ war, dass ich diese Zeit immerhin erlebt hatte, dass ich den Herausforderungen da im Ossi-Land hoffentlich einigermaßen gerecht werden konnte, und dass dieses eine Jahr ›da drüben‹ in seiner von mir erlebten Intensität einfach großartig und insgesamt betrachtet das spannendste in meinem Berufsleben war. Inklusive Seefahrt. Ich will sagen, dieses eine Jahr war nicht nur gefühlt mehr Erlebnis und mehr Herausforderung, als zehn Jahre in meinem Heimatamt. Und alles hatte einen guten Sinn, wie ich glaube. Und das kann mir keiner nehmen, niemand. Außerdem war mir wichtig, dass ich endlich mal an etwas Aufbauendem, sogar an der Wiedervereinigung, mitarbeiten konnte, und dass ich gefühlt fast frei war. Leider, so war und ist mein Empfinden zur Wiedervereinigung, hat Deutschland und haben die Deutschen diese nicht so verinnerlicht, wie es dieses großartige Ereignis verdient hätte. Stattdessen wird fast so getan, als wäre nichts geschehen, oder als wäre ihnen das lästig und einfach nur ›zu teuer‹. Wenn in den folgenden Jahren so etwa 800 Milliarden in notwendige Aufbaumaßnahmen flossen, dann deshalb, weil sie zu ihrem großen Teil auch notwendig waren. Dass bei diesem gewaltigen Projekt nicht alles reibungslos und ohne massive Planungsfehler verlaufen konnte, ist doch klar. Dass es auch Abstauber und Schmarotzer anziehen würde, die diese umwälzende Bewegung nur zu ihrem eigenen Nutzen missbrauchen würden, war auch klar. Genauso klar ist geworden, dass all das zu einem Wirtschaftsaufschwung ungeheuren Ausmaßes geführt hatte.

Meine Beauftragung dort wurde eines Tages beendet. Es wurde auf Betreiben des schon genannten Abteilungsleiters und bestimmt auch des Direktors, ein Ossi, eingestellt. Der war völlig berufsfremd und sagte mir bei Übergabe der Geschäfte an ihn, dass es ihm sehr leid täte, dass er mich nun verdrängen würde, wo er doch keinerlei Vorkenntnisse und diese Arbeit auch eigentlich gar nicht gewollt habe, er sei dazu überredet worden. Er wäre also erst einmal auch nur eine Art von Bauernopfer.

Vorher hatte ich die Kollegen noch zu einer ›rauschenden‹ Abschiedsfeier eingeladen, sie wurde dann berauschend, wir, und vor allem wahrscheinlich ich, waren sehr traurig, dass wir uns trennen mussten, und es gab viele Küsse, und sie schenkten mir zum Abschied eine Armbanduhr. Ich beruhigte dann noch am darauf folgenden Tag meinen berufsfremden Nachfolger, verwies auf die inzwischen ja weitgehend vorliegende Fachkenntnis der Mitarbeiter, die ihn unterstützen würden. Außerdem hatte ich bei der vorgesetzten Stelle schriftlich verlangt, dass diesem berufsfremden Mann in den ersten Monaten ein erfahrener Leiter aus dem Westen zur Seite zu stellen wäre. Wenigstens das klappte, der Wessi erschien dort, kaum dass ich weg war, wie ich später erfuhr.

Und dann erschien mein Abteilungsleiter mit seinem Trabbi und einem sehr großen Blumenstrauß, den ich später einer Kollegin übergab, und er sagte, er wolle mich unter vier Augen sprechen, versuchte dieser Aufforderung etwas Bedrohliches zu geben. Das wirkte nicht bei mir, ich musste vor allem erstmal darüber grinsen, dass er, genauso wie ich an diesem Tag, einen dunkelblauen Blazer trug und eine beige Hose. So wie Zwillinge.

Einige der Kollegen, die das gehört hatten, waren von seiner vorangegangenen Drohgebärde wohl doch beeindruckt und sahen mich jetzt mitfühlend besorgt an. Wir gingen in mein Dienststellenleiter-Zimmer, saßen dann nebeneinander, fast schon ›hautnah‹, er saß rechts von mir, er drehte das so. So als säßen wir beide auf der Anklagebank, als könnte er mir dabei nicht in die Augen sehen, erzählten wir uns unsere gegenseitigen Sichtweisen des Ganzen, die ich damit eröffnete, dass ich ihn fragte, warum er meine Dienststelle nicht bereits vorher mal aufgesucht habe, um mich dadurch in meiner Arbeit zu unterstützen. Darauf ging er nicht ein, sagte lieber, er hätte überlegt, mich wegen meiner schriftlichen Darstellungen über ihn zu verklagen, und ich antwortete ihm, dass er das doch bitte immer noch machen könne, und es käme mir sehr entgegen. Wir schlugen tatsächlich fast zwei Stunden, aber nur verbal, aufeinander ein, da ging erstmal keiner von beiden auch nur einen Schritt zurück. Und viel zu groß war meine Wut, aber auch meine Sicherheit, im Recht zu sein. Als ich ihm schließlich noch erklärte, dass ich der Fachmann sei und nicht er – das klingt jetzt großkotzig oder herablassend; war es nicht, war zu dem Zeitpunkt nur wahr – und er daraufhin nach einer Minute des Nachdenkens sagte, »da stimme ich Ihnen zu«, und er sprach das ›stimme‹ so aus, als wäre es ein ›spitzer Stein‹, so wie ein alter Hamburger, lenkte er plötzlich ein, sagte, wir hätten »wohl beide Fehler gemacht und einander nicht richtig eingeschätzt.« Er hatte wohl gedacht, ich würde nun umfallen, schien überrascht von meiner ›Härte‹, und ich akzeptierte das dann, wenn ich auch meine eigenen Fehler nicht finden konnte. Dabei hatte ich allerdings viel zu lange still gehalten. »Ich habe dafür gesorgt, dass Sie anschließend in einem anderen Amt als Einarbeiter eingesetzt werden«, sagte er dann und strahlte plötzlich. War von ihm wohl als Wiedergutmachung gedacht. Jedenfalls verabschiedeten wir uns mit Handschlag, und vorher ließ er noch eine sehr aufwändige lange Dankesrede vor versammelter Mannschaft an mich los, in der er mir unter anderem plötzlich eine pionierartige Großtat bescheinigte und mich fast zu einer geschichtlich bedeutsamen Figur erheben wollte. So wie jemanden, der deshalb in Schulbüchern für lange Zeit seinen Platz finden würde. Das war mir nun schon fast peinlich. Reden konnte er. Außerdem war das vielleicht auch Heuchelei von ihm, wenngleich er sich nach unserem ›klärenden‹ Gespräch auch wirklich große Mühe gab mit seiner freien Rede und dabei die ganze Zeit vor großer Freude strahlte. Er schien sehr erleichtert zu sein, dass er das und mich nun hinter sich hatte. Vielleicht hatte er aber auch irgendetwas begriffen, oder er hatte vorher weiteren Druck durch den Direktor spüren müssen. Die Gewissheit, dass seine Aussage über meinen anschließenden Einsatz stimmte, hatte ich bereits vorher durch die vorgesetzte Stelle im Westen erhalten. Dazu war von ihnen ein grauer, verschmierter und zerknitterter DIN-A4-Vordruck benutzt worden, auf dem mein Name stand und der in kaum leserlicher Schreibmaschinenschrift sagte, dass ich weiterhin im Ossi-Land und in einem noch weiter östlich gelegenen großen Amt »eingesetzt« werden sollte, weil dies »notwendig« sei.

So wie ein Möbelstück, das gebraucht wurde. Mir gegenüber begründeten sie diese Notwendigkeit nicht, ich wurde durch diesen Vordruck lediglich darüber in Kenntnis gesetzt, hatte also keinen Einfluss darauf. War vielleicht noch aus der Zeit davor, dieser Vordruck. Jedenfalls stellten sie mir damit unmissverständlich dar, wie aus ihrer Sicht mit unliebsamen Mitarbeitern umzugehen war. Ich frage das vor allem auch deshalb so, weil mir ein vorangegangenes Telefongespräch mit einer Führungskraft der ›sehr gehobenen Klasse‹ in der uns vorgesetzten Stelle im Westen sehr konkret zu dieser Erkenntnis gebenden Frage verhalf: Als der meinen Namen hörte, und als wartete er schon seit Wochen darauf, begann er mit langsam anschwellender Stimme schließlich in den Hörer zu brüllen, dass er von Anfang an absolut dagegen gewesen sei, mich mit der Tätigkeit eines Dienststellenleiters zu beauftragen und er fügte, weiterhin laut in den Hörer schreiend, hinzu: »Ich bin nicht bereit, noch länger mit Ihnen zu sprechen.« Dann knallte sie den Hörer auf die Gabel, die Führungskraft der gehobenen Klasse. Der benahm sich dabei so, als sei ich sein Todfeind persönlich. Wahrscheinlich hatte der mir davor diesen Vordruck geschickt und den vorher noch zerknüllt. Nach dem Grund meines Anrufs bei ihm wollte er nicht fragen. Und ich saß nun da mit einem weiteren Erlebnis dieser Art, begriff so nach und nach, dass mein Einsatz als Dienststellenleiter tatsächlich nur aus Feigheit der sogenannten Konzilianten entstanden war, hätte ja schief gehen können und hätte dann zu einem Eintrag in ihrer Personalakte geführt, wäre das Ende ihrer Karriere gewesen, denn das verzeihen die ›besten Bürokraten …‹ nicht.

Und ich erkannte, dass ich zu einem nahezu unlösbaren Problem für diese daran direkt oder indirekt beteiligten Führungskräfte geworden war, vor allem für die westdeutschen, weil ich nicht feige gewesen war und das auch noch ohne größere Blessuren überstanden hatte, wie ich fand – da, in diesem so ›roten Nest‹, wie sie es ja immer genannt hatten. Und das, obwohl mich in der gesamten Zeit weder die Amtsleitung noch sonst wer unterstützt, sondern mich sogar behindert hatte. Und das wussten sie ja alle. Das war nach diesem Telefongespräch mit dieser Führungskraft nicht mehr anders zu bewerten. Leider hatte ich mir seinen Namen damals nicht merken können, oder wollen. Namen sind Schall und Rauch. Nun hatte ich in diesen fast 12 Monaten da drüben noch keinen Tag Urlaub genommen, keinen Tag ›blau gemacht‹, wollte das da nicht ›freiwillig‹ aus der Hand geben, hatte Angst, dass das schief ginge. Schrieb also jetzt an mein Heimatamt, an die ›besten Bürokraten …‹ in der Personalstelle, und teilte ihnen mit, dass ich nun einen vierwöchigen Urlaub antreten würde, bevor ich dann in das andere große Amt ginge. Meine Frau hatte inzwischen einen ›Anderen‹ gefunden, der 20 Jahre jünger war als sie. Wie ich bald feststellen musste, stand ich durch sie nun außerdem vor dem absoluten finanziellen Nichts, suchte sogar die Schuld daran hauptsächlich bei mir. Ich will das hier nicht weiter ausbreiten. Jedenfalls musste ich völlig neu anfangen, und meine Freundin und ich; wir hatten uns nach etwa einem Jahr ebenfalls getrennt. Einfach so, war irgendwie vorbei, wahrscheinlich hatte ich sie in dieser beruflich so aufregenden Zeit vernachlässigt, oder sie hatte einfach keinen Bock mehr auf mich, oder noch nie gehabt, jedenfalls nicht auf all das andere, das mich da ja ziemlich beanspruchte. Komischerweise waren wir beide nicht wirklich traurig darüber. Die ›besten Bürokraten ...‹ ließen mich irgendwann schriftlich wissen, dass ich unentschuldigt der Arbeit fernbleiben würde, und meinen Urlaubsantrag, den ich ihnen nun in Erinnerung rief, hätten sie nie erhalten. Nun hatten sie sich ihre Chance, mir endlich mal etwas hin konstruieren und vorwerfen zu können, wahrhaft zunutze gemacht, und ich konnte nichts daran ändern, da ich noch nicht einmal eine Durchschrift dieses Urlaubsantrages in der Hand hatte. War mir verloren gegangen, weil ich den für nicht wichtig hielt. Jetzt konnte ich froh sein, wenn sie nicht versuchen würden, mich zu entlassen. Sie drohten mir dann tatsächlich mit arbeitsrechtlichen Konsequenzen, und meine Abordnung zu diesem Amt noch weiter im Osten würde natürlich zurückgezogen.

Daraufhin siegte nun endgültig meine Wut über alles andere, und ich ließ einen nicht enden wollenden Schriftwechsel zwischen der Leiterin der Verwaltung und der Leiterin der Personalstelle entstehen, in dessen Verlauf ich ihnen auch ihre fachliche Nichteignung vorwarf, bis eine von ihnen mich schließlich schriftlich fragte, ob es nicht richtiger wäre, wenn wir zu einem anderen Umgang miteinander zurückkehren würden. Ihr Brief mit ihrer Frage hat hier einen besonderen Verwahrplatz bekommen.

Darauf habe ich nicht geantwortet. Konnte mir einen ›anderen Umgang‹ mit ihnen auch nicht vorstellen. Für mich erreicht habe ich dennoch weniger als nichts. Auch wenn sie keine arbeitsrechtlichen Konsequenzen mehr versuchten einzuleiten. Es hieß nun also, wieder zurück zu gehen in dieses Amt, zurück in meine Arbeit als Vermittler und zurück zu diesen vielen Vorgesetzten, die ich ja nun wieder haben würde. Das war sehr schwer, und es wurde auch nicht leichter dadurch, dass mir von einigen dieser Vorgesetzten sofort großer Neid entgegen schleuderte, so will ich das mal mindestens nennen. Die versuchten auch überhaupt nicht, das zu verbergen, jedenfalls die nicht, die es nicht verbargen. Manche Kollegen waren auch neidisch, denen ging es dabei in der Hauptsache wohl um das ›Buschgeld‹, das ich während der Zeit erhalten hatte. Später erfuhr ich davon, dass ich nicht der einzige war, und mein Arbeitgeber nicht der einzige war, der mit seinen aus den Neuen Bundesländern zurückgekehrten Mitarbeitern in dieser Weise umgegangen war. Und egal, ob behindert oder nicht. Wahrscheinlich hielt man sogar alle, die ›da rüber‹ gegangen waren und dies auch noch freiwillig getan hatten, für verkappte Kommunisten, für ihre Feinde, für Gegner des hiesigen Systems. Die waren wahrscheinlich grundsätzlich gegen die Wiedervereinigung.

Bedeutete ja, umzudenken, neue Wege zu gehen, zu lernen, dass DDR-Bürger früher auch arbeiten mussten, dass sie Deutsche waren und geblieben sind, und dass diese Wiedervereinigung etwas Großartiges ist. Neben all diesem sollte nicht verschwiegen werden, dass die Einarbeiter und die neuen Kollegen da im Osten insgesamt eine sehr wichtige Aufgabe durchführten, die half dort, den sozialen Frieden in den Anfangsjahren nach der Wende zu erhalten. Und die Arbeitsämter waren dabei tatsächlich schnell wie Tankstellen, Autohändler, Versicherungen und Banken, die sich dort auch über Nacht ansiedelten und ausbreiteten, so wie ein Heuschreckenschwarm, der nun die Konten der Ossis leer fressen wollte. Nachdem ich nun hautnah erlebt hatte, dass Bürokraten letztendlich selbst im Frontalangriff nicht zu bezwingen waren, die einander wirklich nicht die Augen aushackten, die deshalb so mächtig sind, ließ ich mir einen Termin beim dafür zuständigen Vorgesetzten geben und bat um seine Unterstützung. Gleichzeitig fragte ich ihn tatsächlich, schon recht selbstbewusst, ob denn meine leitende Tätigkeit dort im Osten mich nicht vielleicht befähigen und sogar berechtigen würde, hier nun ›aufzusteigen‹. Das war nun doch zu viel für ihn, er antwortete mir, und er erregte sich dabei völlig, schien schon regelrecht empört oder voller Angst zu sein, erhob sich mit einem Ruck halb aus seinem Stuhl, während seine Fingerknöchel weiß wurden, weil er sich an den Lehnen so festhalten musste, dass die »Zeit im Osten ganz allein Ihr Privatvergnügen« gewesen sei, und ich hätte außerdem »selbst Schuld, wenn Sie Ihrem Arbeitgeber vertrauen«, fügte er dann noch hinzu. Und ich hatte immer gedacht, im Öffentlichen Dienst, einer dem Staat und dem Grundgesetz besonders verpflichteten Einrichtung, wäre dieses ›Vertrauen‹ natürlich eine Selbstverständlichkeit. Dies galt wohl nur für die Angst der dort Beschäftigten. Meine Naivität veränderte sich trotzdem nicht spontan, und Angst konnte ich auch jetzt noch nicht entwickeln. Ich hielt mich letztlich immer für stärker als die. Nach dem Motto: »Wer zuletzt lacht …« Na ja.

Das waren ja tolle Auskünfte, war, bis auf die mir hätte Erkenntnis geben sollende ›Vertrauensfrage‹, so wie immer. Und ich verhielt mich so wie immer. Ich machte gar nichts, blieb in meiner einstudierten Rolle, lernte auch jetzt nicht, mich rechtzeitig durchzusetzen, ließ es laufen, war wieder enttäuscht, über diese Auskünfte des genannten Vorgesetzten, der eine ganz andere Einschätzung der staatstragenden Bedeutung des Öffentlichen Dienstes zu haben schien als der Gesetzgeber und als ich, und über sein empörtes und damit viel sagendes Verhalten und über mich, der ich mir dies wieder einfach gefallen ließ. Vorher noch war ich bei der Leiterin vorstellig geworden, weil ich mir ganz stark vorgenommen hatte, meine Rechte an der Entstehung der von mir erdachten Bildungsmaßnahme einzufordern, die während meiner Arbeit im Osten in meinem Heimatamt und anfangs noch unter einem anderen Titel erstmals durchgeführt worden waren.

Das war eine sehr charmante, äußerst attraktive und ebenso knallharte Frau, die ich bis dahin noch nicht kannte, die mich aber gleich um ihre Finger wickelte. Ich schilderte ihr den Hergang, sie hörte sich das an, gab ihr Verständnis zum Ausdruck, und sie sagte, dass sie bereits darüber informiert sei, und ich ging wieder, nachdem sie mir geraten hatte, nichts zu unternehmen, denn das gäbe nur unermesslich großen Ärger, für mich und im Amt. Sie machte mit meinem Einverständnis einen handschriftlichen Vermerk: »Anliegen im persönlichen Gespräch erledigt.« Frauen sind manchmal toll. Später ›wurde sie toll‹.

Jedenfalls war ich nun also in diesem ›Heimatamt wieder angekommen‹, war wieder der, bei dem seine Behinderung im Vordergrund der Beurteilung stehen würde und sonst gar nichts, und ich sorgte durch mein eigenes Verhalten dafür, dass das so blieb, dass ich fast rechtlos blieb. All dies konnte natürlich irgendwelche normalen Ansprüche gar nicht erst entstehen lassen, als wäre es schon absurd zu denken, ich könnte jemals wie andere behandelt werden.

»Sie, Sie reißen ja hier alles an sich. Was, ja was bleibt denn da noch für mich?« Das war die in sein verzweifeltes Brüllen eingefasste wörtliche Rede eines ›Kollegen‹, der sich da eines späteren Tages in einem Türrahmen zu meinem Zimmer aufgebaut hatte und mit dem ich nun seit einiger Zeit hatte zusammenarbeiten müssen, und der das Sinnbild eines Bürokraten war, und den und dessen Arbeitsweise ich in äußerst drastisch kreativer Weise begonnen hatte zu bekämpfen. Diesen Satz habe ich mir gemerkt. Der ist ja einfach zu schön, dieser Satz. Und er hätte lieber Schauspieler werden sollen, so mit entsprechendem Charakterfach. Sein Auftritt war ja absolut bühnenreif. Und sein daran anschließender Abgang mit seinem von ihm in den Nacken zurückgeworfenen Kopf und mit seinen schon wehenden Rockschößen war es ebenso. Es fehlte nur noch das auf ihn wartende Schafott hinter der Tür, die er da durchschritt. Ich antwortete ihm: »Ich hoffe nichts!« Und anschließend gelang es mir tatsächlich, die Amtsleitung davon zu überzeugen, dass eine weitere ›Zusammenarbeit‹ mit dem nicht sinnvoll wäre. Wir wurden kurz darauf voneinander getrennt.

Dann lernte ich eine sehr nette und sehr hübsche Frau kennen, die nicht arbeitslos war, die mich zwecks Beratung über eine Umschulung aufsuchte.

Das ging schnell, wir verliebten uns gleich beim ersten Kennenlernen und wurden bald darauf ein Paar, das dann auch fast sieben Jahre zusammenlebte. Das war eine überwiegend schöne Zeit, ich habe sehr gelitten, als es im ›verflixten siebten Jahr‹ leider zur Trennung kam. Inzwischen hatte dieser Staat dann die Hartz IV-Geschichte auf den Weg gebracht, und es ging insgesamt, so wie ich es jedenfalls von Anfang an empfunden habe, absolut nur noch bergab.

Heute war der Tag, Hartz IV war in Kraft getreten.

Die meisten der Kollegen erwarteten nun große Demos, zum Beispiel durch die Gewerkschaften. Und die ›Demo‹ begann: Es war ein älterer Mann, der sich vor dem großen Amtsgebäude der großen Stadt einfand und der dagegen demonstrieren wollte. Zu seiner Unterstützung hatte er sein Fahrrad mitgebracht, an dem er eine batteriebetriebene Sprechanlage installiert hatte.

Mit Hilfe dieser Sprechanlage begann er nun, laut seiner Verzweiflung über die Hartz IV-Gesetze und deren von ihm vermutete Folgen Ausdruck zu geben. Ununterbrochen bewacht von drei Polizisten, einer Frau und zwei Männern, hielt er das so etwa sechs Stunden durch. Die hatten einen Halbkreis gebildet und schirmten das Amtsgebäude während dieser sechs Stunden damit von ihm ab. Im Amtsgebäude hatten sich währenddessen hinter den Fenstern immer mal wieder eine Zahl von Kollegen/innen eingefunden, die diesem Drama schweigend, und ich will sagen, sehr betroffen zusahen. Arbeitsuchende Menschen, die da unten an diesem einen Demonstranten vorbeigehen mussten, um ins Amt zu kommen, senkten ihren Kopf, als sie ihn und seine Bewacher passierten, und er blieb ohne Unterstützung. Ich habe ihn auch nicht unterstützt. Sämtliche der Kollegen, auf die ich während der Mittagspause in der Amtskantine traf, schienen bedrückt, und wir vermieden es weitgehend, über diesen einen Demonstranten zu sprechen. Auch wenn wir uns darüber einig waren, dass das Fehlen vieler weiterer Demonstranten ein typisch deutsches Verhalten gezeigt hatte.

Bereits vorher hatten diese Gesetze inneramtlich zur Folge gehabt, dass Hunderte von Kollegen in die ARGEN versetzt oder schließlich sogar ›verliehen‹ wurden. Ich war mir sicher, dass ich nicht unter den davon Betroffenen sein würde. Um ganz sicher zu gehen, bot mir ein Abschnittsleiter eines Tages an, doch zukünftig im Bereich der arbeitslosen Schwerbehinderten tätig zu werden. »Dort können Sie ja außerdem bleiben bis zu Ihrem Rentenbeginn, müssen nicht befürchten, an eine ARGE verliehen zu werden, da will ja keiner hin.« Er meinte, zu den Behinderten.

Und, so blöd es vielleicht auch klingen wird, ich, der ich selbst behindert war, hatte wirkliche Bedenken, ob ich dazu geeignet wäre, mit Behinderten zu arbeiten. Ein mir damals befreundeter Kollege, der nicht behindert war, arbeitete in diesem Bereich schon mehrere Jahre, und er riet mir, dem Vorschlag zu folgen. Also ging ich darauf ein und hatte nun den Personenkreis der Schwerbehinderten zu betreuen.

Es waren Blinde, Gehörlose, die immer mit Gebärdendolmetscher erscheinen mussten, es waren Rollstuhlfahrer, Epileptiker, sogenannte geistig Behinderte, an Krebs oder anderem Erkrankte, die nicht mehr lange leben würden, die mich und natürlich auch andere Kollegen immer mal wieder noch einmal aufsuchen wollten; das ›volle Programm‹ also.

Es waren Menschen, deren Situation mich von Anfang an völlig in Anspruch nahm. Meine Abteilung war räumlich abgegrenzt von der Vermittlung für ›Normalos‹. So nannten die Behinderten alle die, die wohl nicht behindert waren, und sie waren schon immer in einem anderen Teil des Amtsgebäudes, ›rollstuhlgerecht‹ im Erdgeschoss untergebracht. Später einmal beobachtete ich zu meiner größten Überraschung einen Abteilungsleiter, wie er im Stechschritt und in größter Eile einen der langen Flure der Behindertenabteilung durchquerte. Und zwar tat er dies nachmittags, als bekanntermaßen keine behinderten Kunden mehr dort vorzufinden waren. Seinen dabei gesenkten Kopf musste er erst anheben, als er an meiner geöffneten Tür vorüber kam und ich ihn, und von seiner Anwesenheit dort völlig erstaunt, ungläubig und laut fragte, ihn fast schon anschrie: »Was machen Sie denn hier?« So nach dem Motto: »Was fällt dir denn ein, verschwinde hier!?« und er tatsächlich erwiderte: »Nach dem Rechten sehen.« Manchmal konnte ich mich da einfach wirklich nicht so verhalten wie andere. Das macht man ja eigentlich nicht. Hatte dann schon wirklich einen Knall, oder? Ob er dabei das Rechte zu sehen auf dem Boden des Flures erwartete, weiß ich nicht. Er erhöhte nun aber sein Stechschritttempo und verschwand blitzartig in irgendeiner Tür am Ende des Ganges, die ihn wieder zu den ›Normalos‹ brachte. Kontakt untereinander sollte durch diese räumliche Trennung vielleicht vermieden werden, denn die Behinderten seien ja auch außerdem immer so kompliziert, und wie sehen manche von ihnen denn auch aus, und was, wenn mal einer von ihnen einen seiner epileptischen Anfälle dort ›auslebte‹. Die ›anderen‹ Kunden könnten ja durch sie erschreckt werden, würden sie ihre Wartezeit in gemeinsamen Räumen verbringen müssen. Und die sind alle immer so aggressiv, und beruflich qualifiziert sind sie natürlich auch nicht, sind ja behindert. Außerdem war ja auf die das SGB IX zusätzlich zum SGB III fachlich richtig anzuwenden, das besondere Förderungsmöglichkeiten bot, und mit diesem Gesetz kannte sich ja keiner aus, da bei den ›Normalos‹.

Ich auch nicht, als ich dort anfing, das hatte mich vorher auch nie interessiert. Die darin enthaltenen Regelungen musste ich nun aber erlernen, anders konnte meine Arbeit dort nicht erfolgreich sein. War sofort interessant, damit konnte ich was anfangen, bot jede Menge finanzieller Hilfen, vor allem auch in Form von Zuschüssen an Arbeitgeber, wenn die einen von ihnen einstellten. Und Arbeit zu finden, war ja das eigentliche Ziel, sozusagen um jeden Preis. Bald schon stellte ich zu ›meiner großen Überraschung‹ fest, dass dieser Personenkreis der Behinderten sich von den von mir bis dahin 35 Jahre lang betreuten ›Normalos‹ nicht wirklich unterschied. Weder in ihrem Verhalten, noch hinsichtlich ihrer Kraft oder Qualifikation oder ihrer Ängste. Was sie dann tatsächlich doch unterschied, waren gar nicht wirklich ihre körperlichen Einschränkungen, sondern es waren vor allem die ganz speziellen Verletzungen, die sie infolge ihrer oft offensichtlichen Einschränkungen durch manche Arbeitgeber noch zusätzlich erfahren hatten. Davon erfuhr ich dann im Laufe der Zeit, weil ich mein ›neugieriges‹ Arbeitsverhalten nicht einschränken wollte, sondern es eher noch ausbaute. Das war nötig in diesem Bereich. Manche ihrer Beschreibungen erschienen sogar mir als selbst davon Betroffenem ziemlich erschreckend. Ich hätte nicht vermutet, dass andere Arbeitgeber mit ihren behinderten Mitarbeitern auch nicht anders umgehen. Hatte wohl, um den Respekt vor meinem Arbeitgeber nicht völlig zu verlieren, die Schuld daran hauptsächlich bei mir und in meinem unangepassten Verhalten gesucht. Ein arbeitslos gewordener Diplom-Kaufmann erzählte mir Folgendes, als er sich nun persönlich arbeitslos melden musste: »Ich war Abteilungsleiter, hatte 50 Mitarbeiter/innen. Ich hatte ein entsprechend hohes Einkommen, wurde fachlich und menschlich geschätzt. Eines Tages brach ich zusammen, am Arbeitsplatz. Bald darauf wurde diagnostiziert, dass ich an schwerer Diabetes litt. Wurde dann mit entsprechenden Medikamenten so eingestellt, dass ich nach etwa drei Monaten meine Arbeit wieder fortsetzen konnte, ohne von mir selbst gefühlte Einschränkung, hatte nun aber einen Behinderungsgrad von 80, war also nun ein staatlich festgesetzter Schwerbehinderter. Es dauerte nicht lange und mein Arbeitgeber stellte mir in einem persönlich geführten Gespräch mit ihm dar, dass er nun auf jeden Fall Rücksicht nehmen wolle auf meine Behinderung, das sei ja auch seine Pflicht, und er werde mich in einer anderen Tätigkeit, die meiner Behinderung dann entspräche, mit allerdings leider erheblich geringerem Gehalt weiter beschäftigen. Und es täte ihm sehr leid, dass ich nun dieses Schicksal erleide, das da so plötzlich über mich hereingebrochen war, doch er wolle alles tun, um mir das jetzige Leben als Schwerbehinderter zu verschönern. Ich war entsetzt, der Boden unter mir begann zu schwanken. So etwas hatte ich ja überhaupt nicht erwartet, ich machte doch meine Arbeit so wie vorher auch. Der will mich loswerden, er ist tatsächlich ein Lump, wir waren doch befreundet, hatte ich immer gedacht. Ich konnte gar nichts sagen, konnte ihm nicht antworten. Ich war dort seit fast 20 Jahren beschäftigt, gehörte durch meine Stellung schon fast zur Firmenleitung, war früher nie krank gewesen. Ich ging dann wie in Trance davon und wandte mich anschließend an die Personalvertretung, suchte nach Hilfe. Die sagten mir Hilfe zu, und es geschah erst mal nichts weiter von Seiten meines Arbeitgebers. Etwas anderes machte sich auf den Weg. Anfangs fast unmerklich, wandten sich die Kollegen so einer nach dem anderen von mir ab. Früher immer mal wieder gern von ihnen wahrgenommene Einladungen zu gemeinsamen Essen oder ähnlichem ignorierten sie nun oder schlugen sie mit fadenscheinigen Begründungen aus. Beschworen bald eine endgültige Situation herauf, in der ich als Mensch für sie ganz offensichtlich nicht mehr existieren sollte. Ignorierten schließlich sogar weitgehend meine fachlichen Anweisungen und ersetzten diese durch eigene Entscheidungen, ohne mich darin einzubinden. Wichen meinen Fragen und auch Vorwürfen, die ich ihnen in meiner Verzweiflung nun machte, aus, gingen einfach davon, wenn ich mit ihnen darüber reden wollte. Das war eine Mauer des Schweigens, die sie da aufbauten. Die Personalvertretung erklärte mir ihr Bedauern über diese Entwicklung und ihr Unvermögen, daran etwas zu verändern. Sie hätten ja Gespräche mit den Kollegen geführt, das sei von denen aber bestritten worden. Ich war nach meiner Einschätzung in meiner bisherigen Tätigkeit nicht weniger leistungsfähig als vor Eintritt der Behinderung. Mein Arbeitgeber hatte eine andere Sichtweise, und die Kollegen und scheinbar ebenso die Personalvertretung dann wohl auch. Wahrscheinlich vertraten die mit ihrem Stillhalten die Interessen des anderen Personals. Die vom Arbeitgeber eingeleitete Entwicklung setzte sich darin fort, dass ich mit Rücksicht auf meine Gesundheit schließlich aufgab und den von ihm so sehr gewünschten Aufhebungsvertrag unterschrieb. Ich wäre ansonsten da zugrunde gegangen. Darum sitze ich jetzt hier vor Ihnen beim Arbeitsamt«, sagte er abschließend.

Er hat sich wenig später mit bleibendem Erfolg selbstständig gemacht. Da fragte ihn dann sicherlich auch niemand nach seiner ›Behinderung‹.

Eines Tages lernte ich einen zu 100% geistig Behinderten kennen, so war es in der EDV vermerkt. Er war ein Roma, hatte mir telefonisch angekündigt, dass er sich selbstständig machen wolle. Im Bereich der EDV. Ich war vorher ziemlich aufgeregt: »Wie wird der sich verhalten, wie kann ich dann richtig reagieren, bin ja kein Arzt oder Psychologe.« Und er war ja zu 100% geistig behindert. So etwa: »Was bleibt denn da noch?« Als er mein Zimmer betrat, sah ich ›automatisch‹ um ihn herum, wartete, dass der geistig Behinderte auch käme, hatte wohl erwartet, dass man ›das‹ ja gleich sehen würde. Doch er sah ›ganz normal‹ aus, war sympathisch und offen und legte mir seine ihn zu dieser EDV-Tätigkeit befähigenden Qualifikationsnachweise auf den Tisch. Schließlich konnte ich nicht anders, als ihn danach zu fragen, worin denn seine geistige Behinderung von 100% eigentlich bestünde. »Das kann ich Ihnen sagen ...« Und er erzählte: »Als ich ein Kind war, hasste ich die Schule, und ich weigerte mich sehr oft, sie zu besuchen. Ich hasste noch vieles andere mehr und erhielt schließlich wegen meiner dauerhaft ablehnenden Haltung all diesen öffentlichen Einrichtungen gegenüber eines Tages von Staats wegen und auf Betreiben meiner Eltern den Status eines zu 100% geistig Behinderten, mit Ausweis. Mein Verhalten war wahrscheinlich eine Folge der Ablehnung der Deutschen uns Roma gegenüber, auch der Unfähigkeit unserer Eltern, sich hier richtig zu verhalten, sie fanden sich hier einfach nicht zurecht, ich wurde in der Schule ja auch ständig von den anderen Kindern geärgert und verprügelt. Den Lehrern war das damals zumindest egal. Später habe ich dann die Mittlere Reife nachgeholt und eine Ausbildung zum Bürokaufmann absolviert. Dann habe ich mich, wie Sie ja sehen können, im Bereich der EDV weiter qualifiziert, und jetzt will ich mich selbstständig machen, zusammen mit einem Kumpel.« Dieser von

Staats wegen zu einem geistig Behinderten erklärte und offenbar sehr intelligente Mann – seine Zeugnisse waren alle gut bis sehr gut –, behielt seinen Behinderten-Ausweis gewissermaßen deshalb, weil er sich daran gewöhnt habe, wie er sagte, und als Nachweis über manche vom Staat verordnete Diskriminierung. »Ich bin ja kein Einzelfall«, sagte er. Ich stimmte ihm natürlich zu, es war ja das, was ich selbst immer dachte, äußerte mich aber nicht konkreter. Jedenfalls entschied ich positiv über seinen Antrag auf ›Ich-AG‹, wünschte ihm viel Erfolg, und den schien er dann auch zu haben, er meldete sich später nicht erneut arbeitslos.

Lernte einen weiteren ›geistig Behinderten‹ kennen. Es war ein noch junger Mann, schien immer sehr unsicher, war misstrauisch, wollte unbedingt »irgendeine Arbeit«. Irgendwann gelang es mir, unter Gewährung von finanzieller Hilfe in Form von befristeten Lohnkostenzuschüssen, ihn an ein Gartenbauamt der Hansestadt zu vermitteln. Er würde dort als Hilfskraft eingesetzt werden, man wolle es zumindest mit ihm versuchen. Dann entwickelte sich Folgendes: Zwei- bis dreimal in der Woche rief er mich nun über sein Handy an, um mir Auskunft darüber zu geben, was er gerade mache, welche Arbeit er zu erledigen habe:

»Heute muss ich lernen, Hecken zu schneiden. Der Meister zeigt mir das.«

»Jetzt bin ich beim Aufräumen, mache hier den Rasen sauber.«

»Heute müssen wir eine Holztür reparieren, der Tischler und ich.«

Im Verlauf dieser Anrufe und mit der Zeit, die sich über sechs Monate hinzog, und in der ich immer wieder auf das Genaueste von ihm über seine Tätigkeiten informiert wurde, wurde er dann immer selbstbewusster, richtig mitteilsam. Schließlich rief er eines Tages um, um mir mitzuteilen, dass seine Probezeit nun beendet sei, und dass er heute einen unbefristeten Arbeitsvertrag unterschrieben habe. Und ich konnte es fast hören, dass er strahlte vor Freude. »Jetzt rufe ich Sie auch nicht mehr an.« Ich beglückwünschte ihn zu seinem tollen Erfolg und sagte, dass mir seine Anrufe zukünftig fehlen würden. Kleine Pause, dann fragte er: »Echt?« Ich sagte: »Aber ja!« Er lachte, bedankte und freute sich, und er sagte: »Auch Ihnen alles Gute.« Später hat er sich dann eigentlich leider nicht mehr gemeldet.

Nun gab es natürlich auch unter den Behinderten einen Anteil von Menschen, die ihre Eigenbemühungen um Arbeit irgendwann aufgegeben hatten, und es gelang mir bei kaum einem, daran auf Dauer etwas zu verändern. Wenn auch von mir und Vermittler-Kollegen eingeleitete geeignete Fortbildungsmaßnahmen manchem von ihnen zwar auch einen Hoffnungsschub brachten, so führte es auch oft genug zu noch größerer Enttäuschung, da sie anschließend dennoch keinen Arbeitsplatz fanden, und das brachte sie dem endgültigen Aufgeben noch viel näher.

Zu einer dies verhindernden Veränderung brauchte es vor allem geeignete offene Stellen, und die waren rar. Was also wäre zu tun, um das wenigstens ansatzweise zu verändern? Was könnte vor allem auch verändert werden, um Arbeitgebern und anderen zu vermitteln, dass Behinderte nicht allein deshalb, weil sie nun zusätzlich diesen Status mit sich herumschleppen, automatisch und in bald jeder Hinsicht in ihrer Leistung gemindert und auffällig und alles andere als normal sind?

Es war das Jahr 2005, und die Fußball-WM 2006 stand sozusagen vor der Tür. Mit vielen Großveranstaltungen und zumindest für diese Zeit zusätzlichem Bedarf an Arbeitskräften, jedenfalls im Dienstleistungsbereich, wie Information, Transport, vielleicht Stadtführungen. Doch wer hat erdacht, was mit behinderten Besuchern passiert, wie finden sich Sehbehinderte, Gehörlose, Rollstuhlfahrer und andere da zurecht? Wagen die sich überhaupt in so eine Großveranstaltung, lässt man sie überhaupt da rein, behindern sie dann nicht nur die ›Normalos‹? Selbst wenn es ja die bei den Vereinen, oder bei manchen von ihnen, eingerichteten Plätze für Rollstuhlfahrer gibt, so hatte ich bei Übertragung eines solchen Spiels unter den Zuschauern noch nie einen von ihnen gesehen, der von der Kamera erfasst und uns gezeigt worden wäre. Als ein von seiner Mannschaft begeisterter oder sehr enttäuschter Fußballfan. Ich dachte: »Wie wäre es, wenn wir anlässlich der WM 2006 bundesweit unsere Behinderten ›mobilisieren‹ würden und sie im Bereich des Service für behinderte und auch andere Besucher einsetzten?« Ihnen damit die Möglichkeit gäben, sich ›zu zeigen‹, und den anderen zu zeigen, dass ›sie gar nicht so schwierig‹ sind, wie ja so viele glauben und sich deshalb von ihnen fernhalten müssten. Und es gab eine große Zahl von gehörlosen Arbeitslosen, die im Rahmen der

Information an gehörlose Besucher ihre Gebärdensprache einsetzen und dadurch einen besonderen Service würden bieten können, den es anders nicht gäbe. Es gab eine große Zahl von behinderten arbeitslosen Kaufleuten, die ihre Kenntnisse im Rahmen der Planung von Veranstaltungen und Administration einbringen konnten. Es gab behinderte Kraftfahrer, die zu Beförderung herangezogen werden konnten. Es gab Sehbehinderte, die dennoch in der Lage wären, Informationen zu erteilen. Wir hatten sogar behinderte Journalisten, die vielfältig Einsatz hätten finden können. Würde auch bei Besuchern aus aller Welt bestimmt einen guten Eindruck hinterlassen, ein solch besonderer Service, dachte ich so. Und wir hatten die Agenturen für Arbeit, welche die zur Durchführung dessen notwendigen erforderlichen finanziellen Mittel zur Verfügung stellen konnten. Außerdem gab es jede Menge von diesen Maßnahmeträgern, die ja weitgehend von den Arbeitsagenturen und den von diesen finanzierten Maßnahmen lebten, und die durchaus in der personellen Lage wären, die Organisation hierbei zu übernehmen.

Also schrieb ich an die Bundesagentur für Arbeit in Nürnberg, stellte mein Anliegen dar, behauptete gleichzeitig, dass eine solche Initiative dem Image der BA gut tun würde, auch deshalb, weil sich ja möglicherweise aus solchen beispielhaften Aktionen im Bereich der Dienstleistung dauerhafte Anschlussarbeitsplätze für Behinderte entwickeln könnten. Und dies wäre ja eine der gesetzlichen Aufgaben der Agenturen für Arbeit. Noch nie zuvor erhielt ich so schnell eine Antwort auf einen Verbesserungsvorschlag.

Es dauerte nicht mehr als drei Tage und ich hatte deren entsetzte, fast schon hysterische Antwort, und es schien, als würden sie laut dabei schreien wollen: »Ihr Vorschlag wird nicht durchgeführt. Es besteht kein solcher Bedarf, wer soll das durchführen, Ihr Ziel ist nicht erkennbar, es wäre außerdem zu teuer, und die Vergangenheit hat gezeigt, dass so etwas nicht sinnvoll ist.« So, nun kam die Wut wieder in mir hoch. »Welche Zeit in der Vergangenheit meinten die?« Das wollen wir doch mal näher erkunden, nahm ich mir vor und schrieb erstmalig in meiner ›Karriere‹ als Besserwisser an das Bundesarbeitsministerium in Berlin. »Mal sehen, was die machen.« Ließ dabei lieber weg, dass es sich bei mir auch um einen Behinderten handelte. Sie würden meinen Brief sonst wahrscheinlich als die Klage eines Behinderten über das Unrecht in dieser Welt abtun und mir vielleicht empfehlen, mich doch irgendeiner Gruppe anderer auch so leidender Behinderter anzuschließen. Fast drei Monate waren vergangen, als ich eines Abends einen Antwortbrief in meinem Hausbriefkasten fand:

»Sehr gute Idee, danke für Ihr Engagement für behinderte Menschen, ich gebe dies in Wahrung Ihrer Identität zuständigkeitshalber an die BA in Nürnberg, die sollen das durchführen«, schrieben sie sinngemäß.

Das stand da geschrieben, obwohl ich ausdrücklich darum gebeten hatte, meinem Arbeitgeber nicht von mir zu berichten. Hatte dies damit begründet, dass ich »als Bürger dieses Landes schreibe«. War wohl aus deren Sicht nicht möglich, das zu berücksichtigen. Jedenfalls hatte ich durch meinen Brief an das BMA scheinbar den von mir gewünschten Erfolg, und ich war schon kurz vorm Heulen, als ich das las, ganz ehrlich. Gleichzeitig aber hatte ich damit begonnen, mir selbst nun endgültig den dünnen Ast abzusägen, auf dem ich bisher saß. Ich bin ein Ast-Absägender. Wahrscheinlich war ich aus Sicht der ›besten Bürokraten …‹ ihnen in den Rücken gefallen, indem ich ihre Ablehnung meiner Vorschläge zur WM 2006 und zur Einrichtung ›Zentraler Stellen‹ zum Anlass genommen hatte, mich Hilfe suchend an die ihnen vorgesetzte Stelle in Berlin zu wenden. Das hatte ich zwar vorher geahnt, doch hätte ich mir nicht träumen lassen, dass ich mich damit selbst in Einzelteile zerlegt, also endgültig abgeschossen hatte. Und »Ihr Vorschlag zur Einrichtung ›Zentraler Stellen‹ liegt im Bundeskanzleramt vor und wird ins Regierungsprogramm übernommen, aller Voraussicht nach«, schrieb mir das BMA noch. (Dazu später mehr.) Der Brief enthielt eine E-Mail-Adresse. Ich mailte am kommenden Tag, dass Nürnberg dies bereits abgelehnt hätte. Das hatte ich absichtlich verschwiegen, war wahrscheinlich schon eine linke Tour von mir, das zu verschweigen. Hatte mir dabei gedacht, dass das BMA meine Vorschläge nicht mehr prüfen würde, wenn sie von der Ablehnung durch die BA in Nürnberg wüssten. Erhielt am darauf folgenden Tag bereits eine E-Mail Antwort von der Bearbeiterin, einer offenbar sehr intelligenten und gutwilligen Frau beim Arbeitsministerium in Berlin, die so sinngemäß sagte, dass dies egal sei, die sollen das trotzdem machen. Frauen sind doch toll. Das war somit die Entscheidung der vorgesetzten Stelle. Und es kam, wie ich es gewollt hatte. Das von ihnen daraus Gemachte nannten sie dann ›Fußball-WM-Beschäftigungs-Offensive 2006‹, berichteten unter großem Pomp im Fernsehen von ihrer dazu eingegangenen Vereinbarung mit dem DFB und stellten Stellenangebote in die EDV der Arbeitsagenturen.

Das war toll, ich war begeistert. Meine Begeisterung hielt nicht lange an, von Behinderten war in diesen Stellenangeboten nicht die Rede, wie ich dann feststellen musste. Ich mailte nach Berlin, schilderte dies. Dieselbe Bearbeiterin mailte umgehend zurück: »Ich gebe das weiter an Nürnberg.«

Wenig später kam von dort die Mail von einer dazu verdonnerten Führungskraft der Arbeitsagentur, die mit der bundesweiten Koordination der ›WM-Offensive‹ beauftragt war, und die schrieb mir, dass die Behinderten sich natürlich auch darauf bewerben könnten.

Darauf musste ich ihm einfach antworten, dass er ganz offensichtlich nicht über die erforderliche Fachkenntnis verfüge, das richtig zu beurteilen, denn er wisse offenbar nicht, dass ein Stellenangebot in der EDV ausdrücklich gekennzeichnet sein muss, wenn auch behinderte Bewerber berücksichtigt werden sollen. Das EDV-Programm dort enthält dazu drei fragende Felder: Behinderte »ja«; »nein«; »auch«. In diesen Angeboten aber fehlte diese Kennzeichnung, eine Vermittlung von Behinderten war somit rein technisch überhaupt nicht möglich, das EDV-Programm weigerte sich, das durchzuführen. Von dieser Kennzeichnung wusste ich außerdem nie, ob sie im Sinne von Gleichbehandlung rechtlich überhaupt zulässig war. Sie hatten also meine Idee grundsätzlich aufgegriffen, aber mein Hauptanliegen unter den Tisch fallen lassen, und die Behinderten dadurch gleich mit. Und sie hatten mir gegenüber natürlich auch nicht anerkannt, dass dies auf meinen Vorschlag zurückging. Auf meine Mail an die genannte Führungskraft erhielt ich keine Antwort. Doch traten bald Ereignisse ein, die mir klarmachen sollten, dass die ›besten Bürokraten …‹ aus ihren Hinterzimmern gekrochen sein mussten, nachdem ich sie wieder in ihrer Ruhe gestört hatte, und um mir zu zeigen, dass sie natürlich viel mächtiger waren als ich, und viel rachsüchtiger. In der Zwischenzeit hatte ich meinem Direktor meine Idee mit der Fußball-WM per E-Mail geschildert, und deren Zielsetzung, die vor allem darin bestand, sogenannte Anschlussarbeitsplätze entstehen zu lassen. Beschrieb darin jedoch nicht, dass Nürnberg in diesem Zusammenhang nach meinem Eindruck nichts für Behinderte tun wollte. Ich dachte: »Vielleicht erkennt er wenigstens den Sinn darin, wenn die da in Nürnberg hinter den sieben Bergen schon nur einen so kleinen Horizont hatten, wir waren ja immerhin in einer großen Hafenstadt mit Zugang zum offenen Meer und zur weiten Welt.« Das war denen nicht gegeben, da in Nürnberg. Außerdem war ich ja nun schon seit Langem daran gehindert, den Zugang zum offenen Meer und zur weiten Welt als Fluchtweg vor ihren Gesetzen zu nutzen. Der Direktor antwortete mir tatsächlich sehr bald, dass er dies gern unterstützen wolle und fragte, wie viele Behinderte nach meiner Kalkulation darin Beschäftigung finden könnten. Ich antwortete entsprechend, hatte jetzt freie Hand, und ich begann, nach einem geeigneten Maßnahmeträger zu suchen, der bereit und in der Lage wäre, dieses Dienstleistungsangebot zusammen mit behinderten Bewerbern in dieser großen Stadt durchzuführen und zu erproben, ob dies in der Zukunft vielleicht beibehalten werden könnte, vielleicht ausbaufähig und zu einer festen und sich irgendwann selbst tragenden Maßnahme werden würde. Bis dahin musste diese Maßnahme inklusive der darin entstehenden Lohnkosten von ›meinem‹ Arbeitsamt bezahlt werden. Das klappte sehr gut, ich fand innerhalb der Führungsriege noch einen der Leiter, der dies sehr stark unterstützte und schließlich zur Bewilligung führte. Der war auch sonst ein guter Leiter, die gab es da manchmal, wie wir wissen.

Sehr bald fand ich einen, wie ich dachte, geeigneten Maßnahmeträger und unter den von mir zu betreuenden Behinderten insgesamt sieben noch recht junge Menschen, die gern in einem solchen Projekt arbeiten wollten. Um es vorwegzunehmen, es wurde nicht das, was ich und die nun dort arbeitenden behinderten Mitarbeiter gern erreicht hätten. Es gab verschiedene Gründe: Der Maßnahmeträger verfügte, wie sich im Laufe der acht Monate andauernden Maßnahme zeigte, und entgegen meiner Einschätzung, scheinbar weder über die Eignung, dies zu leiten, noch schien er wirklich ein Interesse daran zu haben, dies zu einem guten Erfolg zu führen. Das hatte ich verbockt, es war zu spät, noch zu einem anderen Träger zu wechseln. Der andere Grund war die Tatsache, dass der Beginn der Fußball-WM nun schon fast vor der Tür stand. Sie hatten zu wenig Zeit, entsprechende Kontakte zu ehrlich unterstützenden Stellen aufzubauen. Hinzu kam, glaube es oder nicht, dass diese Initiative bei den maßgeblichen Verbänden der Stadt auf massives Misstrauen und Ablehnung stieß, sogar fast eine Art von Aufruhr durch sie entstand. Das hatte ich in meiner ewigen Einfalt überhaupt nicht erwartet, und der Direktor ja wohl auch nicht, ansonsten hätte er das Projekt nicht unterstützen wollen. Ich hatte geglaubt, die würden Initiativen der Arbeitsagentur begrüßen. Sie aber hatten wohl große Angst, ihnen könnten bisherige Kompetenzen entzogen werden. Vielleicht würden gar bald eigene Stellen wegfallen und sie müssten durch Aufgabenteilung dann eine Transparenz innerhalb ihrer Arbeit entstehen lassen. »Die Stadt bebt«, erklärte mir ein Insider eines Tages mit trauriger Miene, als er mir von deren Abwehr berichtete. Er war zu mir gekommen, weil es ihm sehr wichtig war, mir davon zu erzählen, wie er sagte. Er hatte wohl erkannt, dass ich naiv war. Wollte mir große Enttäuschung ersparen, mich vielleicht sogar schützen. »Für die sind Sie der Verursacher«, sagte er, als er in meine völlig überraschte Miene sah, »wirklich!« Das war ja schon 'ne Warnung und klang so, als hätte ich mich mit einer Mafia angelegt. Das war spannend. Führte bei mir zu einer Gänsehaut, jedenfalls einmal, so zwischendurch.

Es brachte mir aber zumindest ansatzweise die Erkenntnis, dass es von vornherein vergeblich wäre, gegen ›Betonköpfe‹ etwas Sinnvolles, aber für sie Neues durchzusetzen. Etwas, das für sie persönlich doch so Bewährtes möglicherweise in Gefahr brächte. Die fühlten sich also dadurch scheinbar hauptsächlich in ihrer Existenz bedroht, was sogar dazu führte, dass ein maßgeblich damit beauftragter Mitarbeiter der Stadt, und vermutlich auf Druck der etablierten ›Verbände‹, bei einer Führungskraft in der Arbeitsagentur vorsprach, um zu erreichen, dass diese Maßnahme abgebrochen würde. Sie wurde nicht abgebrochen.

Jedenfalls war es gelungen, Bewegung in deren Landschaft zu bringen. Das war ja anfangs gar nicht mein Ziel. Es passierte fast gesetzmäßig. Eine Art einsetzender Reinigungsprozess. Und es ergab sich, dass mindestens zwei der behinderten Mitarbeiter aus dieser Maßnahme nach in ihr entstandenen Kontakten der Übergang in ein Arbeitsverhältnis von Dauer gelang.

Das hätte ohne diese also nicht stattgefunden. Obwohl: Es sind ›kleine Brötchen‹, ich weiß. Doch ich weiß auch, dass sie unverzichtbar sind, diese kleinen Brötchen. Vielleicht aber wussten die in Nürnberg das damals nicht.

Gleichzeitig mit meiner Initiative hatte ich seinerzeit in Nürnberg vorgeschlagen, die Bemühungen arbeitsloser Menschen, sich selbstständig zu machen, auch weiterhin zu unterstützen und zusätzlich von mir erdachte ›Zentrale Stellen‹ einzurichten, die zu einer Verminderung der Bürokratie führen sollten. Ich schlug dies deshalb vor, weil ich vor Ort innerhalb meiner Arbeit erlebt hatte, dass sozusagen über Nacht aus schon lange arbeitslosen und völlig kraftlos erscheinenden Menschen plötzlich selbstbewusste starke wurden, die zu mir gekommen waren, um mir zu sagen: »Ich will mich selbstständig machen!« Und sie beantragten die Förderung aus den Mitteln der ›Ich-AG‹. Sie waren jetzt völlig verändert, konnten endlich ihre Idee, die sie schon lange mit sich herum getragen hatten, verwirklichen. Und der Großteil von ihnen schaffte es, diese Selbstständigkeit auf Dauer auszuüben. Die Bundesagentur für Arbeit in Nürnberg hatte aber anderes vor. Sie wollte die Förderung der ›Ich-AG‹ und Selbstständigkeit überhaupt stark reduzieren, vielleicht sogar endgültig stoppen. Das musste verhindert werden, auch weil uns Arbeitsvermittlern damit eines der wenigen Mittel genommen würde, bei Beendigung von Arbeitslosigkeit überhaupt noch helfen zu können. Unterstützung erwartete ich von den ›Zentralen Stellen‹, diese sollten das bis dahin notwendige Anlaufen verschiedener Stellen überflüssig machen, und die sollten den nun Selbstständigen in der Anfangszeit beratend unterstützen und so weiter. Müsste also von erfahrenen Leuten aus der Wirtschaft besetzt werden. Auf diesen nun sehr konkreten Vorschlag und meine Nachfrage erhielt ich aus Nürnberg überhaupt keine Antwort. Der passte wohl nicht in ihr Vorhaben, schriftlich zugeben wollten und mussten sie das mir gegenüber nicht, als wäre ich niemand. Also übersandte ich diesen Vorschlag ebenfalls an das Bundesarbeitsministerium in Berlin. Die fanden das gut, antworteten mir aber erst etwa drei Monate später, hatten das wohl richtig durchgeprüft und sagten: »Ihr Vorschlag liegt im Bundeskanzleramt vor und wird Bestandteil des Regierungsprogramms, aller Voraussicht nach.« Das war doch was, ich wollte schon immer mal beim Regieren mitmachen. Regieren macht Spaß.

Ich hatte unter anderem darin sehr ausführlich beschrieben, dass viele der Arbeitslosen schon lange mit »einer Idee« lebten, sich selbstständig zu machen, und dass einige von ihnen, wie ich es erlebt hatte, ihre Langzeitarbeitslosigkeit dadurch auf Dauer hatten beenden können. Und ich erklärte denen, dass es aus meiner Sicht deshalb ein absoluter Rückschritt wäre, wenn dies nicht mehr gefördert werden würde. Ich kann es einfach nicht weglassen. Frau Merkel kann man nicht weglassen, auch wenn sie vielleicht gar keine eigenen Ideen hat: In ihrer ›Neujahrsansprache‹ 2005/2006 fragte Frau Merkel: »Sie haben schon lange eine Idee?« Das sah ich zufällig, führte ihre Frage natürlich auf meinen Vorschlag zurück, der ja, wie frau mir geschrieben hatte, im Bundeskanzleramt vorlag, und in dem es mir wohl gelungen war, ziemlich überzeugend davon zu berichten, dass manch Arbeitsloser und auch andere »schon lange mit einer Idee« und sich damit selbstständig zu machen, schwanger gegangen war, und dies im Rahmen der damals entstandenen und in den Medien anfangs oft als »Unsinn« belächelten ›Ich-AG‹ endlich auch verwirklichen konnte.

Und ich hatte von bürokratischen Hindernissen berichtet, die dies leider oft noch erschwerten. ›Zentrale Stellen‹ aber könnten alles zukünftig erleichtern, den Menschen durch eigene Erfahrungen wertvolle Anregungen und Hilfen geben, und ich schilderte, dass großes, grundsätzlich vorhandenes Potential von Menschen in Deutschland bisher zum Nachteil der Gesellschaft durch eben diese Bürokratie verloren ginge. Jedenfalls klappte das, diese ›Zentralen Stellen‹ wurden bundesweit eingerichtet, vorher gab es noch eine ›kleine Anfrage‹ hierzu im Bundestag, der dies dann bewilligte, und die Bundesagentur für Arbeit in Nürnberg musste als maßgebliche Stelle mitmachen. Nun hielt es sie nicht länger in ihren Hinterzimmern, unsere ›besten Bürokraten ...‹ Sie machten sich nun auf, mich endlich aus der Arbeitsagentur zu entfernen. Das oder scheinbar ich war ja nicht auszuhalten. Vorher noch sprach mich eines Tages in der Amtskantine einer der Leiter an und sagte: »Sie sollen noch in diesem Jahr groß rauskommen.« Auf meine Frage sagte er dann: »Das weiß ich aus Dienstbesprechungen der Führungskräfte.« Ich nahm ihn nicht ernst, auch wenn, wie sich später herausstellte, er die Wahrheit gesagt hatte, was sonst auch könnte sein Motiv gewesen sein. Der schien sich zu freuen, mir diese ›gute Nachricht‹ überbringen zu können. Das war wahrscheinlich auf meine Vorschläge beim BMA zurückzuführen, vielleicht weil die dort anfangs nicht wussten, dass ich ein Behinderter war. Ich weiß es nicht. Das kippte aber dann, die ›besten Bürokraten ...‹ wollten dabei auf keinen Fall mitmachen, und die sind diejenigen, die dort die eigentliche Macht ausüben. Der eben genannte Vorgesetzte erklärte später auf meine Frage: »Das habe ich nie gesagt!« Jedenfalls wurde mir von einer Vorgesetzten, die war neu da, und man schickte sie vor, weil die eigentlich Zuständigen nicht den Mut hatten, mir das zu sagen, eröffnet, dass ich an eine ARGE ›entliehen‹ werden würde. So, wie von einer Verleih- oder Zeitarbeitsfirma. Sie waren sich sicher, dass ich nicht in die ARGE gehen würde, sie kannten meine Ablehnung dieser Ausgrenzungs-Maschinerie, dachten, ich würde dann ›eben lieber‹ Rentner werden wollen. Auf jeden Fall wäre ich dann weg, das konnte gar nicht schief gehen. Sie unterschätzten jedoch immer noch meine Hartnäckigkeit, komisch. Ich schrieb dann an die vorgesetzte Stelle. Äußerte darin meine ›Vermutung‹, dass ich wegen meiner Behinderung diskriminiert werden würde, vor allem, weil niemand mit mir vor dem Entleihen gesprochen hatte. Sie hatten mir dadurch jede Möglichkeit entzogen, Stellung zu nehmen und mich dagegen zu wehren. Setzten mich vor aus ihrer Sicht vollendete Tatsachen. Die antworteten mir, dass die zwar tatsächlich leider mehrere Vorschriften missachtet hätten, und man habe mit ihnen nun deshalb mehrfach Schriftwechsel geführt und auch noch telefoniert, aber die abschließende Entscheidung läge ja bei denen. Die von mir vermutete Diskriminierung nannten sie, dies umformulierend, dann »diskreditieren« und es könne davon ja gar nicht die Rede sein, denn davon wären ja andere Mitarbeiter, die auch in eine ARGE versetzt oder entliehen worden waren, dann auch betroffen, und es handele sich bei diesem fehlerhaften Ablauf doch nur um so etwas wie eine Verkettung unglücklicher Umstände. Und ich solle doch bitte die Arbeit in einer ARGE nun bald aufnehmen, und man wünschte mir alles Gute. Hatte ich eine andere Antwort erwartet? Wahrscheinlich wohl ja, irgendwo da in meinem tiefsten Innern, das ja immer glaubt, das Recht wird sich durchsetzen. Ich konnte nicht in einer ARGE arbeiten, das wäre unmöglich für mich. Das wäre dann so, als würde man einen überzeugten und echten Kriegsdienstverweigerer an die Front schicken. Ich wusste ja, was da so abging, und ich sollte die dabei unterstützen, sollte Mittäter werden bei den laufenden Ausgrenzungsmaßnahmen, wie ich diese von Anfang an empfand. Ich war nun am Ende angekommen, der Personalrat half mir auch nicht. Faselte und wand sich, gab nur zu erkennen, dass ihnen ihre Karriere wichtiger war. Dann fiel mir irgendwann ein, dass ich ja seit etwa zehn Jahren Beitrag zahlendes Mitglied der Gewerkschaft war. Ich besorgte mir einen Gesprächstermin, schilderte der mich ›beratenden‹, sehr gut durch organisierten, cleveren Frau die Geschichte, und sie versprach mir, sich mit dortigen Juristen zu besprechen. Einige Zeit später sprach ich erneut bei ihr vor. Essenzielles Ergebnis dieser Vorsprache war ihr letzter Satz, den sie mir an den Kopf knallte: »Sie sollten froh und dankbar sein, denn die haben Sie ja immerhin überhaupt da beschäftigt.« Das also war die Gewerkschaft. Sie meinte, trotz des fehlenden Armes. Und das war ihre wörtliche Rede, auch wenn sie die letzten drei Wörter dieses Satzes fast verschluckte, und als wolle sie daran ersticken. Aber sie wollte mir unbedingt sagen, was sie, und wahrscheinlich ihre ›Juristen‹ auch, wirklich dachten. Wahrscheinlich so nach dem Motto: »In Inanspruchnahme dieser großen Gnade haben Sie alle anderen Rechte ja längst verwirkt.« Oder besser: »Sie hatten diese Rechte doch nie, verstehen Sie das denn nicht, geht das immer noch nicht in Ihren Kopf?« Sie war so etwa 50 Jahre alt. Sogar Frauen können sehr dumm sein, und ihnen vorgesetzte Juristen ebenso. Und ich auch. Das war nun für mich wieder einer der Momente, die mir stets eine Entgegnung unmöglich machten. Und es war eine dieser Antworten, die mir immer mal wieder über den Weg liefen, weil ›der Mensch‹ einfach nicht in der Lage scheint, sein ihm eingebläutes Rasterdenken zu überwinden und aus seiner Matrix herauszukommen, jedenfalls so viele von uns sind es nicht.

Ich ging davon und kündigte anschließend meine Mitgliedschaft dort, hatte in den zehn Jahren etwa 4.000,- Euro Mitgliedsbeitrag gezahlt, um mir nun dies anhören zu dürfen. Wurde krank, hatte eine lange Zeit heftige Depressionen, entschloss mich irgendwann, gegen dieses Entleihen zu klagen. Diese Entscheidung fiel mir sehr schwer. Ich liebte meine Arbeit, und ich war im Grunde tatsächlich immer dankbar, wem auch immer, dass ich diese Arbeit machen durfte und sie trotz des fehlenden Armes auch machen konnte. Es ging aber nicht anders, auch wenn ich mich dadurch in die Rolle eines ›Nestbeschmutzers‹ begeben würde. Jedenfalls in den Augen der ›besten Bürokraten …‹, aber auch in den Augen vieler anderer, oder sogar aller anderen Kollegen. Wahrscheinlich begibt man sich dann immer in diese Rolle, oder wird in diese Rolle durch Kollegen gedrängt, vielleicht ähnlich wie Polizisten, die auf Missstände in ihren Reihen hinweisen. Ich befand mich in einer Notwehrsituation, musste handeln, wäre ansonsten völlig untergegangen. Fand einen Anwalt, der reichte Klage ein. Nun war das offiziell, sozusagen staatlich anerkannt, das hatten die ›besten Bürokraten …‹ wahrscheinlich schon erkannt, als ich damals im Januar '71 bei ihnen den Arbeitsvertrag unterschrieb: Ich war ein ›Nestbeschmutzer‹, einer der sogar ›beste Bürokraten‹ in die Pfanne haut. Vielleicht dadurch schon fast ein ›Staatsfeind‹ für die. Es kam dann zu einem ›Gütetermin‹ in einer Öffentlichen Gerichtsverhandlung. Ich traf auf eine ›tolle‹ Richterin. Auf jeden Fall hatte ich Glück mit der. Sie versuchte dann gleich, die beiden dort erschienenen Vertreter der ›besten Bürokraten ...‹ mit Güte dazu zu bewegen, ihre Entscheidung, mich an die ARGE zu entleihen, zurückzunehmen, als sie sah, dass ich nicht bereit war, in eine ARGE zu wechseln. Ich erklärte in der Begründung auch meine grundsätzliche Ablehnung der ARGEN und derer Ziele und begründete dies auch mit meiner fehlenden Eignung, dabei mitzumachen. Die Richterin sah mich währenddessen etwas skeptisch, vielleicht auch mitleidig an. Mit ›Güte‹ war bei denen aber nichts zu erreichen, sie sagten die Unwahrheit, erklärten doch tatsächlich, sie hätten alle Verfahrensvorschriften beachtet. Und das, obwohl dem Gericht das schriftliche Anerkenntnis über ihr fehlerhaftes Arbeiten von der vorgesetzten Stelle vorlag, und das wussten sie ja. Ich erklärte denen sehr laut und ohne die Richterin vorher zu fragen, ob ich etwas sagen dürfe, dass sie hier gerade die Unwahrheit sagten. Das brachte mir eine (kleine) Rüge der Richterin ein.

Ich meinte es ernst, als ich zur Richterin sagte: »Ich bitte um Verzeihung.«

Das hat ihr gefallen, war ja fast ein ganzer Satz, ich sah das so aus dem Augenwinkel. Der zweite Termin dort fand dann einige Monate später statt. Nun wurde es haarig. Die Richterin begrüßte mich freundlich, sagte:

»Nehmen Sie doch Platz.« Und sie begrüßte die nun erschienenen Vertreter der ›besten Bürokraten …‹ überhaupt nicht, erwiderte auch nicht deren Gruß, blätterte in einer Akte. Erklärte an diese Vertreter gewandt, dass das Gericht bereits ›vorverhandelt‹ habe und dabei zu dem Ergebnis gekommen sei, dass mein Entleihen an die ARGE rechtsunwirksam sei, da sie Verfahrensvorschriften nicht eingehalten hatten. Und das Gegenteil hätten sie immer nur behauptet, aber nicht nachgewiesen. Und zu ›Nachforschungen‹ sei das Gericht nicht befugt. Ferner habe das Gericht nicht verstanden, warum der Kläger, nachdem er sich gut in den Bereich der Schwerbehinderten-Vermittlung eingearbeitet hat, nun aus diesem Bereich wechseln muss in den Bereich der ARGEN, in dem ein völlig anderes Gesetz seine Arbeitsgrundlage sein würde, was ja eine erneute Zeit der Einarbeitung zur Folge hätte mit daraus folgender reduzierter Arbeitsleistung. Der Sinn dessen sei dem Gericht nicht klar geworden. Und dies alles etwa ein Jahr vor Beginn seiner Rentenzeit. »Allerdings«, sagte sie dann, »einen Präzedenzfall wollen wir heute nicht daraus machen.« Das bezog sich auf einen Teil meiner Klage, in der ich vermutete, von denen wegen meiner Behinderung diskriminiert werden zu sollen. Das fand ich schade, sagte aber nichts. Und sie wies, wie mir schien, ziemlich wütend darauf hin, dass die nicht auf eine Berufung hoffen sollten: »Das verhandeln die nicht mehr, so kurz vor seiner Rente. Was heute hier entschieden wird, ist rechtsgültig.« Als die genannten Vertreter der ›besten Bürokraten …‹ nicht reagierten und in sich zusammengesunken mit jetzt völlig verständnislosen Gesichtsausdruck dort auf ihren Stühlen hockten, sie hatten anderes erwartet, standen unter Schock, alle beide, sprang plötzlich einer der Beisitzer auf, fuchtelte mit seinen Armen und schrie die an: »Sie machen mich wahnsinnig, um was verhandeln wir denn hier? Es geht um ein Jahr, das er noch hat bis zur Rente, entscheiden Sie sich endlich!« Einer der Vertreter der ›besten Bürokraten‹ dachte nun nach, sagte leise und schien sehr deprimiert: »Das sagen Sie so, wir vertreten ja eine Behörde, da ist das nicht so einfach zu entscheiden.« Die Richterin machte dann ein Vergleichsangebot: »Herr ... geht noch für fünf Monate in eine ARGE, die dann noch verbleibenden acht Monate bis zur Rente wird er von Ihnen unter Fortzahlung des Gehalts von der Arbeit freigestellt.« Das gefiel den andern auch nicht, und zustimmen könnten sie dem auch nicht, die Befugnis hätten sie doch gar nicht. »Dann rufen Sie die an, die diese Befugnis haben«, forderte die Richterin sie auf. Dann fragte sie mich, was ich zu diesem Vorschlag sage. Ich erklärte mich bereit, den anzunehmen. »Etwas anderes bleibt wohl nicht?«, fragte ich die Richterin. Sie schüttelte bedauernd ihren schönen und schlauen Kopf. Die anderen erreichten nun per Handy keinen der Entscheidungsbefugten, die konnten auf ihrem Telefon ja auch erkennen, wer nun anruft und sie ahnten vielleicht, warum der anruft, und dass der eine Entscheidung braucht. Und die Richterin setzte denen eine Frist von einer Woche, sich zu entscheiden. Sie hatten nun also die Wahl, diesem Vorschlag des Gerichts zuzustimmen, oder ihm eben nicht zuzustimmen und damit das von der Richterin angekündigte Urteil gegen sie zu erwarten, das sie verpflichten würde, mich wieder und bis zur Rente in der Arbeitsagentur zu beschäftigen. »Wenn Blicke töten könnten«, musste ich dann denken, denn ein solcher traf mich von einem der anderen, als wir den Verhandlungsraum verließen. Das war ja Hass pur, seine Augen glühten regelrecht, sie hatten wohl extra dazu eine rötliche Färbung angenommen und traten schon fast ganz aus den Augenhöhlen heraus, wirklich, da hat nicht mehr viel gefehlt. Er hatte wohl erwartet, dass er aus der Verhandlung viele Pluspunkte mitnehmen würde, die ihm bei seiner Karriere später helfen würden. Es war aber anders gekommen. Auch für mich, ich müsste nun fünf Monate in einer ARGE arbeiten, denn innerhalb der vom Gericht festgesetzten Frist hatten die ›besten Bürokraten …‹ dem Vergleichsvorschlag zugestimmt. Dazu brauchten sie, wie ich später erfuhr, die Zustimmung der ihnen vorgesetzten Stelle, die war dann erfolgt. Hätte ich noch ›genug Rückgrat‹ hinsichtlich meiner Ablehnung der ARGEN gehabt, hätte ich mich eigentlich arbeitslos melden müssen. Dann hätten die doch noch gewonnen, und bestimmt hätten sie eine große amtsinterne Feier mit ›bestem Bürokraten-Tanz‹ veranstaltet. Meine Ablehnung der ARGEN blieb, einen solchen Triumph mit Feier wollte ich ihnen nicht kampflos ermöglichen. Jedenfalls erschien ihnen nun alles andere besser, als wenn stattdessen ein Urteil erginge, nach dem sie mich dann innerhalb der Arbeitsagentur noch ein ganzes Jahr lang hätten weiter beschäftigen müssen, ein ganzes langes Jahr. Und das, nachdem ich doch bereits seit circa 37 Jahren dort gearbeitet hatte. Auch wenn sie mit der Fortzahlung meines Gehalts für acht Monate und unter meiner gleichzeitigen Freistellung von der Arbeit so circa 40.000,- Euro aus dem Fenster warfen, die ja vom Beitragszahler aufgebracht werden mussten. Das war scheinbar selbst der ihnen vorgesetzten Stelle egal, wäre interessant herauszufinden, aus welchem ›Topf‹ sie diese Kosten nun bezahlen würden und ohne damit gegen geltendes Haushaltsrecht zu verstoßen. Man sollte sie nun eher angreifen können. Das war also Vorsatz von denen, und ich musste mich für die ja zu einem gefährlichen Monster entwickelt haben, oder ich musste etwas Schreckliches getan, eine Art Todsünde begangen haben. Es waren wahrscheinlich meine Vorschläge, die ich an das BMA gesandt hatte, und die dann ihnen als durchzuführen vom BMA aufgedrückt worden waren. War wohl ein Fehler von mir, aus deren Sicht. Ein viel zu schwerwiegender Fehler, als dass ich nun weiterhin in der Arbeitsagentur und mitten unter ihnen noch hätte arbeiten dürfen. Alles wäre wohl nicht so schlimm, so unmöglich, als mich noch da zu haben.

Nun war er da, der Tag, ich musste in eine ARGE. Dazu hatten sie für mich die ARGE auserwählt, die in der Stadt die problematischste war. Wahrscheinlich hofften sie darauf, dass ich deshalb spätestens jetzt doch noch »lieber in Rente gehen würde«. Diese ARGE war infolge ihrer besonders problematischen Situation, wie ich schon vorher vielen Zeitungsberichten über die ›Zustände‹ dort entnehmen konnte, ständig unterbesetzt, und sie musste einen im Vergleich zu den anderen ARGEN besonders hohen Ausländeranteil an ›Kunden‹ ihr eigen nennen. Das war eine der Folgen der von Anfang an durchgeführten Ghetto-Bildung, und ob sie nun plangemäß so durchgeführt worden war oder nicht.

Nun stand ich da vor diesem recht großen alten Gebäude, und ich wollte da nicht hineingehen, nichts in mir wollte das, ich wollte umdrehen und nach Hause fahren. Nannte mich irgendwann einen ›Feigling‹, erinnerte mich an den mir eigenen Mut. Nahm mir nun vor, da ›was zu ändern‹ und ging da rein. Meldete mich bei der Leiterin, das war eine sympathische Frau, die in der Gehaltsliste der Hansestadt stand und über sie dort in dieser ARGE beschäftigt war. Die fragte mich als erstes mit forschendem Gesichtsausdruck und mich dabei fixierend, ob ich ›wirklich freiwillig‹ dort arbeiten wolle. Das jedenfalls sei ihr von der Personalstelle der Arbeitsagentur so gesagt worden. Die hätten ihr telefonisch erklärt, dass ich mich darum beworben habe. Und allein deshalb hätte sie dem zugestimmt, denn Mitarbeiter, die unfreiwillig hier gelandet waren, hätte sie bereits genug. Ich schilderte ihr kurz die Wahrheit, also das Gegenteil, verzichtete dabei auf Schuldzuweisung, und sie zog ihre Mundwinkel nach unten, war wütend, schüttelte verständnislos ihren Kopf. Fand sich mit dieser Wahrheit dann ab und stellte mich der zuständigen Team-Leiterin vor, die war ebenfalls sympathisch und außerdem noch locker drauf, sagte: »Wir duzen uns hier, sind Sie damit einverstanden?« Ich sagte: »Ja, warum nicht?« Dann machten wir uns mit Vornamen bekannt, und sie führte mich durchs Haus, stellte mich den Kollegen vor. Eine von ihnen sprang mir vor Freude, mich nun da zu sehen, fast auf den Arm. Wir hatten früher mal bei der Arbeitsagentur eng zusammengearbeitet. Sie war eine Migrantin: »Ich bin hierher gegangen, weil in diesem Stadtteil viele Landsleute von mir wohnen«, sagte sie. Ich freute mich auch sehr, sie hier zu sehen, sie war eine sehr Fleißige und Pfiffige, und sehr hübsch war sie außerdem. Hatte immer Spaß gemacht, mit ihr zusammenzuarbeiten.

Am darauf folgenden Tag kam ich dann näher ins Gespräch mit meiner Team-Leiterin. Sie schien bedrückt, als sie mir sagte, dass ich innerhalb der nun kommenden etwa sechs Wochen ja noch nicht auf »Kunden losgelassen« werden könne, »oder kennst du das SGB II schon?« Das musste ich nun verneinen. Im SGB II ist ›Hartz IV‹ ›geregelt‹. »Von der Zentrale«, sagte sie, »habe ich einen Einarbeitungsplan erhalten, in dem die Kurse benannt sind, die du noch besuchen sollst. Das dauert insgesamt circa sechs Wochen.« Ich dachte: »Fünf Monate minus sechs Wochen Einarbeitungszeit, bleiben dreieinhalb Monate, die ich hier wirklich arbeiten muss.« Also weitere sechs Wochen, in denen ich Gehalt bekommen würde, ohne entsprechende Arbeitsleistung erbringen zu können. Weiteres Geld also, das die aus dem Fenster warfen. Dieser Plan, den sie mir dann aushändigte, war ›von der Zentrale‹ äußerst akribisch ausgearbeitet worden, so als wollten sie nun nicht noch weitere Fehler machen, auch wenn ja meine Teilnahme an diesen Kursen von ihnen (vom Beitragszahler) zusätzlich bezahlt werden musste.

Ich sagte meiner Team-Leiterin, dass ich mir durchaus zutraute, bereits bald und vor Ablauf dieser sechs Wochen und zwischen den Kursen mit Kunden zu arbeiten. Sie sah mich zweifelnd an. Ich sagte: »Es handelt sich doch bei mir nach 37 Jahren schließlich um einen Profi, außerdem kann ich im Gesetz ja nachlesen, vielleicht dich auch mal fragen, falls ich nicht weiterkommen sollte.«

»Ja gut«, sagte sie, »aber du musst dann möglichst schnell die für dich neuen EDV-Programme erlernen, die wir hier in der ARGE zusätzlich haben.« Dann wies sie mich dem ihrer und auch seiner Meinung nach dort fähigsten Kollegen zu, der mir das nun beibringen sollte, und dem ich damit mehrere Stunden seiner Arbeitszeit nehmen musste, in der er sich dann nicht seiner eigentlichen Aufgabe zuwenden konnte. Jedenfalls klappte das ganz gut, ich war wohl noch offen für Neues, es dauerte eine Woche, dann hatte ich das begriffen.

Dieses ARGE-Gebäude war nun, bis auf mittwochs, da war geschlossen, überschwemmt mit einer scheinbar ständig nur wachsenden Zahl von arbeitslosen Menschen. Entsprechend diesem Stadtteil gab es, wie gesagt, eine große Zahl von Migranten, die nun zu Kunden der ARGE wurden. Und mit Problemen beladen waren natürlich die allermeisten von ihnen. Um das in diesem absolut unübersichtlich und verschachtelt erbauten alten Gebäude, das infolgedessen natürlich überhaupt nicht für diese große, ständig wachsende Zahl von Menschen geeignet war, vom Ablauf her einigermaßen steuern zu können, musste der sogenannte ›Präsenzvermittler‹ zum Einsatz kommen. Dieser musste alle Neuzugänge zuerst allein in Empfang nehmen, mit ihnen das Grundsätzliche besprechen, mit ihnen die ›Eingliederungsvereinbarung‹ abschließen, in der zum Beispiel auch seine Teilnahme an »Trainingsmaßnahmen, Deutschkursen, oder anderer Fortbildung« vereinbart wurde. Um nun nicht sechs Wochen lang unterbrochen von Kursen nur da herumsitzen zu müssen, schlug ich meiner Team-Leiterin vor, mich diese Aufgabe des Präsenzvermittlers wahrnehmen zu lassen und zwar für die gesamten fünf Monate. »Das geht nicht«, sagte sie erschrocken, »das kannst du nicht so lange machen, das hältst du nicht durch, das ist viel zu viel. Wir wechseln uns doch deshalb täglich untereinander ab.« Ich hatte mir das nun aber in den Kopf gesetzt, wollte dann allen Neukunden entsprechend meiner Grundhaltung zeigen, dass sie ihre Hoffnungen nun nicht verlieren sollten, und ihre Würde auch nicht. Wollte sie ganz anders ›behandeln‹, als es ja eigentlich von irgendeiner leitenden Stelle gedacht war. Wollte nun aus der Not so etwas wie eine Tugend machen. Vorher hatte ich von der eigentlich in den ARGEN anzuwendenden Maxime erfahren, die Neukunden möglichst gleich so abschätzig zu behandeln, dass sie im Anschluss an dieses Erstgespräch ihren Antrag wegschmeißen und nie wiederkommen würden. Davon hatte ich innerhalb der Gerichtsverhandlung auch berichtet, auch um dem Gericht darzustellen, warum ich nicht bereit sein konnte, unter diesen Voraussetzungen dort zu arbeiten. Das führte bei den Vertretern der ›besten Bürokraten …‹, einem Mann und einer Frau, zu gleichzeitig aus ihnen herausplatzendem brüllenden Gelächter. Sogar vor einem Gericht, konnten sie nicht an sich halten, es fehlte auch nicht daran, dass der Mann sich in seiner Begeisterung darüber mehrmals auf seine Schenkel schlug, während sein Oberkörper immer auf und nieder ging. So als wäre er in einer Karnevalsveranstaltung. Sein Gesichtsausdruck war plötzlich völlig entspannt. Und das führte zu einem verunsicherten Gesichtsausdruck der Richterin. Ich sagte zur Richterin, konnte das nicht weglassen: »So ist das da.« Sie antwortete mir nicht darauf, gab keinen Kommentar ab.

»Ich muss darüber schlafen, muss auch die Leiterin fragen«, sagte meine Team-Leiterin. Am nächsten Tag kam sie zu mir und sagte: »Du scheinst das ja ernst zu meinen, die Leiterin ist einverstanden und ich auch. Wenn was ist, bitte sofort bei mir melden.« Ich freute mich darüber, und noch mehr freuten sich die anderen Vermittler, sie waren ja nun befreit von dieser Präsenzgeschichte, das brachte mir sicher Sympathien bei ihnen ein.

Am folgenden Tag zeigte meine Team-Leiterin mir mein Arbeitszimmer. Das hatte so etwa 30 Quadratmeter, eine sehr hohe Decke, riesige schöne Fenster mit Pflanzen auf ihren Fensterbänken und einen Schreibtisch mit EDV und so weiter.

Da stand ich nun und betrachtete diesen sehr schönen Raum, war jetzt in einer ARGE, setzte mich an den großen Schreibtisch, empfand das mich nun Umgebende als viel angenehmer, als ich es vorher in der Arbeitsagentur je empfunden hatte und fragte mich, ob ich mir vielleicht in mancher Hinsicht oft etwas vorgemacht hatte. Nein, das hatte ich nicht. Was hatte dieser Raum und die neuen Kollegen denn mit meiner grundsätzlichen Ablehnung der ARGEN zu tun? Nicht nur dieses Zimmer, auch diese neuen Kollegen waren schon so ›völlig anders‹ als die in den Arbeitsagenturen. Von Anfang an erinnerten sie mich in ihrer Wirkung auf mich an die Kollegen in der kleinen Dienststelle in den Neuen Bundesländern, hatten stärkere Charaktere, mehr Individualisten, fand ich. Ähnlich wie diese damals waren auch sie nicht so von Angst gebeutelt, hielten eher zusammen als die in den Arbeitsagenturen, wie ich bald feststellte. Und ich erlebte nun, dass sie sich in diese neue Rolle in der ARGE zwar eingefunden hatten, der grundsätzlichen ›ARGE-Idee‹ in ihrer Mehrzahl jedoch ablehnend gegenüber standen.

Als sie nun davon hörten, dass ich gegen die Bundesagentur hatte klagen müssen – ich musste ja meinen Aufenthalt von nur fünf Monaten begründen –, entstand bei den meisten von ihnen sofort eine Art von uneingeschränkter Sympathie, so nach dem Motto: »Das wurde auch Zeit, dass das mal einer macht.« Anders wurde dies von den meisten meiner ehemaligen Kollegen in der Arbeitsagentur bewertet. Davon erfuhr ich bald. Nun thronte ich da in diesem so großen, schönen Raum hinter meinem Schreibtisch und dachte dann das, was so mancher der Kunden wahrscheinlich auch manchmal oder sowieso immer dachte. Aber ich dachte auch wieder: »Ich werde euch zeigen, dass es einen Sinn hat, dass ich hier sitze.« Und so setzte ich das fort, was ich in all den Jahren in der Arbeitsagentur auch immer gemacht hatte. Ich nutzte alle in den ARGEN ja grundsätzlich auch vorhandenen Hilfsmöglichkeiten, den zu mir kommenden Menschen zu zeigen, dass sie trotz Hartz IV weiterhin nicht in ihrer Würde verletzt werden dürften. Dass sie weiterhin ihre Rechte haben und diese auch geltend machen sollten. Nun wollte überhaupt nicht jeder von ihnen diese Weisheiten von mir hören, es war in einzelnen Fällen auch schwierig, dies in geeigneter Weise rüberzubringen, vor allem auch aus Gründen fehlender Sprachkenntnisse. Ich beschränkte mich daher manchmal darauf, ihnen in anderer Weise meine Achtung darzustellen. Ziemlich am Anfang meiner neuen Arbeit hatte ich einen etwa 50jährigen Türken zu Gast. Er sprach wenig, hielt seinen Kopf gesenkt, war ziemlich ablehnend. Das Gespräch lief also Gefahr, zu einem Monolog zu werden. Suchte darum in den Stellenangeboten der EDV nach einem vielleicht geeigneten Arbeitsplatz. Fand einen, der mir von seiner Stellenbeschreibung passend schien, druckte das aus und gab es ihm in seine Hand. Er murmelte irgendwas und ging, war mürrisch, ich dann auch. Drei Tage später stand er plötzlich wieder in meiner Tür, hatte sich nicht angemeldet.

Er druckste da so herum, sagte dann leise: »Die haben mich eingestellt.« Nach einer kleinen Pause sagte er: »Ich will mich bei Ihnen bedanken.«

Ich freute mich sehr, dass das geklappt hatte, und dass er nun extra zu mir gekommen war, um mir davon zu erzählen, und ich sagte ihm das auch. Er ging dann aber nicht, stand da weiterhin vor mir und sah mich immer nur an.

Ich wusste das überhaupt nicht zu deuten, wartete ab.

Nach einer Weile des Schweigens sagte er: »Ich verstehe das nicht.« Ich fragte: »Was verstehen Sie denn nicht?«

»Dass Sie mir Arbeit gegeben haben.«

Ich antwortete ihm, dass ich ihn doch nur vermittelt hätte, und dies sei schließlich meine Aufgabe.

»Ich verstehe trotzdem nicht«, sagte er dann noch.

Irgendwann ging er dann, mit immer noch verständnislosem Gesichtsausdruck, als er weiterhin nachdenklich seinen Kopf schüttelte und sich im Rausgehen in der Tür noch verbeugte. Er schloss die Tür sehr behutsam hinter sich. Später, in einer der vielen Dienstbesprechungen, die wir Vermittler ja vor allem infolge der ständigen Änderungen der Arbeitsgrundlagen durchführen mussten, berichtete ich davon und empfahl meinen neuen ARGE-Kollegen, möglichst jedem der Arbeitslosen bei jeder Meldung vor allem ein Stellenangebot auszuhändigen. Also ihr Augenmerk auf die Vermittlung zu richten.

Nun kamen aber auch die von den ›besten Bürokraten …‹ erdachten ›Kurse‹ auf mich zu, die in der Hauptsache im Gebäude meiner Arbeitsagentur stattfinden würden. Das war spannend, ich fragte mich, wie ›alte‹ Kollegen wohl auf mich reagieren würden, wenn ich in einer der Unterrichtspausen nach meiner Klage plötzlich wieder unter ihnen wäre. Die Antwort darauf erhielt ich schnell. Von etwa 20 Kollegen, die früher scheinbar gern mit mir in der Mittagspause manchmal an einem Tisch gesessen hatten, blieben fünf, die dies auch weiterhin wollten. Jedenfalls taten sie noch so. Der Rest sah an mir vorbei, oder durch mich hindurch, das geht tatsächlich, lässt dich sich fühlen, als wärst du eine Glasscheibe, ich war für sie nun nach fast 38 Jahren wohl gestorben und unsichtbar geworden.

Einer dieser Kolleginnen, auf deren Tisch ich nun mit meinem Tablett in der Hand freundlich zusteuerte, sagte ich dann, meinen Kurs abrupt ändernd, als ich ihren darüber so entsetzten Gesichtsausdruck sah: »Mein Name ist Kelch, ich gehe an dir vorüber.« Dann musste ich selbst über diesen Satz, der da so plötzlich, und ohne dass ich ihn vorbereitet und überdacht noch von ihm gewusst hätte, und über ihren absolut entsetzten Gesichtsausdruck so sehr lachen, dass mir fast das Tablett aus der Hand gefallen wäre. Sie lachte aber nicht, ihr stand der Mund weit offen, sie schien nun gelähmt zu sein, durch mich. Vielleicht sitzt die da ja heute noch mit offenem Mund irgendwo herum, kriegt den nie wieder zu. Schöne Vorstellung, und ich bin sehr gemein. Männer sind gemein.

Die ›Kurse‹ musste ich ja nun trotzdem besuchen, war alles ›kalter Kaffee‹, ich lernte darin nichts, was ich nicht schon wusste. Erklärte das meiner Team-Leiterin in der ARGE, die anschließend dafür sorgte, dass ich einige der Termine ausfallen lassen konnte. Das beschriebene Verhalten der alten Kollegen machte es mir nun sehr viel leichter, mich mit meiner Arbeit in der ARGE so abzufinden, dass ich dabei trotzdem meine Ziele nicht vergaß.

Stellte bald fest, dass die neuen Kollegen mir nun auch weiterhin besser gefielen, und es entstanden schon fast freundschaftliche Kontakte. Nun begab es sich aber zu der Zeit, dass mich ein Kollege aus der Arbeitsagentur eines Tages in der ARGE anrief, um mich zu fragen, ob ich nicht vielleicht noch eine Art Abschiedsfeier dort durchführen wollte. Na gut, dachte ich.

Zu dieser ›Abschiedsfeier‹ fanden sich dann tatsächlich fünf Kollegen ein, die ich in der Amtskantine zu einem Essen einlud. Eine dieser Kolleginnen, sie war eine der dortigen Führungskräfte, richtete mir dann noch einen »herzlichen Gruß« von einer anderen ›Führungskraft‹ aus. Und sie sollte mir von diesem bestellen, dass mit mir nun ein ›sehr kreativer‹ Kollege ginge. Jedenfalls kamen nun einige von ihnen ein bisschen aus der Deckung, zumindest einige der Führungskräfte. Sie wussten ja, ich würde nun dort weg sein, konnten mir ihre scheinbare Sympathie für mein vorangegangenes Besserwisser-Dasein sozusagen öffentlich beweisen. Vorher noch hatte ich einmal den Personalrat anrufen müssen, es ging um den nach dem Vergleich durchzuführenden Verfahrensablauf. Der hörte meinen Namen und rief: »Sieg, Sieg, Sieg.« Er meinte damit meinen ›Sieg‹ durch den erzielten Vergleich vor dem Arbeitsgericht. Auch der freute sich also offenbar darüber, hatte aber vorher, zumindest soweit ich weiß, nichts getan, um mich bei meinem berechtigten Anliegen zu unterstützen. Zwischendurch hatte ich ihn mal darum gebeten herauszufinden, warum diese Fußball-WM Geschichte und die Sache mit den Zentralen Stellen mir gegenüber von Nürnberg nicht als meine Vorschläge anerkannt worden waren. Er hatte daraufhin mit jemand dort telefoniert, der ihm gesagt habe, dass ich ja schließlich das Anerkenntnis des Bundesarbeitsministeriums habe und dies sei weit über dem anzusiedeln. Zu einer entsprechenden dies aufklärenden schriftlichen Mitteilung an mich seien sie außerdem überhaupt nicht verpflichtet. Toll. Ich erklärte ihm, dass ich auf diesen Sieg gern verzichtet hätte, ich meinte damit die Klage vorm Arbeitsgericht.

Jedenfalls habe ich die fünf Monate in dieser ARGE als eine auch für mich wichtige Etappe erlebt, könnte den ›besten Bürokraten …‹ nun fast dankbar sein, dass sie mich abgeschossen hatten. Ich erlebte dort das, was ja nun auch immer noch tagtäglich in den Medien berichtet wird, die ja auch so langsam dazu übergehen zu beschreiben, dass es nicht nur menschenunwürdig ist, Hartz IV-Empfänger zu sein, sondern dass es sich bei den Mitarbeitern in den ARGEN um völlig überforderte Menschen handelt, die in Folge immer wieder neu entstehender Rechtsunsicherheiten nur noch Pi mal Daumen ihrer Arbeit nachgehen können, was natürlich zur weiteren Folge hat, dass weiterhin jede Menge Entscheidungsfehler entstehen, oder aus der schon beschriebenen Angst heraus überhaupt keine Entscheidungen getroffen werden. Nachdem seit einiger Zeit die dortigen Mitarbeiter auch noch per Vorschrift dazu ermächtigt wurden, sogenannte ›Ermessensentscheidungen‹ zu treffen, kann es nur noch weiter bergab gehen. Wie soll ein abhängig Beschäftigter dieses ›Ermessen‹ im Sinne der vorgegebenen Kostenersparnis ausüben und gleichzeitig dem meist berechtigten Anliegen des Hartz IV-Empfängers angemessen entsprechen können? Allein seine Angst, hier ›Fehler‹ zu machen, muss ihn daran hindern. Hinzu kommt, dass neue Mitarbeiter/innen jeweils nur noch Zeitverträge erhalten, was natürlich dazu führt, dass sie selbst anschließend wieder arbeitslos sind und dazu, dass die neuen Kollegen am Anfang keinerlei fundierte fachbezogene Kenntnisse haben, was zur weiteren Folge hat, dass noch mehr an Fehlentscheidungen an die davon betroffenen ›Kunden‹ ergehen und dazu, dass die Zahl der Klagen vor dem Sozialgericht weiter anwächst. Der Arbeitsagentur, die diese Entscheidung der Politik und Wirtschaft zwischen den entstandenen Fronten ›ausbaden‹ muss, ist das nicht egal, wie sie oft auch in Interviews darstellt, doch kann sie sich gegen die Lobby der dies Unterstützenden und gegen die dies betreibende Bundesregierung ganz offensichtlich nicht behaupten. Dieses eigentlich Unglaubliche wird außerdem zur Folge haben, dass diese Mitarbeiter/innen irgendwann innerhalb ihrer Arbeit wahrscheinlich den leichteren Weg gehen werden, um nicht selbst dort zugrunde zu gehen. Dieser leichtere Weg kann verschiedene Gesichter haben; er kann dazu veranlassen, möglichst alles abzulehnen, er kann aber auch dazu führen, alles zu bewilligen, und ob sinnvoll oder nicht, wird dann auch egal sein. Und eine ständige Rechtsunsicherheit herrscht dort ja sowieso. Auf jeden Fall sind alle, auf beiden Seiten des Tresens in einer ARGE, zu jeder Zeit nicht nur völlig überfordert, sondern sie werden beide wissentlich missbraucht. Oder die Regierung und andere Verantwortliche beweisen hiermit nur, wie unfähig sie sind, wenn es darum geht, vorangegangene falsche Entscheidungen zu korrigieren, und allein aus ihrer sie lähmenden Angst, es könnte ihren Machtverlust bedeuten. Will man dies alles mit viel Nachsicht beurteilen, so könnte man die ARGE-Geschichte als gelungenen Schildbürgerstreich bezeichnen, auch wenn klar wäre, dass hier Säcke nicht helfen werden, Licht in dieses Dunkel zu tragen. Ich habe diese Fähigkeit zur Nachsicht in diesem Zusammenhang noch immer nicht in mir entwickeln können. Stattdessen bin ich sicher, dass diese ARGEN außerdem sehr viel ›teurer‹ sind, als es die damalige Arbeitslosenhilfe (Alhi) war. Bestimmt doppelt so teuer, und selbst dann, wenn man die Arzt- und Behandlungskosten weglässt, die durch die hoffnungslose, krank machende Situation der davon Betroffenen entstehen. Wenn also jemand nach seiner Berufstätigkeit eines Tages gezwungen ist, bei der ARGE Leistungen nach Hartz IV zu beantragen, dann setzen in ihm sofort verschiedene Ablaufmechanismen ein, die aus der herrschenden Öffentlichen Meinung erwachsen, und die er allein, und das betrifft jeden von ihnen, nicht verhindern kann: Er weiß doch ganz genau, dass er sich infolge seiner Notlage damit jetzt in das gesellschaftliche Abseits begeben hat. Die Öffentliche Meinung ist darin gnadenlos und entstanden aus unqualifizierten oder sogar absichtlichen Darstellungen der Politik, aus dies oberflächlich beurteilenden Kommentaren der Presse, aus Beurteilungen Vieler, die noch Arbeit haben, und sagte ihm schon lange vorher, dass er jetzt und in Zukunft zum Kreis der Menschen gehört und gehören wird, die nicht mehr am gesellschaftlichen Leben teilnehmen können, weil es klar ist, dass seine Rückkehr ins Arbeitsleben fast ausgeschlossen ist, außer über Zeitverträge mit Dumpinglöhnen in Verleihfirmen. Und er rechnet fest damit, dass er und auch seine Kinder ihre Freunde verlieren werden.

Außerdem wird ihn die über kurz oder lang einsetzende Befürchtung begleiten, dass seine Familie auseinander brechen könnte.

So ist das, und dadurch, dass es Millionen von Menschen mit ihren Kindern sind, wird eine Parallelgesellschaft entstehen, die keinen Zugang mehr findet und vielleicht nicht mehr finden will zu der, der sie mal angehörten.

Diese Parallelgesellschaft ist auf dem Weg zu einer festen Größe und wird getragen von der Wirtschaft, die sich um sie herum so nach und nach aufgebaut hat und weiter expandieren wird. Sie besteht aus den Verleihfirmen, aus von den Arbeitsagenturen beauftragten Maßnahmeträgern der beruflichen Bildung und nicht zuletzt aus einigen der ›Tafeln‹. Je länger das noch so weitergeht, desto mehr wird eine gegenseitige Abhängigkeit entstehen und desto schwerer wird es sein, eine Rückbesinnung auf die Situation davor herbeizuführen. Zwar erklären manche Politiker hin und wieder mal, dass dies eine unbefriedigende Situation sei, lassen aber gleichzeitig durchblicken, dass es besser sei, es so zu belassen. Ist wirklich das Entstehen von Parallelgesellschaften das Ziel? Mit welchem weiteren Ziel denn? Nur wenigen noch wird es gelingen, da jemals wieder heraus zu kommen, und bald scheint es nicht nur, als ob das auch nicht das Ziel des Ganzen sei. Sie kommen ja noch nicht einmal aus den Ghettos heraus. Ein Wohnungswechsel in ein Nichtghetto wäre ja abhängig von der Zustimmung der ARGE. Das macht die nicht, die Miete in einem Nichtghetto ist zu teuer, sagt sie auftragsgemäß. Beschneidet damit das Grundrecht auf freie Wahl des Wohnsitzes. Das macht auch nichts, sagt die ARGE im Auftrag des Gesetzgebers. Ist ja nur bei den sozial Schwachen. Ach so, sagen die andern, und finden das dann auch, irgendwie jedenfalls.

Als dann Ende Dezember 2008 nun mein letzter Tag dort anbrach, dachte ich so, du wirst hier eine kleine Abschiedsfeier veranstalten. Ich besorgte mir jede Menge frischen Kuchen und anderes. Hoffte, es nicht abends wegwerfen zu müssen, weil keiner gekommen war. Es kamen von circa 30 Mitarbeitern etwa 27. Die Bude, also mein Zimmer, war voll. Sie schenkten mir Blumen, ein gerahmtes Bild, mit Fotos von sich darauf, und einer von ihnen schrieb mir in Anlehnung an ein Fontane-Gedicht und an meine Seefahrtszeit, von der er wusste, einen langen Vers. So mit »... unser Steuermann« und so. Es kamen auch die dortigen Führungskräfte, sogar die Leiterin, die mir sagte: »Na, in der Arbeitsagentur wird doch nach 38 Berufsjahren noch eine viel größere Feier für Sie stattfinden.« Ich antwortete ihr nicht darauf, schmunzelte wissend vor mich hin und sah sie dabei vielsagend an. Sie verstand das, wechselte das Thema. Schien sich gleichzeitig darüber zu wundern, dass ich die nicht kritisieren wollte.

Im Anschluss an diese Abschiedsfeier fuhr ich dann nach Hause, wohin auch sonst. Einige Monate später erhielt ich dann per Post die vom Direktor der Arbeitsagentur mit einem Begleitschreiben versehene

›Dankesurkunde‹ für meine Arbeit im Dienste des Landes. In seinem Begleitschreiben sagte er sinngemäß: »Ich will dies ausdrücklich zum Anlass nehmen, Ihnen für Ihre für meine Dienststelle wertvolle Mitarbeit zu danken.«

Wahrscheinlich wollte er mit diesem Zusatz deutlich machen, dass ich ihm in all der Zeit nicht nur eine Belastung war. Vielleicht sogar, dass er sich gern ganz anders verhalten hätte, meine vielen Ideen eigentlich immer gut fand, und dass ich doch Verständnis für seine Situation des Direktors haben müsse, der ja nicht kann wie er eigentlich will ... Gleichzeitig verstieß er mit der Zusendung dieser Urkunde per Post gegen die dortigen Verwaltungsregelungen, die eigentlich sagen, dass diese Urkunde von ihm persönlich an mich auszuhändigen war. Es sei denn, ich hätte mich dagegen verwahrt; hatte ich nicht, hätte ihm eigentlich ganz gern noch einmal in seine Augen gesehen. Den Mut hatte er wohl nicht, oder er wollte damit den ›Nestbeschmutzer‹ noch mal schriftlich und natürlich indirekt direkt darstellen. Habe lange überlegt, ob ich diese Urkunde an ihn zurück schicken soll. Den Mut hatte ich dann nicht, oder den Willen.

Es waren ja nicht nur von immer währender Angst Besessene, denen ich im Laufe meiner Zeit dort begegnet war, und irgendwie ist so eine Urkunde ja auch was Schönes, und sogar dann, wenn diese Urkunden von den ›besten Bürokraten ...‹ in den Verwaltungen erdacht, zumindest von ihnen in Druckauftrag gegeben werden, tun sie ja etwas kund. Außerdem lassen ›beste Bürokraten‹ erschaudern und sind sexy, weil sie die Macht haben. Macht macht sexy, wie wir wissen. Leider kann ich sie gerade nicht finden, habe vergessen, wo ich sie hingeschmissen habe. Vielleicht sollte ich bei ihnen um eine Zweitausfertigung nachsuchen. Meine Zwiespältigkeit wird sich also fortsetzen, und meine Haarspalterei auch, und meine Neugier ebenso. Was mir bald so sehr fehlte, war meine immer etwas unkonventionelle Art, auch so etwas wie Macht auszuüben, was ich an diesem Arbeitsplatz ja immer konnte, und was ich jetzt nicht mehr kann. Die ist einfach weg. Bin jetzt wieder da, wo ich als Kind und Jugendlicher war.

Bin ich nun nach all dem in ein sogenanntes tiefes Loch gefallen, hat mich meine emotionale Aura verlassen, bin ich selbst nach diesen Verlusten zu einer Art Untotem geworden, der aber versucht, aus seinem eigentlich von ihm selbst geschaufelten Grab wieder aufzusteigen, der am Leben weiterhin teilnehmen will? Kann mir das überhaupt gelingen, wo mir doch jetzt die staatlich verbriefte Autorität fehlt, die mir ja dieses Amt immer automatisch und wie auf einem Sockel zur Verfügung gestellt hatte, sozusagen auch noch unentgeltlich, die vielleicht das Wichtigste war, das ich hatte. Die vielleicht sogar das Einzige war. Die es mir überhaupt erst ermöglichte, meinen Träumereien von Gerechtigkeit und Liebe Ausdruck zu geben. Bin ich also eine undankbare und verlogene Gestalt? Jemand, der weiterhin seine Rolle mit all der Liebe, die er auch erfahren hatte, manchmal auch jetzt noch zu seinem eigenen Missempfinden umbaut, um möglichst auch zukünftig der fast immer Unverstandene zu sein. Der glaubt, aus Wut und Enttäuschung weiterhin Kraft schöpfen zu können, Kraft, die er aber nicht mehr vergeuden will, die er manchmal lieber abgeben möchte an andere, die damit auch umgehen können, vielleicht an dich. Es könnte doch sein, dass du ganz anders mit diesem Teil meiner Kraft umgehen würdest, vielleicht würdest du Türen damit dauerhaft aufstoßen, statt sie immer wieder zuzuknallen.

Wie ich es ja oft schaffte, weil ich zu ungeduldig war, nichts ausließ, was den andern sehr erschwerte, auf mich zuzugehen und bei mir zu bleiben.

Doch da sind ja noch meine beiden Kinder, die ich wahrhaftig sehr liebe, und die mich hoffentlich auch lieben, irgendwie und so wie Kinder es mit ihren Eltern tun. Für die ich beim lieben Gott täglich darum bitte, sie frei sein zu lassen. Frei von sogenannten Altlasten und dankbar für ihr Leben, und so frei, dass sie unterscheiden können zwischen Sinn und Blödsinn, und so frei, dass sie aus sich heraus einfach wissen, was richtig und was falsch ist.

Als damals, also vor nun etwa vier Jahren, die ›besten Bürokraten …‹ damit begannen, mich in die ARGE abzuschieben und ich deshalb wirklich ziemlich am Boden lag und zusätzlich fast zeitgleich davon erfuhr, dass meine letzte große Liebe, von der ich noch gar nichts erzählt habe, unheilbar erkrankt war, wollte ich eigentlich nicht weiter machen. Ich lebte und lebe nun aber immer noch in einem kleinen Haus mit einem sehr großen Garten, und zwar allein. Und sie lebt auch noch, sie ist eine unglaublich starke Frau, und ich freue mich immer noch, dass ich sie wieder getroffen hatte.

Wieder getroffen deshalb, weil wir uns schon früher mal begegnet waren, als ich 17 und sie 16 Jahre alt war. Vor nun etwa 13 Jahren stand sie eines Tages plötzlich im Arbeitsamt in meiner Tür, begleitet von irgendeinem der dortigen vielen Abschnittsleiter, der sie mir nun vorstellte.

Eine große und sehr schöne Frau mit Beinen bis zur Erde, wie wir Seeleute immer die Frauen mit besonders langen Beinen in unserer Begeisterung darüber nannten, gab mir ihre Hand. Sie sah aus wie ein gemaltes Bild, ein stolzes und gleichzeitig kampflustiges mit pastellenen Zwischentönen von Traurigkeit so in der zweiten Reihe ihrer schönen Augen mit kaum Augenbrauen darüber, war das letzte Kunstwerk eines großen Meisters. Ich dachte und fühlte dies sofort, und ich dachte: »Du kennst sie, du kennst diese Frau.« Meine ungeduldige Neugier ließ es nun überhaupt nicht zu, nicht herauszufinden, was da zwischen uns war. Also fragte ich sie, und immer wieder, kreiste die Vergangenheit ein, bis der Kreis schließlich so eng wurde, dass wie uns beide erinnerten.

Sie und ich, wir hatten einander getroffen, als wir beide in den Ferien mal in einer Fabrik gearbeitet hatten. Ich fühlte mich ihr damals in einer für mich unerklärlichen Art unterlegen, hatte nicht den Mut herauszufinden, was das wohl war. Hielt mich mit meinen 17 Jahren immer für absolut unattraktiv, oft genug sogar für hässlich, und dann dieses so schöne Mädchen, sie erschien mir tatsächlich, und das weiß ich noch ganz genau, irgendwie gefährlich. Außerdem war ich damals noch ›unberührt‹, hatte noch nicht einmal ein Mädchen richtig geküsst. Hielt mich einfach für ungeeignet, bestimmt hatte sie aber schon Erfahrung. Nun aber stand dieses Mädchen 35 Jahre später plötzlich da in meiner Tür, so als hätte sie mich in der langen Vergangenheit gesucht und jetzt gefunden, wo doch dieses große Haus mehrere hundert Türen hatte. Zufall? Jedenfalls wurde daraus die für mich schönste und gleichzeitig komplizierteste Frau, die ich je getroffen habe, sie hat mich einfach total fasziniert, Wahnsinn pur. So als ob der Kreis des Lebens sich nun schließen wollte, und so, als ob der Sinn des Lebens fast darin bestünde, die richtige Frau zu finden, um nur sie noch wichtig sein zu lassen und sich selbst für immer in die zweite Reihe zu begeben. Es dauerte einige Wochen, wir sahen uns ja täglich am Arbeitsplatz und sprachen und lachten miteinander, und wir lernten uns näher kennen, und sie erschien mir mit jedem neuen Tag noch viel schöner zu sein. Ich lud sie in mein Haus ein, in dem ich nun alleine lebte. Wir zogen kurz darauf zusammen. Dass ich sie zu sehr geliebt habe, viel mehr als sie wahrscheinlich mich, machte sie zu stark, viel zu stark. Hat mich vielleicht zwischendurch sogar deshalb verachtet.

War dies mal nicht so, so haben wir wunderschöne Stunden und Tage und Nächte miteinander erlebt, bauten eines Nachts im tiefsten Winter und frierend, weil nur halb bekleidet – kamen direkt aus dem Bett –, einen riesengroßen Schneemann im Garten und waren traurig, als dieser dann irgendwann dahin schmolz und sich von uns für immer verabschiedete, und ich lernte ihren geradezu unübertrefflichen Witz und Humor kennen, konnte mich an ihren ebenso perfekten Kochkünsten laben, musste immer mal wieder tief abstürzen, weil ich mich als ihr Mann verpflichtet sah, ihr in ihre sie manchmal überfallende tiefe Traurigkeit zu folgen. Wollte ihr helfen, sie so gern retten, und mich auch. Trotzdem nannte ich sie immer meine ›Quintessenz‹, so in Bezug auf Frauen, und das ist sie für mich auch geblieben, denke ich. Und ihre Kinder sind mir in diesen Jahren auch ziemlich ans Herz gewachsen, wenn es natürlich auch überhaupt nicht einfach war, das Gleiche für mich auch bei ihnen zu erreichen. Inwieweit mir das gelungen ist, weiß ich auch jetzt noch nicht. Doch ich hatte den festen Willen, meinen Urtraum von einer Familie doch noch zu verwirklichen, organisierte Treffen bei uns mit ihnen allen und mit meinen beiden Mädchen. Die waren einander auch sympathisch. Das war immer sehr schön, auch vor allem jedes Weihnachts- oder Geburtstagsfest, und meine Quintessenz ließ dann auch immer ihre Kochkünste erblühen, das machte sie dann stets sehr froh, und uns auch. Etwas in ihr aber ließ es nicht zu, dieses auf Dauer aufrecht zu erhalten. Ich entschloss mich daher, die Trennung herbeizuführen. Fast schien es mir manchmal, als ob sie, doch nur gemeinsam mit mir, ihren Untergang erleben wollte, und als gäbe es keinen anderen so Geeigneten dafür. Noch nichts vorher war mir so schwer gefallen, gar nichts, musste dies tun. Wahre Liebe heißt Drama oder Selbstaufgabe.

In jeder mir vorstellbaren Hinsicht war sie zu meiner Quintessenz geworden.

Ich idealisiere sie damit nicht, und mit Romantik hat das wenig oder gar nichts zu tun. Sie war einfach in allem, was sie tat, absolut authentisch und einmalig in ihrer gesamten Schönheit und Wut und Enttäuschung und in ihrer Liebesfähigkeit. Nichts davon war gelogen. War so etwas wie die Wahrheit, nach der ich immer gesucht hatte.

Zu der Zeit also, als eine Schreckensnachricht die andere jagte und über mich herfiel, stand eines Tages ein großer schwarzer Kater vor meiner Tür und wollte hier rein. Ich schrie ihn an: »Ich will keine Katze, hau ab, verdammtes Katzenvieh!« Er haute dann ab, blieb aber in der Nähe, lag immer irgendwo herum, sagte manchmal auch weinerlich »Miau«.

Das ging so etwa 14 Tage. So langsam gewöhnte ich mich daran, hatte nun hier fast so etwas wie eine Aufgabe, die zuerst noch darin bestand, ihn daran zu hindern, hier ins Haus zu gelangen. Eines Tages steigerte sich sein weinerliches Gejammer so sehr, dass ich nicht anders konnte, als ihn hereinzubitten. Das ließ er sich nicht zweimal sagen, schnurrte sofort drauflos und fraß mir all die Wurst weg, die ich hier gerade so hatte. Dann erklärte er mir, dass er weiterhin sehr hungrig sei, und dass ich nun bitte umgehend Katzenfutter für ihn besorgen müsste. Das tat ich dann natürlich, und inzwischen sind wir wie unzertrennlich geworden. Er hat hier das Kommando übernommen, jedenfalls manchmal.

Was ich eigentlich sagen will, dieser Kater hat vielleicht damals wirklich verhindert, dass es mit mir noch weiter bergab ging. Wer oder was hat mir den damals geschickt? Ich will nicht aufhören zu suchen. Außerdem sind Gedanken frei, jedenfalls die, die wir zu denken in der Lage sind.

Die Liebe habe ich erlebt, trotz meiner von mir manchmal vermuteten Unfähigkeit, wirklich auch lieben zu können, Abneigung, Ablehnung, sogar Hass, den eigenen und den Hass anderer. Und ich konnte verhindern, dass in mir Neid und Missgunst entstehen. Viele tolle Frauen und Männer sind mir über den Weg gelaufen. Manche von ihnen wollten mir ihre Zuneigung und Freundschaft anbieten. Die meisten von ihnen habe ich durch mich, durch das, was ich bin, oder zu sein glaubte, vor den Kopf gestoßen, und ich bin bis heute das starke Gefühl nicht losgeworden, vielen von ihnen etwas schuldig geblieben zu sein. Vielleicht sogar meinen Kindern. Habe ich sie verloren, weil ich mich selbst für so fehlerhaft halte, für etwas Fehlerhaftes, für das kaum eine Mängelliste ausreichend lang und dick wäre? Bin ich also der Idiot, der diesen Titel so gern und so vielen anderen auferlegt hatte, und war ich darin wenigstens wirklich ›nützlich‹, oder überschätze ich einfach nur die Bedeutung meiner Rolle in diesem Leben, die Bedeutung für andere? Und das Loslassen, das ja erst einen Neuanfang möglich machen kann, ist mir nur hinsichtlich meiner Ehefrau gelungen, so als ob es sie eigentlich gar nicht mehr gäbe, und zwar schon ziemlich früh, jedenfalls manchmal und vor allem immer dann, wenn ich glaubte, die Frau, die mir da nun gegenüber steht, ist nun die richtige. Nach dem Erlebnis mit der angehenden Pastorin schien mir außerdem all das, was ich bisher zum Thema Liebe, Ehe und Sexualität immer so gedacht hatte, falsch oder Blödsinn zu sein, verschaffte mir einen Freibrief, war doch alles egal, versuchte es mir leicht zu machen. Ich war wohl so ziemlich am Boden, konnte zu diesem Thema nichts mehr richtig beurteilen, konnte auch nicht handeln. Offenbar gab es ja weder Glaube, noch Moral, noch gab es außer der den Menschen überfallenden Urtriebe auch noch irgendetwas anderes, das gemeinsam mit anderen in erfüllender Weise zu leben wäre. Keine dieser Erfahrungen brachte mich dahin, wo ich wahrscheinlich hin wollte, aber nicht wusste, wo das denn wohl ist, das Wo. Und keine dieser Frauen konnte oder wollte mit mir auf Dauer etwas anfangen. Einige von ihnen nannten mich viel zu besitzergreifend, andere erklärten mir, ich stünde den sinnlichen Dingen des Lebens nahezu ablehnend gegenüber, liebte sie und das Leben fast nur im Kopf. Ich kam also offenbar nicht raus da, aus meiner Haut, aus meinem Raster, und über meinen Schatten konnte ich auch nicht springen, so wie alle anderen eben. Und je mehr man sich aufrichtet, desto größer wird dieser eigene Schatten und kann schon zum Schreckgespenst werden, und nicht nur für Andere. Blieb also ein lebensferner Romantiker, der schon fast gefährlich werden kann, wenn er mit dem Leben konfrontiert wird, weil er in allem, was geschieht, das Romantische sucht und gar nicht immerzu finden kann. Irgendwann erdachte jemand diese Romantik, ließ sie mit anderen zusammen zu einer Bewegung werden, wahrscheinlich, um den Menschen noch weiter über das Tier, ihn innerhalb der Schöpfung auf ein Podest, zu stellen, von dem er mitleidig oder sogar verächtlich auf all das andere herabsehen kann, weil es mit Romantik überhaupt nichts zu tun hatte. Oder wollte er nur seiner Langeweile Ausdruck geben?

Selbst einer dieser erhabenen Sonnenuntergänge am blauen Meer ist für sich betrachtet nicht romantisch, glaube ich, es ist ein Sonnenuntergang, und die Sonne weiß nichts von Romantik, vielleicht aber das Meer, das bestimmt eine Unmenge Tränen enttäuschter Romantiker aufgefangen hat, für einige von ihnen vielleicht zu ihrem Meer von Tränen wurde. Gibt es aber Liebe zwischen Mann und Frau überhaupt ohne Romantik und ohne diese Träume, die ja immer von großer Sehnsucht getragen werden, von der Sehnsucht nach Schönheit, nach Körper, nach dem Berühren in Vereinigung, nach unendlich großer Lust? Ist Sehnsucht ohne Romantik überhaupt möglich, oder ist es dann nur Geilheit? Und »girls just want to have fun«, hatte mich gleich ›richtig‹ irritiert, als ich diesen Song das erste Mal hörte, wenn er mich auch gleichzeitig zum dies bestätigenden blöden Grinsen brachte. Vielleicht ein ziemlich vernichtendes Urteil, das die eine oder andere Frau da so über mich abgab, war dann wahrscheinlich auch so beabsichtigt, ich konnte nichts an dieser möglichen Wahrheit ändern. Oder war diese trotzdem nicht enden wollende Suche nach Liebe einfach nur der für immer geltende Versuch, eine bei mir selbst vorhandene Lücke auszufüllen, mir dies durch eine Frau zu ermöglichen. Ist die große Liebe nur ein Lückenbüßer für eigene Unfähigkeiten, und ist die Liebe immer dann so groß, wenn dieser andere Mensch puzzlemäßig so auf den ersten und auch noch zweiten Blick ganz genau in diese Lücke hineinpasst, etwas ersetzt, das du gar nicht hast, das dir fehlt, das dir sogar deine Rippe zurück gibt, dich deinen männlichen und weiblichen Teil deiner Existenz in dir und dem anderen erleben lässt, dich für eine Zeit scheinbar ganz werden lässt? Ist unsere Suche nach Liebe nur deshalb so übermächtig, weil wir selbst ohne Liebe sind, wären wir allein? Würden sich unsere so starken Tendenzen, lieben zu wollen, irgendwann in langer Einsamkeit umkehren, würden wir selbst dann umkehren und sagen, ich kann auf Liebe verzichten, ich kann darauf verzichten, in mir Liebe zu spüren, oder ich brauche niemanden, der mich daran erinnert, dass die Liebe der Grundpfeiler unseres Lebens und des Ganzen ist, der die Welt zusammenhält? »I can't get no« ist der für alle Zeiten geltende Hit, nicht nur wegen seiner Musik, sondern vor allem deshalb, weil dieser halbe Satz so einfach darstellt und einhämmert, wie es dem Menschen geht, wie er sich empfindet, so halb eben und so weit entfernt von seinem Weg und Ziel. So wie ein Tatsachenbericht über alle. War und ist mein Leben nun nichts als ein Scherbenhaufen, so wie nach einem endlos langen Polterabend, der nur in ein weiteres Gefängnis mündet mit hin und wieder ein bisschen Freigang?

Der die an diesem Polterabend zweifellos besonders intensiv empfundene Angst vor dem Kommenden in Verbindung bringen soll mit dem Wissen aus der erlebten Vergangenheit, dies aber gar nicht können kann, weil du betrunken bist und weil so viele lieber für immer betrunken sind, oder sich anderer alles vernebelnder Drogen bedienen, nur um ihrer Einsamkeit nicht entkommen zu können, um halb zu bleiben und immer nur Angst zu haben.

Ist also die Angst die eigentliche Droge, die es zu pflegen gilt, weil sie Veränderung ja auf jeden Fall verhindert? Müssen wir einen neuen Schritt, ein neues Wort unbedingt vermeiden? Gelingt es nur so, ›Bewährtes‹ zu behalten? Ich habe meine ›angstfreie Grundhaltung‹ in der beschriebenen Behörde ausleben können, konnte meine Art von Krieg dort führen, war vielleicht eine Art von Ablenkung von meiner Angst vor dem Leben, oder vor den Frauen, habe Waffenstillstand mit den ›besten Bürokraten …‹ in dieser Behörde geschlossen, keinen Friedensvertrag, noch immer nicht.

Doch ich will keinen Krieg führen mit einer Frau, die ich lieben will, weil sie mir das mir so sehr Fehlende schenkt. Würde den nicht gewinnen können, weil ich ihr viel zu dankbar wäre. Dankbarkeit mögen Frauen nicht, verpflichtet sie, immer nur zu geben, denken sie dann vielleicht. Sie mag ihnen auch nicht männlich genug sein, oder sie wollen dann geben, wenn sie es wollen. Sie sind keine Automaten. Und ich will auch keinen Waffenstillstand mit einer Frau eingehen, der nur bedeutete, dass ein anderer Tod darauf folgte und in seiner Zeit darin lebte. Leben bedeutet auch Tod, gelebter Tod auch in einer Ehe bedeutet, eine besondere Weise zu leben.

Und immer dann, wenn sprießende Knospen im Frühling und auch fallende Blätter im Herbst dir Angst machen. Angst vor Veränderung.

Ja, so war das, und wahrscheinlich war da noch viel mehr. Viel mehr an Gefühlen aus Ängsten, aus Schuld und Wut, aus Machtlosigkeit, sogar sich selbst gegenüber. Vielleicht sogar hauptsächlich mir selbst gegenüber, der ich einfach nicht da rauskommen kann. Der immer noch von sich denkt, er hätte das alles ganz anders machen müssen und auch können.

Der fast all seine Kraft in Veränderungen setzte, nichts behalten wollte, weil es ihm noch nicht richtig erschien, weil in allem die Achtung des anderen immer noch nicht grundsätzlich vorhanden war, auch in mir nicht.

Zu meiner ›Reinwaschung‹ könnte ich natürlich darauf zurückgehen, dass meine Mutter mich damals als Kind verkaufen wollte und in mir damit eine nicht enden wollende Grundangst und wahrscheinlich vor allem vor Frauen erzeugte, dass die Nazis mich weiterhin umgeben, dass diese Bauern uns damals am liebsten hatten verhungern oder alternativ dazu erfrieren lassen wollten, und in mir eine nicht enden wollende Wut, die nicht nur ihnen gilt, dadurch erzeugten, dass diese bösartigen Bürokraten den Geist dieses Landes durch ihr statisches, von Angst besessenes und rückwärts gewandtes Verhalten weiterhin zerstören. Dass deutsche Regierungen sich seit einiger Zeit nur noch nach dem Winde drehen, dass dieses Land in Ablenkung von seinem eigenen Versagen weiterhin absichtlich seine Randgruppen schafft und deren Menschenrechte missachtet und scheinbar fast nur mit Gewalt dazu zu bewegen wäre, sich um die Kinder dieses Landes zu kümmern. Ich könnte also behaupten, dass ›die andern‹ mich so werden und bleiben ließen. Von Amerikanern, die Deutschland besuchten, weiß man, dass manche von ihnen es anschließend gern »Disney Land« nennen. Deshalb, weil hier alles so perfekt geregelt ist, weil alles so sauber und auf dem neuesten technischen Stand ist. Weil es fast schon ein Schlaraffenland ist. Und weil es außerdem ein wunderschönes Land ist, das Gebirge hat, wunderschöne Wälder und Zugang zum offenen Meer. Warum also kann diese Schönheit von den Deutschen hier nicht so empfunden werden, warum wird sie nicht gelebt, warum bleiben sie Weltmeister im Flüchten ins Ausland? Nicht nur im Urlaub.

Warum ist dies ein Staat geworden, der trotz aller nach dem ›Dritten Reich‹ erreichter positiver Veränderungen nicht zulässt, dass Gleichheit und Achtung der Menschenwürde nicht von der Höhe des Einkommens des Einzelnen abhängig gemacht werden? Warum will er die Kinder der zu Schwachen Gemachten im von ihm und den mit der Durchführung dessen beauftragten Bürokraten geschaffenen Abseits lassen, ihnen zum ›Ausgleich‹ seit einiger Zeit per Gutschein 30 Euro im Monat geben? Weil damit seine Bösartigkeit oder seine bereits zur Vollendung gebrachte Ignoranz und Willkür dadurch noch deutlicher wird und deshalb noch mehr Angst beim Bürger schafft, weil der das natürlich durchschaut, sich aber nicht mehr dagegen wehrt, weil er Angst davor hat, dadurch noch schneller bald selbst zum ›Gutschein-Empfänger‹ zu werden? Was soll das? Seid ihr bekloppt, seht ihr nicht, wohin dies führt? Seht ihr nicht, wie sich auch die Nazis an eurer Blödheit erfreuen?

Ein Staat, der nur 20 Prozent der behinderten Kinder zusammen mit gesunden Kindern aufwachsen und zur Schule gehen lassen will, sich damit völlig anders verhält als die uns umgebenden Nachbarländer, in denen es 80

Prozent dieser Kinder sind. Der andere ›Behinderte‹ dadurch, dass er sie irgendwo weit weg im Wald unterbringt, daran behindert, am Leben teilzunehmen und sogar, rein theoretisch ja mögliche Wünsche der Normalos, mit ihnen in Kontakt zu treten, verhindert. Sie könnten dadurch ja Ideen entwickeln, selbst entscheiden, das darf nicht sein. Der grundsätzlich Kinder und Alte als Kosten verursachende Belastung empfindet und Migranten als Bedrohung. Der aber wenigstens hier ›ehrlich‹ ist, weil er damit sein Wissen darüber zum Ausdruck bringt, dass selbst Schimpansen eher in der Lage sind, ihr soziales Gefüge zu erhalten, indem sie sich um ihre Kinder nämlich kümmern und sie in ihrem Heranwachsen unterstützen. Der gleichzeitig damit die allgemein latent vorhandene Vermutung erhärtet, dass spätestens mit den Nazis die Evolution begonnen hatte, sich umzukehren. Dem das aber egal ist, weil er sich lieber nicht mehr seinen Bürger, sondern nur noch den Leistungsträger auf seine Fahne geschrieben hat. Der damit klarmacht, dass all die anderen den Leistungsträger nur in seiner Leistung mindern, nur Geld kosten. Der Abgrenzung untereinander zur Pflicht und die Schwachen dauerhaft zu Schuldigen macht. Der deshalb behaupten wird: »Die haben uns dazu gezwungen.« Der dies angeblich trotz durchgeführter Ghetto-Bildung und noch anderer Ausgrenzungsmaßnahmen gleichzeitig verhindern will. Der wahrscheinlich dazu begleitend die endlosen Diskussionsrunden im Fernsehen geschaffen hat, in denen er dies immer wieder behaupten kann, und nach denen sich nichts ändert, außer dass der Zuschauer »das nicht mehr sehen kann«. Wendet sich lieber der Fußballnationalmannschaft zu, die ja etwas wie Hoffnung versprüht und die ihm vorlebt, dass Integration funktionieren kann, auch wenn es manchem Zuschauer zwiespältig erscheinen mag. Doch solange sie Leistung bringen und somit zu etwas gut sind. Ein Staat, der vielleicht bald ein ›Mitmenschlichkeitsreduktionsgesetz‹ erlässt, in dem das dazu anzuwendende Verfahren dann näher beschrieben wird, weil die Hartz IV-Gesetze die Spaltung der Gesellschaft noch nicht ausreichend eindrucksvoll wiedergeben. So mit Begriffsbestimmung und Durchführungsanweisungen und nachfolgender regelmäßiger Statistik; das schafft Arbeitsplätze für noch mehr Bürokraten. Ein Gesetz, in dem er sogar die Rolle des Leistungsträgers erklären wird, der dadurch von ihm zum nützlichen Idioten gemacht werden soll, weil er bei Durchführung dieses Gesetzes gern mitwirkt, ist ja ein Gesetz. Kommt dessen dauerhaftem Wunsch, dass ›es doch irgendwo geregelt sein muss‹, sehr entgegen. Letztlich jedoch kann auch er nur Opfer sein. Denn Leistungsträger, zu dem er sich ja gar nicht selbst ernannt hatte, bleibt er nur so lange, bis über ihn und seine zukünftige Rolle von denen anders entschieden wird. Von einem Staat, der so ganz nebenbei lieber schon mal eine Berufsarmee installiert, gleichzeitig den daran ›Schuldigen‹ abserviert. Eine solche Armee ist für alle Fälle geeignet, die gehorchen ja immer, ist so bei Berufssoldaten, muss bei denen so sein. Auch bei sozialen Unruhen im Land. Ein Staat also, der von der Angst seiner Bürger weiß und sie vor allem dem Arbeitnehmer gegenüber auch weiterhin durch unverminderten Einsatz von Verleihfirmen schürt und diese zum Erreichen seiner Ziele benutzt, die allein darin liegen, seine Wirtschaftsmacht zu erhalten und weiter zu stärken.

Eine Regierung, die gerade jetzt die Bundesagentur für Arbeit gezwungen hatte, die Fördermittel für Arbeitslose um 30 Prozent zu reduzieren. Das betrifft vor allem auch die Förderung der beruflichen Selbstständigkeit. Wenn die Kanzlerin 2005 noch nach Ideen der Bürger fragte, so sind ihr diese Ideen scheinbar jetzt zu viel geworden. Noch nicht einmal von den Oppositionsparteien wird diese rückwärts gewandte Entscheidung wirklich bekämpft. Scheinbar zwingt ihre Angst auch sie, bösartig zu werden und sich vor nichts anderem zu fürchten, als auch beim nächsten Mal nicht die Regierung zu stellen. Ein Staat, der auf Druck der UN nun per Gesetz seine ›neue Sichtweise‹ der Situation von behinderten Menschen erkennen lassen will. Der damit jedoch in Wirklichkeit nur erkennen lässt, dass er überhaupt nicht bereit ist, sich von seinem Randgruppendenken zu lösen und tatsächlich einen neuen Weg einzuschlagen. An diesem neuen Gesetz ist nur das Papier neu, der Inhalt dessen wird schon seit Jahren als Absichtserklärung dargestellt. Und es zeigt weiterhin die unglaubliche Verlogenheit und sogar Menschenverachtung mancher Verantwortlichen. Ein Staat also, der nicht Gleichbehandlung entstehen und leben lassen will, sondern der wahrscheinlich Wut beim Bürger erzeugen will. Welche Markt- oder politischen Fernziele will er damit ansteuern?

Die Wut, oder ihre Erzeugung durch Interessengruppen und Politiker beim einzelnen Bürger bis hin zum

Hass auf andere, sollte früher regelmäßig dafür sorgen, dass auch der Bürger das von Regierungen und Waffenschmieden angestrebte Führen von Kriegen für notwendig befand, sich dafür sogar in den Tod begab. Mit welchem Ziel sie heute erzeugt werden soll, wird sich uns noch zeigen. Loslassen also, nur das kann mir helfen.

Wo ist mein Kater, den will ich nicht loslassen und meine Kinder auch nicht, jedenfalls nicht in diesem Sinne. Mein Weg war und ist mein Ziel, einige Teilziele darin habe ich richtig gut getroffen. Und zwar so mitten in die Fresse rein; in die Fresse derjenigen, die Menschenrechte lieber mit Füßen treten, denen die Gleichheit vor dem Gesetz und die Achtung des Anderen völlig absurd erscheinen.

Hatte sogar erreicht, dass meine Überzeugungen, die in eine ganz andere Richtung gehen, in ›Gesetze gegossen‹ wurden. In Gesetze, die es auch heute noch gibt, weil sie in der Einfachheit ihrer Gedanken und Ziele dem Richtigen nahe kommen, und weil sie deshalb nicht löschbar sind.

Noch würde man sie vermissen. Ich erlebte sogar, dass ein mir als äußerst bürokratisch bekannter Kollege, der eigentlich dienstlich ›mein Feind‹ war, mir eines Tages und tatsächlich zustimmend, sagte, es ging dabei um die Einrichtung von ›Betrieblichen Trainingsmaßnahmen‹, die ich vorgeschlagen hatte: »Da haben Sie sich ja richtige Mühe gemacht.«

Ich erklärte ihm, dass das mit Mühe nichts zu tun hatte, sondern nur damit, dass ich das damals noch existierende Arbeitsförderungsgesetz sozusagen ›zusammensetzte‹ und in bestimmter Weise mit meiner Idee in einem wichtigen Teilbereich und zielgerichtet zum Leben brachte.

In der Einfachheit der Gedanken und der dadurch entstehenden Transportierbarkeit ihrer Aussage liegt vielleicht einer der richtigen Wege, die dann zum Ziel führen. Die sogar einen echten Bürokraten plötzlich den guten Sinn erkennen und ihn vielleicht sogar etwas ändern lässt.

In der Einfachheit finde ich dann auch meinen Humor und meine Lebensfreude wieder. Und wirklich radikal war ich doch nie. Wenn ich damals meinen rechten Arm verlor, dann gewann ich zumindest die Erkenntnis hinzu, dass Gewalt immer vor allem zu Verlusten führt. Und sie bedeutet meistens Schmerz und große Trauer, manchmal für manchen auch anhaltende Traurigkeit. Oft sogar auch für den, der diese Gewalt ausübte.

Mein ›kreativer Weg‹ hat mich in der überwiegenden Zeit vor dieser Traurigkeit bewahrt, hat aber nicht endgültig meine in mir hausende Wut besiegen können. Ich finde das nicht wirklich gut, auch wenn sie mir dabei half, den Faden nicht zu verlieren. Wut entsteht aus Ausgrenzung und Ablehnung, und sie kann auch zu völlig anderen Ergebnissen führen, als zu den von Regierungen erwünschten. Ohne die Wut hätte ich vielleicht viel Kraft verloren und wäre endgültig zur Befehle erwartenden Marionette geworden, oder zum ›untoten‹ Automaten, der je nach Bedarf einfach ersetzt werden könnte. So, dass vom Menschen nichts mehr übrig bleibt. In all der ereignisreichen Zeit lernte ich auch, dass auf Höhenflüge immer Landungen und manchmal sogar Abstürze folgen. Das weiß jeder. Hat fast jeder selbst erlebt. Perfektion ist beim Menschen nicht zu finden, und romantische Träume können auch zu Visionen führen, die mit der Liebe zwischen Mann und Frau nur entfernt noch zu tun haben, oder doch deren eigentliche Triebfeder sind? Ich wollte und werde Ratschlägen nicht folgen, die Menschen mit Visionen empfehlen wollen, deshalb lieber zum Arzt zu gehen. Trotz selbst erlebter Abstürze, von denen vielleicht einige auch behandlungsfähig gewesen wären. Ohne diese Visionen und den Glauben an ihre mögliche Erfüllung hätten wir hier nichts mehr, oder eben nur noch Marktwirtschaft, Banken und Zeitarbeitsfirmen, und die das Leben erstickenden Bürokraten. Ich denke vor allem an die Zeitarbeitsfirmen und gleichzeitig an die Arbeitnehmer, Frauen wie Männer, denen jegliche Lebensfreude durch die genommen wird. Die sich selbst ständig freuen auf die ihnen sichere nächste Auster und den teuersten Champagner, denn nichts in dieser Welt ist mit weniger Aufwand belastet und allein deshalb lukrativer als Arbeitnehmerverleih. Der Verleiher benötigt lediglich einen Labtop mit Internetzugang, vielleicht noch einen Nadelstreifenanzug, ein repräsentatives Auto und ein Büro oder eine Büroadresse. Den Rest macht der Markt. Und Hartz IV wird vor allem deshalb nicht rückgängig gemacht, weil es Billiglöhne garantiert. Wenn es also Deutschland auch jetzt wirtschaftlich gut geht, dann auch deshalb, weil der Staat mit seinem Aufstocken dieser Billiglöhne die Wirtschaft dauerhaft durch die Hintertür subventioniert. Letztendlich ist wahrscheinlich nicht Herr Hartz, sondern die Wirtschaft der eigentliche Erdenker des Hartz IV-Prinzips mit den daraus erst möglichen Dumping-Löhne, über die sich die Arbeitgeber so sehr freuen. Eigentlich weiß das jeder, kaum einer jedoch beschreibt das auch. Und wenn doch, dann wird dies von anderen so sehr zerquasselt, dass nichts mehr davon übrig bleibt, als hätten die große Angst, dass das ans Tageslicht kommt. Es wird daher nicht öffentlich gemacht, welch großen Anteil, also Verdienst, die Billiglohn-Arbeiter am erlebten Wirtschaftsaufschwung haben. Dieser Verdienst wird ihnen vorenthalten, geht jedoch nur an ihnen vorbei. Damit das nicht sichtbar wird, werden sie alle schnell und für immer in die Schublade der verdienstlosen ›Unterqualifizierten‹, der ›Unterschicht‹ gesteckt. Das ist viel billiger, und alles bleibt wie es ist.

Zu diesen Nazis, die man zehn Jahre lang ihr Unwesen hat treiben lassen, fällt mir ein, dass das gezeigte Unvermögen, die zu fangen, mit Sicherheit eine Folge der in diesem Land herrschenden Bürokratie war. Denn wie erlebt und schon beschrieben: Bürokraten geben eigene Zuständigkeiten, ihr Hoheitsgebiet, nicht auf, und sie sind noch nicht einmal bereit, mit anderen Bürokraten in anderen Behörden und dem Ziel einer Zusammenarbeit zu kommunizieren, weil das ihre Zuständigkeit und damit ihre Macht und ihren ›Erfolg‹ in Gefahr bringen würde. Dieser Erfolg kann möglicherweise für einige von ihnen auch darin gelegen haben, dass sie mit diesen Nazis sympathisierten, also verhindern mussten, dass man die fängt. Es deshalb also Selbstschutz für sie war, konkrete Ermittlungen zu erschweren oder sogar zu verhindern. Träumereien sind jedenfalls hier nicht angebracht.

Also: Lasst uns die Angst bekämpfen und besiegen, den Tod im Leben.

Grad fällt mir noch ein: Eine mir sehr sympathische junge und hübsche Frau suchte mich immer mal wieder im Amt auf. Ich hatte ihr vorher einige Male durch Vermittlung oder auch Kurse helfen können.

Als sie dann irgendwann immer öfter da erschien, fragte ich sie, welche Rolle ich denn inzwischen für sie spielen würde.

Ihre Antwort war:

»Sie sind mein Vater, mein Bruder, mein Freund und mein Geliebter«.

Sie hieß Naoumi und war aus Ghana.

Vielleicht war ich ja ein viel schönerer Mensch, als ich immer dachte.

Vielleicht sind wir alle viel schöner, als wir es von uns glauben.

Ich werde dich vermissen.

Und vielleicht war alles nur ein Traum.

Wo ist eigentlich oben?
Franz Anker

1. Auflage
März 2013

ISBN Buch: 978-3-942884-87-7
ISBN E-Buch: 978-3-942884-88-4

Korrektorat: Ulrike Rücker • ulrike.ruecker@klecks-verlag.de
Umschlaggestaltung: Ralf Böhm
info@boehm-design.de • www.boehm-design.de

© 2013 KLECKS-VERLAG
Würzburger Straße 23 • D-63639 Flörsbachtal
info@klecks-verlag.de • www.klecks-verlag.de

Printed in Germany.

Alle Rechte vorbehalten.
Das Werk ist urheberrechtlich geschützt.
Jede Verwertung und Vervielfältigung – auch auszugsweise – ist nur mit ausdrücklicher schriftlicher Genehmigung des Verlages gestattet.
Alle Rechte, auch die der Übersetzung des Werkes, liegen beim KLECKS-VERLAG. Zuwiderhandlung ist strafbar und verpflichtet zu Schadenersatz.

Alle im Buch enthaltenen Angaben wurden vom Autor nach bestem Wissen erstellt und erfolgen ohne jegliche Verpflichtung oder Garantie des Verlages.
Der Verlag übernimmt deshalb keinerlei Verantwortung und Haftung für etwa vorhandene Unstimmigkeiten.

Bibliografische Information der Deutschen Nationalbibliothek:
Die Deutsche Nationalbibliothek verzeichnet diese Publikation in der Deutschen Nationalbibliografie; detaillierte bibliografische Daten sind im Internet über http://dnb.d-nb.de abrufbar.